Gail Tsukiyama
Wege der Seidenfrauen

Aus dem Englischen von Gabriele Krüger-Wirrer

Gail Tsukiyama

Wege der Seidenfrauen

Roman

Europa Verlag
Hamburg · Wien

Danksagung

Ich bin zu großem Dank verplichtet meiner Agentin
Linda Allen, meinem Lektor Reagan Arthur und Sally
Richardson und Joan Higgins von St. Martin's Press,
die mir stets mit Vertrauen und gutem Rat
zur Seite standen.
Catherine de Cuir, Cynthia Dorfman, Blair Moser
und Abby Pollak sei Dank für die vielen Jahre, in denen sie
mich mit ihrer Klugheit und ihrem Wissen unterstützt haben.
Und unermeßlichen Dank schulde ich meiner Familie.

Die Deutsche Bibliothek – CIP-Einheitsaufnahme

Ein Titeldatensatz für diese Publikation ist bei
Der Deutschen Bibliothek erhältlich

Originalausgabe:
The Language of Threads
St. Martin's Press, New York 1999

Deutsche Erstausgabe
© Europa Verlag GmbH, Hamburg/Wien, März 2000
© Gail Tsukiyama 1999
Umschlaggestaltung:
Kathrin Steigerwald, Hamburg
unter Verwendung eines Fotos von
Frank Fischbeck/Agentur Focus
Herstellung: H & G Herstellung, Hamburg
Druck und Bindung:
Wiener Verlag, Himberg bei Wien
ISBN 3-203-83529-0

Für Grace

Wenn ich zum Mond aufsehe
schweife ich in die Ferne,
neu erlebe ich dann
Herbstzeiten, die ich gekannt,
es ist so lange schon her.
Saigyo

KAPITEL EINS

1938

Pei

Pei blickte hinunter in das dunkle, spiegelglatte Wasser des Hafens von Hongkong und fühlte sich plötzlich schüchtern und stumm. Sie sah sich selbst wieder als achtjähriges Kind, das der Vater in das Mädchenhaus in Yung Kee gebracht hatte. Verglichen mit ihrem kleinen Bauernhof war alles groß und furchterregend gewesen. Neunzehn Jahre lang hatte Pei zusammen mit Lin gelebt und in der Seidenfabrik gearbeitet.

Nun würde sie allein in der großen, pulsierenden Stadt für Ji Shen sorgen müssen. Ji Shen mit ihren vierzehn Jahren war etwa halb so alt wie Pei und hatte ihre Eltern und ihre Schwester verloren. Sie war vor den japanischen Teufeln aus Nanking geflohen und wie durch ein Wunder in das Mädchenhaus gekommen, wo Pei und Lin sie gesund gepflegt hatten. Als die kaiserliche japanische Armee immer näher Richtung Kanton vordrang, waren sie verzweifelt nach Hongkong geflohen, ohne Lin, die sie hätte führen können. Die vergangenen Wochen waren sie in ständiger Bewegung gewesen. Peis Tage waren damit ausgefüllt, sich um Ji Shen zu kümmern und ihre bevorstehende Reise vorzubereiten.

Die Fähre knirschte und legte schließlich schaukelnd an, wobei sie immer wieder ächzend gegen den hölzernen Pier

Wege der Seidenfrauen   天 7

schlug. Als die Menschenmenge sich drängte, um von Bord zu gehen, blieb Pei abrupt an der Reling stehen und starrte hinunter auf die Rampe aus überlappenden Holzbrettern, die auf den belebten Landungssteg führte.

»Wir müssen weitergehen«, flüsterte Ji Shen und schob sie sanft vorwärts.

Pei hielt ihre Leinenbeutel fest und bewegte sich in winzigen Schritten auf die Rampe zu. Hohe, schrille Stimmen drangen von allen Seiten her auf sie ein. Pei spürte, wie irgend jemand ihr von hinten einen jähen Stoß gab, dann ging sie die Rampe hinunter in das schwindelerregende, hypnotisierende Brodeln, das nun Ji Shens und ihr Leben sein würde.

»Hongkong ist so voller Menschen«, meinte Ji Shen und klammerte sich an den Ärmel von Peis weißem Hemd.

»Ja.« Pei lächelte müde. Sie hoffte, daß Ji Shen nicht sehen konnte, wie sehr sie sich fürchtete. Schiffe aus aller Welt lagen im Hafen von Hongkong, Schiffe mit langen, komplizierten Namen, die auf ihren Seitenwänden geschrieben standen. Sampans, auf deren vollen, schaukelnden Decks ganze Familien lebten, waren dicht zusammengedrängt. Gesichter starrten sie an und blickten dann rasch weg. Hier waren mehr Menschen aus dem Westen, als Pei je gesehen hatte. Sogar viele Chinesinnen trugen westliche Kleidung.

Vom Landungssteg aus bogen sie nach links ab und gingen die belebte Straße entlang, entgegenkommenden Gruppen von Menschen ausweichend wie bei einem Tanz, schwitzend in der feuchten Luft. Der salzige, beißende Gestank war erdrückend, der Lärm der winselnden Stimmen überwältigend. Sie kamen an endlosen Reihen von Verkaufsständen vorbei, wo es Seidenstrümpfe, Blumen, frisches Obst und heiße Nudelsuppe gab. Schmutzige, zahnlose Bettler streckten den Leuten ihre Holzschalen entgegen, auf ein oder zwei Münzen hoffend. Ji Shen klammerte sich fester an Peis Arm, während sie sich ihren Weg durch die Menschenmenge bahnten. Eine lange, ungleichmäßige Reihe von Rikschas samt ihren Fahrern schlängelte sich von einem Straßenende zum nächsten. Pei tastete in ihrer Tasche nach ihrem Umschlag mit Geld und nach Chen Lings Brief mit Namen und Adressen anderer Seidenschwestern, die nach Hongkong gegangen waren. »Geh zu der Adresse, die ganz oben steht«, hatte Chen Ling sie angewiesen. Mit der anderen Hand umklammerte Pei ihre Habseligkeiten, einschließlich des Leinenbeutels, den Moi ihr gebieterisch aufgedrängt hatte. Pei hatte ihn sich sorgsam um die Schulter geschlungen, und die Töpfe mit Kräutern und Trockenobst stießen leise klirrend gegeneinander.

»Eine Fahrt, Missees? Billiger Preis!« Ein barfüßiger Junge in ehemals weißen Hosen und Hemd – er war kaum älter als dreizehn oder vierzehn, schätzte Pei – blieb vor ihnen stehen. Ein spitzer Strohhut hing an einer Schnur um seinen Hals und schlug ihm gegen den Rücken. Er deutete auf eine rotgrüne Rikscha, die gleich in der Nähe neben einer Mauer stand. Auf dem Boden daneben saß eine ältere Frau in schlecht zusammenpassenden, schmutzigen Kleidern auf einer Strohmatte und wiegte zwei Kinder.

»Ich mache Ihnen einen viel besseren Preis!« rief eine andere Stimme dazwischen, die zu einem älteren und größeren Mann gehörte.

»Nein, nein, danke.« Pei ging einen Schritt weiter, aber keiner der beiden Rikschafahrer rührte sich von der Stelle.

»Billigster Preis in ganz Hongkong!« wiederholte der Junge.

Pei nahm Chen Lings Brief aus der Tasche und sah an Ji Shen und den Rikschafahrern vorbei auf die von Menschen wimmelnde Straße vor ihnen. In den Wochen, bevor Lin gestorben war, hatte sie Pei erzählt, wie sie als kleines Mädchen mit ihrem Vater nach Hongkong gefahren war. Auf der anderen Seite der Straße sei ein großer freier Platz – der Statue Square, hatte Lin gesagt. Am Statue Square standen das Government House und die Stadthalle, flankiert von den steilen

Wege der Seidenfrauen

grünen Hügeln, die drohend über allem ragten. Pei hielt bei dem Anblick den Atem an.

»Wo gehen wir hin?« fragte Ji Shen.

Pei räusperte sich. »Dort hinüber.« Sie straffte die Schultern und wollte auf den Platz zugehen.

»Bitte, Missees, billigstes Angebot in ganz Hongkong!« Der Junge lief ihnen immer noch nach.

»Hört nicht auf ihn.« Der ältere Mann lachte. »Er ist zu dürr, um euch mehr als ein paar Fuß weit zu ziehen!«

Pei blieb stehen. Sie stellte ihre Habseligkeiten ab und blickte zum dunkler werdenden Himmel auf. Es wurde spät. Der Statue Square würde auf ein andermal warten müssen. Aus den Augenwinkeln sah Pei noch einen Rikschafahrer, der näherkam. Sie wandte sich an den Jungen. Er lächelte breit, als er nun Peis Aufmerksamkeit erregt hatte. Sie zeigte auf die Adresse oben auf Chen Lings Brief.

»Weißt du, wo das ist?«

Der ältere Rikschafahrer hustete und spuckte dann vor ihnen auf den Boden. »Nur ein Narr sucht sich einen Jungen aus, der die Arbeit eines Mannes tun soll!« schimpfte er und stampfte davon.

Der Junge betrachtete einen Augenblick lang den Brief. Schließlich nickte er, da er die Adresse erkannt hatte. »In Wan Chai, das ist nicht weit von hier. Kein Problem. Ich bringe Sie im Nu dorthin«, prahlte er und warf einen raschen Blick auf Ji Shen.

Pei zögerte. »Bist du sicher, daß du weißt, wie man hinkommt? Vielleicht sollten wir versuchen …«

»Ja, ja, sofort.« Der Junge nickte wieder. Er rannte zurück zu der Frau, die auf dem Boden saß, flüsterte ihr etwas zu, packte dann die Rikscha und zog sie rasch zu Pei und Ji Shen. »Ich weiß, wo das ist. Keine Sorge.« Er trat zur Seite und bot Pei und Ji Shen an, ihnen in die Rikscha zu helfen.

Pei erinnerte sich plötzlich daran, daß sie Geschichten von

Rikschafahrern gehört hatte, die ihre Preise verdoppelten oder sogar verdreifachten, wenn sie am Ziel ihrer Passagiere angekommen waren. Lin hatte ihr gesagt, sie solle einen Preis abmachen, bevor sie in der Rikscha Platz nahm.

»Wieviel?« fragte Pei und und befühlte die Hongkonger Münzen, die sie in Kanton eingetauscht hatte. Sie sprach leise, aber bestimmt.

»Keine Sorge, Missee.« Der Junge lächelte. »Ich fahre Sie zu einem fairen Preis.«

Als sie sich auf einen Fahrpreis geeinigt hatten, stieg Ji Shen in die Rikscha, und Pei zwängte sich neben sie auf den zerschlissenen Ledersitz, stolz auf ihren ersten Geschäftsabschluß in Hongkong.

Der Junge sprang zwischen die Holzdeichseln und bückte sich tief, um mit jeder Hand eine der Stangen zu ergreifen. »Keine Sorge, Quan bringt euch hin.«

Er tat Pei leid, und sie fragte sich, wie ein so magerer Junge imstande sein sollte, sie mehr als ein paar Fuß weit zu ziehen, aber Quan richtete sich auf, spannte die Beinmuskeln an, hob die Deichselstangen, und einen Augenblick später glitt er geschmeidig mit ihnen durch die belebte Straße. »Weg frei! Weg frei!« rief er, um die Menschenmenge und wartende Rikschafahrer zur Seite zu drängen. Ji Shen bedeckte die Augen mit der Hand, als sie beinahe einen anderen Rikschafahrer umrissen. »Das nächste Mal bring ich dich um!« rief der Mann ihnen mit drohend erhobenen Fäusten nach, aber Quan drehte sich nur um und schrie zurück: »Erst mußt du mich erwischen!«

All die bunten, gedrängt vollen Läden entlang der betriebsamen Straße, in die Quan eingebogen war, faszinierten Pei. Im schwindenden Licht des frühen Abends wirkte die Straße, als zöge sie gerade die Rouleaus hoch und erwache direkt vor ihren Augen zum Leben. Bars, Raritätenläden, Stände mit Lebensmitteln, Fischbuden, ein Schuster, ein Schneider, alles durcheinandergemischt. Helle, grelle Lichter blitzten und

Wege der Seidenfrauen

blinkten knallig rot, grün und gelb gegen den Hintergrund der hereinbrechenden Dunkelheit. Pei hatte noch nie etwas gesehen, das vergleichbar gewesen wäre, nicht einmal, als sie mit Lin in Kanton gewesen war. Es kam ihr vor, als wäre Hongkong von einem rasanten Geist beseelt, der alles und jeden antrieb, sich schneller und lauter zu bewegen.

Nachdem sie in Dutzende von Straßen eingebogen waren und sich wieder herausgeschlängelt hatten, bog Quan um eine Ecke in eine schmale Gasse, die zwar ruhiger war, aber ebenso dicht gesäumt von Menschen und hell erleuchteten Läden. Er hielt an und drehte sich zu ihnen um.

Pei sah auf das schmale, gräuliche Gebäude, das sich über dem Geschäft eines Kräuterheilkundigen vier oder fünf Stockwerke hoch erhob. Schilder am Auslagefenster warben für Ginseng, Gallenblasen von Schlangen und Hirschhorn. Neben dem Geschäft führte ein Eingang mit einem fadenscheinigen Spitzenvorhang über der Glasscheibe in der Tür nach oben. Früher einmal mußte die Tür in einem glückverheißenden Hellrot gestrichen gewesen sein, doch nun war der größte Teil der Farbe von dem hellbraunen Holz abgeblättert. Im Dämmerlicht sah das Gebäude müde und verlassen aus.

»Hier, Missees, das ist das Haus.« Vorsichtig ließ der Junge die Holzdeichseln sinken und streckte die schmutzige, schwielige Hand aus, um ihnen aus der Rikscha zu helfen.

Pei nahm seine Hilfe an. »Sind wir hier in einer sicheren Gegend?« Die Frage rutschte ihr heraus.

»So sicher wie überall in Wan Chai. Laufen Sie nur nicht abends allein herum. Es gibt eine Menge Matrosen, ausländische Teufel, die Spaß haben wollen, und schlechte Männer, die nachts durch die Straßen streifen.« Quan schüttelte den Kopf, als wolle er seinen Worten Nachdruck verleihen. Seine Hände streiften Ji Shens langen Zopf, als er ihr herunterhalf. »Ich glaube, es geht hier entlang«, meinte er und winkte ihnen, daß sie ihm nachgehen sollten.

Pei und Ji Shen folgten Quan, als sei er ein Erwachsener und kein Junge, der kaum älter war als Ji Shen. Es war seltsam, aber Pei hatte sich von dem Augenblick an, als sie seine schwieligen Hände berührt hatte, in seiner Begleitung wohlgefühlt. Selbstbewußt marschierte er zur Tür hinauf und klopfte dreimal fest. Als niemand sich rührte, klopfte er noch einmal, fester und lauter. Pei hielt den Brief gegen das dämmrige Licht, um noch einmal den Namen und die Adresse zu lesen. »Song Lee« stand da in ordentlichen schwarzen Buchstaben. Chen Ling hatte ihr gesagt, daß Song Lee nun seit über acht Jahren in Hongkong war und Pei helfen würde, so wie sie anderen Schwestern geholfen hatte, die aus Yung Kee fortgegangen waren. »Sie war eine gute Arbeiterin«, hatte Chen Ling gesagt. »Sag ihr, daß ich dir ihren Namen genannt habe. Als letztes habe ich von ihr gehört, daß sie Arbeit in einem guten Haushalt gefunden hat.«

Endlich hörten sie langsam schlurfende Schritte. Ji Shen klammerte sich an Peis Arm fest. »Ich komme, ich komme!« rief dann eine verärgerte Stimme. Die Spitzenvorhänge teilten sich, und dunkle, mißtrauische Augen starrten zu ihnen heraus.

»Entschuldigen Sie.« Pei trat einen Schritt nach vorn. »Wir suchen nach einer Song Lee. Man hat mir diese Adresse gegeben und mir gesagt, hier könnte ich sie finden.«

Der Spitzenvorhang flatterte wieder zu, und einige Augenblicke später hörten sie, wie die Tür aufgeklinkt wurde und sich einen Spalt öffnete. »Aus welchem Dorf kommt ihr?« fragte die Frau.

»Aus Yung Kee.«

»Seid ihr von der Schwesternschaft?«

Pei nickte. »Ja. Chen Ling hat mir gesagt, daß Song Lee uns vielleicht helfen könnte.«

Die Tür ging weiter auf, und sie standen vor einer mageren, drahtigen Frau in den Vierzigern, die Peis Kleidung, ihr

Wege der Seidenfrauen　　　　　　　天　13

lackschwarzes Haar und ihren Haarknoten und dann Ji Shens langen einzelnen Zopf betrachtete. »Kommt herein, kommt herein. Tut mir leid wegen der ganzen Fragerei, aber hier in der Gegend muß man vorsichtig sein. Bettler würden einen vollkommen ausrauben, wenn man sie ließe!«

Pei trat ein, dann erinnerte sie sich an Quan und drehte sich um. »Nein, nein, ich trage das für Sie hinauf«, sagte er und ging hinter ihnen ins Haus. »Gehört alles zum Service.«

Im Gänsemarsch folgten sie der Frau eine dunkle, schmale Treppe hinauf. Oben war das Gebäude ein wenig einladender. Der erste Stock hatte eine hohe Decke, die das Gebäude zumindest kühl und angenehm bleiben ließ. In drei Richtungen führten Türen zu anderen Räumen.

Die Frau sagte nichts mehr, bis sie auf dem Treppenabsatz ankamen. »Hier entlang«, erklärte sie dann. Sie führte sie durch die mittlere Tür in ein kleines, aber behagliches Wohnzimmer. Ein altes Sofa, ein paar Stühle und eine kleine Vitrine mit ein paar Jadefiguren standen darin. »Ihr seid sicher durstig. Ich bringe euch Tee.«

Quan lächelte, dann sprach er die Frau mit fröhlicher, feilschender Stimme an, der Stimme eines Straßenjungen. »Diese Missees brauchen ein billiges, sauberes Zimmer.«

Die Frau neigte den Kopf ein wenig zu Pei und Ji Shen. »Darüber reden wir, wenn ich mit dem Tee wiederkomme.« Sie lächelte. »Bitte, machen Sie es sich bequem.«

Pei blickte auf die abgenutzten Möbel und fuhr sich mit der Zunge über die trockenen Lippen. Sie griff in ihre Tasche und zog einen kleinen Seidenbeutel heraus, aus dem sie ein paar Münzen nahm. »Hier, das ist für dich«, sagte sie zu Quan. »Du hast uns sehr freundlich geholfen.«

Quan sah auf das Geld. »Zuviel«, sagte er. »Nur was wir vereinbart haben.«

»Bitte, nimm es«, beharrte Pei.

Quan zögerte, dann steckte er die Münzen rasch ein. »Ich

bleibe noch ein bißchen. Nur für den Fall, daß Sie mich heute abend noch brauchen, um Sie anderswo hinzubringen«, meinte er schüchtern und sah auf Ji Shen.

Als die Frau zurückkam, setzte sie sich, schenkte jeder eine Tasse Tee ein und begann zu sprechen, Worte, die sie, wie Pei vermutete, schon oft gesagt hatte. »Ich bin Ma-ling Lee. Ich war ebenfalls Mitglied der Schwesternschaft, obwohl ich sie vor vielen Jahren verlassen habe, um nach Hongkong zu gehen. Als immer mehr Schwestern nach Hongkong abwanderten, dachte ich, sie bräuchten einen Ort, an dem sie bleiben könnten, bis sie sich entschieden hätten, was sie tun wollten. Hongkong ist eine große, manchmal beängstigende Stadt.« Ma-ling nippte an ihrem Tee. »Ihr könnt hier bleiben, solange ihr wollt, aber ihr müßt eine kleine Miete zahlen. Für viele Schwestern war das Haus hier eine Durchgangsstation. Die meisten finden innerhalb weniger Monate Arbeit in einem Haushalt. Wer weniger Glück hat, findet irgendeine andere Arbeit.«

»Was für Arbeit?« fragte Ji Shen.

Ma-ling lächelte. »Wir werden ein andermal darüber sprechen. Ihr beide seid sicher müde. Ich will euch zeigen, wo ihr schlafen könnt.«

»Und Song Lee?« fragte Pei.

Ma-ling stand auf. »Ihr könnt sie morgen sehen. Im Augenblick arbeitet sie als Bedienstete in einem Haushalt oben auf dem Victoria Peak. Ich werde morgen als erstes versuchen, mit ihr Verbindung aufzunehmen«, bot sie an.

Pei lächelte. »Wir sind sehr dankbar.«

Quan verabschiedete sich am Fuß der Treppe von ihnen. »Ich bin sicher, daß Sie hier gut untergebracht sind«, meinte er. »Es sieht so aus, als könnte sie Kontakt zu Ihrer Freundin aufnehmen.«

»Danke«, sagte Ji Shen.

Quan errötete. »Wenn Sie je etwas brauchen, fragen Sie einfach nach Quan. Ich bin ziemlich oft in Wan Chai. Die

Wege der Seidenfrauen   天 15

Leute hier kennen mich.« Langsam ging er die Treppe hinunter, und einen Augenblick später hörten sie, wie die Eingangstür aufging und sich leise hinter ihm schloß.

Das Zimmer, in das Ma-ling sie hinaufbrachte, war nicht das, was Pei erwartet hatte. Früher ein großer, offener Raum, war er nun mit dünnen Holztrennwänden, die nicht ganz bis zur Decke reichten, in zahlreiche kleinere Abschnitte unterteilt. Wenn Pei sich auf die Zehenspitzen stellte, konnte sie über die Trennwände von einem Raumabschnitt zum nächsten sehen. Sie schritten den schmalen Gang entlang, der die Schlafräume trennte. Am Eingang zu jedem Raumabschnitt hing ein weißer Baumwollvorhang; die meisten der Vorhänge waren schief.

In jeder der kargen, sauberen Schlafkabinen standen zwei einzelne Bettgestelle und ein Holzstuhl. Ma-ling erklärte ihnen, weiter hinten seien ein paar größere Kabinen mit je zwei Etagenbetten.

»Ihr könnt diesen Raum haben.« Ma-ling blieb stehen und deutete auf einen Raumabschnitt, der ein Fenster mit einem Vorhang hatte, das auf einen kleinen, farblosen Betonhof blickte. Einen Augenblick blieb Pei stehen und sah hinaus auf das dunkel werdende Grau.

»Danke.« Sie versuchte zu lächeln; zumindest war sie dankbar für das Fenster.

»Am Morgen wird alles besser aussehen«, versicherte Ma-ling. »Das Bad ist am Ende des Ganges. Im Augenblick sind nur ein paar Schwestern hier, es müßte also ruhig sein. Die Küche ist unten. Ich bringe euch Tee und süße Brötchen, falls ihr hungrig seid.«

»Vielen Dank für alles«, erwiderte Pei, die zu erschöpft war, um mehr zu sagen.

Ma-ling schloß die Tür hinter ihnen und ließ Pei und Ji Shen allein. Pei konnte kaum glauben, daß sie so weit fort

16 天   *Gail Tsukiyama*

von ihrem Leben in Yung Kee und der Seidenfabrik gekommen waren. Da die Japaner nun den größten Teil Chinas besetzt hielten, fragte sie sich, ob Chen Ling und Ming in dem Tempel auf dem Land, in dem sie Zuflucht gesucht hatten, ein sicheres Versteck gefunden hatten und ob es Moi allein im Mädchenhaus gutging. Pei versuchte, diese Gedanken zu verscheuchen. Doch sie konnte nicht anders als sich zu fragen, ob sie die richtige Entscheidung getroffen hatte, als sie Yung Kee verließen. Ihre Zweifel waren wie ständig piekende Stacheln.

»Es ist, als würde hier alles leben.« Ji Shens Stimme erklang und erfüllte den kleinen Raum.

Pei sog die warme Luft ein, die ein wenig abgestanden roch. »Es ist wohl Zeit, daß wir uns einrichten«, hörte sie sich selbst antworten. Sie sah sich in der kargen, nackten Kabine um, die nun ihr Zuhause war, dann öffnete sie eilig das Fenster und ließ die fordernden, lauten Stimmen von draußen herein.

In dieser Nacht schlief Pei unruhig und träumte von Lin. Noch einmal hörte sie die sanfte, ruhige Stimme ihrer Freundin sagen, daß alles gut werden würde. Pei, nun siebenundzwanzig Jahre alt, hatte fast zwanzig Jahre ihres Lebens zusammen mit Lin verbracht, zuerst bei Tante Yee und Moi im Mädchenhaus, und später im Schwesternhaus, wo ihr Leben sich nach dem tröstlichen Rhythmus der Arbeit in der Seidenfabrik gestaltet hatte. Pei war erstaunt, wie leicht es war zu vergessen. Plötzlich war alles fort, die Härte der Finger, die vom Einweichen der Kokons in kochendem Wasser rauh und wund waren, die langen, strapaziösen Stunden, in denen man auf feuchten Betonböden stand, die Seidenschwestern, die sie bei ihrem Gewerkschaftskampf gegen die reichen Fabrikbesitzer verloren hatten. Und Lins Tod. Es war nicht nur Lins Tod an sich, der Pei quälte, sondern die Art, wie sie

Wege der Seidenfrauen　　　　　　　　天 17

gestorben war, und was ihr durch den Sinn gegangen sein mochte, als sie um Luft rang und bei dem verheerenden Brand, der die Seidenfabrik zerstörte, langsam erstickte. Im vergangenen Monat hatte Pei gelernt, an welchen Erinnerungen sie festhielt und was sie besser vergaß.

Statt dessen träumte Pei von Augenblicken der Freude. Wie Lin selbst auf ihre kleinsten Fragen immer Antworten fand, noch bevor Pei sie stellen konnte. Als sie zu Anfang in die Seidenfabrik gekommen war, war ihr der dampfende, süßlich-schweißige Geruch der eingeweichten Kokons in jede Hautpore gedrungen, hatte sich in ihren Kleidern und an jeder Haarsträhne festgesetzt. Es war ein so feiner und doch so hartnäckiger Geruch, daß Pei dachte, er würde sich nie auswaschen lassen.

»Wasch dein Haar damit«, hatte Lin ihr eines Abends gesagt, als sie ins Mädchenhaus zurückgingen. Sie hielt eine Flasche mit einer bernsteingelben Flüssigkeit hoch. Als Lin sie schüttelte, trieben weiße Jasminblütenblätter durch die Flüssigkeit und sanken langsam wieder auf den Grund der Flasche.

»Hilft das?«

Lin trat näher. »Hier, riech«, hatte sie Pei aufgefordert.

Von diesem Tag an wurde der Duft von Jasmin ein Teil von Peis Alltagsleben. Nachdem die Mädchen ihr Haar gewaschen hatten, war der starke, süße Duft aufgestiegen und hatte ihr Zimmer im Mädchenhaus erfüllt; Pei konnte nicht anders, sie mußte an Lin denken. Selbst der saubere Geruch von Tante Yees Ammoniak konnte es nicht mit dem Jasmin aufnehmen.

Wieder roch Pei Jasmin in ihren Träumen. Ammoniak. Kokons, die in heißem Wasser kochten. Der Duft von Mois Essen, der unter der Tür zur Küche hervordrang, die sie nicht öffnen durften, ohne vorher zu klopfen. Wieder stand Pei am Fuß des breiten hölzernen Treppenaufgangs, der zu ihren

Zimmern hinauf führte. Sie hörte ein Geräusch, ein leises Atemholen, und als sie aufblickte, sah sie Lin, strahlend in ihrem weißen Leichenhemd, die langsam die Treppe zu ihr hinunterstieg.

»Ich habe auf dich gewartet«, sagte Lin lächelnd.

Pei öffnete den Mund, aber zuerst brachte sie keine Worte heraus. Sie fühlte sich so benommen, daß sie glaubte, sie würde in Ohnmacht fallen.

Lin beantwortete ihre Frage, bevor sie sie gestellt hatte. »Ja, ich bin es.«

»Du hast mir gefehlt.« Pei hatte endlich ihre Stimme wiedergefunden. »Mehr, als du dir vorstellen kannst.«

»Ich weiß es.« Lin nahm ihre Hand. »Nun komm. Alle warten.«

Pei klammerte sich an Lins Hand, die sie nie mehr loslassen wollte. Sie fühlte sich so real an, daß Pei sie fester drückte, während sie Lins warme, zarte Haut in ihrer eigenen rauhen, großen Hand spürte. »Aber wer wartet denn?« fragte sie.

»Immer noch so neugierig.« Lin lächelte. »Du wirst es bald sehen.« Sie strich Pei eine Haarsträhne aus dem Gesicht, dann öffnete sie die Doppeltür zum Leseraum.

Peis Herz raste. Sie sah sich in dem Zimmer um, das voller Menschen war. Der Duft nach Räucherstäbchen war überwältigend. Schatten flackerten an den Wänden. Auf den Stühlen saßen Frauen in den weißen Baumwollhosen und -hemden der Schwesternschaft. Pei schloß die Augen und öffnete sie wieder, in die dicke, beißende Luft blinzelnd. Sie berührte Lins Ärmel, um sich zu vergewissern, daß sie wirklich da war, neben ihr. Gesichter aus der Vergangenheit, die frisch und jung schienen.

»Komm, komm herein«, rief eine hohe, schrille Stimme. Pei erkannte sie sofort: Sie gehörte Tante Yee.

Pei eilte auf die ältere Frau zu, sank vor ihrem Stuhl auf die Knie und schlang die Arme um sie. Sie holte tief Atem. Der

Wege der Seidenfrauen

schwache, saubere Geruch von Ammoniak stieg über die Räucherstäbchenwolke auf. »Es ist so lange her«, flüsterte Pei an Tante Yees Hals.

Tante Yee drückte sie fest und ließ sie dann wieder los. »Du bist eine schöne junge Frau geworden, wie ich es immer gewußt habe.«

»Ja, das bist du«, fügte eine andere Stimme hinzu.

Pei erinnerte sich undeutlich an sie. Sie stand auf und sah näher auf all die Gesichter um sie herum. »Wer war das?« fragte sie.

»Ich bin's«, sagte die Stimme. Aus der Gruppe der anderen Schwestern trat Mei-li hervor, die genauso aussah wie vor so vielen Jahren, bevor sie ins Wasser gegangen war.

»Mei-li?« fragte Pei.

»Und vergiß mich nicht«, ertönte eine andere Stimme.

Sui-Ying stand neben Mei-li – die freundliche, liebevolle Sui-Ying, die man bei ihrem Streik für kürzere Arbeitszeiten umgebracht hatte.

Die ganzen Jahre über hatte Pei zu den Göttern gebetet, daß diese beiden Freundinnen den Frieden finden würden, den sie so sehr verdienten. So wie Lin waren sie viel zu jung gestorben.

Aus den Augenwinkeln gewahrte Pei eine Bewegung im Hintergrund, graues Haar stach plötzlich unter den anderen hervor. Pei bemühte sich, über die Schwestern, die vor ihr standen, hinweg zu sehen und hoffte, noch einen Blick zu erhaschen. Sie fragte sich, ob das wirklich sein konnte. Das letzte Mal, als Pei ihre Mutter gesehen hatte, war Yu-sung so schmal und zerbrechlich gewesen. »Ma Ma«, sagte Pei leise, dann noch einmal, lauter. Das Stimmengesumm um sie verebbte.

Yu-sung trat vor. Ihr graues Haar war ordentlich zurückgekämmt. Sie lächelte strahlend. »Ja, meine große Tochter. Ich bin hier«, sagte sie.

Während Pei aufwuchs, hatte sie selten ein Lächeln auf den Lippen ihrer Mutter gesehen, nun strahlte es lichthell vor ihr. Pei trat einen Schritt nach vorn und wollte es sagen, doch sie verheddterte sich, die Worte blieben ihr im Hals stecken. Tränen trübten ihr den Blick und brannten hinter ihren Augen.

»Es ist alles gut«, sagte Ma Ma. »Du hast dich im Leben gut durchgeschlagen, das habe ich immer gewußt. Nachdem du und Lin zu Besuch gekommen seid, wußte ich, daß ich eure Welt in Frieden verlassen konnte.«

Pei klammerte sich an ihre Mutter, solange sie konnte, aber bald spürte sie, daß Lin sich zu ihr beugte, und hörte sie flüstern: »Du mußt jetzt gehen.«

Pei schüttelte den Kopf. »Ich will nicht fortgehen. Ich will hier bleiben, bei euch allen.«

Yu-sung machte sich los. »Das geht nicht. Deine Zeit ist noch nicht da. Es gibt zu viele Dinge, die du noch tun mußt. Vergiß nicht deinen Ba Ba und deine ältere Schwester Li.«

Pei begann zu weinen, leise zuerst, dann ganz ungehemmt. Sie spürte, daß Lin ihren Arm nahm und sie sanft von den anderen wegzog. Ma Ma stand vor ihr und flüsterte Worte, die sie nicht länger hören konnte.

Als Pei hinter der geschlossenen Tür stand, klammerte sie sich an Lin. »Nicht du auch«, schluchzte sie. »Nicht noch einmal.«

»Du mußt in Hongkong weiterleben, so wie wir es geplant hatten. Eines Tages werden wir wieder zusammensein«, flüsterte Lin. »Ich verspreche es dir.«

Stimmen. Schritte. Ein dumpfer Schlag gegen die dünne Trennwand. Pei erwachte. Sie fühlte sich verloren in der Dunkelheit. Ein dünner, blasser Lichtstrahl drang in den Raum. Im Bett gegenüber lag Ji Shen in tiefem Schlaf. Pei schloß die Augen wieder und klammerte sich fest an die Erinnerung von Lins lieblichem Jasminduft, der noch in der Luft lag.

Wege der Seidenfrauen

Song Lee

Song Lee schritt schneller aus, da sie schon verspätet war, um die beiden neuen Schwestern kennenzulernen, die bei Ma-ling auf sie warteten. Wan Chai war laut, und es wimmelte von Leuten. Seit die japanischen Teufel im vergangenen Jahr Peking besetzt hatten und weiter nach Süden marschierten, waren mehr und mehr Menschen von Kanton nach Hongkong geströmt. Die Hitze und die Luftfeuchtigkeit über dieser Masse von Menschen waren schon unerträglich, und die Pfunde, die Song Lee in den acht Jahren, seit sie selbst in Hongkong angekommen war, zugenommen hatte, ließen sie nach Luft schnappen.

An jenem Morgen, als der Junge mit Ma-lings Botschaft ans Tor des Hauses, in dem sie arbeitete, gekommen war, hatte Song Lee bereits Pläne für ihren Sonntagnachmittag gemacht. Sie wollte sich mit einigen ihrer Schwestern in dem Teehaus Go Sing im Central District treffen. Dort wurde eifrig der letzte Klatsch und Tratsch weitergetragen. Die Schwesternschaft aus Yung Kee und anderen Dörfern hatte in Hongkong immer noch einen starken Zusammenhalt. Die meisten Schwestern waren als sauber und fleißig bekannt. Fast alle wurden in reichen Familien, chinesisch und britisch, begeistert als Amahs oder Dienstbotinnen angestellt. Die meisten Schwestern, die nun in Hongkong arbeiteten, hatten lange Jahre zur Schwesternschaft der Seidenarbeiterinnen im Delta der Provinz Kwangtung gehört, wo sie sich in einer Eintrittszeremonie das Haar aufstecken ließen. Song Lee wußte, daß die Tai tais in Hongkong einen eigenen Begriff für ihr Gelübde, niemals zu heiraten, hatten: *sohei*. Ihr Gelübde bedeutete, daß die Schwestern weniger Gefahr liefen, begehrliche Ehegatten anzuziehen, und ihre Dienste stiegen rasch im Wert.

Manche der Schwestern konnten sich nicht an die Arbeit

als Hausangestellte anpassen und wurden bald ersetzt. Doch für die meisten war die Schwesternschaft auch in Hongkong eine blühende Gemeinschaft. Sie organisierten sich, so wie früher als Seidenarbeiterinnen, und waren immer noch zahlreich. Kreditgenossenschaften und Rentenkomitees wurden schnell gegründet, um Schwestern, die neu nach Hongkong gekommen waren, zu helfen. Im Nu begann Song Lee aktiv dabei mitzuarbeiten, den neu angekommenen Schwestern in Hongkong zu helfen, sich an das Leben und Arbeiten in Hongkong zu gewöhnen.

Wie die meisten ihrer Schwestern hatte Song Lee ihr ganzes Leben damit verbracht, sich anzupassen. Sie war die einzige Tochter eines armen Bauern und seiner Frau. Ihre beiden älteren Brüder bekamen das Wenige, was ihre Eltern ihnen zu bieten hatten, materiell und emotional, während Song Lee im Alter von sechs Jahren, früher als viele andere, in die Seidenfabrik gegeben wurde. Monatelang weigerte sie sich, mit irgend jemandem zu sprechen, und weinte sich jeden Abend in den Schlaf. Klein und stumm lag sie in einem von zehn Betten, die sich in dem langen, schmalen Raum aneinanderreihten. Dann hörte Song Lee eines Abends ein anderes Mädchen weinen, und dieses leise, aufstoßende Schluchzen lenkte sie von ihrem eigenen Elend ab. Sie horchte in die Dunkelheit, hypnotisiert von diesem seltsam tröstlichen Wiegenlied. Zum ersten Mal erkannte sie, daß sie nicht allein war. Jedes Mädchen in diesem Zimmer war von einer Familie, die sie liebte, verlassen worden. Ein Dutzend Jahre später hatte Song Lee ihr Leben dem Ziel geweiht, ihren Schwestern in jeder ihr möglichen Weise zu helfen.

Als Song Lee in die Pension kam, war sie erhitzt und durstig. Die beiden neuen Schwestern warteten auf sie, als Maling sie in das Wohnzimmer führte.

»Bitte, bitte, steht nicht auf«, sagte Song Lee. Sie ließ sich, dick und schnaufend, auf das Sofa neben dem jungen

Wege der Seidenfrauen

Mädchen sinken, gegenüber der älteren, auffallend großen Schwester, die jede Bewegung Song Lees mit scharfen, durchdringenden Augen beobachtete.

»Danke, daß Sie den ganzen langen Weg gekommen sind«, sagte die große Pei; ihre Miene entspannte sich zu einem leichten Lächeln. »Ich wüßte nicht, wo ich mit der Suche nach einer Arbeit anfangen sollte. Hongkong ist so groß, so übervölkert.«

»Ich hoffe, ich kann euch die Übergangszeit leichter machen.« Song Lee lächelte. Sie wühlte in ihrer Tasche nach dem roten, goldgeränderten Papierfächer und klappte ihn auf. Der leise Luftzug, wenn auch stickig, tat ihr gut.

Song Lee betrachtete Pei einen Augenblick lang eingehend. Seit sie selbst nach Hongkong gekommen war, hatte sie bestimmt mehr als hundert Schwestern geholfen, sich einzuleben und Stellen als Hausangestellte zu finden. Nun rühmte sie sich, daß sie das Gesicht jeder Frau lesen konnte, als wäre es eine Landkarte ihres Lebens, die mit jeder Linie, jeder Falte etwas verriet. Auch wenn Song Lee nicht wußte, welche Bestimmung eine Frau letztendlich in ihrem Leben hatte, konnte sie doch erraten, in welche Richtung sie ging. Manchmal war es ein so unscheinbarer Hinweis wie die leicht vorstehende Stirn einer jungen Frau oder die zarte Neigung ihrer Lippen nach unten. Jeder winzige Gesichtszug ließ das Geschick einer Person erahnen.

So oft war es Song Lee schwer ums Herz gewesen, wenn sie künftige Schwierigkeiten erkannte. Eine achtzehnjährige Schwester, deren Augenbrauen wie zwei scharfe Messer nach oben deuteten, war so dumm gewesen, mit dem Hausherrn herumzuscherzen, war schwanger geworden, und die Hausherrin hatte sie schließlich hinausgeworfen. Danach war es für die Schwesternschaft schwierig gewesen, sie unterzubringen. Die Geschichte hatte sich herumgesprochen, und keine chinesische Tai tai wollte sie noch anstellen. Endlich hatte sie Arbeit als Wäscherin für eine englische Familie gefunden. Ein anderes junges Mädchen mit fast ständig feuchten und wässrigen Augen begann beim leisesten Wort oder Blick plötzlich zu weinen. Ihre Arbeitgeber wußten nicht mehr, was sie mit ihr anfangen sollten, und als sie unter Tränen zurück zur Schwesternschaft kam, war auch Song Lee ärgerlich gewesen. In solchen Fällen mußte Song Lee einfach in die andere Richtung blicken. Gegen ein Schicksal, das bereits festgelegt war, konnte sie nur wenig tun. Sie konnte nur hoffen, daß der Makel, den sie entdeckt hatte, von einem günstigen Wesenszug, der ihr entgangen war, überdeckt wurde. Song Lees eigenes Leben war nicht weniger schwer gewesen. Auf ihrem runden, blühenden Gesicht zeigte sich das nicht, wohl aber auf dem großen, dunklen Muttermal auf ihrem Nacken. Hätte sie dasselbe Muttermal vorn auf dem Hals gehabt, wäre Song Lees Leben vielleicht einem leichteren Weg gefolgt.

Das Gesicht dieser jungen Frau, Pei, erzählte eine andere Geschichte. Song Lee erkannte an Peis Nasenrücken eine ruhige Kraft, verbunden mit Intelligenz in den tiefliegenden Augen. Wenn Ji Shen – deren Gesicht mit seinem flacheren Nasenrücken und der abfallenden Stirn es an Entschiedenheit mangeln ließ – auf Pei hörte, würde auch mit ihr alles gut werden. Pei war alt genug, um manche der dummen Fehler zu vermeiden, die andere jüngere Schwestern manchmal begingen. Song Lee sah einen verschlungenen Weg vor sich, den Pei aber wahrscheinlich bestehen würde.

Während der vergangenen Jahre hatte Song Lee es gelernt, mit Bedacht vorzugehen und jede Frau sorgsam in die Besonderheiten ihres neuen Lebens einzuführen. Sie trank ihren Tee, räusperte sich und begann mit ihrer hohen, melodiösen Stimme zu sprechen. »Die Schwesternschaft ist gut zu mir gewesen, und anderen Schwestern zu helfen ist das Mindeste, was ich dafür zurückgeben kann. Außerdem« – Song

Wege der Seidenfrauen

Lee lächelte – »habe ich immer geglaubt, daß sich ein glückliches Los auch einmal auf mich zurückwenden wird. Aber erzählt mir, wie geht es Chen Ling und Ming?«

»Gut, hoffen wir«, sagte Pei, und ihr Lächeln schwand. »Sie haben den buddhistischen Glauben angenommen und sind in ein vegetarisches Haus dieses Glaubens auf dem Land gegangen. An dem Tag, nachdem wir aus Yung Kee fortgegangen sind, wollten sie aufbrechen. Ich frage mich ständig, ob es ihnen gutgeht.«

Song Lee beugte sich vor. »Wenn sich jemand durchschlägt, dann Chen Ling. Sie ist stark wie ein Dutzend Männer!«

Pei und Ji Shen legten allmählich ihre Nervosität ab. Sie redeten über Yung Kee und die Arbeit in der Seidenfabrik, bis Song Lee sich zurücklehnte und die Hand hob, als wolle sie die Erinnerungen verscheuchen.

»Die meisten Schwestern, die nach Hongkong gekommen sind, arbeiten nun als Hausangestellte«, sagte Song Lee. Sie goß sich noch eine Tasse Tee ein. »Es ist letztendlich eine kleine Insel, und es spricht sich schnell von einem Haushalt zum anderen herum, daß eine Schwester eine Stelle sucht. Die meisten Familien ziehen uns als Amahs ihrer Kinder allen anderen vor.«

»Warum?« fragte Ji Shen.

»Weil wir es gewohnt sind zu arbeiten, und weil es sich erwiesen hat, daß wir beständig und verläßlich sind«, antwortete Song Lee.

»Kann ich auch Arbeit finden?« erkundigte sich Ji Shen. Zum ersten Mal, seit Song Lee gekommen war, hatte sie einen ganzen Satz gesprochen.

Song Lee lächelte das Mädchen an. »Ich muß mit ein paar der anderen Schwestern reden, aber ich bin sicher, daß wir eine Stelle für dich finden können …«

»Nein«, sagte Pei rasch. »Entschuldigen Sie, daß ich unterbreche, aber ich möchte, daß Ji Shen ihre Schule beendet.«

»Aber…« begann Ji Shen.

»Du bist noch jung genug, um dir einen anderen Weg zu suchen. Es bedeutet mir viel«, fuhr Pei fort; ernst senkte sie die Stimme. »In ein paar Jahren kannst du tun, was du willst. Im Augenblick bin ich die einzige, die eine Stelle braucht«, erklärte sie leise, wieder an Song Lee gewandt.

Song Lee nickte. Sie nippte an dem etwas bitteren Tee, dann rückte sie den Kragen ihres Hemdes, der ihr zu eng wurde, zurecht. Vielleicht hatte sie sich getäuscht; vielleicht besaß diese hochgewachsene, stille Schwester doch noch mehr unvermutete Stärke.

Duftender Hafen

Drei Tage später folgte Pei den Richtungsangaben Song Lees zum *Bing Tao Fa Yuen*, dem botanischen Garten gegenüber von der Residenz des Gouverneurs. Sie hatte überlegt, Quan anzuheuern, damit er sie hinbrachte, aber dann beschlossen, daß sie sich so schnell wie möglich in den Straßen Hongkongs zurechtfinden wollte. Wenn sie zu Fuß ging, war sie dazu rasch gezwungen. Nachdem Pei sich überzeugt hatte, daß Ji Shen bei Ma-ling gut aufgehoben war, brach sie auf, um Song Lee und die anderen Schwestern zu treffen, die ihr bei der Suche nach Arbeit helfen würden.

»Komm und lern einige andere Schwestern des Komitees kennen«, hatte Song Lee gesagt. »Es ist wichtig, so viele Beziehungen hier in Hongkong aufzubauen, wie ihr könnt. Man weiß nie, wann man sie braucht.«

Pei hatte nervös zugestimmt und sich gefragt, ob sie wenigstens fähig sein würde, Hausarbeit zu verrichten. Sie hatte keine andere Wahl, als mit der Hilfe Song Lees in diese neue Welt einzutreten, von der sie so wenig wußte.

Wege der Seidenfrauen

Sobald Pei von ihrer Pension aus ums Eck bog, war sie umringt von Menschengewühl. Plötzlich wurde ihre Umgebung ihr durchdringend bewußt. Der säuerliche Geruch nach Schweiß und Urin, das fettige Aroma chinesischer Doughnuts, die fritiert wurden, der zu Kopf steigende Qualm der vielen Autos, die schrillen Stimmen der Verkäufer. In der flirrenden Nachmittagshitze schmerzte sogar die Mischung greller Farben im Tageslicht in den Augen. Pei hatte noch nie so viele große, dunkle Autos gesehen, die aus jeder Richtung lärmend auf sie zurasten. »Metallungeheuer«, murmelte sie, als sie im Zickzack über eine wimmelnde Straße rannte.

Das Menschengewühl verlief sich etwas, und Peis Panik legte sich, als sie den Lärm Wan Chais verließ und über gepflasterte Straßen den Aufstieg zum Botanischen Garten begann. Schöne, stuckverzierte Ziegelhäuser standen groß und beeindruckend an beiden Straßenseiten. Pei spürte, wie es in ihren Beinmuskeln zog, als sie flott den Hügel hinaufstieg. Auf dem flachen, offenen Gelände Yung Kees hatte es fast keine Anhöhen gegeben; erhitzt rang sie um Atem, als sie nun die Straßen Hongkongs erklomm. Während der Weg allmählich immer steiler wurde, versuchte sie sich vorzustellen, wie sie wieder zurückgehen würde. Ein Stolpern, und sie würde den ganzen Weg nach Wan Chai hinunterrollen!

Als Pei weit genug oben war, um das schimmernde blaugraue Wasser unter sich zu sehen, blieb sie stehen und drehte sich um. Der Hafen war mit Schiffen gesprenkelt. Dahinter ragte die dunkle Landmasse Kowloons auf, und hinter Kowloon lag China. Pei staunte über alles, was sie sehen konnte, und schluckte, um gegen den dumpfen Schmerz, daß sie gerne Lin bei sich gehabt hätte, anzukämpfen.

Als sie leise schlurfende Schritte hinter sich hörte, drehte sie sich um. Eine alte Frau in dem dunklen Hemd und den

dunklen Hosen einer Dienerin, die in jeder Hand eine volu-
minöse Tasche trug, kam langsam in Peis Richtung den Hügel herunter. Sie schien sie verächtlich anzustarren und etwas
zu murmeln. Als die alte Frau ihren Schritt den Hügel hinab
beschleunigte, erhaschte Pei die Worte »jung und kräftig«
und »nehmen unsere Stellen weg«.

Der Botanische Garten lag in der Upper Albert Road. Vor
sich konnte Pei zwischen den Asphaltstraßen und den Häusern bereits grünes Gebüsch sehen. Sie begann schneller zu
gehen, in der Hoffnung auf den kühlen Schatten der Bäume.
Song Lee hatte ihr gesagt, die Schwestern würden auf dem
Rasen gleich rechts neben dem Eingang warten.

In der Nähe des Gartens blieb Pei stehen und schöpfte
Atem. Sie mochte Song Lee mit ihrer angenehmen Stimme
und hoffte, daß sie mit den anderen Schwestern möglichst
gut auskommen würde, aber sie erinnerte sich nur zu gut an
all die verschiedenen Personen, die ihr Leben beeinflußt hatten, zuerst im Mädchenhaus, dann in der Seidenfabrik und
im Schwesternhaus. Mit so vielen Menschen zu tun zu haben
war manchmal so, als spiele man eine Partie Schach. Es gab
so viele Figuren, die alle in verschiedene Richtungen zogen.
Es war stets klug, sich von allen Seiten her zu sichern, damit
die eigene Figur nicht geschlagen wurde.

Die Schwestern warteten genau dort, wo Song Lee gesagt
hatte. Aus der Entfernung sahen sie in ihren schwarzen Hosen und weißen Hemden, nicht unähnlich der Kleidung der
Seidenschwesternschaft, wie ein Schwarm schwarzweißer
Vögel aus. Einen Augenblick lang hatte Pei das Gefühl, sie
könnte wieder zurück in Yung Kee sein. Sie holte tief Luft
und staubte ihre eigenen weißen Hosen ab.

»Ah, Pei, du hast den Weg gefunden.« Song Lee kam
gleich zu ihr herüber. »Ich hoffe, du hattest keine Schwierigkeiten.«

Pei lächelte; eine Schweißperle lief ihr über die Stirn.

Wege der Seidenfrauen   天 29

»Nein, mit deiner Wegbeschreibung war es leicht. Mir war nur nicht klar, wie steil die Hügel sind.«

Song Lee lachte. »Du wirst dich an sie gewöhnen. Du hast gar keine Wahl, wenn du hinauf und hinunter zum Markt gehst und die Kleinen von der Schule abholst.« Sie nahm Peis Arm und führte sie zu der kleinen Gruppe von Frauen, die an einem schattigen Grünstreifen zwischen Blumenbeeten warteten. »Hab keine Angst«, flüsterte Song Lee. »Sie beißen nicht.«

Von den sechs oder sieben Frauen, die sich hier trafen, konnte Pei sich nur zwei Namen merken: Luling, die etwa im selben Alter war wie sie selbst, und eine jünger aussehende Schwester, die sich lieber mit ihrem neu angenommenen englischen Namen, Mary, anreden ließ. Die anderen begrüßten sie, schenkten ihr Tee aus einer Thermoskanne ein und reichten ihr wohlschmeckende Mandelkekse, deren blättrige Krümel sie im Hals kratzten, während sie versuchte, all die Fragen der Schwestern zu beantworten.

Als Pei an diesem Abend in ihrem Bett neben dem Ji Shens lag, dachte sie darüber nach, welch einen anderen Eindruck Lin an diesem Nachmittag gemacht haben würde. Obwohl zurückhaltend, hätte Lin sich doch gewählt ausgedrückt, hätte die anderen dazu gebracht, ihr zuzuhören und ihre Begabungen zu erkennen. Aber Pei hatte das Gefühl, all ihre Worte seien kurz und trocken gewesen, wie Steine, die zu Boden fielen. Hongkong *ist heiß, groß, voller Menschen.* Ja, ich kann *kochen, waschen, abstauben.*

Pei drehte sich auf dem unbequemen Bettgestell herum. Sie spürte einen leichten Schmerz in ihren angespannten Beinmuskeln, und zuckte erneut zusammen, als sie sich daran erinnerte, wie aufgeregt und glücklich Ji Shen sie bei ihrer Rückkehr begrüßt hatte.

»Was haben sie gesagt?«

»Sie wollten wissen, wie es uns hier in Hongkong gefällt«, hatte sie müde geantwortet.

»Haben sie schon eine Stelle für dich gefunden?«

»Ich habe sie doch gerade erst kennengelernt.«

»Wenn sie etwas finden, werden wir dann dort wohnen?«

Pei quälte sich die Treppe hinauf. »Ich weiß es nicht«, hatte sie mit kaum hörbarer Stimme erwidert.

Zwei Tage später, als Pei nach unten ging, fand sie eine Nachricht von Song Lee vor. Sie drehte sie in der Hand hin und her, als Ji Shen kam und sie drängte, sie schnell zu öffnen. Pei las:

Wir haben bei der Familie Chen eine gute Stelle für dich gefunden. Sei morgen um zwei Uhr nachmittags bei der unten angegebenen Adresse. Benütze den Hintereingang.

Song Lee

Pei studierte die Adresse, es war in der Po Shan Road. Sie fragte sich, ob es wie eines der großen stuckverzierten Ziegelhäuser war, die sie auf dem Weg in den Botanischen Garten gesehen hatte, und ob es viele Zimmer mit so dicken, weichen Teppichen wie in Lins Elternhaus und einen Blick auf den Hafen hatte. Den ganzen Tag behielt sie die Nachricht sorgsam in ihrer Tasche.

Zum Abendessen gingen Pei und Ji Shen in das nahegelegene Star Village Restaurant, um ihr Glück zu feiern. Pei war an diesem Abend zu aufgeregt, um einzuschlafen. Morgen würde ihr neues Leben in Hongkong beginnen. Pei atmete die schale Luft ein, versuchte, auf dem durchhängenden Bettgestell eine bequeme Lage zu finden, dann schloß sie die Augen vor all ihren Ängsten.

Wege der Seidenfrauen

KAPITEL ZWEI

1938

Pei

Das Haus in der Po Shan Road war größer, als Pei erwartet hatte. Groß und imposant stand es hinter einem schwarzen schmiedeeisernen Zaun, der seine weitläufige grüne Rasenfläche vom übrigen Hongkong trennte. Hinter dem Tor war eine lange Kiesauffahrt, die zur Eingangstür führte. Selbst aus einer gewissen Entfernung wirkte das Haus riesig – drei weiße, stuckverzierte Stockwerke mit massiven weißen Säulen, die eine breite Veranda schmückten, die das Haus umgab wie beschützende Arme. Pei blieb am Tor stehen, um Atem zu holen. Angesichts dieser blendenden Weiße verspürte sie den Wunsch, umzukehren und davonzulaufen, während ihre Hand dennoch gegen das sonnengewärmte Metall drückte und das Tor sich knarzend öffnete.

Peis rasche Schritte knirschten über den Kies zum Haus. Das Grundstück war sehr gepflegt, Bauhinia-Sträuche, Chrysanthemen und rosafarbene und dunkelrote Azaleen blühten in ordentlichen Parzellen. Erst als Pei die Stufen hinaufgestiegen war und vor der kunstvoll geschnitzten Eingangstür stand, erinnerte sie sich daran, daß sie um das Haus herumgehen und durch die Hintertür eintreten sollte.

»Kann ich Ihnen helfen?«

32 天

Gail Tsukiyama

Die Stimme ließ Pei aufschrecken. Sie drehte sich um und sah einen Männ um die Fünfzig in weitem Hemd und weiten Hosen, einen Strohhut auf dem Kopf und eine Schaufel in der Hand.

»Ich suche den Hintereingang«, antwortete Pei.

Der Mann blinzelte und lächelte. »Dann haben Sie genau die entgegengesetzte Seite gefunden!« Er deutete auf einen gefliesten Weg, der um das Haus herum führte. »Gehen Sie nur da entlang«, erklärte er und deutete ihr mit der Hand die Richtung.

Pei trat von einem Fuß auf den anderen und versuchte, trotz der Hitze zu lächeln. »Danke.«

Der Mann nickte. Nervös kehrte Pei um und eilte die Stufen hinunter zu dem gepflasterten Weg, der zur Rückseite des Hauses führte.

»Oh, Missee«, rief er ihr plötzlich nach. »Fragen Sie nach Ah Woo. Ah Woo wird sich um Sie kümmern.«

Pei entspannte sich und lächelte. »Das werde ich tun.«

Die Hintertür, aus unverziertem Holz in verblaßter brauner Farbe, hätte ebensogut zu einem anderen Haus gehören können. Pei sah sich um, als wäre sie bereits in einer anderen Welt. Nicht weit von der Tür, neben einem steinernen Brunnen, lag eine umgekippte hölzerne Waschwanne. Neben einer großen Weide gleich in der Nähe stand eine Gruppe von Körben und Stühlen. Anders als die Vorderfront des Hauses wirkte der hintere Teil kärglich, ohne Blumen.

Pei klopfte leicht an die Tür, dann fester, als sich niemand meldete. Ihr Herz klopfte so sehr, daß sie atemlos blieb, und einen Augenblick später eilte sie zu dem Brunnen hinüber, um sich einen Schluck Wasser zu holen.

Gerade in diesem Moment wurde die Tür aufgerissen, und eine barsche, strenge Stimme erklang über den Garten. »Was wollen Sie?«

Wege der Seidenfrauen

Pei sah auf, immer noch den hölzernen Schöpfer in der Hand, Wasser tropfte ihr vom Kinn aufs Hemd. Die Frau, die Pei anstarrte, war nicht älter als sie, in ein weißes Hemd und dunkle Hosen gekleidet, das Haar zu einem Knoten aufgesteckt. »Ich komme zu Ah Woo, wegen einer Stellung im Haushalt.« Rasch steckte Pei den Schöpfer in den Holzeimer zurück. »Song Lee hat mich hergeschickt.«

Die Frau betrachtete Pei eingehend, ihre nach oben spitz zulaufenden Augen verengten sich. »Warte hier«, sagte sie schließlich und verschwand wieder im Haus.

Pei stand an der Tür und fühlte sich verlegen und unwohl bei diesem kühlen Empfang. Sie fragte sich, ob alle Diener im Haushalt der Familie Chen so feindselig waren wie diese Frau mit den dunklen, stechenden Augen.

Wieder ging die Tür auf, eine andere Stimme ertönte. »Ach, du bist da! Ich bin Ah Woo. Song Lee hat mir gesagt, daß du kommen würdest. Es ist heiß draußen. Warum um alles in der Welt hat Fong dich nicht drinnen warten lassen? Komm herein, komm herein!« Ihr rundes, offenes Gesicht mit dem warmen Lächeln wirkte alterslos.

Pei folgte Ah Woo in die kühle, höhlenartige Küche, in der es nach Knoblauch und grünen Zwiebeln und nach etwas Fremdem roch. Es war eine Wohltat, endlich aus der Sonne zu sein. Als ihre Augen sich an das dämmrige Licht gewöhnt hatten, sah Pei einen großen, offenen Raum mit noch nicht angezündeten Kohlenfeuern für verschiedene Woks, die in eine breite Betontheke eingelassen waren. Oben auf der Theke lagen neben einem frisch geschlachteten Huhn langblättriges Senfgras und weiße Rüben. Auf einer Seite des Raumes stand ein runder Holztisch mit Resten des Mittagessens – dünne, durchsichtige Gräten von gedünstetem Fisch, etwas Schweinehackfleisch mit eingelegtem Gemüse, ein paar eingetrocknete Reiskörner, die an Schüsselrändern klebten. Pei wurde der Mund wässrig. Sie fragte sich, ob die Familie Chen gerade gegessen hatte.

»Bitte setz dich, setz dich«, forderte Ah Woo sie auf. »Leen, bitte räum ein paar von diesen Schüsseln fort!«

Bei diesen Worten stürzte eine grauhaarige Frau eilig zur Tür herein und fing an, Schüsseln und Tassen vom Tisch abzuräumen. »Immer Leen«, murmelte sie zu sich selbst, während sie die Schüsseln aufeinanderstapelte.

Ah Woo achtete nicht auf diese Beschwerde, sondern goß Pei eine Tasse Tee ein. »Ich entschuldige mich für diese ganze Unordnung. Wir haben gerade erst gegessen.«

»Nicht die Familie?« rutschte es Pei heraus.

»O nein, nicht hier drin!« Ah Woo lachte hoch und schrill. »Ich kann mir nicht vorstellen, daß Chen Tai je an diesem Tisch sitzen würde.« Sie legte ihre fleischige Hand auf die abgenutzte, zerkratzte Holzfläche.

Pei errötete über ihren Fehler.

»Mach dir keine Gedanken«, beruhigte sie Ah Woo. »Du wirst dich in diesem Haushalt bald zurechtfinden. Als ich hier angefangen habe, hatte ich keine Ahnung, daß eine Familie in einem so großen Haus leben könnte. So wie es bei mir daheim war, könnte das ganze Dorf bequem hier wohnen!«

»Wie groß ist die Familie Chen?« fragte Pei.

Ah Woo setzte sich. »Es sind sechs Leute, die zur engeren Familie gehören, aber drei der vier Kinder sind im Internat. Nur die jüngste, die zwölfjährige Ying-ying, lebt im Augenblick zu Hause. Aber sie allein macht ganz schön Arbeit! Und oft kommt Chen Tais Schwester zu Besuch. Ich will dir erklären, für welche Arbeit wir jemanden suchen.« Ah Woo lehnte sich im Stuhl zurück, als die alte Dienerin Leen die letzten Schüsseln vom Tisch abräumte.

»Ich ... ich habe nicht viel Erfahrung als Hausangestellte«, gestand Pei.

Ah Woo lächelte. »Viele sind aus den Seidenfabriken gekommen, vor allem jetzt, wo die japanischen Teufel schon

Wege der Seidenfrauen　　天　35

Kanton geschluckt haben. Nichts, was du hier lernst, ist schwieriger als dein Leben in der Seidenfabrik. Wenn du Fäden aus den Kokons zupfen und ihre Seide in kochendem Wasser aufwickeln kannst, dann bringst du es auch fertig, Wasser für ein heißes Bad heraufzupumpen oder ein paar Kleider zu waschen. Ach Himmel, als ich nach Hongkong gekommen bin, habe ich gedacht, ich würde es keine Stunde lang aushalten.« Sie schüttelte den Kopf. »Es war kein leichtes Leben. Aber es gibt hier nichts, was du nicht innerhalb der ersten Woche lernen kannst. Wir alle haben einmal anfangen müssen. Fong hast du ja schon kennengelernt, es ist noch kein Jahr her, daß sie von der Arbeit in der Seidenfabrik hergekommen ist.«

Pei schluckte das Unbehagen, das Fong ihr eingeflößt hatte, hinunter und fragte weiter. »Arbeiten viele Dienstboten in diesem Haushalt?«

»Zu viele! Aber Leen und ich sind am längsten hier. Wir sind für sie jetzt zu alt, um uns hinauszuwerfen. Chen Seensan ist ein sehr reicher Mann und kann es sich leisten, für jeden Bedarf seiner Familie eine Dienerin zu haben.« Ah Woo hielt inne. »Ich habe im Laufe der Jahre viele Gesichter kommen und gehen sehen, aber gewöhnlich sind es acht oder neun Dienstboten, die ständig hier arbeiten. Drei von uns wohnen im Haus, die anderen gehen abends heim zu ihren eigenen Familien.«

Pei staunte über die Zahl von Leuten, die nötig waren, um sich um den Haushalt der Chens zu kümmern. Sogar im Haus von Lins Familie in Kanton waren nur zwei alte Dienstboten gewesen, die schon lange Teil der Familie waren.

»Und soll ich hier bleiben?« fragte Pei.

Ah Woo nickte. »Chen Tai ist eine sehr beschäftigte Frau. Sie ist oft zu gesellschaftlichen Ereignissen eingeladen, und ihre Cheongsams müssen fertig für sie bereitliegen. Du wirst die *saitong* sein, die Dienerin, die wäscht und bügelt. Fong kümmert sich um Ying-ying, und Leen ist die Köchin. Dann gibt es noch zwei Chauffeure und Wing, den Gärtner. Zwei Mädchen kommen jede Woche zum Saubermachen, und ich sorge dafür, daß der Haushalt insgesamt reibungslos läuft«, Ah Woo lächelte, »was manchmal schwieriger ist, als du dir vorstellen kannst.«

Pei nickte und erwog eine andere Frage. »Ich muß dich noch etwas fragen.«

»Was denn?«

»Ich habe eine jüngere Cousine, um die ich mich kümmere«, begann Pei, die glaubte, ihre Bitte würde mehr Gewicht haben, wenn Ji Shen eine Familienangehörige war. »Sie muß mit mir kommen.«

Ah Woos Lächeln schwand, als sie den Kopf schüttelte. »Ich fürchte, darüber wird Chen Tai nicht erfreut sein.«

Pei stand auf, sie hatte das Gefühl, die Stelle gleite ihr aus den Händen. »Dann tut es mir leid, daß ich deine Zeit beansprucht habe«, erklärte sie.

Ah Woo legte ihre beiden rundlichen Hände auf den Tisch und stützte sich beim Aufstehen ab. »Laß mich sehen, was ich tun kann«, erklärte sie. »Warte hier.« Sie bedeutete Pei, daß sie sich wieder setzen und ihren Tee austrinken solle.

Als Pei zu Ma-lings Pension zurück ging, pochte ihr Kopf vor Schmerz, und ihre Beine fühlten sich schwach an. Sie blieb vor dem Laden des Kräuterhändlers im Erdgeschoß stehen und fragte sich, ob er den Whiteflower- und Snake-tongue-grass-Tee führte, den Moi im Mädchenhaus immer gekocht hatte, wenn eine von ihnen nicht schlafen konnte. Pei zögerte, dann öffnete sie die Tür. Innen war es kühl und dunkel, das schale Aroma von Kräutern und getrockneten Ohrschnecken hüllte sie sofort ein. Verblaßte schwarze, braune und grüne Blätter, getrocknete orangerote Beeren, Wurzeln und knorrige Zweige lagen in offenen Holzbehältern. An

Wege der Seidenfrauen

der Wand hinter der vollgestellten Theke standen Reihen um Reihen von Regalen mit kleinen Schubladen. Und in einem der staubigen Gläser auf der Ladentheke erkannte Pei zwei Bärentatzen, die in einer trüben Flüssigkeit schwammen.

»Hallo?« rief sie leise. Ihre Stimme hallte durch den Raum wider, zurück zu ihr. Sie spürte einen Windhauch an ihrem Hals und wollte sich schon umdrehen und gehen, als hinter einem Vorhang ein alter Mann auftauchte.

»Wie kann ich Ihnen helfen?« Seine schlanke, drahtige Gestalt und seine freundlichen Augen beruhigten Pei.

»Ich brauche Tee«, erklärte sie.

»Ja, ja, ich habe alle Sorten Tee. Einen Heilkräutertee oder einen besonders wohlschmeckenden?«

»Einen, der mir beim Einschlafen hilft.« Schon das Wort machte Pei plötzlich müde.

»Ah.« Er schlüpfte hinter die Theke und öffnete mehrere Schubladen, die seine Zaubertränke enthielten, wußte Pei. »Da haben wir es«, sagte er und maß verschiedene dunkle Blätter ab, die er auf ein Stück weißes Papier häufte. »Und noch eine Prise Chrysantheme. Sie werden schlafen wie ein Kind.« Er faltete das Papier zusammen und schrieb in chinesischen Schriftzeichen »Traumtee« darauf, dann schob er das Päckchen über die Theke.

»Danke«, sagte Pei, als sie den Kräuterkundigen bezahlte.

»Nach dem Essen, bevor Sie zu Bett gehen«, wies er sie an.

Pei nickte. »Wenn der Tee nicht wirkt, sagen Sie es mir«, fügte er hinzu, als sie hinausging. »Jeder Mensch ist anders. Glücklicherweise gibt es so viele Tees wie Tage im Jahr.«

Draußen vor dem Geschäft sah Pei Quan und seine Rikscha neben dem Pensionseingang. Ji Shen stand an der Tür und unterhielt sich mit ihm, das Ende ihres Zopfes um die Finger wickelnd. Als Quan Pei herankommen hörte, drehte er sich um und errötete.

»Hallo, Missee, ich bin gekommen, weil ich schauen wollte, ob alles in Ordnung ist.« Er lächelte.

Pei lächelte zurück. Es geht uns gut. Wir leben uns hier ein.«

»Wenn Sie einmal eine kleine Rundfahrt durch Hongkong machen wollen, würde ich mich freuen, Sie in meiner Rikscha mitzunehmen.« Er blickte auf Ji Shen. »Natürlich kostenlos.«

»Ich würde mir Hongkong sehr gerne ansehen«, meinte Ji Shen begeistert.

Pei sah die aufblitzende Vorfreude auf ihren jungen Gesichtern. »Danke, Quan«, erwiderte sie und berührte seinen mageren Arm. »Wir werden bald etwas vereinbaren.«

Quan lächelte verschmitzt, dann trat er langsam zurück und ergriff die hölzernen Deichseln seiner Rikscha. »Ich muß jetzt los. Jederzeit – fragen Sie einfach nach Quan, und man sagt mir dann Bescheid«, erklärte er, wendete die Rikscha und eilte die Straße hinunter, bevor sie die Möglichkeit hatten, noch etwas zu sagen.

»Wie war es?« erklang Ji Shens aufgeregte Stimme, noch bevor Pei die Eingangstür geschlossen hatte.

»Gehen wir hinauf.«

Ji Shen folgte ihr. »Hast du die Stelle bekommen?«

Ma-ling stand oben auf dem Treppenabsatz. »Ich hoffe, es ist gut verlaufen«, begrüßte sie Pei.

Pei nickte, führte sie aber in das Wohnzimmer, bevor sie mehr erzählte. In dem behaglichen alten Raum seufzte sie, dann blickte sie in die beiden gespannten Gesichter und zwang sich zu einem Lächeln. »Ich fange Ende der Woche zu arbeiten an.«

Pei spürte eine sachte Brise, die erste Erleichterung von der Hitze, seit sie in Hongkong angekommen war. Sie und Ji

Wege der Seidenfrauen   天   39

Shen ließen das Fenster in ihrer kleinen Kabine immer offen, trotz der lauten, aber undeutlichen betrunkenen Stimmen und des plötzlichen Stakkatos von Musik aus irgendeiner Bar in Wan Chai. Während der letzten Nächte war die Luft so drückend gewesen, daß Pei dachte, sie würden im Schlaf ersticken. Sie hatte kaum schlafen können, ihr Kissen war feucht von Schweiß gewesen, während sie angestrengt lauschte, ob Ji Shens kurze Atemzüge ihren gleichmäßigen Rhythmus beibehielten.

Heute nacht, selbst nach dem Tee des Kräuterhändlers, hatten Peis schweifende Gedanken sie wach gehalten. Bei der Aussicht, in ein paar Tagen bei der Familie Chen einzuziehen und ihre neue Stelle als *saitong* anzutreten, war sie eher ängstlich als freudig erregt. Wieder sah sie hinüber zu der schlafenden Ji Shen, deren blasse Haut in der Dunkelheit leuchtete. Pei würde nie den enttäuschten Ausdruck auf Ji Shens Gesicht vergessen, als das Mädchen erfahren hatte, daß nur Pei bei den Chens wohnen würde.

»Ich werde ganz brav sein«, hatte Ji Shen gefleht.

»Das weiß ich, aber es ist nicht möglich«, hatte Pei geantwortet. »Die Tai tai hat nicht genug Platz für uns beide.«

Ji Shen hatte stumm vor sich hin gestarrt, gegen Tränen ankämpfend. »Was wird aus mir werden?« hatte sie schließlich gefragt, Furcht in der Stimme.

»Du mußt zur Schule gehen. Du bleibst hier bei Ma-ling. Nur so lange, bis ich genug verdiene, um uns eine eigene Wohnung nehmen zu können.«

Ji Shen hatte geschluckt und genickt. Den restlichen Abend über – gleichgültig, wie sehr Pei sich bemüht hatte, ein Gespräch in Gang zu halten – blieben sie von einem dumpfen Nebel eingehüllt.

Pei hatte Ji Shen und Ma-ling an diesem Nachmittag allerdings nicht erzählt, daß Chen Tai einverstanden gewesen war, Ji Shen mitkommen zu lassen, solange sie ebenfalls für

Wohnung und Unterhalt arbeitete. »Keine schwere Arbeit. Nur ein wenig Saubermachen und Botengänge erledigen«, hatte Ah Woo eifrig erklärt. Pei hatte gefühlt, wie ihr das Blut in den Kopf stieg. Sie brauchte die Arbeit und hatte kaum eine andere Wahl als zuzustimmen – doch statt dessen hörte sie sich sagen: »Vielleicht gibt es noch etwas anderes, wo sie bleiben kann, während ich hier arbeite.« Pei wollte unbedingt, daß Ji Shen eine Schulbildung erhalten sollte, und die Po Shan Road war zu weit entfernt von jeder höheren Schule. Sie war sicher, wenn Ji Shen einmal in der Schule untergebracht war, könnten sie einen geeigneten Zeitplan ausarbeiten, so daß sie sich regelmäßig sahen.

Pei atmete tief ein und schluckte an dem Schuldgefühl, Ji Shen, die einzige Familienangehörige, die sie in Hongkong hatte, angelogen zu haben. Sie sah flackernde Lichter und Schatten an den Wänden tanzen, dann schloß sie die Augen. »Es ist ein Anfang«, hörte sie Lins Stimme in der Nacht flüstern – eine leise, kühlende Brise an ihrer Wange. Bevor Peis Gedanken weiterschweiften, war sie eingeschlafen.

Das Haus in der Po Shan Road

In der frühen Morgenluft lag noch ein Hauch von Frische. Pei nahm das kärgliche Bündel ihrer Habseligkeiten von einer Hand in die andere und klopfte an die Hintertür des Hauses der Familie Chen. Diesmal war sie auf Fongs Kälte vorbereitet, wurde aber statt dessen von Ah Woo begrüßt, die den letzten Verschluß ihres blauweiß gestreiften Hemdes zuknöpfte.

»Ah, gut, du bist früh genug gekommen, um dich zu uns zu setzen und mit uns zu essen. So hast du die Möglichkeit, alle kennenzulernen.« Ah Woo zog Pei in die Küche. »Bringen wir dich erst einmal unter. Du erinnerst dich noch an Leen?«

Wege der Seidenfrauen   天 41

»Ja«, schluckte Pei. »Ich freue mich, dich wiederzusehen.«
Leen nickte, dann wandte sie sich wieder ihrem Topf mit
kochendem Jook zu. Der Dampf, der von dem Porridge aufstieg, füllte die Küche mit dem süßen Geruch aus Peis Kindheit.

»Hier entlang«, erklärte Ah Woo. Sie führte Pei aus der
Küche durch einen engen Korridor, von dem eine Reihe
kleiner Zimmer wegging. »Hier sind die Dienstboten untergebracht. Da ist mein Zimmer.« Ah Woo öffnete die Tür
gleich neben der Küche; ein schmales Bett, eine kleine Kommode und ein Stuhl standen in dem Raum. »Leens Zimmer
ist gegenüber von meinem.« Sie zeigte auf eine geschlossene
Tür, dann ging sie weiter den Gang entlang bis zur letzten
Tür. »Und das ist dein Zimmer, gegenüber von Fong.« Ah
Woo stieß die Tür auf, und der scharfe Geruch von Mottenkugeln wehte ihnen entgegen. Ah Woo fächelte mit der
Hand durch die abgestandene Luft und öffnete eilig das
Fenster.

Pei trat ein. »Danke.« Es war nicht geräumig, aber größer
als die Kabine, die sie mit Ji Shen teilte, und würde ihr ein
wenig Ungestörtheit gewähren.

»Richte dich doch erst einmal ein. Dann komm zu uns
zum Frühstück. Mach dir keine Gedanken, ich bin sicher,
daß du dich gut einleben wirst.« Ah Woo schloß die Tür hinter ihr.

Während der kurzen Zeit, die Pei gebraucht hatte, um ihre
wenigen Sachen auszupacken und Lins silberne Bürste und
Kämme auf die angeschlagene Kommode zu legen, hatten
sich alle anderen Dienstboten des Haushalts um den Küchentisch versammelt. Pei blieb auf der Schwelle stehen und
horchte auf die schnellen, ungezwungenen Stimmen, dann
holte sie tief Luft und trat ein.

Ah Woo sprang von ihrem Stuhl auf, nahm Pei sanft beim

Arm und führte sie zu den anderen. »Ruhe, Ruhe. Das ist Pei. Sie ist unsere neue *saitong* und wird hier bei uns wohnen.«

Leise Begrüßungen wurden gemurmelt. »Fong hast du schon kennengelernt«, begann Ah Woo, doch Fongs süßliches Lächeln verriet nichts von der kalten Begrüßung, die sie Pei neulich zuteil hatte werden lassen. »Und das ist Wing, der sich um den Garten kümmert.« Wing stand auf und verbeugte sich lächelnd; er war der ältere Mann, der Pei begrüßt hatte, als sie zu Ah Woo gekommen war. Pei erwiderte sein Lächeln. »Und das ist Lu, unser Tageschauffeur.« Der magere Mann mittleren Alters in weißem Hemd und dunklen Hosen blickte kaum von seiner Schale mit Jook auf.

»Bitte, setz dich.« Wing bot Pei einen Stuhl an.

Während des Frühstücks hielt Ah Woo die Unterhaltung aufrecht und nahm Pei ihre Befangenheit, indem sie den Zeitplan des Haushalts erklärte. »Jeder Tag beginnt gleich nach unserem Frühstück um halb sieben – manchmal früher, wenn die Tai tai nach einem von uns läutet. Chen Seen-san geht gewöhnlich um acht Uhr aus dem Haus ins Büro und setzt Ying-ying an der Schule ab, während Chen Tai sich Zeit läßt, um ihren Tag zu planen. Oft geht sie zum Lunch und zum Mah-Jongg aus bis zum Dinner. Wenn sie gefrühstückt haben, werde ich dich ihnen vorstellen.«

Pei blickte mit einem nervösen Lächeln von ihrem Jook auf. Aus den Augenwinkeln sah sie auf Fongs Gesicht leisen Hohn.

Nach dem Frühstück eilten die Dienstboten auseinander, um ihre jeweiligen Pflichten zu erledigen. Ah Woo ging nach oben, um die Chens zu wecken, Fong kümmerte sich um Ying-ying, und die beiden Männer eilten zur Hintertür hinaus. Pei, ziellos zurückgelassen, stand auf und half Leen, die Schüsseln einzusammeln und den Tisch abzuräumen. Erst jetzt, als sie allein in der Küche waren, sagte Leen erstmals etwas.

Wege der Seidenfrauen   天 43

»Ich bin schon lange Zeit hier«, flüsterte sie und nahm Pei die Schüsseln ab. »Am sichersten ist es immer, wenn man still bleibt.«

Pei beobachtete Leens geschmeidige Bewegungen; auf ihrem weißen Hemd sah man blasse Flecken vom Kochen. »Was meinst du damit?«

»Ich beobachte und höre zu.« Leen füllte Wasser in einen Kessel. »Mir entgeht nichts. Ich bin schon lange Zeit hier«, wiederholte sie. »Über zwanzig Jahre. Zuvor habe ich für Chen Seen-sans Vater gearbeitet. Er war ein Mann von großer Würde.«

»Und Chen Seen-san?« wagte Pei zu fragen. Rasch räumte sie den Rest vom Tisch ab und reichte Leen die letzte Schüssel.

Leen schüttelte den Kopf. »Nicht halb der Mann, der sein Ba Ba war.«

Pei begann sich zu fragen, ob sie stumm bleiben sollte, um im Haushalt der Chens zu überleben.

»Und Chen Tai?« rutschte es ihr heraus.

Leen kniff die Augen zusammen und musterte Pei gründlich von Kopf bis Fuß. Anscheinend zufriedengestellt, trat sie näher an Pei heran und flüsterte: »Chen Tai hat ein verhätscheltes Leben geführt, umgeben von Leuten, die all ihre Launen befriedigen. Oft hindert sie das daran, die Wahrheit zu sehen.«

»Was meinst du?« fragte Pei und wich zurück.

Leen lachte bitter. »Nicht alle von uns sind, was sie scheinen. Ich sehe, daß du schnell lernst. Paß einfach auf. Mit der Zeit kommen alle Wahrheiten ans Licht.«

Leens Worte lagen Pei schwer im Magen. Bevor noch etwas gesagt werden konnte, kam Ah Woo durch die Küchentür zurück. »Alle sind auf«, zwitscherte sie, brach aber ab, als ihr Blick auf Pei fiel. »Du siehst blaß aus. Ist alles in Ordnung?« Ah Woos Lächeln schwand, als sie sich an Leen wandte.

»O ja«, antwortete Pei schnell.

Leen senkte den Blick und fing an, das Frühstücksgeschirr abzuwaschen.

»Manchmal sind wir nicht so hilfreich, wie wir sein sollten«, fuhr Ah Woo sie an.

Leen kicherte und stellte jede abgespülte Schüssel mit einem dumpfen Klappern auf die Küchentheke.

»Jedenfalls«, fuhr Ah Woo fort, die sich wieder fing, »habe ich Chen Tai gesagt, daß du gekommen bist, Pei, und sie würde dich gerne vor dem Frühstück kennenlernen.«

»Jetzt?«

Ah Woo lächelte erneut. »Chen Tai hat mehr Kleider als halb Hongkong. Je eher sie ihre neue *saitong* kennenlernt, desto besser.«

Pei blickte zu Leen, die vorsichtig zwei braune Eier zum Kochen in einen braunen Topf legte.

Ah Woo schob leise die Eßzimmertür auf und gestattete Pei so eine Pause, bevor sie der Familie Chen gegenüberstand. In der Luft hing ein süßer, intensiver Duft von Gardenien. Pei hatte noch nie ein so großes Eßzimmer gesehen, nicht einmal das in dem Haus in Kanton, in dem Lin ihre Kindheit verbracht hatte, hätte sich in Größe und verschwenderischer Ausstattung damit vergleichen lassen. Überall in dem Raum flimmerte es von Rot, Gold und Silber. An einer Wand stand ein riesiger Rosenholzschrank mit dreiteiligen Glastüren. In den beiden äußeren Schrankteilen standen chinesisches Porzellan und Mosaikvasen, in der Mitte wurde ein komplettes silbernes Teegeschirr zur Schau gestellt, mit Bechern und Schalen aus Kristallglas. Pei fragte sich, wie eine einzige Familie so viele schöne Dinge benützen konnte.

Ein runder Eßtisch aus geschnitztem Mahagoni stand in der Mitte des Raumes auf einem weichen, dicken, dunkelroten Teppich mit verschlungenen goldenen Schnörkel-

Wege der Seidenfrauen

mustern. Chen Seen-san saß auf einer Seite auf einem hohen, geschnitzten Mahagonistuhl und blätterte hastig durch eine Zeitung; Chen Tai, ihm gegenüber, redete mit Yingying, die zwischen ihnen saß und in langsamen Schlückchen ihre Milch trank.

»Entschuldigen Sie«, hörte Pei Ah Woo sagen, »das ist Pei, unsere neue *saitong*.«

Chen Tai und Ying-ying sahen von ihrer Unterhaltung auf. Chen Tais Teint war glatt und weich, ihr Knochenbau schwerer, als Pei es sich vorgestellt hatte. Sie trug einen jadegrünen Cheongsam aus Baumwollvoile, der mit schwarzen Biesen abgesetzt war. Pei fühlte sich, als wären ihre Füße zu tief in den weichen Teppich gesunken und sie könnte sich nie mehr bewegen. Ah Woo beugte sich zu ihr und gab ihr einen leisen Schubs.

»Tso sun, Chen Seen-san, Chen Tai, sui-je«, stotterte Pei ihren Gutenmorgengruß und neigte den Kopf.

Ying-ying lachte. »Sie ist so groß!« Ihr rundes Gesicht strahlte.

»Schh«, rügte Chen Tai. »Wir freuen uns, daß Sie bei uns sind. Ah Woo hat Ihnen sicher erklärt, welche Aufgaben Sie hier haben.«

»Ja.«

»Ich muß viele gesellschaftliche Veranstaltungen besuchen, daher ist es wichtig, daß meine Kleidung für jeden Anlaß gebügelt bereitliegt.« Sie drückte die weiße Leinenserviette in ihrer Hand fester zusammen.

»Ja«, sagte Pei erneut, diesmal mit lauterer, kräftigerer Stimme.

Mit einem lauten Rascheln senkte sich plötzlich die Zeitung, und ein kahlköpfiger, korpulenter Mann mit dicken schwarzgerahmten Brillengläsern blickte auf Pei. »Woher kommen Sie?« fragte Chen Seen-san.

Pei fühlte sich plötzlich erhitzt und klebrig, ein Schweißfilm bildete sich auf ihren Schläfen. »Aus dem Dorf Yung Kee.«

»Eine weitere Seidenarbeiterin?«

»Ja.«

Er schob die Brille hoch und musterte Pei einen Augenblick lang aus kleinen dunklen Augen eingehend. »Sie wirkt ganz tüchtig«, sagte er, bevor er die Zeitung wieder hob.

In der Abgeschiedenheit ihres Zimmers befühlte Pei an diesem Abend den glatten Silbergriff von Lins Haarbürste und schätzte ihren ersten Tag im Haushalt der Chens ein. Der Geruch von Mottenkugeln hing schwer in der Luft. Unbeantwortete Fragen rasten ihr so schnell durch den Kopf, daß sie sie nicht greifen konnte. Hatte sie die richtige Entscheidung getroffen? Wie erging es Ji Shen ganz allein in der Pension? Würde Quan daran denken, sie am Wochenende auf eine Fahrt durch Hongkong mitzunehmen? Was hatte Leen gemeint, als sie Pei geraten hatte aufzupassen? Das Haus war so groß... Chen Seen-sans dicke schwarze Brille... Chen Tais Schrank... So viele Cheongsams aus Seide und Satin... So viele Regeln, die sie lernen und befolgen mußte...

Das leise Knarzen und Knarren von Türen, die sich öffneten und schlossen, gefolgt von fernem Stimmengeräusch, brachte Pei zurück in die Wirklichkeit. Sie stand auf und ging leise zu ihrer Tür, um zu horchen, Lins Haarbürste fest in ihrer Hand umklammert. Ganz langsam öffnete sie ihre Tür einen Spalt, aber sie sah nur Dunkelheit.

Wege der Seidenfrauen

KAPITEL DREI

1939

Pei

Pei füllte heiße Kohlen in das Bügeleisen und schloß die Klappe. Es fühlte sich schwer und massiv an, als sie es über das hölzerne Bügelbrett hob. Die ersten Monate, in denen sie gewaschen und gebügelt hatte, waren schwer gewesen, ein nie endender Ablauf, die Waschwanne mit Wasser füllen, die Kohlen für das Eisen erhitzen... Jetzt, nach einem halben Jahr, hatte Pei ständig Rückenschmerzen, ihre Hände waren rauh und trocken, ihre Finger rissig und aufgesprungen. Sie stand in Wasser und Dampf wie in ihrer ersten Zeit in der Seidenfabrik, als sie Kokons eingeweicht hatte. Nur war jetzt nicht Lin da, die ihr über die langen Tage hinweghalf.

An Peis erstem vollen Arbeitstag im Haushalt der Chens hatte Ah Woo ihr die Regeln erklärt, die sie beachten mußte: »Du darfst niemals ohne Erlaubnis ein Zimmer im Hauptteil des Hauses betreten... Niemals etwas vom Eigentum der Chens anrühren... Keinerlei eigene Gäste in deinem Zimmer haben... Du sollst dich regelmäßig baden und immer ordentlich aussehen... Jeden zweiten Sonntag hast du frei.« Die Worte klangen gespreizt und formell, und Pei konnte fast hören, wie Ah Woo erleichtert aufseufzte, als sie ihre vorbereitete Rede beendet hatte.

Pei befolgte auch andere Regeln, unausgesprochene, die aber ebenso wichtig waren. Als *saitong* verbrachte sie den größten Teil ihrer Zeit in der kleinen Waschküche neben der Küche, oder draußen, wenn sie die Kleider zum Trocknen aufhing.

Mit den anderen Dienstboten im Haus zurechtzukommen gehörte ebenfalls dazu, daß der Haushalt reibungslos lief. Ah Woo und Leen taten, was sie konnten, um Pei bei der Eingewöhnung zu helfen. Ebenso der Gärtner Wing, der es sich an Peis erstem Waschtag erlaubte, in den hinteren Garten zu kommen. »Für dich«, sagte er und zauberte eine gelbe Lilie hervor, die er hinter seinem Rücken gehalten hatte. Fong dagegen lächelte sie nur aus der Ferne an. Wenn Pei und Fong sich im Korridor oder in der Küche begegneten, nickten sie einander steif zu, als stünde eine große Mauer zwischen ihnen. »Fong hält sich für etwas Besseres, als wir es sind«, hatte Leen Pei anvertraut. »Nur weil sie sich um Ying-ying kümmert und mehr Zeit oben verbringt.«

Nach sechs Monaten war die Arbeit im Haushalt der Chens Routine geworden. Jeden Morgen ließ Chen Tai die Kleider, die gewaschen und gebügelt werden sollten, auf einem Stuhl neben ihrem Bett liegen. Während die Chens frühstückten, eilte Pei nach oben und sammelte die Kleider zusammen – Seidenstrümpfe, Unterwäsche, Chen Seen-sans weiße Hemden, die eingeweicht und gestärkt werden mußten, Ying-yings Schul- und Spielkleider. Wenn Chen Tai am Abend zu einem großen gesellschaftlichen Ereignis mußte, sagte sie Pei am Vortag, was sie gewaschen und gebügelt haben wollte. Aber sehr oft änderte sie am nächsten Tag ihre Meinung, und Pei mußte eilig, kurz bevor Chen Tai das Haus verließ, einen anderen Cheongsam bügeln.

Pei raffte die Kleider zusammen, ohne es zu wagen, sich zu lange in dem großen, prächtigen Schlafzimmer aufzuhalten.

Wege der Seidenfrauen

»Denk am besten an deine Arbeit«, hatte Ah Woo Pei an ihrem ersten Tag gesagt. »Wer das nicht kann, bleibt hier nicht lange.«

Ah Woo hätte sich keine Sorgen machen müssen. Alles im Zimmer der Chens wirkte fremd und einschüchternd, von den antiken schwarzen Lackmöbeln bis zu dem mit Perlmutt eingelegten Kopfbrett des massiven, ungemachten Betts. Pei befürchtete, daß etwas Schlimmes passieren könnte, wenn sie irgend etwas berührte. Nur ein- oder zweimal blieb sie vor Chen Tais offenem Schrank stehen, der eine ganze Wand einnahm. Noch nie zuvor hatte sie so viele Cheongsams gesehen oder eine solche Fülle an Farben, von Hellrosa bis zu einem tiefen Nachtblau. Chen Tai hatte noch einen zweiten, kleineren Schrank, nur für alle passenden Schuhe und Handtaschen. Sie kamen wohl aus all den feinen Warenhäusern, dachte Pei, von denen Ah Woo erzählt hatte.

»Unten im Central District kannst du alles auf der Welt kaufen«, hatte Ah Woo gesagt. »Es ist wie ein großer Basar, wo man jeden und alles sehen kann.«

»Gehst du oft hinunter nach Central?« fragte Pei.

»Nur wenn Chen Tai mich braucht, um all ihre Päckchen zu tragen. Wenn sie einkauft, wird sie behandelt wie eine Königin!« Ah Woo lachte. »Wenn ich in eines dieser Geschäfte gehe, ist das für mich, als käme ich in ein fremdes Land.«

Pei stieß das kleine Fenster des vollgestopften Waschraums neben der Küche auf. Während der letzten beiden Tage hatte es stark und anhaltend geregnet, aber an diesem Morgen schien eine blasse Sonne durch die grauen Wolken. Pei spürte, wie ein Hauch schwüler Herbstluft hereinkam, und der feuchte Geruch von Schmutz erinnerte sie plötzlich an die Fischweiher ihres Vaters. Ein kalter Schauer lief ihr über den Rücken, danach spürte sie einen Stich der Trauer. Seit dem Tod ihrer Mutter vor über einem Jahr hatte Pei keine

Briefe mehr bekommen. Sie stellte sich vor, wie Ba Ba jetzt ganz allein auf dem kleinen Anwesen mit den Maulbeerbäumen war. Und obwohl Peis Eltern seit Jahren den Kontakt zu ihrer Schwester Li verloren hatten, dachte Pei oft an sie und fragte sich, ob sie immer noch irgendwo in der Nähe von Yung Kee wohnte. Würden sie sich nach fast zwanzig Jahren überhaupt wiedererkennen? Li hatte jetzt bestimmt selbst Kinder, Peis Nichten und Neffen. Sie klammerte sich über die Jahre hinweg immer noch an die Hoffnung, Li wiederzusehen.

Pei unterdrückte diese Gedankengänge, griff nach dem Topf mit der Creme aus Aloe und Sonnenblumenöl und rieb sich die geschwollenen Finger damit ein. Bei der ersten Gelegenheit war Pei hinunter nach Wan Chai gegangen, um Ji Shen zu besuchen und zu dem alten Kräuterkundigen zu gehen, der seinen Laden unter Ma-lings Pension hatte.

Der Kräuterhändler hatte Peis Hände in seine genommen, ihre trockenen, aufgesprungenen Finger untersucht, dann hatte er mitleidig den Kopf geschüttelt und versichert, die Creme würde ihre rauhen Hände bis zum Ende der Woche lindern. »Reiben Sie Ihre Hände und Finger morgens gründlich damit ein, und noch einmal abends, bevor Sie ins Bett gehen«, sagte er zu ihr, »und vermeiden Sie Seife und Wasser.«

Pei lächelte und spürte ein Prickeln, das von seinen Händen auf ihre überging. »Aber ich muß doch jeden Tag waschen und bügeln«, erklärte sie.

Der Kräuterhändler drückte ihre Hände ein wenig. »Es ist ein Jammer, daß so schöne Hände sich nie ausruhen können.«

»Werden sie trotzdem heilen?«

Er ließ sie sanft los. »Sie werden heilen«, erwiderte er, »aber es wird länger dauern.«

Wege der Seidenfrauen

Mit raschen, kundigen Händen sortierte Pei die morgendliche Wäsche. Jedesmal, wenn sie einen von Chen Tais seidenen Cheongsams in der Hand hatte, konnte Pei kaum glauben, daß er aus eben diesen dünnen, fast unsichtbaren Seidenfäden gewoben war, die sie früher auf Rollen gespult hatte. Vor ihrem inneren Auge sah sie die Kokons, die auf dem kochenden Wasser tanzten, während sie sich aufräufelten. Während sie über den geschmeidigen, glänzenden Stoff strich, hatte sie das Gefühl, die Seidenfabrik in Yung Kee liege schon ein Leben lang zurück. Sie hielt den rotgoldenen Cheongsam gegen ihr reinweißes Hemd und die weiten schwarzen Hosen. Sie konnte sich nicht vorstellen, ein Kleid zu tragen, das so eng und enthüllend war.

Pei nahm Chen Tais beigen Spitzencheongsam und legte ihn glatt auf das Bügelbrett. Sie wartete noch einen Moment länger, bis das Eisen heiß war, und prüfte währenddessen die kunstvolle handgemachte Spitze von Chen Tais neuem Kleid, maßgeschneidert wie all ihre Kleider für die verheißungsvollsten Anlässe.

Chen Tai hatte Pei heute morgen damit überrascht, daß sie das Kleid persönlich hinunter in die Waschküche brachte. Ihr Haar war zu einem festen Knoten zurückgebunden, und ihre markanten Gesichtszüge wirkten ohne Make-up weicher. Sie war zwanglos in ein blaues Seidenhemd und Hosen gekleidet.

»Die Hongkonger Handelskammer richtet zu Ehren Chen Seen-sans heute abend ein ganz besonderes Bankett aus«, erklärte sie und reichte Pei vorsichtig das Kleid.

Anstatt den Raum zu verlassen, blieb sie dann fest und imposant in der schmalen Türöffnung stehen. Aus der Küche hörte man die durchdringenden Kratzgeräusche von Leen, die ihre Messer und Hackbeile wetzte.

»Kann ich noch etwas für Sie tun?« Pei wiegte das Kleid vorsichtig auf den Armen. Sie wünschte, der kleine Raum wäre nicht so unordentlich.

»Nein, im Augenblick nichts«, antwortete Chen Tai. »Ich wollte nur sagen, daß Sie in den letzten sechs Monaten sehr gute Arbeit geleistet haben.«

Pei errötete. »Danke.«

»Machen Sie so weiter.« Chen Tai wandte sich zum Gehen. Dann hielt sie noch einmal inne und drehte sich wieder um, ihr Blick schweifte durch den engen Raum. »Vielleicht würden Sie gerne mitkommen, wenn ich nächste Woche hinunter in den Central District fahre.«

Pei sah auf, sie konnte kaum glauben, was sie da hörte. Diese Ehre wurde normalerweise Ah Woo erwiesen, die seit so vielen Jahren ein getreues Mitglied des Haushalts war. »Ja, gerne, danke«, antwortete Pei, ein kurzes Erröten erhitzte ihre Wangen.

Chen Tais Gesichtszüge erweichten sich zu einem Lächeln. Zarte Fältchen waren um ihre Augen zu sehen. »Dann sage ich es Ah Woo, daß Sie mit mir kommen werden.« Sie drehte sich um und verließ den Raum, bevor Pei noch etwas sagen konnte.

Pei kehrte zu ihrer Arbeit zurück. Den restlichen Morgen über lag eine Spur von Chen Tais süßem Rosenduft in der heißen, trockenen Bügelluft.

Pei war froh, als Chen Tai wie geplant ihren beigen Spitzencheongsam trug und rechtzeitig zu dem Bankett aufbrach. Anstatt eiligst in der letzten Minute einen anderen Cheongsam zu bügeln, half Pei Chen Tai beim Anziehen und holte dann eine goldene Abendtasche und passende Schuhe aus dem kleineren Schrank. Sogar der gewöhnlich ausdruckslose Chen Seen-san lächelte glücklich, als Pei die Eingangstür hinter ihnen schloß.

In der warmen Küche hing der Knoblauchduft vom Kochen des Abendessens. Als Pei sich zwischen Fong und Ah Woo

Wege der Seidenfrauen　　　天　53

setzte, war sie ausgehungert und nahm dankbar ihre Schüssel Reis entgegen. Ebenso wie früher Moi war Leen eine ausgezeichnete Köchin, die für jeden Abend mindestens drei oder vier Gerichte zubereitete. Zumeist nahmen nur sie vier – Pei, Ah Wong, Leen und Fong – das Abendessen zusammen ein. Wing und Lu gingen nach Hause zu ihren Familien, während der Abendchauffeur gewöhnlich im Dienst war.

»Chen Seen-san und Chen Tai sind heute abend rechtzeitig aufgebrochen, wie ich sehe«, sagte Ah Woo. »Es muß ein großes Bankett sein, das zu Ehren Chen Seen-sans gegeben wird.«

Leen zog sich knarzend den Stuhl zurecht und setzte sich. »Er hat wohl viel Geld gestiftet.« Sie hob ihre Schüssel und aß ein wenig Reis.

Ah Woo blickte auf Leen, dann wechselte sie rasch das Thema. »Zu Beginn der Woche fährt Pei mit Chen Tai hinunter in den Central District.«

Pei sah bei der Erwähnung ihres Namens auf und bemerkte den raschen Ausdruckswechsel auf Fongs Gesicht. Auch Ah Woo beobachtete Fong.

»Wie ein Zoo ist es da unten.« Leen nahm sich ein Stück mageres Schweinefleisch von einer Platte, die vor ihr stand.

Ah Woo lachte. »Das ist wahr, dort unten findet man eine ganz andere Welt.« Sie balancierte eine grüne Bohne zwischen ihren Eßstäbchen.

Fong ließ ihre Reisschüssel sinken. »Was mich angeht, so ist Central eine viel bessere Welt«, erklärte sie und kniff die Augen zusammen, als sie nach einem Stück gedämpftem Fisch griff.

Nach dem Abendessen zog Pei sich in ihr Zimmer zurück. Wenn sie einmal vor den anderen Frauen die Tür geschlossen hatte, fühlte sie sich wieder wie sie selbst. Sie war erschöpft von dem ganzen oberflächlichen Geplauder, davon, ständig auf der Hut zu sein, wie Leen sie gewarnt hatte. Pei setzte sich und löste sorgsam ihren Haarknoten. Sie nahm Lins Silberbürste und zog die Borsten in langen, langsamen Strichen durch ihr Haar. In diesen ruhigen Momenten spürte sie fast Lin neben sich. Den morgigen Sonntag hatte sie frei, und es wurde ihr leichter ums Herz, als sie daran dachte, daß sie Ji Shen und Ma-ling in der Pension besuchen würde.

Pei war gerade mit dem Haarebürsten fertig, als es kurz an ihrer Tür klopfte. Ihr Herz machte einen Satz, und erstaunt sah sie Fong in der Tür stehen, eine kleine schwarze Dose mit roten Rosen darauf in der Hand.

»Hier, das ist für dich«, sagte Fong, ein leichtes Lächeln auf den vollen Lippen. Sie hielt Pei die runde Dose hin. »Nur ein paar Butterscotch-Bonbons. Ich möchte mich für mein unfreundliches Benehmen dir gegenüber, seit du hier bist, entschuldigen.«

»Es macht nichts«, antwortete Pei. Sie hielt die Tür zwischen ihnen halb geschlossen.

»Doch«, fuhr Fong fort. »Ich habe eine schwierige Zeit durchgemacht. Ich hätte es nicht an dir auslassen sollen. Bitte, nimm das. Ich würde mich dann viel besser fühlen.« Drängend hielt sie Pei noch einmal die Dose hin.

Pei zögerte, dann nahm sie die Dose an. »Danke.«

Fong lächelte, dann legte sie sich die Hand auf den Hinterkopf. »Du hast schönes Haar. Viel schöner als meines. Es ist ein Jammer, daß wir es nicht offen tragen können.«

Pei nickte; sie bemerkte die grauen Flecken auf Fongs Kopf.

»Ich mag es gar nicht, wenn etwas schlecht anfängt, vor allem, da wir hier zusammen wohnen und arbeiten.«

»Ja, du hast recht«, erwiderte Pei und versuchte zurückzulächeln. Es war klug, sich mit jemandem gut zu stellen, wenn man so eng zusammenlebte.

»Wie gefällt es dir hier?« fragte Fong und spähte durch die Tür in Peis Zimmer.

Wege der Seidenfrauen

»Gut«, antwortete Pei. »Danke für die Süßigkeiten. Ich hoffe, du schläfst gut.« Langsam begann sie die Tür zu schließen.

Fong zuckte die Achseln. »Na gut, besuchen wir uns ein anderes Mal.« Sie lächelte und wollte gehen, wandte sich aber noch einmal um. »Wenn du irgendwann etwas brauchst, zögere nicht, mich zu fragen.«

»Bestimmt nicht«, sagte Pei.

»Laß dir die Butterscotch schmecken.«

Die Bonbons klapperten in der Dose, als Pei sie hochhob. »Ja, danke.« Sie schloß die Tür und lehnte sich schwer dagegen, wobei sie sich fragte, ob die Tatsache, daß sie ausgewählt worden war, um Chen Tai hinunter nach Central zu begleiten, etwas mit Fongs plötzlicher Sinnesänderung zu tun hatte.

Ji Shen

Ji Shen blickte aus dem Fenster des Wohnzimmers, aber auf der Straße war noch nichts von Pei zu sehen. Jeden zweiten Sonntag kam Pei für ein paar Stunden zu Besuch in die Pension, bevor sie wieder in die Po Shan Road zurückkehrte. Wie ein zorniges Kind wartete Ji Shen unruhig am Fenster. Seit Pei im Haushalt der Chens arbeitete und sie in die Spring Valley Schule in Wan Chai geschickt hatte, hatte Ji Shen gefühlt, wie etwas Hartes und Kaltes in ihr wuchs.

Während der ersten Wochen, nachdem Pei ausgezogen war, hatte Ji Shen sie schrecklich vermißt. Seit sie vor über einem Jahr nach der brutalen Ermordung ihrer Eltern und ihrer Schwester durch die japanischen Teufel in Nanking in das Mädchenhaus gewankt war, waren sie immer zusammen gewesen. Dann hatte Lins Tod sie beide verwaist zurückgelassen. Pei wurde für Ji Shen zur älteren Schwester, diejenige, die ihre Alpträume linderte und sie zu ihrem neuen Leben nach Hongkong führte. Aber jetzt war Ji Shen jede Nacht in ihrer kleinen Kabine allein und fragte sich, wie lange es dauern würde, bis sie und Pei wieder zusammen waren.

Ma-ling war sehr freundlich, aber dennoch eine Fremde. Ji Shens einzige Freude war es, daß Quan sie ein paarmal in der Woche besuchte. In der ersten Woche, nachdem Pei ausgezogen war, nahm er sie auf eine Fahrt durch Hongkong mit. Er hatte schüchtern draußen bei seiner Rikscha gewartet, während Ji Shen nach oben rannte, um es Ma-ling zu sagen. Rasch hatte Ji Shen um jeden Zopf ein rotes Band geschlungen und sich in die hohen Wangenknochen gekniffen, um etwas mehr Farbe zu bekommen. Sie rannte die Treppe wieder hinunter und blieb hinter dem Spitzenvorhang stehen, um Quan zu beobachten, der nervös die Hände aneinanderrieb, während er auf und ab ging.

Ji Shen holte tief Luft, um sich zu beruhigen, bevor sie die Tür aufstieß.

Quan half Ji Shen in die Rikscha. »Wo möchtest du zuerst hin?«

Ji Shen wußte nicht, was sie sagen sollte. Einen Augenblick lang fühlte sie sich wie in Spring Valley, in dem großen, hallenden Klassenzimmer, das alt, staubig und leicht säuerlich roch. An dem Tag, als Pei sie zum ersten Mal hingebracht hatte, waren ihr die neugierigen Augen all ihrer Klassenkameraden gefolgt, bis sie auf der harten Holzbank saß.

»Woher kommst du?« hatte die magere, müde aussehende Lehrerin sie gefragt.

Ji Shen hatte auf die alte, zerkratzte Bank vor ihr gestarrt und langsam geantwortet: »Aus Nanking in der Provinz Kiangsu.« Sie versuchte, ihren starken nördlichen Akzent zu verbergen und die harten Kantoneser Worte nicht zu nuscheln. Dann hörte sie das unterdrückte Geflüster und Lachen der Mädchen und Jungen um sie herum, die einander anstupsten.

Wege der Seidenfrauen

»Was für ein Akzent ist das?«

»Warum ist sie angezogen wie eine Dienerin?«

Ji Shen sah hinunter auf ihr weißes Hemd und die schwarzen Hosen, ihre Kleidung, seit sie in das Mädchenhaus gekommen war, dann blickte sie auf die hellen gelben und blauen Röcke und Kleider, die ihre Klassenkameradinnen anhatten. Sie wollte aufspringen und Pei nachrennen.

Von diesem Tag an fühlte Ji Shen sich zu alt und fehl am Platz unter ihren Mitschülerinnen. Die führten alberne, unbekümmerte Gespräche und wußten nichts vom Leben. Tag für Tag saß sie nur um Peis willen in dem stickigen Klassenzimmer. Was Ji Shen anbelangte, könnte sie weit mehr lernen, wenn sie in einem Geschäft oder Restaurant arbeiten und ihr eigenes Geld verdienen würde.

»Wo möchtest du zuerst hin?« hatte Quan noch einmal gefragt.

»Ich weiß nicht«, antwortete Ji Shen schließlich. »Wo bringst du deine Fahrgäste normalerweise hin?«

Quan lächelte. »Ich kenne ein paar Orte«, sagte er, hob die Stangen der Riksha und begann, die Straße entlangzulaufen.

Der Rest des Tages war wie ein Traum. Quan fuhr Ji Shen durch den Central District, wo Männer in seriösen dunklen Anzügen von einem Gebäude zum anderen schritten und Frauen in schönen seidenen Cheongsams oder in westlichen Kleidern und Schleierhüten die Gehsteige entlangschwebten. Während Quan mit Ji Shen schnell wie der Wind an großen, prächtigen Gebäuden vorbeisauste, rasselte er exotische Namen herunter – Swire House, Jardine & Matheson, Des Voeux Road, Gloucester Hotel, King's Theatre. Schließlich hielt er vor einem hohen, stuckverzierten Gebäude an.

»Das ist der Central Market«, erklärte Quan und zog seine Riksha auf eine Seite der Straße. »Hier kannst du alles kaufen.« Er half Ji Shen herunter und führte sie durch das Labyrinth der verschiedenen Stände, wo Hunderte von Händlern alles verkauften – von bok choy und chinesischem Senfgras bis zu Bananen und Mangos. Schweine und Enten quiekten und schnatterten in offenen Käfigen, scharfe Gerüche von gesalzenem Fisch und getrocknetem Blut vermischten sich in der Luft. Ein Singsang hoher Stimmen unterbrach den Rhythmus der dumpfen Schläge von Beilen, die Hühnerhälse abschlugen oder Fische köpften. Ji Shen sah viele Köchinnen in weißen Hemden und schwarzen Hosen, die an den Ständen handelten und für die Haushalte einkauften, in denen sie arbeiteten, und mußte wieder an ihre eigenen Dienstbotenkleider denken, die sie von all denen der anderen Schüler in Spring Valley unterschieden.

Vom Central Market brachte Quan Ji Shen zur *Star Ferry*, damit sie sehen konnte, wie die von Menschen wimmelnden grünweißen Doppeldeckerfähren über den Hafen verkehrten.

»Sie sind alle nach Sternen benannt«, erklärte Quan. Sie saßen auf der Betonmauer und sahen zu, wie eine Fähre elegant zu ihrem Ankerplatz glitt, während chinesische Matrosen in blauen Baumwolluniformen auf die Plattform sprangen und die dicken Taue festmachten, bevor sie die Holzrampe herunterließen, um die Masse der Passagiere von Bord gehen zu lassen. »Das ist die *Lone Star*. Dann gibt es noch die *Morning Star*, die *Day Star*, die *Northern Star*, die *Celestial*, die *Shining Star*, die *Silver Star* und die *Meridian*.«

Ji Shen erinnerte sich an das Schaukeln unter ihren Füßen, als sie auf der Fähre von Kanton her gekommen waren, das nun unter japanischer Besatzung war. »Woher weißt du ihre Namen?«

»Ich habe die ganze Flotte der *Star Ferries* gesehen, jede einzelne Fähre«, prahlte Quan.

»Glaubst du, wir können einmal auf einer solchen Fähre

Wege der Seidenfrauen　　　　　　天　59

fahren?« Ji Shen starrte auf die Menschenmenge, Männer und Frauen, Jung und Alt, Leute aus dem Westen und Chinesen, sogar indische Sikhs, die sich beim Aussteigen aus der Fähre drängten und schubsten.

»Ich verspreche es dir.« Quan deutete auf eine andere Fähre, die den Hafen überquerte. »Such dir einen Stern aus, und den nehmen wir.«

»Den *Shining Star*«, erklärte Ji Shen. »So wie der, der uns hierher nach Hongkong geführt haben muß.«

Die Tür zum Wohnzimmer ging plötzlich auf. Ji Shen wandte sich vom Fenster um und sah Ma-ling hereinkommen. Ma-ling bewegte sich manchmal so leise durch die Zimmer, daß sie wie ein Lufthauch oder ein schwebender Schatten war. »Pei müßte jetzt jede Minute dasein«, sagte sie und schloß die Tür wieder hinter sich.

»Ja«, murmelte Ji Shen. Ein paar Augenblicke später hörte sie, wie die Tür unten aufging, sich wieder schloß, das leise Tappen von Schritten auf den Holzstufen … acht, neun, zehn, elf, zwölf … und dann kam Pei herein, atemlos und lächelnd.

Ji Shen sprang auf, umarmte sie und atmete den salzigen Geruch nach Schweiß und Lavendelseife ein. Nicht einmal das weite Hemd konnte verbergen, daß Pei dünner geworden war. Ji Shen drückte sie noch einmal und klammerte sich an sie, bis sie spürte, daß Pei sich löste.

»Wie geht es mit der Schule?« fragte Pei, sobald sie sich auf das Sofa im Wohnzimmer gesetzt hatten. Ma-ling hatte sich in die Küche zurückgezogen, um Tee zu kochen.

»Gut.« Ji Shen wich Peis Blick aus.

»Hast du neue Freundinnen?«

»Nicht viele.«

»Mit der Zeit findest du welche.« Pei nahm sie an der Hand. »Magst du deine Lehrerin jetzt lieber?«

Ji Shen zuckte die Achseln. Sie spürte, daß Pei sie beobach-

60 天   *Gail Tsukiyama*

tete und auf eine Antwort wartete. »Sie ist ganz in Ordnung«, erwiderte sie, aber die Worte kratzten ihr in der Kehle. Egal, wie sie Spring Valley haßte, sie wußte, wie sehr Pei es sich wünschte, daß sie die Schule zu Ende führte.

Peis Blick blieb fest, doch sie beugte sich vor und wechselte das Thema. »Ich habe dir etwas mitgebracht.« Sie griff in die Leinentasche, die vor ihr auf dem Boden lag, und holte ein blaues Baumwollkleid mit einem weißen Peter-Pan-Kragen heraus.

Ji Shen lächelte. »Woher hast du das?« Sie sah die Freude in Peis Gesicht, als sie solches Interesse zeigte, und fühlte sich deprimiert, weil sie sich wie ein verwöhntes Kind verhielt.

»Ying-ying, die Tochter der Chens hat es bekommen, aber es sieht einem anderen Kleid, das sie schon hat, zu ähnlich.«

Ji Shens Lächeln verschwand. »Also etwas, das sie abgelegt haben«, erwiderte sie scharf. Sie spürte, wie ihr Puls vor Zorn schneller schlug, obwohl sie sich das blaue Kleid sehnlichst wünschte.

»Es ist wie neu«, sagte Pei und breitete das Kleid glatt über dem Schoß aus.

Ji Shen sprang auf. »Haben Sie es dir gegeben, oder mußtest du darum bitten?«

Pei schwieg einen Moment. »Ich habe dafür gearbeitet«, erklärte sie dann mit ruhiger Stimme.

Ji Shen wich zurück; sie wußte, daß es unrecht gewesen war, so zu sprechen. Ihr verschwamm alles vor den Augen, und es schmerzte sie, als sie auf Peis rauhe, rote Finger sah. Sie wollte Peis Hände in die ihren nehmen, sie heilen, indem sie sie berührte. Statt dessen nahm sie das Kleid. »Es tut mir so leid. Es ist schön. Ich kann es kaum abwarten, daß ich es anziehe, wenn ich in die Schule gehe.«

Peis Gesicht wurde sanft.

Ma-ling kam wieder ins Wohnzimmer und brachte Tee mit. »Song Lee wird gleich hier sein. Ich hoffe, du hast nichts

Wege der Seidenfrauen

dagegen. Sie wollte wissen, wie es dir geht, und wollte dich nicht bei den Chens stören.«

»Natürlich habe ich nichts dagegen«, antwortete Pei und wandte ihre Aufmerksamkeit Ma-ling zu.

Ji Shen lächelte erleichtert. Song Lees Freundlichkeit und heitere Art würden Pei einen guten Teil des Nachmittags ablenken. Ji Shen hatte Pei für einen Besuch genügend außer Fassung gebracht. Sie wollte nicht verraten, was sie wirklich fühlte – wie sehr sie wollte, daß Pei nicht wieder gehen müßte, wie sie den Gedanken haßte, jeden Tag in das staubige Klassenzimmer zu gehen, welch furchtbare Angst sie ausstand, wenn sie aus ihren Alpträumen aufwachte und sich allein in der schrankgroßen Kabine fand. Ji Shen trat langsam ans Fenster und öffnete es, so daß der Raum von einem Chor gellender Straßenstimmen, lautem Gehupe und Babygeschrei erfüllt wurde.

Die Saitong

Als Pei an diesem Abend ins Haus der Familie Chen zurückkehrte, fühlte sie sich aus dem Gleichgewicht. Ji Shen war den ganzen Nachmittag lang zurückhaltend und still gewesen. Pei wußte, daß sie hinter ihren banalen Antworten und dem gezwungenen Lächeln etwas verbarg. Ihre Trennung hatte sich als schwieriger erwiesen, als sie erwartet hatte. Dabei wollte Pei nur, daß Ji Shen eine gute Erziehung genoß, so daß sie eine bessere Zukunft haben würde. Aber sie fühlte Ji Shens Schweigen wie die scharfe Schneide eines Messers, das ihr weh tat, als wäre Pei schuldig. Selbst als Ji Shen an der Tür zum Abschied winkte, das blaue Baumwollkleid umklammernd, trauerte Pei um die verlorene Zeit ihres Zusammenseins.

Den ganzen Weg zurück versuchte Pei, Ji Shens Verdrossenheit zu überdecken, indem sie sich an Song Lees Besuch erinnerte. Als die rundliche Song Lee schließlich die Treppe heraufgekommen war und sich neben Pei auf das Sofa sinken ließ, hatte Ji Shen sich bereits zu einem Stuhl am Fenster zurückgezogen.

»Und wie ist es, für die Chens zu arbeiten?« fragte Song Lee und atmete schwer.

»Gut.« Pei schenkte ihr eine Tasse Tee ein. »Ich bin noch dabei, mich an alles zu gewöhnen.«

Song Lee lächelte. »All die verschiedenen Charaktere«, meinte sie verständnisvoll.

»Ja, und all die Gebote und Verbote.«

»Ich habe gehört, daß die Chens viel besser sind als andere.« Song Lee nahm einen tiefen Schluck Tee, dann senkte sie die Stimme zu einem Flüstern. »Es gibt mehr Greuelgeschichten, als du dir vorstellen kannst – winzige, schmutzige Zimmer, lange Arbeitszeiten, zuwenig Essen, Schläge; manche werden von ihren Arbeitgebern sogar vergewaltigt.«

Pei nickte; sie wußte, daß sie den Göttern für ihr gutes Geschick danken sollte. Aber sie konnte ein Gefühl des Unbehagens nicht unterdrücken. »Weißt du Näheres über Fong, die sich um Ying-ying, die Tochter der Chens kümmert? Sie war Seidenarbeiterin.«

Während Song Lee Pei näher betrachtete, schnellte ihre Zunge hervor und befeuchtete ihre Lippen. »Ja. Aus der Gegend von Shun-te. Ich weiß, wer sie ist. Gibt es Probleme zwischen euch?«

»Nein«, antwortete Pei zu rasch. In dem Augenblick des Schweigens zwischen ihnen lösten Song Lees große, klare Augen nie den Blick von den ihren. Pei spürte, daß sie Song Lee vertrauen konnte, wollte ihr aber nicht noch mehr Probleme bereiten. »Nichts Wichtiges. Ich habe mich nur gefragt, woher sie ist.«

»Es hat Gerüchte gegeben ...« Song Lee beugte sich näher.

Wege der Seidenfrauen

»Manche sagen, sie sei in Wirklichkeit eine von ihrem Mann getrennt lebende Frau mit einem kleinen Kind, und sie hätte das Kind ausgesetzt, als sie nach Hongkong kam. Andere sagen, daß sie nie Seidenarbeiterin war, sondern es nur behauptet, um dadurch Arbeit in einem guten Haushalt zu bekommen.«

»Was glaubst du?«

Song Lee ließ sich mit einem kehligen Lachen gegen die Sofalehne fallen. »Ich habe im Laufe der Jahre so viele Geschichten gehört, daß ich aufgehört habe, irgendeine zu glauben. Ich habe gelernt zu warten und zu sehen, was geschieht, anstatt Partei zu ergreifen. Auf die eine oder andere Art gibt sich die Vergangenheit einer Person schließlich zu erkennen.«

Pei zögerte. »Was meinst du?«

»Nur daß wir nicht vor dem, was unsere Geschicke bestimmt, davonlaufen können. Wer wir sind und woran wir glauben wächst aus den Wurzeln unserer Vergangenheit, gleichgültig, wie sehr wir versuchen mögen, es zu verleugnen.«

Aus den Augenwinkeln sah Pei Ji Shen, die ausdruckslos aus dem Fenster starrte. Würde sie eines Tages verstehen, warum sie jetzt in der Pension bleiben und lernen mußte? Peis Gedanken schweiften zu ihrer eigenen Vergangenheit, zu Lin und der Seidenarbeit. Wenn man sie nicht zur Seidenarbeit fortgegeben hätte, hätte ihr Leben einen ganz anderen Weg genommen. Man hätte sie vielleicht zu einer Ehe gezwungen, bei der sie keine Wahl gehabt hätte, oder wenn sie vom Schicksal dazu bestimmt war, nicht zu heiraten, hätte sie sich in einer Welt, die eine unverheiratete Frau als schlimmer betrachtete als eine Krankheit, allein durchschlagen müssen. Pei konnte sich nicht vorstellen, wie ihr Leben ohne Tante Yees Kraft, ohne Mois Eigensinn und ohne Lins Liebe gewesen wäre.

»Ich verstehe, was du meinst«, sagte sie schließlich.

Song Lee kniff die Augen zusammen, während sie Pei eingehend betrachtete. »Ja, ich kann sehen, daß du verstehst.«

Pei ging in ihrem Zimmer auf und ab und horchte auf die ersten morgendlichen Regungen – das leise Knarzen einer Tür, das scharfe Kratzen von Leens eisernem Kessel auf der Steintheke. Pei war seit über einer Stunde auf und machte sich Sorgen wegen ihrer Fahrt mit Chen Tai hinunter nach Central. Worüber würden sie den ganzen Nachmittag reden? Was war, wenn sie etwas Falsches sagte oder tat? Sollte sie drinnen oder draußen vor dem Geschäft warten? Pei legte das Ohr an die Tür und hoffte, Ah Woo zu erwischen, bevor die anderen aufwachten.

Nach dem Essen am Vorabend hatte Pei nur noch den Wunsch gehabt, sich in ihr Zimmer zurückzuziehen, erschöpft von ihrem Besuch bei Ji Shen in der Pension. Sie hatte gerade den Tisch fertig abgeräumt, als Ah Woo aus dem Eßzimmer kam und flüsterte: »Chen Tai möchte dich sehen«, als wäre es ein Geheimnis. Pei konnte spüren, wie Fong und Leen jede ihrer Bewegungen beobachteten; ihre Blicke drangen noch durch die Küchentür, als sie hinter ihr zufiel.

Die Chens waren bereits aus dem Eßzimmer in ihr Wohnzimmer mit der hohen Decke und den großen Fenstern, die auf den vorderen Garten blickten, gegangen. Pei hatte das Wohnzimmer vorher erst einmal betreten, als Ah Woo sie durchs Haus geführt hatte. Das Zimmer, das leicht dreimal so groß war wie das Haus von Lins Familie in Kanton, duftete nach Räucherstäbchen und Gewürzen. Pei hatte noch nie so viele schöne Gegenstände in einem Zimmer zur Schau gestellt gesehen. Es war voll mit prächtigen Rosenholzmöbeln, kostbaren Stickereien, ein reichverzierter Teppich in der Farbe von Zimt und Teeblättern lag auf dem Boden, chinesische Seiden- und Papiermalereien hingen an den Wänden, und ein paar schwarze Lackwandschirme standen da. Große und kleine

Wege der Seidenfrauen

Tiger- und Löwenfiguren und eine Statue der Göttin Kuan Yin waren im Raum verteilt, und jeder Tisch war mit Vasen aus eingelegtem Perlmutt und hellem rotem, grünem, gelbem und goldenem Cloisonné geschmückt. Pei fragte sich, wie ein so großes Zimmer sich so erstickend anfühlen konnte.

Pei stand in der Marmordiele und klopfte leise an die bereits geöffneten Doppeltüren.

»Kommen Sie herein, Pei, kommen Sie herein«, sagte Chen Tai vom anderen Ende des Raumes.

Pei ging auf Chen Tai zu und paßte auf, daß sie nichts hinunterwarf. Chen Seen-san und Ying-ying waren nirgends zu sehen. »Sie wollten mich sprechen?«

Chen Tai saß auf einem der Rosenholzstühle, ein kastanienbraunes Seidenbrokatkissen im Rücken. In einen gebrochen weißen Cheongsam gekleidet, sah sie ausgesprochen königlich aus. »Morgen nachmittag werden wir hinunter nach Central fahren.« Sie lächelte. »Sie können vormittags ein wenig waschen und den Rest für übermorgen aufheben.«

Pei trat von einem Fuß auf den anderen. »Ja, Chen Tai«, antwortete sie, bereits aufgeregt bei dem Gedanken an ihren ersten Ausflug in den Central District.

»Wir werden also morgen nach dem Mittagessen aufbrechen«, fuhr Chen Tai fort. »Sag Ah Woo, daß Leen mir nur etwas Einfaches macht – eine Schüssel Jook genügt.«

Pei nickte, zögerte und wandte sich zum Gehen, gerade als Chen Seen-san ins Zimmer trat. Groß und stämmig, in einen dunklen Anzug westlichen Stils gekleidet, schien er inmitten all der zierlichen chinesischen Gegenstände fehl am Platz. »Was besprecht ihr beiden denn so ernst?« fragte er, mehr Worte, als Pei ihn je hatte sagen hören.

Chen Tai lachte und winkte ihren Mann näher. »Pei fährt morgen mit mir hinunter nach Central.«

Chen Seen-san räusperte sich; hinter den dicken, schwarz

eingefaßten Brillengläsern musterten seine Augen Pei von Kopf bis Fuß und wieder zurück. »Kann ich auf Sie vertrauen, daß Sie Chen Tai davon abhalten, all mein hart verdientes Geld auszugeben?«

Chen Tai lachte erneut, hoch und schrill.

»Ja.« Pei drückte den Saum ihres Baumwollhemdes.

Chen Seen-san brüllte vor Lachen, sein kahler Kopf glänzte in dem blassen Licht. »Die gefällt mir!« Er öffnete eine schwarze Lackdose und nahm eine Zigarette heraus. »Endlich jemand, der mir hilft, nicht in Schulden zu geraten.« Er nahm die Zigarette zwischen die Lippen, zündete sie an und blies eine Rauchwolke zur Decke.

»Ich möchte wissen, wer dich daran hindern könnte.« Chen Tai fächelte den Rauch von ihr fort.

»Vielleicht kommt Pei nächstes Mal mit mir.« Er kicherte und blies Rauch in Richtung seiner Frau. Dann wandte er sich Pei zu. »Wie würde Ihnen das gefallen?« fragte er.

Pei hielt den Atem an und brachte kein Wort heraus. Sie wünschte, Lin wäre hier und würde die Sache in die Hand nehmen, Chen Seen-san mit ein paar einfachen Worten in seine Schranken weisen – »Nein, es würde mir nicht gefallen« oder »Ich habe zuviel zu tun für Ihre Spielchen«. Statt dessen atmete sie langsam aus und spürte, wie ihr am ganzen Körper heiß wurde und ihr Gesicht sich rot färbte. »Ich ...«, begann sie, aber bevor Pei antworten konnte, ergriff Chen Tai das Wort.

»Sie können jetzt gehen«, wies Chen Tai sie an, ihr Blick blieb auf ihren Mann gerichtet.

Pei eilte hinaus. Sie war noch nie so glücklich gewesen, in die Sicherheit der karg möblierten, geschrubbten Küche zurückzukehren.

Im frühen Morgenlicht sah alles anders, weicher aus. Pei schlüpfte aus ihrem Zimmer, ging leise in die Küche und

Wege der Seidenfrauen   天   67

schöpfte etwas Wasser in den Kessel, um sich Tee zu machen. Als das Wasser kochte, tauchte Ah Woo aus ihrem Zimmer auf. »Ah, du bist zeitig auf«, sagte sie und setzte sich auf ihren Stuhl.

»Ich konnte nicht schlafen«, gab Pei zu. Sie holte noch eine Tasse herunter und schenkte Ah Woo Tee ein.

»Es gibt nichts, worüber du dir Sorgen machen müßtest«, erklärte Ah Woo verständnisvoll. »In Central ist es wie überall in Hongkong: zu laut und zu voll.«

»Was ist, wenn ich etwas falsch mache und Chen Tai verärgere?«

Ah Woo lachte. »Und was kannst du falsch machen, wenn du ihre Päckchen trägst?« Sie nippte an ihrem Tee. »Ich will dir etwas sagen, was ich im Laufe der Jahre gelernt habe. Tu einfach, was Chen Tai dir aufträgt. ›Kommen Sie mit mir‹, ›Warten Sie hier‹ oder ›Nehmen Sie diese Päckchen‹ wird sie dir sagen, du brauchst dir also keine Sorgen zu machen. Und, o ja«, fügte Ah Woo hinzu, »sag nie etwas, ohne daß sie dich zuerst angesprochen hat. Chen Tai möchte das Kommando haben.«

Pei nickte und trank ihren Tee in einem großen Schluck aus.

Nach dem Mittagessen begleitete Ah Woo Chen Tai und Pei zur Eingangstür; Lu wartete mit dem Auto. Aus den Augenwinkeln sah Pei Fong auf der Treppe herumtrödeln. »Alles wird gutgehen«, flüsterte Ah Woo Pei ins Ohr, bevor sie die Tür hinter ihnen schloß.

Pei hatte schreckliche Angst. Das grelle Leuchten der heißen Sonne brannte auf sie herunter. Das letzte Mal, daß sie einem Auto so nahe gekommen war, war Jahre her, während des Streiks in der Seidenfabrik in Yung Kee. Sie erinnerte sich an die gereizten Stimmen und die dichte Menge, die sich teilte, als Chungs langes schwarzes Auto im Schrittempo durch das Tor fuhr, dann fuhr sie vor Schreck – sie konnte ihn immer noch fühlen – zusammen, als sie Sui-Yings leblosen Körper ausgestreckt auf dem Boden liegen sah. Am Ende hatten sie erreicht, daß die Arbeitszeit verkürzt wurde, aber um den schrecklichen Preis, daß ihre Freundin tot war.

Nun drehte sich ihr allein bei dem Gedanken, in dem großen schwarzen Metallungeheuer zu fahren, der Magen um. Ah Woo hatte gesagt, er sei das neueste Modell eines »Pakkard«. Er war lang wie zwei Betten, mit einem offenen Vordersitz, wo der Fahrer dem Himmel ausgesetzt war, während der Rücksitz, auf dem Chen Tai saß, durch ein Glasfenster abgetrennt war und ein Dach hatte. Der Kühlergrill leuchtete im Sonnenlicht hellsilbern, und die vier schwarzen Reifen hatten leuchtend weiße Ringe. Pei hoffte, sie könnte vorne an der Luft sitzen, selbst wenn Lu auf der ganzen Fahrt nach Central hinunter kein Wort zu ihr sagte.

»Sie können neben mir sitzen«, sagte Chen Tai, als Lu in einer Chauffeuruniform mit zwei Reihen von Goldknöpfen auf dem schwarzen Jackett die hintere Tür öffnete und beiseite trat.

»Steig auf der anderen Seite ein«, hörte sie Lus Stimme befehlen.

Pei eilte auf die andere Seite des Wagens und streckte die Hand nach dem Griff der glänzend schwarzen Tür aus, wie sie es gerade bei Lu gesehen hatte. Die Tür ging mit einem tiefen Klicken auf. Pei stieg rasch ein und zog die Tür wieder zu. Die lohfarbenen Sitze waren weich. Sie rochen nach Lederpolitur und schwach nach Zigarettenrauch.

Als Chen Tai auf dem Sitz neben ihr Platz nahm, brachte sie den schweren Duft nach Gardenien mit sich. Das glatte Rascheln ihres blauen Seidencheongsams auf dem Leder machte Pei ihr eigenes einfaches Hemd und ihre Hosen bewußt. Bis zu diesem Augenblick hatte sie sich in diesen Kleidungsstücken nie fehl am Platz gefühlt. Pei rutschte näher zur

Wege der Seidenfrauen

Tür, da sie Angst hatte, zuviel Platz zu beanspruchen. Chen Tai zog einen geblümten Fächer aus ihrer Handtasche, klappte ihn auf und begann die schwere Luft in dem geschlossenen Raum zu fächeln.

»Es ist heiß«, murrte sie.

Pei war nicht sicher, ob Chen Tai mit ihr sprach oder nicht, so blieb sie einfach still und sah genau zu, wie Chen Tai einen Griff an der Tür betätigte und das Fenster herunterließ.

»Ist es Ihnen nicht heiß?« fragte Chen Tai, an Pei gewandt. »Sie können das Fenster herunterlassen, wenn Sie wollen.«

»Danke.« Pei lächelte. Sie tat dasselbe mit dem Griff an ihrer Tür, und jede Drehung ließ das Glasfenster weiter herunter.

Als das große Auto lärmend startete und mit einem Ruck anfuhr, hielt Pei sich so sehr am Türgriff fest, daß ihre Handgelenke weiß wurden. Sie fuhren durch die Eisentore; Häuser glitten vorbei, während sie immer schneller wurden. Pei fühlte sich, als würde sie auf Luft schweben. Chen Tai klappte ihre Puderdose auf und puderte sich die Nase. Einen Augenblick lang ließ Pei ihren Körper entspannt in den weichen Ledersitz sinken.

Der Central District war, wie Ah Woo gesagt hatte, eine andere Welt. Pei blickte sich von einer Seite der Des Voeux Road nach der anderen um. Sie war hypnotisiert von den hohen Gebäuden, den elektrischen Doppeldecker-Trambahnen, den bunten Schildern, dem Menschengedränge, den zerlumpten Bettlern, den Stimmen und Klingeln, die durch die feuchte Hitze klangen und schallten, den dichten, übelkeiterregenden Abgasen der vielen Autos auf der Straße.

»Ich möchte, daß Sie beim Lane Crawford's halten«, sagte Chen Tai in ein Sprechhorn vor ihr.

Lus Stimme erklang plötzlich in ihrem geschlossenen Raum, dumpf und fern. »Jawohl, Chen Tai.«

Empfehlungen für Lesewesen:

Klaus Bednarz
Ballade vom Baikalsee
ISBN 3-203-75504-1

Adolf Heinzlmeier
Marlene. Die Biografie
ISBN 3-203-84102-9

Name ....

Straße ....

PLZ/Ort ....

Tel/Fax ....

....

Europa Verlag

Gutruf-Haus
Neuer Wall 10
20354 Hamburg

*bitte
immer
eine
kleben!*

| EUROPA |
| VERLAG |

Hamburg·Wien

Bücher für Lesewesen

Der Europa Verlag wurde 1933 gegen jeden Nationalismus in Zürich gegründet. In der Nachkriegszeit in Wien eröffnet, firmiert er seit Mitte '99 mit „Hamburg·Wien".
Wir verstehen uns als Publikumsverlag. Im Mittelpunkt stehen Literatur und Sachbuch von deutschsprachigen wie internationalen Autoren. Das Spektrum reicht von spannender Unterhaltung à la Ed McBain bis zu den wundervoll literarischen Erzählungen von Nathan Englander, von Zeitgeschehen und Biografie bis zur Kulturgeschichte. Ein neuer Programmbereich mit Filmbüchern und eine Reihe mit Werken zur NS-Zeit runden das Programm ab. Im übrigen sind wir für Überraschungen immer offen.

Ja, ich möchte über Ihr Programm informiert werden. Ich habe folgende Wünsche:

_____

_____

_____

_____

_____

Ich interessiere mich besonders für:

○ Literatur   ○ NS-Zeit

○ Film   ○ Sachbuch

| EUROPA |
| VERLAG |

Pei richtete sich auf ihrem Sitz auf und starrte durch das Fenster auf Lus Hinterkopf. Er beugte sich zur Seite und hängte das Sprechhorn wieder ein, ohne sich umzudrehen.

»Sehen wir einmal, wieviel nötig ist, damit Chen Seen-san wirklich Schulden machen muß, ja?« meinte Chen Tai ohne zu lächeln, sondern geradeaus starrend.

Pei gab ein leises Antwortgeräusch von sich und zuckte innerlich bei dem Gedanken zusammen, daß sie erneut mitten in dem Spiel der Chens gefangen war.

Lu bog auf eine breite, belebte Straße ein und rollte vor ein großes Warenhaus mit hohen Glasfenstern, wo er stehenblieb.

»Die neuesten Moden aus London und Paris.« Chen Tai stieg aus dem Wagen, bevor Lu eine Chance hatte, ihr die Tür zu öffnen. Pei blieb sitzen und wartete, daß Chen Tai ihr sagte, was sie als nächstes tun solle.

»Kommen Sie schon«, hörte sie Chen Tai rufen.

Pei stieg rasch aus und eilte ihr nach. Lautes Gehupe ertönte, da der Packard die Straße blockierte, aber Lu ignorierte es. Mehr Leute, als Pei jemals auf einmal gesehen hatte, drängten den Gehsteig entlang. Das Gesumm dieser Bewegung ließ Pei schwindlig werden, während sie Chen Tai durch die gläsernen Doppeltüren in das kühle, ruhige Lane-Crawford-Warenhaus folgte. Sofort wurde Pei eingehüllt von sanftem, verschwommenem Licht und dem schweren Parfümgeruch von Kosmetika.

»Guten Tag, Chen Tai«, riefen die Verkäuferinnen, als sie von einer Abteilung in die andere ging und Hüte, dann Handschuhe und später Schuhe anprobierte. Die meiste Zeit verbrachte Chen Tai in der Kleiderabteilung, wo sie über ein rotes Taftabendkleid aus Paris streichelte, es dann aber abrupt losließ. »Chen Seen-san zieht Cheongsams vor«, zischte sie.

Während der Nachmittag seinen Lauf nahm, stolperte Pei

Wege der Seidenfrauen

beladen mit immer mehr Päckchen hinter Chen Tai her, die nie müde zu werden schien. Als Pei in der Handtaschenabteilung wartete, starrte sie in eine Glasvitrine, in der schwarze und braune Taschen lagen. Sie fragte sich, was sie in eine dieser Taschen hineintun würde. Sie war mit so wenig Besitztümern durchs Leben gegangen. Pei schloß die Augen vor dem blendenden Glas und öffnete sie dann wieder. Sie sah auf, und ein Gesicht auf der anderen Seite des breiten Ganges krampfte ihr durch seinen Anblick das Herz zusammen und ließ es dann schnell schlagen. Sie versuchte zu schlucken, doch ihre Kehle fühlte sich trocken und wund an. Dieses schmale Gesicht ähnelte so sehr Lin. Pei starrte noch einen Augenblick länger, wie betäubt, doch als Lins Bruder Ho Yung in ihre Richtung sah, wandte sie sich rasch von diesen dunklen Augen ab, Lins Augen.

»Was ist los?« fragte Chen Tai. »Sie sind bleich wie ein Gespenst!«

Pei hob alle Päckchen Chen Tais auf; an ihrer Schläfe zuckte ein Puls. »Mir geht es gut.« Sie riß sich zusammen und zwang sich weiterzugehen. Einen Augenblick lang war es fast so gewesen, als sei Lin zurückgekehrt und stünde ihr direkt gegenüber.

Chen Tai blickte auf ihre Uhr. »Wir sollten besser zurückgehen. Lu wartet sicher vor dem Geschäft auf uns.«

Pei wagte es nicht, noch einmal in Ho Yungs Richtung zu blicken. Sie senkte den Kopf und folgte Chen Tai rasch, zurück in das blendende weiße Sonnenlicht.

KAPITEL VIER

1939–1940

Pei

Pei erwachte kurz vor Tagesanbruch, graues Licht drang durch das Fenster ihres kleinen Zimmers. Sie drückte sich tiefer ins Bett und wickelte sich fester in die dünne Decke. Seit sie bei Lane Crawford's Ho Yung gesehen hatte, waren ihre Nächte unruhig gewesen, voller Träume, nach denen sie am Morgen, wenn so viel Arbeit auf sie wartete, erschöpft war. Es war, als wäre ein kleiner Teil Lins wieder lebendig geworden und bringe einen dumpfen Schmerz von Erinnerungen zurück.

Pei starrte zur Decke, dann schloß sie die Augen und versuchte zu schlafen. Sie erinnerte sich wieder an ihren ersten Morgen im Mädchenhaus. Der beißende Geruch von Ammoniak. Das leise Stimmengesumm. Sie konnte nicht älter als acht Jahre gewesen sein. Als sie erwachte, hatte sie gesehen, wie jemand auf sie herunterblickte. »Ich heiße Lin«, hatte das Mädchen gesagt, das verglichen mit Peis breiten Gesichtszügen ein so weiches und zartes Gesicht hatte. Pei hatte nicht lange gebraucht, um zu bemerken, daß Lins Schönheit erst an zweiter Stelle nach ihrer Freundlichkeit kam.

Pei öffnete die Augen und zwang sich, die Erinnerungen fortzuschieben. Das Haus knarzte und schien sich im Wind

Wege der Seidenfrauen   天 73

zu bewegen. Sie konnte nicht anders als sich zu fragen, wie Ho Yung wohl reagiert hätte, wenn sie es an jenem Nachmittag gewagt hätte, auf ihn zuzugehen. »Erinnern Sie sich an mich?« hätte sie fragen können. Oder sie hätte sagen können: »Ji Shen und ich kommen hier in Hongkong ganz gut zurecht.«

In der Ferne krähte ein Hahn zum Beginn eines neuen Tages. Und wenn Ho Yung sich nicht an sie erinnert hätte? Pei wurde es heiß bei dem Gedanken. Sie warf die Decke ab, und ihre Füße berührten den kalten Holzboden, als sie zu der kleinen Kommode eilte und vorsichtig die oberste Schublade öffnete. Vergraben unter ihren Kleidern lag der abgenutzte Umschlag, in dem all ihre Ersparnisse waren. Sie zog ihn heraus und blätterte durch die Geldscheine, bis sie fand, wonach sie suchte: Ho Yungs Karte mit seiner säuberlich in Schwarz gedruckten Adresse in Hongkong.

Jeden Tag tauchte Pei in die Monotonie von Waschen und Bügeln ein. Wenn es regnete, arbeitete sie in dem vollgestopften Wäschezimmer neben der Küche. Doch trotz des kühleren Winterwetters war es Pei lieber, in der grauen Wanne draußen im Hinterhof zu waschen. Sie freute sich, jeden Morgen an der frischen Luft zu sein, und darauf, daß gelegentlich der Gärtner Wing vorbeikam, der normalerweise – für den Fall, daß Ah Woo oder Chen Tai ihn hier beim Herumlungern ertappten – einen Rechen oder einen Besen bei sich trug.

»Heute ist sie schlecht gelaunt«, erklärte Wing an diesem Morgen und machte halbherzige Anstalten, mit seinem Besen zu fegen.

»Wer?« Pei goß das heiße Wasser aus dem Kessel in den Waschzuber.

»Chen Tai. Sie hat immer schlechte Laune, wenn Chen Seen-san wegen *business* unterwegs ist.«

Pei strich sich eine lose Haarsträhne aus dem Gesicht, dann tauchte sie einen von Ying-yings Overalls in das heiße Wasser. »Was meinst du damit?«

»Jeder weiß, daß Chen Seen-san in Singapur eine zweite Familie unterhält.«

Pei hob ruckartig den Kopf. »Sogar Chen Tai?«

Wing nickte. »Es geht schon seit Jahren so, aber jeder tut so, als wäre nichts. So ist es bei den Reichen.«

»Und wie viele Frauen hast *du*?«

Wing lachte. »Eine ist mehr als genug für diesen armen Mann!«

Bevor Pei noch etwas sagen konnte, wurde die Hintertür aufgestoßen. Wing begann rasch, den steingefliesten Fußweg zu kehren, als Ah Woo herauskam.

»Was tust du hier hinten? Du weißt, daß Chen Tai jetzt frische Schnittblumen für ihr Zimmer will!« fauchte sie ihn an.

»Ja, ja, gleich.« Wing blinzelte Pei zu, dann eilte er zurück in den vorderen Garten.

»Ich weiß nicht, was ich mit dem alten Mann tun soll!« fuhr Ah Woo fort, das Gesicht streng und müde.

Pei bürstete die Overalls. Noch nie hatte sie Ah Woo so abgespannt gesehen. »Ist alles in Ordnung?«

Ah Woo ging auf und ab, dann blieb sie vor Peis Waschzuber stehen. »Vermutlich gibt es nur eine Möglichkeit, dich danach zu fragen – ganz direkt heraus.«

Pei hielt mit dem Waschen inne, die Hände glitschig von Seife und Wasser. »Was ist los?«

»Hast du Chen Tais Perlenkette gesehen?«

»Nein.« Pei trocknete sich die Hände an ihren schwarzen Baumwollhosen ab. »Ich wußte nicht, daß sie eine hat. Ich habe sie nie gesehen.«

»Als Chen Tai nach dem Frühstück zurück in ihr Zimmer gegangen ist, war sie fort.«

Wege der Seidenfrauen

»Du glaubst doch nicht, daß ich ...«

Ah Woos Gesicht wurde weicher. »Du bist die einzige, die heute morgen in ihrem Zimmer war.«

»Um die Wäsche zu holen«, erwiderte Pei mit gepreßter, angespannter Stimme. »So wie jeden Morgen!«

»Du weißt, daß ich fragen muß«, fuhr Ah Woo fort. »Vielleicht hat Chen Tai die Kette nur verlegt. Sie ist immer etwas durcheinander, wenn Chen Seen-san fort ist.« Sie berührte Peis Arm. »Mach dir keine Sorgen, ich bin sicher, die Kette taucht wieder auf.«

Ah Woo blieb einen Augenblick verlegen stehen, dann murmelte sie etwas wegen Leen und eilte zurück in die Küche. Als die Hintertür hinter ihr zufiel, spürte Pei eine kalte Brise im Nacken. Der Himmel wurde schwer und grau, als sie Chen Seen-sans weißes Hemd in den Zuber tauchte und heftig zu reiben begann.

An diesem Abend brachte Pei kaum etwas von ihrer Wintermelonensuppe hinunter, sie konnte fast nichts essen. Alle waren still, außer Fong, die pausenlos über Ying-ying redete.

»Dieses Mädchen ist ein Ungeheuer«, sagte Fong und nahm sich noch etwas Reis. »Ich habe gewartet, dann bin ich viermal um die Schule herumgegangen, bevor ich hierher zurück geeilt bin und sie in ihrem Zimmer gefunden habe. Und wißt ihr, was sie zu mir gesagt hat? ›Du warst zu spät, deswegen bin ich allein heimgegangen.‹ Sie ist ein Dämon!«

»Sch!« meinte Ah Woo. »Halt deine Zunge im Zaum, wenn du Wert auf deine Stelle legst!«

Leen stand auf und löffelte noch etwas Suppe in Peis Schüssel.

Fong lächelte und schob sich einen Löffel Reis in den Mund. »Nicht um meine Stelle solltest du dir Sorgen machen«, sagte sie mit einem Blick auf Pei.

Wieder konnte Pei nicht schlafen. Sie lag vollkommen still, bis ihre ganzen Sorgen in der Dunkelheit immer riesiger wurden. Seit dem Einkaufsbummel im Central District vor ein paar Wochen war alles so gut gegangen. Bevor sie aus dem Packard gestiegen war, hatte Chen Tai sich sogar zu Pei gewandt: »Wir werden bald wieder einkaufen gehen«, hatte sie gesagt.

Nun war alles anders. Den ganzen Tag stand Pei in der Waschküche, getrennt von den anderen. Doch wenn Chen Tai nach dem Dinner zu Ah Woo in die Küche kam, konnte Pei ihrem kalt funkelnden Blick nicht ausweichen. Danach ging Pei mit verstimmtem Magen zeitig zu Bett.

Chen Tais Perlenkette war verschwunden, und wie sollten sie nicht Pei verdächtigen, die jeden Morgen allein Chen Tais Zimmer betrat? Pei strampelte ihre dünne Baumwolldecke hinunter und schlug auf ihr Kissen. Sie hatte Chen Tais Kette niemals auch nur gesehen, und selbst wenn, warum sollte sie dann ihre Stelle aufs Spiel setzen, indem sie das Schmuckstück stahl? Pei war froh, daß sie Ji Shen nicht ins Haus gebracht hatte. Was wäre, wenn man das Mädchen beschuldigt hätte, weil sie in Chen Tais Zimmer abgestaubt oder für Pei die Wäsche geholt hätte? So unglücklich Ji Shen in ihrer Schule Spring Valley auch sein mochte, Pei war zumindest dankbar, daß sie über jeden Verdacht erhaben in Ma-lings Pension wohnte.

Als Pei am nächsten Nachmittag die Wäsche zum Bügeln hereintrug, wartete Ah Woo in der Küche auf sie. An Ah Woos bleicher, ernster Miene erkannte Pei, daß etwas ganz und gar nicht stimmte.

»Da bist du ja«, sagte Ah Woo, mehr zu sich selbst als zu Pei.

»Habt ihr die Kette gefunden?« Pei stellte den Wäschekorb ab und setzte sich.

Wege der Seidenfrauen

Ah Woo nickte.

»Wo?«

Ah Woo hob die schwarze Bonbondose von ihrem Schoß, die Fong Pei gegeben hatte. »Gehört das dir?« fragte sie.

Pei setzte sich steif und gerade auf ihrem Stuhl auf, als wäre sie plötzlich aus einem Traum erwacht. »Fong hat sie mir vor ein paar Wochen gegeben.«

»Hast du sie je aufgemacht?« Ah Woo nahm den Deckel herunter.

»Ja, und ich habe sie auf meiner Kommode stehen gelassen. Es war nur Butterscotch. Ich hätte nie gedacht...«

Ah Woo schüttelte den Kopf. »Fong hat Chen Tai erzählt, daß sie die Perlenkette in dieser Bonbondose in deinem Zimmer gefunden hat. Sie gibt zu, daß es falsch war von ihr, in dein Zimmer zu gehen, aber sie sagte, sie wollte nur etwas Süßes zum Lutschen haben, und dann hätte sie sich an die Bonbons erinnert, die sie dir geschenkt hatte.«

Pei sprang auf und warf dabei den Stuhl um. »Sie lügt! Ich war es nicht! Kannst du Chen Tai nicht die Wahrheit sagen?«

Ah Woo sah auf zu Pei. »Fongs Aussage steht gegen deine. Selbst wenn ich weiß, daß sie nur Ärger macht, hat sie es doch immer verstanden, sich mit Chen Tai gut zu stellen, vor allem, wenn Chen Seen-san fort ist.«

»Ich war es nicht!« wiederholte Pei.

»Es tut mir leid.« Ah Woo vermied Peis Blick. »Chen Tai will, daß du morgen früh das Haus verläßt.«

»Aber du mußt doch die Wahrheit wissen!«

»Es ist nicht von Bedeutung, was ich weiß.« Ah Woo schüttelte den Kopf und griff nach Peis Hand. »Chen Tai hört nicht auf mich. Diesmal ist Fong wirklich zu weit gegangen. Aber sie kann nur eine gewisse Zeit mit dem Feuer spielen, ohne sich selbst zu verbrennen.« Ah Woo stand auf und schob Pei einen Umschlag zu. »Hier ist dein Lohn bis zum Ende des Monats. Ich werde dafür sorgen, daß Song Lee erfährt, was wirklich passiert ist. Und Fong … Fong wird ihre Lektion bald genug lernen. Es tut mir so leid.«

Pei stand hilflos da, hinter ihren Augen brannten Tränen, als sie zusah, wie Ah Woo aus der Küche ging und die Tür sich hinter ihr schloß.

Pei weigerte sich, bis zum Morgen im Haus der Chens zu bleiben. Nachdem sie die Wäsche des Tages gebügelt hatte, packte sie ihre wenigen Sachen in eine Leinentasche, entschlossen, die zwei Stunden hinunter nach Wan Chai zurückzugehen. Auch alle Bitten Ah Woos oder Leens konnten sie nicht dazu bringen, noch eine Nacht im selben Haus wie Fong zu verbringen, die, schlau wie sie war, oben bei Yingying blieb.

»Bitte, bleib. Es wird bald dunkel«, bat Ah Woo und stellte sich vor die Tür, um sie am Gehen zu hindern. »Du kannst dich morgen früh noch von Wing verabschieden, bevor du gehst.«

»Iß, iß zuerst«, beharrte Leen, ein Hackmesser in der Hand.

Pei sah die Zutaten zum Abendessen, die bereits auf der Arbeitstheke lagen – ein dunkler, schleimiger Katfisch, der zum Dünsten bereitlag, langstielige Frühlingszwiebeln, ein Bund bok choy und in Scheiben geschnittene schwarze Pilze.

»Nein.« Sie schluckte die Bitterkeit hinunter, die ihr in die Kehle aufgestiegen war. »Bitte sagt Wing auf Wiedersehen von mir.«

Pei verweilte noch einen Augenblick auf der Schwelle und versuchte, den beiden Frauen beruhigend zuzulächeln, dann ging sie hinaus und schlug die Tür hinter sich zu.

Als Pei den Berg hinunterschritt, kam sie nach den großen, von Toren eingerahmten Häusern der Po Shan Road schließlich an kleineren Häusern und dann an hohen Mietskasernen vorbei. Hin und wieder ertönte eine Stimme in der Dunkelheit. Pei konnte es immer noch nicht glauben, daß Fong so weit gegangen war, um sie loszuwerden. Hatte sie alles schon geplant, seit sie ihr die Bonbondose gegeben hatte? Leen hatte sie gewarnt, daß sie vorsichtig sein solle, und dennoch war Pei so dumm gewesen, Fong direkt in die Falle zu gehen.

Mit jedem Schritt wurde Pei wütender. Rachegedanken schossen ihr durchs Blut, vermischt mit Selbstmitleid und schließlich Verzweiflung, daß sie nun anderswo Arbeit finden mußte. Sie packte die Leinentasche und schwang sie über die Schulter, so daß sie ihr hart gegen den Rücken schlug, und holte tief Luft. Alles würde in Ordnung kommen, sagte sie sich. Sie hatte im letzten halben Jahr etwas Geld gespart, und sie und Ji Shen würden wieder zusammensein. Pei sehnte sich nach Lin, die sie auf sicheren Boden führen könnte. Kühle Nachtluft umgab sie und trieb sie vorwärts.

Wan Chai war abends von lärmendem Leben erfüllt – überfüllte Mietshäuser, Bars mit glitzernden Schildern, laute Musik, die aus offenen Türen drang. Pei wich Gruppen betrunkener Matrosen aus, die in Begleitung von spärlich bekleideten chinesischen Frauen waren. Eine laute Stimme schrie etwas in einer harten, rauhen Sprache. Polterndes Gelächter erfüllte die stickige, rauchige Luft. Pei ging weiter und wagte es nicht, sich umzudrehen.

Es war schon spät, als sie bei Ma-lings Pension ankam. Der Kräuterladen unten war vollkommen dunkel. Sie stellte sich den alten Kräuterkundigen vor, wie er versteckt in einem Hinterzimmer lag und zwischen seinen kostbaren Heilmitteln glücklich schlief. Von der Müdigkeit, die sich in ihrem Körper ausbreitete, wurde es ihr plötzlich schwach in den Beinen. Pei sah auf und erblickte Lichter, die immer noch flackernd aus den Fenstern von Ma-lings Wohnzimmer schienen. Erst jetzt gestattete sie es sich zu entspannen.

Song Lee

Song Lee hatte vom ersten Augenblick an, als sie sich vor drei Jahren kennengelernt hatten, gespürt, daß es mit Fong Ärger geben würde. In dem raschen, ungeduldigen Auftreten und dem erzwungenen Lächeln der anderen Frau war bereits alles zu sehen. Fong, gerade erst aus Shun-te eingetroffen, wohnte kurz in Ma-lings Pension, begierig darauf, ihr neues Leben in Hongkong zu beginnen. »Ich nehme jede Stelle an, die du für mich findest«, hatte sie selbstsicher erklärt. »Ich kann dann immer noch aufsteigen.«

Song Lee hatte an ihrem Tee genippt und die blasse junge Frau mit ihrem vorstehenden, eckigen Kinn beobachtet – ein sicheres Zeichen, wie Song Lee wußte, für einen eigensinnigen, ichbezogenen Charakter. Und Fongs dunkle, nach oben spitz zulaufende Augen flößten ihr ein Unbehagen ein, das sie nicht näher benennen konnte. Doch dann erinnerte sich Song Lee an etwas, das ihre Mutter ihr einmal gesagt hatte: »Die Augen sind der Spiegel der Seele. In ihnen kann man ein ganzes Leben sehen. Liebe, Kummer, Verrat, Schmerz. Wenn du genau hinsiehst, liegt alles darin.« Fongs Augen huschten von einer Seite zur anderen; sie vermied es, Song Lee direkt anzusehen, wenn sie sprach. Ihr flatternder Blick erinnerte Song Lee an eine Siamkatze – intelligent, aber hinterlistig.

Sie erinnerte sich an die Siamkatze der ersten Tai tai, für die sie in Hongkong gearbeitet hatte. Eines Abends, als die Tai tai die Katze liebevoll streichelte, war das Tier plötzlich herumgeschnellt und hatte sie böse gekratzt, so daß der wohlgerundete Arm der Herrin blutete und wochenlang dünne rote Kratzer zeigte. Die Tai tai hatte Zeter und Mordio geschrien und die Katze den Dienern gegeben, die sich um sie kümmern sollten. »Der Katze kann man nicht trauen«, flüsterten die Diener. »Nur ein Glück, daß wir sie heute abend nicht im Eintopf essen.« Als Pei Fongs Namen erwähnte,

Wege der Seidenfrauen

fühlte Song Lee wieder dasselbe Mißtrauen, das in ihr hochstieg.

An dem Vormittag, als Song Lee eine Nachricht von Ah Woo bekam, daß Chen Tai Pei entlassen hatte, wußte sie gleich, noch bevor die weiteren Schriftzeichen auf der Seite ihren Verdacht bestätigten, daß Fong etwas mit der Sache zu tun hatte. Song Lee begann sofort, bevor sich die Gerüchte verbreiten konnten, nach einem neuen Haushalt zu suchen, in dem Pei arbeiten konnte. Hongkong war eine kleine Welt, in der sich jeder Klatsch rasch von Haus zu Haus verbreitete. Song Lee konnte sich vorstellen, wie manche Geschichten ein Eigenleben gewannen und mit jedem Weitererzählen übertrieben wurden: »Sie wurde schwanger und mußte die Kette stehlen, damit sie das Kind abtreiben konnte«, oder: »Der Ehemann hat es ihr gegeben, damit sie nichts von ihrem Verhältnis verrät.«

Im Laufe der Jahre hatte Song Lee alle Gerüchte gehört, die es gab; sie wußte, wie weit manche Dienstboten gingen, um selbst vorwärtszukommen. Sie hielt sich den Kopf frei von seichtem Geschwätz und lernte rasch, sich direkt an der Quelle zu informieren.

Am Nachmittag darauf machte sich Song Lee auf den Weg zu Ma-lings Pension, in der Hoffnung, dort zu erfahren, was wirklich geschehen war. Der Dezember rückte schon heran, daher war es kühler, und eine leichte Brise linderte die Luftfeuchtigkeit. Song Lee blieb stehen, um Atem zu holen, und spähte in den vollen Laden des Kräuterhändlers. In dem dunklen Fenster sah sie ihr Spiegelbild. Im letzten Jahr war ihr Gesicht voller geworden, es zeigte das trügerische Leuchten von Wohlstand und Gelassenheit, das auch bei vielen Tai tais zu sehen war, wenn sie ein mittleres Alter erreicht hatten. Was Song Lee im Spiegel sah, war nicht das ausgezehrte Gesicht von vor Jahren, als sie fast gestorben war. Song Lee krümmte sich immer noch zusammen, wenn sie an den qualvollen Schmerz dachte, der ihren Magen peinigte und in ihren Gedärmen brannte, bis sie darum gebettelt hatte zu sterben. Sie hatte diese Suppe getrunken und nur eine Spur von Bitterkeit geschmeckt, ohne daß sie bemerkt hätte, daß jeder Schluck sie dem Tod näherbrachte. Tagelang war sie dahingesiecht, bis das Gift langsam aus ihrem Körper gesickert war und sie zu jedermanns Erstaunen überlebte.

Blaß und abgespannt öffnete Pei die Tür und führte Song Lee in das Wohnzimmer, das in der schwachen Nachmittagssonne in ein helles Grau getaucht war. »Ich habe sie nicht genommen!« sagte Pei, noch bevor Song Lee sich gesetzt hatte. »Ich habe Chen Tais Kette niemals auch nur gesehen.«

»Habe ich recht mit meiner Ahnung, daß Fong eine ganze Menge über Chen Tais Halskette weiß?« fragte Song Lee.

Pei nickte mit zusammengepreßten Lippen.

»Ich habe schon angefangen, nach einem anderen Haushalt für dich zu suchen«, erklärte Song Lee freundlich. »Bevor Gerüchte aufkommen.« Sie sah zu, wie Pei ihr Tee einschenkte und sich dann vorbeugte, um ihr einen Teller mit Mandelkeksen anzubieten.

»Warum tut sie so etwas?« Peis Stimme war rauh und gepreßt.

Song Lee räusperte sich. »Vermutlich fühlte sie sich durch dich bedroht. Vor allem, seit Chen Tai Zuneigung zu dir gefaßt hatte. Ah Woo hat mir das in ihrem Brief geschrieben.«

»Ich habe Fong nie etwas getan.«

»Das ist nichts Neues.« Song Lee schüttelte den Kopf. »Hör zu, ich habe von einem Dienstmädchen gehört, das ein anderes vergiftet hat, nur um ihre Stelle zu bekommen. Es dauerte eine Woche, bis man ihr auf die Schliche kam, und auch nur deshalb, weil sie so dumm war, das Gift zwischen ihren Kleidern zu verstecken, anstatt es wegzuwerfen.

Wege der Seidenfrauen 天 83

Als man sie fragte, warum sie das Gift nicht beseitigt hatte, sagte das Mädchen, es habe befürchtet, es auch in Zukunft noch einmal benützen zu müssen!«

Peis Augen weiteten sich. »Hat die andere überlebt?«

»Mit knapper Not«, antwortete Song Lee und spürte ein Stechen im Magen. Sie beugte sich näher zu Pei. »Leider ist Fong nicht so töricht, und das Leben in dieser großen Stadt ist zu kompliziert geworden. In den Dörfern mit den Seidenfabriken haben wir zumindest alle für dieselbe Sache gearbeitet. Da gab es nicht diesen bösen Wettstreit um Geld und Rang.«

»Wer wird mich jetzt noch einstellen?« Pei schluckte und fingerte an einem Verschluß ihres Hemdes herum.

Song Lee lächelte. »Mach dir keine Sorgen, wir werden es bald sehen.«

Die Nachricht von Chen Tais gestohlener Kette verbreitete sich noch schneller, als Song Lee gedacht hatte. Am Ende des Monats waren viele der chinesischen Familien, an die sie sich wandte, nicht bereit, Pei anzustellen. »Warum sollen wir riskieren, eine Diebin zu nehmen?« hieß es, oder: »Aus einem schlechten Keim kommt nie eine Blüte.« Selbst wenn das Gerücht nur ein Gerücht war, wollte kein chinesischer Haushalt eine Dienerin anstellen, auf deren Vergangenheit auch nur ein Hauch von Unsegen lag.

Song Lee verbrachte ihre ganze freie Zeit mit Erkundigungen und bat auch andere Seidenschwestern, sich nach freien Stellen umzuhören. Sooft sie konnte, besuchte sie Pei und Ji Shen, die sie meist im Wohnzimmer fand, wo Pei Ji Shen gewissenhaft bei ihren Hausaufgaben half.

»Du mußt dir mehr Mühe geben«, sagte Pei mit ärgerlich erhobener Stimme.

»Es ist egal, wie gut ich bin.« Ji Shen schlug ihr Buch zu.

»Sie lachen mich sowieso aus. Wenn es nicht mein Akzent ist, dann sind es meine Kleider. Und wenn ich die besten Noten in der Klasse kriege, ändert das nichts!«

Pei wurde sanfter. »Es ist nicht egal. Du tust es für dich selbst.«

Ji Shen zuckte die Achseln. Als sie aufsah, erblickte sie Song Lee, die auf der Türschwelle stand. »Ich mache das später fertig«, erklärte sie, packte ihre Bücher zusammen und verließ rasch das Zimmer.

Song Lee setzte sich neben Pei und konnte sich nicht des Gefühls erwehren, daß sie störte. »Ji Shen wird erwachsen.«

»Sie ist eigensinnig«, antwortete Pei stirnrunzelnd.

Song Lee sah Müdigkeit in Peis Augen und wußte, daß es an den Wochen lag, die verstrichen waren, ohne daß es eine Hoffnung auf eine neue Beschäftigung gab.

»Aber möchtest du denn, daß sie anders wäre?« fragte Song Lee sanft.

»Nein, du hast recht. Und sie ist glücklicher, seit ich wieder da bin«, fuhr Pei fort. »Zumindest habe ich mehr Zeit für sie.«

»Sie braucht im Augenblick jemanden, der stark ist. Zum Glück hat sie dich«, beruhigte Song Lee.

»Manchmal bin ich nicht sicher, ob ich die Richtige bin.« Pei seufzte. »Ji Shen denkt anscheinend, es sei eine Art von Strafe, daß ich so entschlossen bin, ihr eine Schulbildung zu ermöglichen.«

»Unsinn! Eines Tages wird sie es dir danken. Genieß einfach die freie Zeit, die du jetzt hast. Du wirst bald genug wieder arbeiten müssen. Ich verspreche es dir!«

Am nächsten Tag sah Song Lee, als sie für ihre Tai tai bei einer Schneiderin in Wan Chai einen neuen Cheongsam abholte, kurz bei Ma-ling vorbei – sie achtete immer sehr darauf, ihre eigenen Pflichten nicht zu lange zu vernachlässigen. Als sie aus

Wege der Seidenfrauen

der Tür der Pension trat, stapfte Ji Shen gerade auf dem Heimweg von der Schule die Straße entlang. Etwas Fernes, Gequältes lag in ihrem Blick, als sie mit schlenkernder Tasche, die ihr mit jedem Stoß ein wenig Freiraum inmitten der Menschenmenge verschaffte, den Gehsteig entlangschlenderte. Song Lee lächelte und ging auf Ji Shen zu, entschlossener denn je, vor dem Ende eines neuen Monats eine Stelle für Pei zu finden.

Zwei Wochen später kletterte Song Lee eilig das enge Treppenhaus zu Ma-ling hinauf. Und als Pei in das Wohnzimmer kam, war die ältere Frau zu aufgeregt, um zu warten, bis sie wieder zu Atem gekommen war.

»Ich – habe – einen neuen – Haushalt – für dich«, keuchte sie.

Pei lebte plötzlich auf, ein Lächeln breitete sich auf ihrem Gesicht aus. »Wo? Wie?«

»Siehst du«, fuhr Song Lee fort, »nicht jeder glaubt, was man hört. Sie urteilen lieber selbst.«

Pei nahm Song Lees Hand. »Dank dir.«

Mit einem raschen Zungenschnalzen wehrte Song Lee Peis Dankbarkeit ab. »Morgen vormittag sollst du zu ihr gehen. Sie hat eine große Wohnung in der Conduit Road.«

»Wie heißt diese Tai tai?« fragte Pei gespannt.

Song Lee zögerte einen Augenblick. »Es ist kein chinesischer Haushalt. Du wirst für eine Engländerin arbeiten.« Sie sprach den Namen sorgfältig aus, den Zettel mit dem Namen fest in der Hand: »Sie heißt Car-o-line Fee-inch.«

Maiglöckchen

Pei stieg die steinerne Treppe zu der Wohnung im zweiten Stock hinauf und klopfte leise an die Tür. Sie bürstete mit der Hand den Staub von ihrem weißen Hemd und strich ein paar lose Haarsträhnen zurück. Seit Song Lee Pei mitgeteilt hatte, wer ihre neue Arbeitgeberin war, war sie von immer mehr Ängsten heimgesucht worden. Noch nie war sie allein im selben Zimmer mit einem weißen Teufel gewesen, geschweige denn, daß sie sich mit einem unterhalten hatte. Sie fragte sich, ob sie die Frau direkt ansehen oder den Blick gesenkt halten sollte. Sollte sie mit dem Reden warten, bis sie angesprochen wurde? Und wie würden sie einander verstehen, hatte Pei Song Lee gefragt. Sie hatte immer gedacht, Englisch klinge laut und hart.

Song Lee hatte ihre Befürchtungen zerstreut. »Die Engländerin kann Chinesisch. Sie lebt seit vielen Jahren in Hongkong, es wird also keine Verständigungsprobleme geben.«

Pei fragte beharrlich weiter. »Aber was ist, wenn ich, ohne es zu wissen, das Falsche sage oder tue?«

»Mach dir keine Sorgen«, beruhigte Song Lee sie. »Ich bin sicher, sie wird dir sagen, wie sie alles getan haben möchte. Ich habe gehört, daß die Engländer ihre fest eingefahrenen Bräuche haben, aber daß es manchmal viel leichter ist, für sie zu arbeiten als für die Chinesen. Zumindest verbergen sie das, was sie denken, nicht hinter einem falschen Lächeln.«

Pei seufzte und fragte sich, was das geringere Übel war.

Ji Shen war aufgeregt, als sie hörte, daß Peis neue Stelle nicht in einem chinesischen Haushalt war. »Vielleicht kann ich mit dir kommen«, meinte sie. »Es wäre ebensogut wie zur Schule zu gehen, wenn man eine ganz neue Lebensweise kennenlernt«, hatte sie mit einem pfiffigen Lächeln hinzugefügt.

»Du mußt trotzdem die Schule zu Ende machen.« Pei biß den Faden ab, als sie mit dem Nähen an Ji Shens schwarzen Hosen fertig war. »Hier!« Die ganzen Jahre über hatte Pei Ji Shens und ihre eigenen Kleider so geschickt geflickt, daß man die vielen Ausbesserungen kaum sah. Es war das letzte,

Wege der Seidenfrauen　　　　天　87

was Pei wollte, daß Ji Shen vor ihren Klassenkameradinnen in Verlegenheit kam.

Ji Shen nahm ihre Hosen. »Überall wäre es besser als in Spring Valley!«

Pei hörte rasche, dumpfe Schritte, die sich der Tür näherten, und schluckte ihre Furcht hinunter. Ihr war schwindelig von den Gedanken, die ihr durch den Kopf rasten. Sie konnte die Stelle immer noch ablehnen, wenn sie die Engländerin nicht mochte, selbst wenn das bedeuten würde, daß sie noch ein paar Monate lang ohne Arbeit war. Wenn sie umsichtig war, konnte sie ihre Ersparnisse noch ein wenig strecken. Allein der Gedanke, daß sie eine Wahl hatte, half Pei, ruhig zu bleiben.

»Kommen Sie herein, nur herein«, erklang eine hohe, gepreßte Stimme mit einem fremden Akzent, noch bevor die Tür ganz geöffnet wurde.

Pei neigte den Kopf und lächelte schüchtern.

»Kommen Sie herein«, wiederholte die Stimme. Sie war scharf und fröhlich, als wäre sie kurz davor zu lachen. »Wir werden uns nicht besser kennenlernen, wenn Sie draußen vor meiner Tür stehen!«

Pei hob den Blick und sah eine magere, lächelnde Frau mit einem faltigen Gesicht und grauem, lose aufgestecktem Haar.

»Ich bin wegen der – «

»Sie müssen Pei sein. Ich bin Caroline Finch. Bitte, kommen Sie herein.« Sie öffnete die Tür weiter, nahm Pei am Arm und zog sie sanft hinein.

Pei war noch nie zuvor in einem solchen Zimmer gewesen. Ein großer, behaglicher Raum, dunkel und heimelig, mit stabilen, mit rosafarbenem Samt überzogenen Möbeln und schweren Damastvorhängen. Eine ganze Wand war bedeckt von einem vollen Bücherregal, und über das Zimmer verteilt standen Glasfiguren in allen Größen und Formen auf weißen Spitzendeckchen. Noch nie hatte Pei so viele Ziergegenstände aus Glas gesehen.

»Ich bin eine Art Sammlerin«, erklärte Mrs. Finch, die Peis Blick folgte. »Die Figürchen stammen aus aller Welt. Mein verstorbener Mann hat mir oft welche mitgebracht, wenn ich nicht mit ihm verreisen konnte.«

Pei lächelte. »Sie sind sehr schön.«

»Vor allem sind sie Staubfänger, aber sie erinnern mich an andere Orte und andere Zeiten.« Mrs. Finch deutete auf einen dick gepolsterten Lehnstuhl, vor dem auf einem Tisch bereits ein Teetablett stand. »Bitte, nehmen Sie Platz.«

»Danke.« Pei ließ sich auf den Rand des weichen Samtkissens sinken. Als Mrs. Finch sich setzte, stieg ein zarter Duft nach Maiglöckchen von ihr auf.

»Ich bin ein Mensch, der kein Blatt vor den Mund nimmt«, begann Mrs. Finch. »Also erzählen Sie mir, was ist das für eine Geschichte, Sie hätten eine Kette gestohlen?« Sie betrachtete Pei eingehend.

»Ich habe sie nicht genommen«, antwortete Pei knapp, das Blut schoß ihr heiß ins Gesicht. Sie hatte nie erwartet, daß diese Engländerin wußte, was in einem chinesischen Haushalt passiert war. Sie hatte immer gemeint, Welten von den weißen Teufeln mit ihrer fremden Lebensart und ihrem starken Geruch entfernt zu sein.

Mrs. Finch betrachtete sie noch einen Augenblick. »Hongkong ist letztlich eine lächerlich kleine Welt, jeder hat es nur eilig vorwärtszukommen. Meine Mutter hat mir schon früh beigebracht, nach meinem Instinkt zu gehen. ›Vertrau dir selbst‹, sagte sie immer. ›Dann hast du nur dir selbst die Schuld zu geben.‹ Irgendwie glaube ich nicht, daß Sie eine Kette stehlen würden.«

Pei senkte den Blick und fühlte, wie ihr Tränen in den Augen aufstiegen. Wie konnte diese Fremde, ein weißer Teufel,

Wege der Seidenfrauen　　　　　　　天　89

ihr glauben, wenn doch so viele Chinesen sie bereits ver-
urteilt hatten?

»Tee?« Mrs. Finch goß aus einer glänzenden Silberkanne
ein.

»Sollte das nicht ich tun?« fragte Pei erschrocken. Sie
konnte sich nicht vorstellen, daß Chen Tai Tee für sie einge-
schenkt hätte.

Mrs. Finch füllte eine Porzellantasse mit einem Muster aus
roten Rosen. »Unsinn! Ich bin gewiß noch imstande, ein oder
zwei Tassen Tee einzugießen.«

Pei zuckte zusammen. »Es tut mir leid.« Sie krampfte die
Hände auf dem Schoß zusammen und war ratlos, was sie als
nächstes tun sollte.

Mrs. Finch lächelte und reichte ihr eine Tasse. »Haben Sie
keine Angst. Ich wollte Ihnen nur sagen, daß ich fähig bin,
mir meinen Tee einzuschenken, genauso wie ich vieles andere erledigen kann. Ich erwarte nicht von Ihnen, daß Sie mir
jede Laune befriedigen, obwohl Sie schon alles so tun müssen, wie ich es Ihnen sage.« Sie goß sich selbst Tee ein und
lehnte sich zurück. »*Was* ich erwarte, ist, daß Sie saubermachen-
chen und kochen und die täglichen Besorgungen erledigen.
Alles andere regeln wir, wenn es gerade ansteht. Ist das so für
Sie akzeptabel? Wenn nicht, wäre es mir lieber, wenn Sie es
jetzt gleich sagen.«

Pei schloß die Hände um die warme Teetasse. Noch nie
zuvor hatte jemand so direkt mit ihr gesprochen. Es dauerte
einen Augenblick, bis sie Mrs. Finchs Worte ganz aufgenommen hatte. »Ja«, erwiderte Pei schließlich. »Ja, das ist sehr
akzeptabel.«

»Gut, dann ist alles ausgemacht. Wenn Sie möchten, können Sie nächste Woche anfangen.«

»Da ist noch etwas.« Pei sah Mrs. Finch direkt in die grünen Augen. Sie hatte eine Entscheidung getroffen: Diesmal
würde sie Ji Shen nicht allein zurücklassen. »Ich habe eine

jüngere Cousine, die noch zur Schule geht. Sie hat niemand anderen. Sie muß mit mir kommen.«

»Nun…« Mrs. Finch rührte noch einen Würfel Zucker in ihren Tee. »Seit Howard tot ist, bin ich allein in dieser alten Wohnung herumgeklappert. Hab nie jemanden gebraucht. Seit einiger Zeit wollte ich wieder den Klang einer anderen Stimme hören. Ganz zu schweigen davon, daß ich Hilfe brauchen kann, um diese ganzen verflixten Figuren abzustauben. Wirklich eine Plage.« Mrs. Finch lächelte und nippte an ihrer Teetasse. »Vielleicht sind es ja wirklich zwei Stimmen, die ich brauche. Bringen Sie das Mädchen also mit.«

Pei räusperte sich und fragte sich, was das englische Wort ›verflixt‹ bedeutete, lächelte aber nur erleichtert zurück. Das vollgestellte Zimmer gab ihr ein warmes, einladendes Gefühl. Sie sah zu, wie Mrs. Finch mit leicht zitternder Hand nach der silbernen Teekanne griff, unterließ es aber, ihr zu helfen. Pei hob lediglich die zarte, zerbrechliche Tasse, als Mrs. Finch ihr noch einmal Tee nachschenkte.

KAPITEL FÜNF

1941

Pei

Die Musik, die jeden Morgen aus Mrs. Finchs Zimmer flutete, klang wie ein leises Rauschen aufsteigender und absteigender Wellen. Pei, das schwere silberne Frühstückstablett auf den Armen balancierend, stand wie gebannt vor der Tür und wartete auf eine Pause in dem Musikstück, bevor sie klopfte und eintrat. Seit Pei vor fast einem Jahr angefangen hatte, für Mrs. Finch zu arbeiten, war das zu ihrem Morgenritual geworden. Mrs. Finch nahm im Bett Tee und Toast zu sich, bevor sie aufstand und »in einen neuen Tag trat«, wie sie es an dem ersten Morgen, als Pei für sie arbeitete, formuliert hatte.

»Ah, da sind Sie ja!« Mrs. Finch setzte sich auf und klopfte auf die gelbe Tagesdecke aus Chenille, die neben ihr lag. »Bachs Suiten für Cello«, flüsterte sie. »Musik für die Seele.« Mrs. Finch schloß die Augen, während sie den Tönen lauschte.

Pei lächelte, stellte das Tablett auf der Tagesdecke ab und zog die schweren Vorhänge auf. Sie räumte die Schallplattenstapel auf, die auf dem Schreibtisch lagen, und wandte sich dann wieder Mrs. Finch zu, die blinzelte und die Augen mit der Hand vor dem hellen Herbstlicht abschirmte.

»Zwanzig Jahre lang habe ich in Hongkong gelebt, und

das einzige, was ich je von England vermißt habe, ist der schöne alte Londoner Nebel.« Sie lachte. »Sehen Sie nur, was diese Tropenhitze aus meiner Haut gemacht hat!«

»Ich finde sie schön«, sagte Pei. Sie öffnete den Rosenholz-schrank, nahm zwei geblümte Baumwollkleider auf Bügeln heraus und hob sie hoch. Ein angenehmer Maiglöckchenduft strömte ins Zimmer.

Mrs. Finch goß sich ihren Tee ein und sah auf. »Das linke. Vielen Dank.«

Pei breitete das Kleid sorgfältig über den Stuhl neben der Tür und hing das andere wieder auf. Im vergangenen Jahr hatte sie die einfachen Gewohnheiten ihrer neuen Arbeit-geberin kennengelernt. Anders als Chen Tai, die Pei nur mit einem Blick oder einer Geste nervös gemacht hatte, war Mrs. Finch freundlich und offen. In dem kleinen Haushalt gab es keine verwirrenden Widersprüche. Und es hatte nicht lange gedauert, bis Pei gelernt hatte zu vertrauen, daß Mrs. Finch sagte, was sie meinte.

»Ist Ji Shen in die Schule gegangen?« Mrs. Finch strich Butter auf ihren Toast und löffelte dann ein wenig Marmela-de darauf.

»O ja.«

Pei war dankbar, daß Mrs. Finch und Ji Shen sich mochten. Zuerst hatte sie mit Zweifeln gekämpft – konnte Ji Shen in einer so anderen Welt leben? Sogar in der Luft der Wohnung schien ein fremder Geruch zu liegen. Song Lee hatte ihre Be-fürchtungen schließlich zerstreut. »Ji Shen hat in ihrem jungen Leben schon so viel durchgemacht«, hatte sie gesagt. »Glaubst du, es wird ihr schaden, sich an eine neue Lebensweise anzu-passen? Wichtig ist, daß sie mit dir zusammen ist. Außerdem kann ich an den großen Augen dieser Frau erkennen, daß sie ein offenes Herz hat.«

Pei konnte sich nicht vorstellen, wie schwierig es werden würde, wenn Ji Shen immer noch so unglücklich wäre wie

Wege der Seidenfrauen　　　天　93

vor einem Jahr. Aber sie hatten sich recht leicht in ihr neues Leben bei Mrs. Finch eingewöhnt, und Ji Shen ging wohl weit lieber nach St. Cecilia als in die Spring Valley School. Mrs. Finchs Freundlichkeit war es zu verdanken, daß Ji Shen nach St. Cecilia ging und nicht in eine weiter entfernte Schule. Mrs. Finch war eine getreue Katholikin und hatte schon lange für St. Cecilia gespendet und war bei wohltätigen Einrichtungen beteiligt gewesen. Als Ji Shen dort eines Morgens mit Mrs. Finch auftauchte, lehnten sie das Mädchen nicht ab. »Sie ist so ein intelligentes Mädchen«, sagte Mrs. Finch nun. »Es ist schade, daß Howard und ich nie eigene Kinder hatten. Gottes Wille, nehme ich an.«

»Sie wären eine wunderbare Mutter gewesen«, meinte Pei.

Mrs. Finch biß in ihren Toast, ohne zu antworten.

Pei würde nie vergessen, wie großmütig Mrs. Finch am ersten Tag gewesen war. Das Wohnzimmer war warm und dunkel gewesen, die Vorhänge noch fest geschlossen. Als Mrs. Finch sie aufzog, hatte sie hinunter auf die Straße geblickt. »Gehört der junge Mann da unten zu Ihnen?«

Quan hatte sie in seiner Rikscha in die Conduit Road gebracht.

»Ja, er möchte sich nur noch vergewissern, daß alles in Ordnung ist.« Pei hatte ihm gewinkt, daß er gehen könne.

»Ach, wie hübsch zu wissen, daß es noch Ritterlichkeit gibt.«

Doch dann war Ji Shen zum Fenster geeilt, um hinauszuspähen – und hatte dabei einen gläsernen Schwan heruntergeworfen, der gegen den Tisch fiel. »Es tut mir so leid!« rief sie. »Das wollte ich nicht!« Sie versteckte sich hinter Pei.

In der momentanen Pause war Pei sicher gewesen, daß sie wieder zu Ma-ling zurückkehren müßten. Hilflos stand sie da, die beiden zerbrochenen Teile in der Hand.

Doch Mrs. Finch überraschte sie, da sie nur den Kopf schüttelte. »Diese Nippsachen sind zu lästig, jetzt müssen wir eine weniger abstauben. Kommt nun, ich zeige euch euer Zimmer.«

Alle Gedanken, mit denen Pei sich den Kopf zermartert hatte, weil sie für eine Engländerin arbeiten sollte, schwanden ab diesem Augenblick und für immer, als Mrs. Finch, anstatt sie in den Küchenbereich zu führen, wie Pei es erwartet hatte, ihnen ein großes Gästezimmer mit zwei Einzelbetten, einem Schrank und einem Spiegel zeigte. Pei konnte es sich nicht vorstellen, je in einem Zimmer neben Chen Tai und Chen Seensan zu schlafen. Nur die Amah für das Baby durfte auf demselben Stockwerk wie ihre Arbeitgeber wohnen, und schon gar nicht in einem Zimmer, das so nahe an ihrem lag.

»Hier?« hatte Pei ausgerufen. »Es ist so groß!«

»Es ist Zeit, daß es für etwas anderes verwendet wird, als nur für meine Unterlagen als ehemalige Lehrerin.« Entschuldigend zeigte Mrs. Finch auf eine Reihe von Schachteln, die auf einer Seite des Zimmers standen. »Es könnte aber ein wenig Aufräumen gebrauchen.«

Ji Shen hatte aus dem Fenster gesehen. »Was für ein schöner Garten.« Lächelnd hatte sie ihre Tasche abgestellt.

»Danke«, hatte Pei geflüstert.

»Willkommen in eurem neuen Zuhause.« Mrs. Finch räusperte sich. »Ihr habt sicher Durst. Wie wäre es mit einer Tasse Tee?« Als Mrs. Finch aus dem Zimmer ging, hatte sie sacht eine der Schachteln beiseite geschoben, und man hörte ein Klirren von Glas.

Für Mrs. Finch zu arbeiten war ganz unkompliziert. Peis Kochkünste waren bestenfalls mittelmäßig, aber es fiel ihr nicht schwer, Mrs. Finchs Kartoffeln zu kochen oder ihr Stückchen Fleisch zu braten. Danach bereitete sie Reis und ein Gericht aus Fisch und Gemüse für sich selbst und Ji Shen zu. Pei war dankbar, daß Mrs. Finch einfache, schlichte Kost bevorzugte. »Ich fürchte, die Tage sind vorbei, daß ich fette und stark gewürzte Saucen essen konnte«, seufzte sie oft.

Wege der Seidenfrauen   天 95

Als Mrs. Finch ihr zum ersten Mal zeigte, wie ihr Essen gekocht werden sollte, hatte Pei kaum widerstehen können, das Fleisch aus der Pfanne zu nehmen, bevor es zu trocken und zu sehr gegart wurde. »Lassen Sie es einfach«, hatte Mrs. Finch bestimmt. »Ich will, daß mein Fleisch durchgebraten ist, so wie meine Mum es gemacht hat!«

Es war viel schwerer, Ji-Shen zufriedenzustellen, die Mois Kochkünste früher im Mädchenhaus kennengelernt hatte und Peis Bemühungen weit weniger hinlänglich fand.

An jedem Morgen lehrte Mrs. Finch Pei ein paar einfache Worte in ihrer Sprache, die sie auf dem Markt gebrauchen konnte, vor allem Namen von Früchten und Gemüsen: »Apfel« und »Or-ange«, »Kar-toffel« und »To-ma-te«. Jedes neue Wort, das von ihren Lippen kam, begeisterte Pei. Mrs. Finch hatte sogar eine ihrer Schachteln durchforstet und eine kleine Tafel hervorgezaubert, um Pei beizubringen, die seltsam klingenden Wörter zu schreiben.

»Vor einer Ewigkeit war ich einmal Lehrerin«, erklärte Mrs. Finch. »Ich habe es noch im Blut, aber Sie haben die Erlaubnis, mir Einhalt zu gebieten, wenn es mich mitreißt.«

Pei gebot Mrs. Finch niemals Einhalt. Als wäre sie verhungert gewesen, konnte sie nicht schnell genug lernen. Von Worten schritt sie fort zu Sätzen, wie ein Lied sprudelte ihr die neue Sprache über die Lippen. Seit Lin ihr im Mädchenhaus beigebracht hatte, chinesische Schriftzeichen zu lesen und zu schreiben, hatte niemand mehr sich die Zeit genommen, sie zu unterrichten. Pei lächelte bei dem Gedanken, wieviel Spaß es Lin gemacht hätte, immer wieder zu wiederholen: »Ein, zwei, drei, Äp-fel im Korb.«

Manchmal, am späten Nachmittag, wenn die Wohnung saubergemacht und abgestaubt war, hatte Pei ein wenig Freizeit, um sich zu Ji Shen zu setzen, die in der Küche ihre

Hausaufgaben machte. Das waren ihre wenigen kostbaren Augenblicke, bevor sie begann, das Abendessen zu bereiten. Sie liebte es, Ji Shen gegenüberzusitzen und ihre Wörter zu üben, die sie mit kreischender Kreide auf die Tafel schrieb, bis Ji Shen es nicht mehr aushielt. »Ich mache meine Hausaufgaben im Schlafzimmer fertig!« sagte sie häufig, packte ihre Bücher zusammen und stapfte davon.

Mrs. Finch klopfte auf das Bett neben sich. »Setzen Sie sich für einen Augenblick. Ich will Ihnen etwas sagen.«

Pei wußte, daß Mrs. Finchs »Augenblicke« leicht zu Stunden führen konnten, in denen sie sich erinnerte und Geschichten erzählte. Während Peis erster Monate in der Conduit Road hatte Mrs. Finch ihr ihre Lebensgeschichte erzählt. »Ich bin geboren und aufgewachsen in Cheltenham, England«, sagte sie. »Ich wußte, wenn ich es nicht schaffte, gleich nach London zu kommen, wenn ich aus der Schule war, würde ich heiraten und in einem kleinen englischen Dorf leben und sterben.«

Pei hörte gespannt zu; zum ersten Mal begann sie, jemandem, der nicht zur Schwesternschaft gehörte, einzelne Dinge und Bruchstücke ihres eigenen Lebens preiszugeben.

»Ich dachte, ich würde mein ganzes Leben in Yung Kee verbringen und in der Seidenfabrik arbeiten«, sagte sie, »aber anscheinend spielt einem das Leben seine Streiche.«

Mrs. Finch lächelte. »Ob Freud oder Leid, nehme ich an. Aber zumindest war es uns bestimmt, daß wir uns kennengelernt haben.«

Pei nickte, erfüllt von einer traurigen Stille. Sie wünschte so sehr, Lin wäre noch am Leben und hätte Mrs. Finch kennenlernen können. »Ich hatte eine Freundin, die sich sehr gerne mit Ihnen unterhalten hätte.«

»Hatte?«

»Sie ist bei einem Brand ums Leben gekommen.« Pei

Wege der Seidenfrauen　　　天 97

wurde es bewußt, daß sie diese Worte zum ersten Mal laut aussprach.

»Es tut mir leid; es muß furchtbar gewesen sein für Sie.«

Pei wünschte plötzlich, sie hätte Lins Tod nicht erwähnt.

»Ja«, erwiderte sie, unfähig, mehr zu sagen.

»Zeit heilt Wunden«, meinte Mrs. Finch sanft, dann drehte sie sich zum Fenster und wechselte das Thema, als könnte sie Peis Gedanken lesen. »Sieht so aus, als würde es heute wieder ein schöner Tag.«

Pei stellte das Frühstückstablett fort und setzte sich auf die gelbe Chenille-Tagesdecke. Mrs. Finch schloß die Augen wieder und öffnete sie erst, als das Musikstück zu Ende war. »Seit Ende des Sommers hat es Gerüchte gegeben, daß die Japaner schließlich bis Hongkong kommen werden«, erklärte sie.

Pei nickte bitter. Sie hatte am Central Market dieselben Gerüchte gehört, das Geschwätz von Dienstboten, die beharrlich behaupteten, Hongkong würde von den Japanern geschluckt werden, obwohl es eine britische Kolonie war. Andere Dienstboten erzählten, welche Ängste sich über den westlichen Haushalten zusammenbrauten: »Die Frau hatte alles fertiggepackt, um es nach England zu verschiffen, als der Mann von der Arbeit nach Hause kam!«

Während der ersten paar Wochen des Septembers 1941 sah Pei, obwohl sie wartete und beobachtete, wenig Veränderungen in der sorglosen, extravaganten Hongkonger Lebensart. Sie sagte nichts zu Ji Shen, die das Massaker von Nanking mit knapper Not überlebt hatte und immer noch an Alpträumen von den Toten und Sterbenden litt, die sie gesehen hatte.

Ohne von Lin geführt und geleitet zu werden, wußte Pei nicht, wo sie hin könnten, wenn sie Hongkong verlassen mußten. Sie fragte sich nun, ob sie Ho Yung aufsuchen sollte, der zuvor so freundlich zu ihnen gewesen war, aber dann schob sie diesen Gedanken schüchtern beiseite.

»Werden Sie aus Hongkong fortgehen?« fragte Pei.

Mrs. Finch lächelte. »O nein, meine Liebe, ich habe nicht die Absicht fortzugehen. Wenn die Japaner mich loshaben wollen, müssen sie mich aus dieser Wohnung hinaustragen! Und ich verspreche Ihnen, das wird nicht so leicht sein. Aber für den Fall, daß so etwas Schreckliches geschehen könnte, möchte ich vorbereitet sein, das ist alles. Ich wollte Ihnen keine Angst einjagen.«

Pei seufzte erleichtert auf. »Ja, natürlich.«

»In Flaschen abgefülltes Wasser, Lebensmittelkonserven – davon müssen wir uns Vorräte anlegen. Sicher ist sicher. Ich weiß nicht, wie mein Mann und ich durch den Krieg 1914 gekommen sind. London war mehr oder weniger abgeschlossen, es gab kaum etwas zu essen oder zu heizen. Das einzige Mal in meinem Leben habe ich damals Gott gedankt, daß wir keine kleinen Kinder hatten, um die wir uns hätten sorgen müssen.«

»Wo sind Sie hingegangen?«

»Hingegangen? Wir haben uns nicht vom Fleck gerührt. London war unsere Heimat. Ich habe damals noch unterrichtet. Howard war nicht eingezogen worden, weil er schon in den Vierzigern war. Ihn kam das sehr schwer an. Er hat sich für jeden freiwilligen Kriegsdienst gemeldet, der nur möglich war. Manchmal war er unterwegs bis in die frühen Morgenstunden. Ich hatte Angst um ihn, als wäre er draußen auf dem Schlachtfeld.« Mrs. Finch lächelte. »Ich erinnere mich an diese Nächte, als ich dasaß und wartete, versuchte, mich bei Kerzenlicht auf ein Buch zu konzentrieren, während ich mich die ganze Zeit fragte, wann er hereingestolpert käme.« Mrs. Finchs Stimme verebbte. »Nur, diesmal wird Howard nicht hier sein.«

Pei berührte Mrs. Finch sachte an ihrem mageren Handgelenk. »Aber ich und Ji Shen werden dasein.«

Wege der Seidenfrauen

»Ja.« Mrs. Finch reckte den Kopf hoch. »Und wir Frauen werden uns behaupten, und wie!«

Bis zur ersten Oktoberwoche hatte Pei Dutzende von Konserven mit Fleisch, Gemüse und Sardinen und Schachteln voller Cracker gekauft. Nun packte sie alles in einen Karton und räumte die Speisekammer um. Sie hatte vor, jede Woche noch ein paar Dosen zu kaufen, für alle Fälle. Als sie den Karton hinter die anderen haltbaren Vorräte schob, fiel ihr plötzlich Moi ein, die ihre Tontöpfe voller Kräuter und Dörrobst in Tante Yees Zimmer versteckt hatte. Vor fast drei Jahren hatten die Japaner Kanton eingenommen, und in einem Schwung damit wahrscheinlich auch Yung Kee. Pei hoffte, daß Moi im Mädchenhaus irgendwie sicher war. Sie preßte die Hände auf die Knie und zwang sich aufzustehen. Eine Woge der Furcht überrollte sie, als sie in ihr Zimmer eilte und die Tontöpfe mit den Kräutern und dem Dörrobst, die Moi ihnen gegeben hatte, zurücktrug und zwischen ihren anderen Sachen versteckte.

Ji Shen

Als Ji Shen vor einem Jahr in Quans Rikscha vor Mrs. Finchs Wohnung in der Conduit Road angekommen war, hatte sie wirklich nicht gewußt, was sie erwarten sollte.

Quan war an dem Morgen, als sie auszogen, vor Ma-lings Pension aufgetaucht. Er bestand darauf, sie in die Conduit Road zu bringen.

»Das ist zu weit«, hatte Pei protestiert.

»Ich habe weiße Teufel den ganzen Weg den Peak hinauf gebracht«, hatte Quan geprahlt und seine langen dünnen Arme gebeugt und die Muskeln angespannt, als wolle er seine Kraft beweisen.

Ji Shen hatte gelächelt. »Es ist sehr freundlich von dir, an uns zu denken.«

Quan hatte das anscheinend als Zustimmung aufgefaßt; er begann, ihre wenigen Habseligkeiten und Mois Töpfe in einen Korb hinter seiner Rikscha zu laden. »Steigen Sie ein«, hatte er gesagt, »und genießen Sie die Fahrt.«

Ma-ling hatte ihnen süße Reiskuchen und Dörrpflaumen eingepackt, und sogar der alte Kräuterkundige war aus seinem Laden gekommen und stand auf der Schwelle, um sich von ihnen zu verabschieden. Im hellen Sonnenlicht fand Ji Shen ihn klein und zerbrechlich, als er Pei in die Rikscha half. Dann hatte er gelächelt und Pei eine Leinentasche mit einem blauen Band darum gereicht.

»Tee«, hatte er gesagt. »Der Tee, der Ihnen beim Träumen hilft.«

Ji Shen hatte gesehen, wie Pei seine Hand fest gedrückt hatte. Als sie dann neben Pei in der Rikscha saß, hatte sie zum ersten Mal seit Monaten Glück und Aufregung gespürt.

Ji Shen hatte nie erwartet, daß sie sich in der Wohnung einer *gweilo* wohlfühlen würde, doch Mrs. Finch war so völlig anders als ein »ausländischer Teufel«, wie sie ihn sich vorgestellt hatte. Die Wohnung war dunkel und vollgestellt, und Ji Shen hatte noch nie zuvor so viele Gegenstände in einem Zimmer gesehen. Auf jedem Tisch standen Glasfiguren. Mrs. Finch war nicht einmal böse geworden, als Ji Shen versehentlich einen gläsernen Schwan zerbrochen hatte. Nach allem, was Ji Shen von Quan gehört hatte, hätten viele chinesische Tai tais sie für einen geringeren Fehler geschlagen.

»Die meisten westlichen Personen bezahlen mich wenigstens«, erklärte Quan ihr ein paar Monate später. »Wenn sie vom Eingang eines Hotels oder Restaurants aus ›Sha‹ rufen, fängt ein Wettlauf an, wer zuerst dort ist. Aber einmal ist es mir passiert, daß ich für eine chinesische Tai tai nicht schnell genug beim Hongkong Hotel angekommen bin, und sie ist einfach aus meiner Rikscha gestiegen und davonstolziert,

Wege der Seidenfrauen   天   101

ohne zu bezahlen. Als ich ihr nachgerannt bin, hat sie dem Portier gesagt, ich würde sie belästigen!«

»Wie furchtbar.«

»Man kann hier niemandem trauen.« Quan schüttelte den Kopf. »Aber diese Engländerin macht einen sehr netten Eindruck.«

Ji Shen nickte. »Pei mag sie sehr. Mrs. Finch bringt ihr sogar Englisch bei.«

Quan lachte. »Nach allem, was ich höre, sollte sie wahrscheinlich besser Japanisch lernen!«

»Sag nicht so etwas!« schalt Ji Shen, und ihre Stimme klang noch barscher, als sie erwartet hatte. Sie riß sich zusammen, als ihr klar wurde, daß Quan nicht wußte, daß die japanischen Teufel ihre Eltern und ihre Schwester in Nanking ermordet hatten. »Es könnte so kommen.« Sie umklammerte den Saum ihres Hemdes.

Quan wischte sich die schmutzigen Hände an der Hose ab. »Ich lasse nicht zu, daß irgend jemand dir weh tut«, erklärte er mit einem schüchternen Lächeln.

Auch wenn Pei wenig über die japanische Armee sagte, die auf Hongkong zumarschierte, flüsterten doch Ji Shens Mitschülerinnen untereinander: Es war nur noch eine Frage der Zeit, bis die Japaner kamen. Manche europäischen Familien waren schon abgereist. Ji Shen, nun sechzehn Jahre alt, fühlte, wie ihre vergangenen schrecklichen Erlebnisse sie wieder einholten. Die meiste Zeit weigerte sie sich zu glauben, daß irgend etwas sich ändern würde – sie mochte Mrs. Finch und die Schule St. Cecilia und die dunkelblaue Schuluniform, die ihr das Gefühl gab, nicht anders zu sein als irgendein anderes Mädchen dort. Und sie war glücklich, wieder zusammen mit Pei zu leben. Seit Ji Shen ein kleines Mädchen gewesen war, bei ihrer eigenen Familie in Nanking, hatte sie sich nicht mehr so sicher gefühlt.

Manchmal wartete Quan auf Ji Shen, wenn in St. Cecilia Schulschluß war. Er lungerte vor dem Eingang des hellrosa Gebäudes herum und reckte den Hals, um sie zu entdecken. Die ersten paar Male hatte Ji Shen es aufregend gefunden, ihn zu sehen, doch als sie sich mit mehreren Mädchen angefreundet hatte, ertappte sie sich dabei, daß sie insgeheim wünschte, Quan würde nicht mehr kommen. Jedesmal, wenn die Schlußglocke läutete, setzte ihr Herz einen Schlag aus, wenn sie zum Tor hinausging und befürchtete, er könnte da sein.

»Diese Schule magst du also wirklich?« fragte Quan. Er hatte ihr zugewunken, als sie aus dem Gebäude herausgekommen war, und es gab keine Möglichkeit, ihm auszuweichen.

»Sehr.« Ji Shen blickte um sich, ob jemand, den sie kannte, Quan gesehen hatte. Er war im vergangenen Jahr größer und kräftiger geworden, doch mit seinen fast siebzehn Jahren hatte er immer noch sein jungenhaftes Lächeln und seine schwieligen Hände. Ständig zerrte er sein zu kurz gewordenes Hemd herunter, und Ji Shen konnte einfach nichts dagegen tun, daß sie wünschte, seine Kleider wären ebenso größer geworden wie er.

»Wer ist das?« hatte ihre Freundin Phoebe Lee vor ein paar Wochen gefragt.

»Nur ein *sha*, der uns einmal in seiner Rikscha gefahren hat«, hatte Ji Shen rasch geantwortet. »Er hat mich wiedererkannt und ist herübergekommen, um Hallo zu sagen.«

Phoebe rümpfte die Nase. »Mir wäre es lieber, er würde nicht ›Hallo‹ zu mir sagen.«

Ji Shen hatte die Achseln gezuckt und das Thema gewechselt.

Wenigstens hatte Quan heute nicht seine Rikscha dabei; vermutlich hatte er sie in der Nähe abgestellt. »Bist du den ganzen Weg gekommen, um mich etwas zu fragen, das du schon weißt?«

Wege der Seidenfrauen

»Ich hatte eine Fahrt hierher ganz in der Nähe«, stammelte Quan. »Ich dachte, ich könnte vorbeischauen, wenn du aus der Schule kommst.«

»Oh, das ist nett von dir.« Ji Shen begann rasch die Straße entlangzugehen.

»Hast du es eilig?«

Ji Shen blieb nicht stehen. »Ja, mir ist gerade eingefallen, daß ich Pei heute nachmittag dabei helfen soll, das Silber zu putzen.«

»Ich komme mit«, sagte Quan, der sie rasch einholte.

»Nein, das brauchst du nicht. Du hast sicher Wichtigeres zu tun, als mich nach Hause zu bringen.« Ji Shen wußte, daß ihre nächsten Worte grausam waren. »Geh lieber zurück und hol deine Rikscha.«

Quan blieb stehen. »Dir ist es also lieber, wenn ich nicht mit dir gehe?« fragte er mit dünner, gepreßter Stimme.

Ji Shen blieb einen Augenblick stehen. »Danke, aber heute habe ich nicht viel Zeit.« Sie lächelte, dann ließ sie ihre Büchertasche zwischen ihnen schaukeln. »Ein andermal vielleicht. Ich komme zu dir hinunter zu den Ferries.«

Quans Gesicht verriet nichts, auch nicht, als er die Achseln zuckte und sich abwandte. Ji Shen konnte sich vorstellen, daß er schon sein ganzes Leben lang versucht hatte, andere Menschen zufriedenzustellen, und zurückgewiesen worden war. Er hatte ihr erzählt, daß er die Rikscha zog, seit er zwölf Jahre alt war, als sein Vater krank geworden und innerhalb weniger Monate gestorben war. Seither war es seine Aufgabe gewesen, seine Mutter und seine kleineren Geschwister zu unterstützen. Ji Shen schluckte an Schuldgefühlen, aber ihr wurde immer klarer, daß er nicht zu ihrem neuen Leben in St. Cecilia gehörte. Warum konnte er das nicht verstehen? Zum ersten Mal in ihrem Leben hatte Ji-Shen das Gefühl, daß man sie in der Schule mochte, und war voller Lerneifer. Die Schule war hell und sauber, und die beliebten Mädchen nahmen sie in ihre Gruppe auf. Sie war nun befreundet mit Mei Wa, deren Vater Arzt war, mit Phoebe Lee, die nach der Schule Lippenstift auftrug, und mit Janet Ten, die ihr Mittagessen aus gedämpften Schweinefleischbällchen mit ihr teilte. Schwester Margaret, die strengste Lehrerin in St. Cecilia, bewunderte ihren leicht verschliffenen nördlichen Akzent sogar. Ji Shen wollte einfach nichts davon verlieren.

»Am Sonntagvormittag!« rief Ji Shen Quan nach. »Treffen wir uns unten am Pier.«

Quan drehte sich mit einem Lächeln um. »Zehn Uhr!« rief er zurück und winkte.

Ji Shen eilte hinunter in den Central District. Sie hatte Pei erzählt, sie würde nach der Schule mit Mei Wa nach Hause gehen, aber in Wirklichkeit wollte sie die »Moonlight Serenade« kaufen, die neueste Schallplatte von Glenn Miller. Mrs. Finch erlaubte Ji Shen, jeden Nachmittag kurze Zeit den Plattenspieler zu benutzen. Sie besaß zwei Dollar, die sie in den letzten beiden Monaten von ihrem Pausengeld gespart hatte und die nun in ihrem Schuh steckten.

Central war belebt und voller Menschen. Jeden Tag kamen noch mehr Leute nach Hongkong. Hin und wieder sah Ji Shen an den halbherzigen Werbungen für Kriegsanleihen und an den Sandsäcken vor hohen, bedeutend aussehenden Gebäuden Anzeichen für den Krieg mit den Japanern. Aber als Ji Shen in das Schallplattengeschäft trat, vergaß sie alles außer der Glenn-Miller-Platte.

Beim ersten Mal, als sie von einer sich drehenden schwarzen Scheibe Musik ertönen gehört hatte, hatte sie gedacht, in den feinen Rillen müsse irgendeine Geisterkraft versteckt sein, die die Töne an die Oberfläche kommen ließ.

»Wie ist das möglich?« hatte sie gefragt.

Mrs. Finch hatte gelacht und ihr gezeigt, wie die Nadel in

eine Rille griff und abspielte, was aufgenommen war. »Es ist ein kleines Stückchen Zauberei«, sagte sie. »Ich weiß noch, als Howard diesen Victrola nach Hause mitgebracht hat. Es war kurz nachdem wir 1921 nach Hongkong gezogen waren. Er trug diesen wunderbaren Kasten herein, stellte den eleganten Trichter auf, und nach ein paar kräftigen Drehungen des Hebels tanzten wir die ganze Nacht zu Irving Berlin. Sogar jetzt noch glaube ich jedesmal, wenn ich den Tonarm hebe und auf eine Schallplatte lege, ich würde mich umdrehen und Howard würde auf den ersten Tanz warten.«

Ji Shen sah zu, wie die Schallplatte auf dem Teller kreiste, und stellte sich eine junge Mrs. Finch vor, die sich mit ihrem Mann durchs Zimmer drehte.

»Seither habe ich mir eine ganz schöne Plattensammlung angelegt.« Mrs. Finch sah auf die ordentlich auf dem Schreibtisch aufgestapelten Stöße von 78er Platten. »Aber ich schweife ab. Ich wollte eigentlich sagen, wenn du dir den Victrola jeden Tag ein bißchen ausleihen magst, darfst du. Er hat mir die ganzen Jahre über, seit Mr. Finch gestorben ist, große Freude bereitet. Hier, versuch es.« Mrs. Finch trat zur Seite und winkte Ji Shen, daß sie den Metallarm heben solle.

»Danke.« Ji Shens Hand zitterte, als sie den schmalen Arm hob, in dem eine feine Nadel steckte, dann setzte sie ihn sacht auf die sich drehende Platte. Er hüpfte und wackelte ein bißchen, bevor er in eine Rille glitt und eine kratzige, süße Melodie die Luft erfüllte.

Als Ji Shen in die Wohnung zurückkehrte, war sie erhitzt und müde. Sie stieg die Steintreppe hinauf und fühlte vorsichtig nach der Schallplatte, die sie zwischen ihre Chinesisch- und Geschichtsbücher in die Schultasche gesteckt hatte. Bis Pei schließlich feststellen würde, daß sie schon wieder eine neue Schallplatte gekauft hatte, würde sie bereits alt sein.

Nicht daß sie gerne Geheimnisse vor Pei gehabt hätte, aber im vergangenen Monat war Pei noch sparsamer mit jedem Dollar, den sie verdienen konnte, umgegangen als gewöhnlich. »Man weiß nie, was die Zukunft bringt«, sagte sie, ohne Ji Shen dabei in die Augen zu sehen. Je pessimistischer Pei wurde, desto mehr wollte Ji Shen ausgehen und Geld ausgeben.

Sie öffnete die knarzende Eingangstür, und Ji Shen roch Mrs. Finchs vertrauten süßen Duft.

»Wie war dein Tag heute?« Peis Stimme kam als plötzliche Überraschung. Ji Shen trat in das vollgestellte Wohnzimmer und sah Pei, die die Glasfiguren abstaubte.

»Nichts Neues.« Ji Shen trat von einem Fuß auf den anderen. Sie wiegte ihre Büchertasche auf dem Arm und hoffte, ihre Schallplatte sei nicht zerbrochen. Sonst hätte sie ihr ganzes Pausengeld umsonst ausgegeben! Sie sah sich im Zimmer um. »Wo ist Mrs. Finch?«

Pei stellte eine Glasfigur zurück auf den Tisch und warf sich dann das Staubtuch über die Schulter. »Sie ist ausgegangen, um mit ihrer Freundin Mrs. Tate zu Mittag zu essen und dann einige Besorgungen zu erledigen. Sie hat ein Taxi genommen und gesagt, sie würde zum Abendessen zu Hause sein, ansonsten sollten wir allein essen.«

»Was gibt es denn?«

Pei stand auf und streckte sich. »Gedünstetes Gemüse und Huhn.«

Ji Shen zuckte die Achseln und ging in die Küche, um sich eine Tasse Ovaltine zu machen. Ihr Magen knurrte. Sie suchte die Keksdose, die sie vor kurzem im Schrank gesehen hatte, und holte sich eine Handvoll heraus, die sie hungrig aß, dann trank sie ihre Ovaltine, während sie darauf wartete, daß Pei wieder zum Abstauben ging. Erst dann stahl sie sich in Mrs. Finchs Zimmer und hörte sich leise ihre neue Schallplatte an.

Wege der Seidenfrauen

Besitztümer

Caroline Finch streichelte über die letzten ihrer alten Schallplatten, stellte sie vorsichtig in eine stabile Schachtel und verschnürte sie. Fahles Spätherbstlicht strömte durchs Fenster und fiel auf eine Wolke winziger Staubteilchen. Sie konnte kaum glauben, wie viele Dinge sie im Laufe der Jahre gesammelt hatte. Wenn sie sich in ihrer vollgestellten Wohnung umsah, erblickte sie Glasfiguren, Petit-point-Kissen, Teetassen … die Überbleibsel einer Vergangenheit, die sie konservieren wollte. In der ersten Novemberwoche hatte Mrs. Finch langsam angefangen, ihre Sachen zu verpacken, in der Regel, wenn Pei auf dem Markt und Ji Shen in der Schule waren, so daß sie ihnen keinen Grund zur Sorge gab.

Mit jedem Tag wurde es offenkundiger, daß die Japaner in Hongkong einmarschieren würden. Seit September, als die Japaner Indochina besetzt hatten, hatten die Amerikaner und Engländer Embargos über alle Stahl- und Ölexporte nach Japan verhängt. Die Spannungen in der Pazifikregion wurden immer stärker, und viele von Carolines ältesten Freunden verließen Hongkong und kehrten nach England zurück.

Sie baten sie, dasselbe zu tun. »Bitte, Caroline. Du kannst nicht allein hierbleiben.«

»Hongkong ist jetzt meine Heimat. Außerdem bin ich nicht allein. Pei und Ji Shen sind bei mir.«

Sie hörte zu, wie ihre Stimmen aufgeregt wurden. Verärgert schlugen sie die Hände über dem Kopf zusammen, als sprächen sie mit einem dickköpfigen Kind.

»Caroline, du mußt vernünftig sein. Sie sind Dienstboten, nicht deine Familie.«

»Aber sie sind meine Familie.« Ihre Stimme war ruhig und sicher.

Obwohl Mrs. Finch ihr Zuhause nicht verlassen wollte,

konnte es doch nicht schaden aufzuräumen. Es hatte keinen Sinn, die alten Schallplatten verstreut im Zimmer herumliegen zu lassen, wenn sie die meisten kaum je mehr anhörte. Es schien wie vor einer Ewigkeit, daß George Gershwin, Rudy Vallee und Kate Smith sie in Verzückung geraten ließen. Selbst jetzt weckten ihre Lieder noch Erinnerungen, die ihr einen Stich ins Herz gaben. Sie erinnerte sich, wie »You Made Me Love You« gespielt hatte, als Howard mit der Neuigkeit von seiner Beförderung nach Hause gekommen war. Groß und attraktiv stand er in seinem dunklen Anzug da, als er verkündete: »Es geht auf in die Kolonien, altes Mädchen.« Es dauerte einen Augenblick, bis Caroline klar wurde, was Howard sagte: Er wurde nach Hongkong geschickt, um die dortige Filiale seiner Londoner Bank zu leiten. Seit sie ein kleines Mädchen war, schien Hongkong ihr immer wie ein Märchen. Die Tage, bis sie das fade alte England verließen, konnten nicht schnell genug vergehen.

Sobald Caroline in Hongkong angekommen war, wußte sie, daß sie ihre neue Heimat gefunden hatte. Howard war ebenso bezaubert. Acht Jahre lang hatten sie ein herrliches Leben geführt und immer wieder neue Aspekte ihrer Wahlheimat entdeckt. Sie hatte sich geweigert, dem Beispiel anderer im Ausland lebender Engländer zu folgen, die in spießigen Clubs zusammenklebten und ihren Fünf-Uhr-Tee tranken, als hätten sie England nie verlassen.

Statt dessen verwirklichte Caroline, während Howard in der Bank war, einen strikten Plan, Kantonesisch zu lernen und in Kontakt mit Chinesen zu kommen. »Was für ein schönes Baby!« hatte sie einmal auf Chinesisch einer Amah zugerufen, die mit einem Baby auf dem Arm die Straße hinunterging.

Die Amah hatte die Arme fester um das Baby geschlungen, als wolle sie es vor ihr schützen. »Nein, nein!« Sie schüttelte den Kopf und hob die Stimme, während sie zurückwich.

Wege der Seidenfrauen

»Dieser Junge hat ein Hundegesicht! Er wird ein sehr hartes Leben führen.«

Erst später erfuhr Mrs. Finch, daß die Amah den Aberglauben hatte, die Vorsehung könnte ein Baby rauben, das zu intelligent oder hübsch war. Selbst jetzt noch errötete sie über all die Fehler, die sie im Lauf der Jahre begangen hatte. Sie brauchte nicht lange, bis ihr klar wurde, daß in einer anderen Kultur zu leben bedeutete, wie ein Kind zu sein und alles neu zu lernen.

In diesen frühen Jahren war Caroline gerne mit ihrer ersten Köchin, Kuo, auf dem Markt herumgeschlendert. Der scharfe, beißende Geruch der lebenden Schweine und Hühner faszinierte sie zuerst, zusammen mit den feilschenden Stimmen. Die Käufer schachterten um alles, von getrockneten Würsten und Enten bis zu den faustgroßen Tigergarnelen, die in ihren Holzkisten noch zuckten. Als Caroline zum ersten Mal auf den Markt gegangen war, rannte ein kopfloses Huhn in Kreisen herum, Blut spritzte aus seinem Hals, und vor ihren Füßen brach es zusammen.

Immer wenn Caroline ein Gespräch mit dem alten Obst- und Gemüsehändler begann, der jeden Morgen durch ihre Straße kam, schüttelte Kuo mißbilligend den Kopf. Jedesmal, wenn Caroline seinen hohen chinesischen Singsang hörte, »Or-angen… Ba-na-nen… Or-angen!«, lief sie hinunter zur Haustür und kaufte Obst und Gemüse in Mengen, um die Unterhaltung aufrechtzuerhalten und mehr darüber zu erfahren, wie er lebte. »Er ist harmlos. Alt genug, um mein Großvater zu sein«, sagte sie zu Kuo und achtete nicht auf ihr Funkeln.

Bald freundete Caroline sich mit dem mageren, drahtigen Händler an, der Chang hieß. Nach einer Weile tauchte er jeden Morgen auf und klopfte leise an ihre Eingangstür, um ihr sein Obst zu Sonderpreisen anzubieten.

»Zwei für den Preis von einer!« Er hielt zwei Orangen in einer Hand hoch.

»Das ist ein reelles Angebot«, erwiderte Caroline und suchte noch zwei Orangen aus einem der Körbe aus, die er auf einer Stange über seinen Schultern balancierte.

»Wie viele Stunden arbeiten Sie?« fragte sie einmal und hoffte, er würde ihr gebrochenes Kantonesisch verstehen.

Chang rückte die Stange über seinen Schultern zurecht. »Von morgens bis abends«, antwortete er.

»Und was ist mit Ihrer Familie?«

Ein zahnloses Lächeln blitzte über sein faltiges, sonnenverbranntes Gesicht. »Fünf Kinder«, sagte er. »Nicht so viel für einen Mann, der schon fast vierzig ist. Meine älteste Tochter ist gerade zwölf geworden, und mein jüngster Sohn neugeboren!«

Caroline war bestürzt. All die Wochen über, in denen sie Chang gekannt hatte, hatte sie angenommen, er sei bereits ein alter Mann, ein Großvater mit erwachsenen Kindern. Sie betrachtete das tief zerfurchte Gesicht, den Schatten von Bartstoppeln und die dunklen, müden Augen eingehender. Sie war mehrere Jahre älter als er. Carolines Herz setzte einen Schlag lang aus, als sie zurück in den Eingang trat. Es war eine Sache, mit einem alten Mann zu plaudern, aber eine andere, zu vertraut mit einem Mann ihres Alters oder noch jünger zu werden! Niemals wollte sie Howard irgendwie in Verlegenheit bringen.

»Und Sie, Tai tai, wieviel Kinder haben Sie?« Chang hob die Stange von seinen Schultern und stellte die zwei Obstkörbe sachte auf dem Boden ab.

»Oh, wir wurden nicht mit Kindern gesegnet.« Caroline blickte hinunter auf den Korb mit Orangen, dann wieder auf Chang. »Ich muß jetzt wirklich gehen.«

Chang betrachtete sie eingehend. »Die Tai tai scheint heute morgen ein wenig verstimmt.«

Caroline bezahlte rasch und errötete. »Ich habe es heute ein bißchen eilig«, antwortete sie und nahm ihre Orangen.

Wege der Seidenfrauen

»Auf Wiedersehen also.« Sie trug die Früchte in der Hand, während sie zurück in den kühlen, dunklen Flur trat und hastig die Tür schloß.

Danach war Caroline vorsichtig gewesen. Sie würde niemals etwas tun, das Howards Karriere bei der Bank gefährden würde. Sie hatten spät geheiratet, nach ihrem sechsundzwanzigsten Geburtstag. Zuvor hatte sie nie jemanden kennengelernt, den sie heiraten wollte. Howard war ein zweiunddreißigjähriger Junggeselle gewesen. Er war schüchtern und unbeholfen, aber seine Freundlichkeit hatte ihr Herz gewonnen. Dreißig Jahre lang hatten sie eine Ehe auf der Basis von Liebe und Freundschaft geführt.

Nachdem Howard überraschend an einem Herzanfall gestorben war, vor nun fast zwölf Jahren, war Caroline unter Schock gestanden. Sein plötzlicher Tod ließ sie benommen zurück, sie mußte sich an allem festhalten, das sie an ihr gemeinsames Leben erinnerte. Caroline konnte nicht ein Stück wegwerfen. Sie würde Howard nicht verlassen, so wie er sie verlassen hatte. Die ersten Tage, nachdem er gestorben war, hatte sie sich auf die leere Seite in ihrem Bett gedreht und ihre Wange auf sein Kissen gelegt, um seinen Geruch einzuatmen. Dasselbe Ritual setzte sie fort mit seinen gestärkten weißen Hemden im Schrank. Sie schlang sich die leblosen Ärmel um den Hals und stellte sich vor, ihr Mann und sie würden wieder zusammen tanzen. Einen letzten Tanz. Mit sechsundfünfzig Jahren war sie sicher, daß ihr Leben so gut wie zu Ende war.

»Du kannst nicht immer nur trauern«, hatten Freunde nach einem halben Jahr zu ihr gesagt. »Du wirst dich viel besser fühlen, wenn du wieder ausgehst.«

Mrs. Finch hatte irgendwo gelesen, daß Chinesinnen den Tod ihres Mannes drei Jahre lang betrauerten, von Kopf bis Fuß in Schwarz gekleidet.

»Ja«, hatte sie geantwortet, und ihr ganzer Körper hatte sich taub angefühlt.

»Du hast noch ein ganzes Leben vor dir«, hatten sie hinzugefügt. »Und wenn du nach London zurückgehst …«

Dann, in der Meinung, ihr zu helfen, packten sie Howards Kleidung zusammen und ließen ihren Schrank halb leer zurück, ihr Leben noch leerer. Caroline erinnerte sich, wie sie am nächsten Morgen aufgewacht war und sich auf Howards Seite des Bettes gedreht hatte. Sie legte die Wange auf sein Kissen und atmete tief ein, roch aber nur frisch gewaschene Bettwäsche. Ihr wurde klar, daß sie nicht die Absicht hatte, nach London zurückzukehren. Sie entließ alle Dienstboten und begann, allein zu leben.

Mrs. Finch seufzte tief. Sie war achtundsechzig; die Tage, als sie getanzt hatte, waren vorbei, ihre Beine waren vom Knien auf dem Boden schon steif und müde. Sie stapelte die wenigen Schallplatten, die sie jetzt noch hörte – Bach, Händel und Mozart – neben den Victrola. Klassische Musik war immer noch ein Trost. Sie stand auf und fühlte sich schwindelig, das Zimmer drehte sich um sie. Mrs. Finch taumelte zum Bett und fiel schwer darauf.

»Ist alles in Ordnung mit Ihnen?«

Mrs. Finch blickte auf und sah Pei in der Tür stehen. Sie lächelte die junge Frau an, die im vergangenen Jahr ihre engste Gefährtin geworden war. »O ja, natürlich. Nichts, das Jugend und Schönheit nicht heilen könnten.«

Pei schob ihr rasch ihre Kissen unter die Schultern. »Jugend und Schönheit kommen gerade mit einer anderen Reihe von Problemen.«

Mrs. Finch wußte, daß Pei sich Sorgen um Ji Shen machte. In den letzten paar Monaten waren die Noten des Mädchens schlechter geworden, und sie hatte anscheinend nur noch Interesse für Kleider und die neuesten Schallplatten. Es war so schlimm geworden, daß Mrs. Finch Ji Shen das Privileg, das Grammophon zu benützen, entzogen hatte: »Erst wenn

Wege der Seidenfrauen　　　天　113

deine Noten besser werden.« Ji Shen hatte nur die Achseln gezuckt und ihre Platten an sich gepreßt.

»Schwierigkeiten mit dem Erwachsenwerden. Sie ist siebzehn«, erklärte Mrs. Finch. »Es wird vergehen.«

Pei nickte und setzte sich auf den Bettrand. »Was haben Sie vor?« Sie zeigte auf die Pappkartons auf dem Boden.

»Ich habe noch ein wenig von der Vergangenheit zusammengepackt. Hat keinen Sinn, das Zimmer weiter so voll zu stellen!«

»Bald werde ich dieses Zimmer nicht mehr wiedererkennen.«

»Vielleicht können Sie mir später helfen, diese Kartons in den Schrank im Gang zu tragen.«

»Natürlich.« Pei stand auf. »Möchten Sie jetzt gerne Tee?«

Mrs. Finch griff sanft nach ihrem Arm. »Bleiben Sie ein wenig sitzen.«

Pei setzte sich wieder wie immer, ohne zu protestieren. Mrs. Finch hatte Pei so lieb gewonnen, so rasch. Sie hatte etwas so natürlich Gutes und Ehrliches an sich. So wie ihr Howard. Mrs. Finch mochte auch Peis wache Intelligenz und ihre Fähigkeit, einer alten Lady gefällig zu sein, die zuviel redete.

»Haben Sie je etwas verloren, das Ihr ganzes Leben ausgemacht hat?«

Mrs. Finch sah, wie der Ausdruck auf Peis Gesicht von Erstaunen zu Verständnis wechselte.

»Ja«, antwortete sie ruhig.

»Glauben Sie, daß diese Art von Liebe je vergeht?«

Pei strich eine Haarsträhne zurück und sah Mrs. Finch direkt in die Augen. »Nein. Ich glaube, sie lebt in einem fort, über die schwierigsten Momente im Leben hinweg.«

Mrs. Finch lächelte und fragte sich, ob es die Freundin war, die bei einem Brand umgekommen war, an die Pei sich erinnerte. Sie hatte so wenig über ihre Vergangenheit erzählt, ein paar Brocken: daß sie in der Gegend des Deltas bei Kanton geboren und im Dorf Yung Kee aufgewachsen war, wo sie in der Seidenfabrik gearbeitet hatte.

Mrs. Finch beugte sich vor. »Ja. Aber manchmal finden wir andere Menschen, die wir zärtlich lieben können.« Sie blickte auf ihre geschwollenen Hände und zog sich mühsam den Smaragdring vom Finger. »Dieser Ring war das erste Geburtstagsgeschenk von Howard, vor über vierzig Jahren. Ich möchte, daß Sie ihn haben.« Sie drückte den Ring Pei in die Hand.

»O nein.« Pei schob ihn zurück.

Mrs. Finch blieb beharrlich. »Sie sind das Kind, das ich gerne gehabt hätte. Sie und Ji Shen, ihr habt mir im letzten Jahr große Freude gebracht. Ich will, daß Sie etwas haben, das ein Andenken an das große Glück ist, das Howard und ich erlebt haben. Sie verdienen es, meine Liebe.«

Pei blickte auf den Ring, dann auf Mrs. Finch. »Aber ich kann nicht...«

»Natürlich können Sie. Und was ist nun mit dem Tee? Ich bin ausgedörrt.«

Mrs. Finch lehnte sich zurück gegen ihre Kissen. Als wäre ihr eine große Last von den Schultern genommen, sah sie zu, wie Pei aus dem Zimmer eilte, immer noch den Ring in der Hand. Mrs. Finch atmete die warme, leicht süßliche Luft ein. Es war viel leichter loszulassen, als sie gedacht hatte.

Wege der Seidenfrauen   天 115

KAPITEL SECHS

1941

Pei

*Der langgestreckte, hohe Raum war heiß und voller Dampf.
Der süßliche Geruch der Kokons, deren Fäden sich in kochendem Wasser lösten, stieg auf und hüllte sie ein. Vom stundenlangen Stehen fühlten Peis Beine sich taub an. Ihre Spulmaschine drehte sich schneller und schneller, und hastig
nahm sie die Hauptfäden von den Kokons, die in dem Metallbecken vor ihr eingeweicht waren. Aber gerade wenn Pei die
Fäden eines Bündels von Kokons miteinander verknüpft hatte,
sah sie schon das nächste Becken voller Kokons vor sich, die
auf sie warteten. Sie kam nicht nach, egal, wie schnell sie
arbeitete, ihre Finger wurden jedesmal, wenn sie nach einem
Faden griff, von dem heißen Wasser verbrüht. Pei blickte auf
durch den Dampf und sagte etwas zu Lin, die neben ihr arbeitete, aber ihre Stimme verlor sich zwischen den kreiselnden
Maschinen, die lauter und lauter kreischten ...*

Das hohe, kreischende Geräusch schreckte Pei hoch. Einen Augenblick lang, die Finger immer noch nach dem unsichtbaren
Faden greifend, konnte sie nicht sagen, wo sie war. Endlich
schüttelte sie ihren dampferfüllten Schlaf ab und sah Ji Shen,
die mit aufgerissenen Augen im Bett neben ihr saß.

»Was ist das für ein Geräusch?« fragte Ji Shen mit bebender Stimme.

Das Kreischen wurde lauter. »Ich weiß es nicht.«

Pei sprang vom Bett auf und sah aus dem Fenster, gerade als ein blitzschneller Schatten neben ihr auf die Steinmauer zusauste, die das Gebäude hinter ihnen von dem Haus daneben trennte. Die Rakete explodierte mit einem so donnernden Krach, daß Pei dachte, das ganze Gebäude würde über ihnen zusammenstürzen. Die Gewalt der Druckwelle warf sie zu Boden. Überall splitterten Glasstückchen von ihrem Fenster, und Pei spürte einen scharfen Stich an ihrem Haaransatz. Die ganze Wohnung vibrierte. Pei klang es in den Ohren und ihre Augen tränten, als beißender Rauch durch die zerborstenen Fensterscheiben drang. Undeutlich hörte sie Ji Shens Schreie durch den Nebelschleier, dann hörte sie erstickte Geräusche von bellenden Hunden und hohen, verzweifelten Schreien von der Straße herauf. Dann noch lauter Mrs. Finchs Stimme, in einem Durcheinander von Englisch und Chinesisch: »O lieber Gott! Mädchen, ist alles in Ordnung mit euch?«

Als der Rauch sich legte, kämpfte Pei sich vom Boden hoch und eilte zu Ji Shen, die auch umgeworfen worden war. »Ist dir etwas passiert?«

»Was ist mit deinem Kopf?« Ji Shen rieb sich den Arm und deutete auf Pei.

Benommen spürte Pei den salzigen, metallischen Geschmack von Blut, das von ihrer Schläfe zum Mundwinkel tropfte. »Nichts Schlimmes«, versicherte sie Ji Shen, obwohl ihr Kopf hämmerte. »Wir müssen nach Mrs. Finch sehen.«

Sie nahm Ji Shen an der Hand und zog sie durch den Schutt zu Mrs. Finchs Zimmer. Der Flur war dunkel und voller Rauch. Peis Augen brannten, Bilder flimmerten ihr durch den Kopf, hin und her von Schock zu Alltag – Lins verkohlter Körper nach dem Brand; der dunkle Fleck auf dem Küchenboden, den Pei mit allem Reiben nicht entfernen konnte, die

Wege der Seidenfrauen

Kleider, die sie gestern gewaschen und im Hinterzimmer zum Trocknen aufgehängt hatte …

Mrs. Finch, die in einem rosengemusterten Baumwollnachthemd unsicher zu ihrer Tür wankte, kam ihnen auf halbem Weg entgegen. »Ein schöner Weckruf«, meinte sie, blaß und mitgenommen. »Gott sei Dank, Gott sei Dank!« fügte sie dann hinzu. Sie breitete die Arme aus und umfing Pei und Ji Shen, die auf sie zustürzten.

Am nächsten Morgen, nach der ersten Entwarnungssirene, gingen sie von dem nächstgelegenen Luftschutzkeller zurück in die Wohnung, immer noch benommen von den gewaltsamen Ereignissen der Nacht. Mrs. Finch schritt munter und versuchte, eine fröhliche Haltung zu bewahren. »Ein Königreich für eine schöne Tasse Tee«, meinte sie heiter.

Doch als sie die Wohnungstür öffneten, hörte Pei, wie Mrs. Finch scharf den Atem einsog. Ein Rauchschleier hing immer noch in der Luft. Das Gebäude selbst war zwar größtenteils unversehrt geblieben, doch das ganze Innere sah aus, als hätte man es hochgehoben und dann wieder zu Boden geschleudert. Fenster waren zerplatzt. Glasfiguren lagen auf dem Boden verstreut, viele zur Unkenntlichkeit zersprungen. Gemälde und Stickbilder, die an den Wänden gehangen hatten, waren durch den Raum geschleudert worden. Die schweren Möbel waren umgekippt.

Mrs. Finch hustete, abgehackte Laute kamen ihr aus der Kehle. Pei stellte rasch einen umgefallenen Stuhl für sie auf und klopfte ihr auf den Rücken, während Ji Shen in die Küche rannte, um ein Glas Wasser zu holen.

Als Mrs. Finch getrunken hatte, räusperte sich Pei, um den eigenen trockenen Hals freizubekommen. »Ich mache uns Tee.«

»Nein, bitte.« Mrs. Finch packte sie am Arm. »Lassen Sie einer alten Lady ihren Willen. Erlauben Sie mir, daß ich diesmal den Tee hole.«

Pei und Ji Shen sahen zu, wie Mrs. Finch aufstand und in die Küche eilte. Zerbrochenes Glas knirschte unter ihren Schuhen.

Später an diesem Nachmittag schlug Mrs. Finch vor, daß Pei und Ji Shen ins Wohnzimmer umziehen sollten, das auf die andere Seite des Gebäudes hinausging, doch Pei lehnte ab.

»Wenn wir das Glas zusammengefegt und die Bilder aufgehängt haben, wird es wieder Ihr Zimmer sein. Wir können nicht vor unserem Schicksal fortlaufen.«

Mrs. Finch gab ohne Widerspruch nach. »Ich kann Ihre Meinung wohl nicht ändern, wenn Sie sie einmal gefaßt haben.« Sie sah blaß und müde aus.

Pei und Ji Shen begannen, ihr Zimmer sauberzumachen und alles wieder in Ordnung zu bringen. Ji Shen hielt ein Brett nach dem anderen über das zerborstene Fenster, während Pei nagelte, bis das ganze Fenster zugedeckt war. Als sie fertig waren, trat Pei zurück, von dem ganzen Gehämmer pochte ihr der Kopf.

In dieser Nacht erwachte Pei plötzlich, weil der Boden unter Schritten knarzte. Sie hörte den leisen Rhythmus von Ji Shens gleichmäßigen Atemzügen – aber begleitet von einem anderen Takt, flacher und schneller. Pei blieb still liegen, ihr Herz raste, ihr Blick huschte durch das dunkle Zimmer. Erst nach einer kurzen Weile erkannte sie, daß es Mrs. Finchs schmale Gestalt war, die so still auf der Türschwelle stand.

»Ist alles in Ordnung?« schnitt Peis Stimme durch die Dunkelheit.

Mrs. Finch trat einen Schritt näher. »Es tut mir leid, daß ich Sie aufwecke. Ich konnte nicht schlafen und wollte sehen, ob bei euch Mädchen alles stimmt. Ich habe mich auch gefragt... haben Sie es vielleicht geschafft, ein paar Vorräte beiseite zu bringen?«

Wege der Seidenfrauen

Pei warf die Decke ab und hielt im nächsten Augenblick Mrs. Finchs zitternde Hände in den ihren.

»Machen Sie sich keine Sorgen, ich habe genug beiseite geschafft, um uns einen guten Monat oder länger durchzubringen«, flüsterte Pei.

Mrs. Finch umklammerte Peis Hand, während ihr die Worte schwerfielen. »Ihr braucht euch keine Sorgen um mich zu machen. Allen Gerüchten nach fürchte ich, daß die Japaner mich wahrscheinlich internieren werden, wenn es soweit kommt. Wenn das passiert, will ich sicher sein, daß für Sie und Ji Shen genug da ist. Ich bin nur froh, daß Howard nicht mehr lebt und sieht, wie die Welt verrückt geworden ist.«

»Wir sind immer noch zusammen«, flüsterte Pei. Sie wollte noch etwas Tröstlicheres sagen, aber in der dunklen Wärme des Zimmers schlang sie einfach die Arme um Mrs. Finch und wünschte, sie könnte sie für immer beschützen.

Am 12. Dezember griffen japanische Sturzbomber Tag und Nacht an und verwüsteten den Central District, während vom japanisch besetzten Kowloon aus Artillerie über den Hafen hämmerte. Mrs. Finch, Pei und Ji Shen kauerten in der Dunkelheit der übelriechenden, überfüllten Luftschutzkeller. Feuerbrand raste durch Central und Wan Chai, und Pei betete zu der Göttin Kuan Yin, daß Song Lee, Ma-ling und Quan irgendwie von all der Zerstörung verschont blieben. Bisher hatten sie keinerlei Nachricht von ihnen. Als der Bombenangriff endlich so lange aussetzte, daß eine Entwarnungssirene heulte, lag dichter, bitterer Rauchgeruch in der Nachtluft.

Am Ende der zweiten Dezemberwoche war an jedem Abend Verdunkelung vorgeschrieben, während der Central District ständig beschossen wurde. Vom Hafen aus plärrte japanische

Propaganda auf Englisch, Chinesisch und Hindi: »Wir kommen in Freundschaft, um euch vom britischen Imperialismus zu befreien.« Darauf folgte knisternd und blechern die Melodie von *Home Sweet Home*.

Wenn sie nicht gerade durch Schutt und Bombenkrater zu einem Luftschutzkeller rannten, übertönte Mrs. Finch die ständige Propaganda mit ihren eigenen Schallplatten. Pei wußte, daß sie das für Ji Shen tat, die immer stiller geworden war und kaum noch ein Wort zu irgend jemandem sagte. Die Schule ließen sie ausfallen, und Quan sahen sie nirgendwo. Jedesmal, wenn die schrille Warnsirene aufheulte, preßte Ji Shen die Hände auf die Ohren und folgte Pei schweigend in den Luftschutzkeller. Pei fragte sich, welche Art von Schicksal Ji Shen dazu zwang, das Trauma, das sie in Nanking erlebt hatte, noch einmal durchzumachen. Wie oft würde sie den Alptraum wiedererleben müssen? Es war so ungerecht.

Jeden Abend nach dem Essen holte Mrs. Finch vorsichtig eine alte Schallplatte aus ihrer Hülle und erzählte bei jedem Lied, das sie spielte, eine Geschichte, um Pei und Ji Shen für einen Augenblick vergessen zu helfen, daß sie schutzlos gegen die Japaner waren. Dankbar und bewundernd sah Pei zu, wie Mrs. Finch liebevoll eine Platte auf den Victrola legte, der wie durch ein Wunder bei dem Bombenangriff der letzten Woche nur geringen Schaden erlitten hatte.

»Das erste Mal, als Howard und ich Charleston zu tanzen versuchten, renkte er sich das Kreuz aus und mußte eine Woche lang im Bett bleiben! Ich glaube, es gibt nichts Schwierigeres als einen bettlägerigen Mann! Kommt jetzt, ich zeige euch die Schritte.« Sie legte die Nadel auf die Schallplatte und klopfte mit dem Fuß den raschen, ruckartigen Takt. »Schmeißen wir die Beine!« sagte sie und forderte Ji Shen zum Tanz auf.

Ji Shen zögerte, dann schloß sie sich an, hob abwechselnd mit dem Takt das rechte, dann das linke Bein. Ihr Lachen

Wege der Seidenfrauen

erfüllte die Wohnung, und diese flüchtigen Augenblicke lang hatte Mrs. Finch Pei und Ji Shen davon überzeugt, daß kein Krieg herrschte und nichts sich verändert hatte. Aber beim plötzlichen Aufheulen der Luftschutzsirene hielt Ji Shen inne und hielt sich die Ohren zu. Wie erstarrt standen sie alle mitten in Mrs. Finchs Zimmer.

Mrs. Finch blickte auf Pei und rief über das Heulen der Sirene: »Ich glaube, diesmal könnte man in diesem dämlichen alten Luftschutzkeller ein wenig Aufheiterung gebrauchen!« Sie schaltete die Platte aus und nahm rasch den Victrola auseinander, Pei und Ji Shen bekamen beide ein Teil in die Hand.

Pei bestand darauf, das schwere Unterteil des Grammophons zu tragen, als sie zum Luftschutzkeller liefen.

Stimmen dröhnten durch die schale Luft. Pei erhaschte Bruchstücke von den leisen, ängstlichen Worten, die ihre Nachbarn wechselten: »Geköpft... Aufgehängt... Einfach aufgespießt...«

»Was haben Sie da, altes Mädchen?« Der ältere Mann, der sie zu sich rief, während sie sich durch die Menschenmenge drängten, war Mr. Spencer, ein britischer Ingenieur im Ruhestand, der in der Nähe wohnte.

»Ich dachte, es wäre an der Zeit, daß wir ein wenig Spaß haben«, antwortete Mrs. Finch.

»Es gibt nichts Besseres als Musik, um ein wildes Tier zu besänftigen«, fügte Mrs. Finchs Freundin Mrs. Tate hinzu.

Sie schufen ein wenig Platz in dem dämmrigen Keller, und Pei kurbelte den Victrola an. Glenn Miller rauschte durch den düsteren Raum und hallte von den Wänden wider.

»Ich hätte den Gin mitnehmen sollen«, hörte man eine Stimme.

»Und den neuesten Benny Goodman«, fügte Mrs. Tate hinzu.

Gerade in diesem Augenblick erschütterte eine Explosion

in der Nähe den Raum, und die Nadel kratzte über die Schallplatte. Ji Shen schrie und hielt sich die Ohren zu. Als der Staub sich legte und die Explosionen nur noch in der Ferne zu hören waren, stand Pei auf und legte eine andere Platte auf den Teller, dann sah sie zu, wie Mrs. Finch Ji Shen die Hände von den Ohren löste. »Ich glaube, das war mein Tanz.«

Nicht ganz eine Woche später, am Weihnachtstag 1941, übernahmen die Japaner die Herrschaft über Hongkong, und Pei wußte, daß nichts mehr je wie zuvor sein würde.

»Fröhliche Weihnachten den tapferen britischen Soldaten. Ihr habt gut gekämpft, aber nun ist es Zeit zu kapitulieren. Wenn ihr das nicht innerhalb von vierundzwanzig Stunden tut, verpassen wir euch alles, was wir haben. Fröhliche Weihnachten den tapferen britischen Soldaten.«

Mrs. Finch

Die Japaner waren da – das machten sie nachdrücklich klar. Gleich nach der Machtübernahme streiften Soldatenbanden wie Heuschrecken durch die Straßen, brachen in Central und in Wan Chai in Geschäfte ein und nahmen sich, was sie wollten. Was übrigblieb, zerstörten sie brutal. Mrs. Finch und Pei hörten vom Peak her immer noch fernes Geschützfeuer; ein hoffnungsloser Verteidigungsversuch der wenigen noch nicht gefangengenommenen britischen Truppen. Bald kam das einzige Artilleriefeuer von den japanischen Soldaten.

Inmitten der allgemeinen Panik und Unsicherheit wurde eine Dringlichkeitssitzung aller britischen Bürger, mittlerweile nicht einmal mehr fünfundvierzig, die noch in der Umgebung der Conduit Road lebten, einberufen. Sie fand statt in der Wohnung von Mr. Spencer im dritten Stock eines Hauses,

Wege der Seidenfrauen   天   123

nicht einmal eine ganze Straße von Mrs. Finchs Wohnung entfernt. Die meisten ihrer im Ausland lebenden Landsleute hatte sie während der langen Stunden in Luftschutzkellern recht gut kennengelernt. In den düsteren, modrigen Kellern von Häusern und Mietshäusern entstand ein Zusammenhalt, der auf Furcht und schwindender Hoffnung basierte.

»Mein Gott, Caroline, hast du die Neuigkeit gehört?«

Isabel Tate, ebenfalls Witwe, kam durch das Wohnzimmer geeilt. Mrs. Finch beobachtete ihre raschen, nervösen Bewegungen und dachte, Isabel wäre besser mit den meisten der anderen nach London zurückgekehrt.

»Beruhige dich, Isabel.« Mrs. Finch nahm die Hand ihrer Freundin. »Was ist los?«

»Hast du es gehört? Jetzt haben die Japaner angefangen, Leute zu schlagen und umzubringen, die sich nicht tief genug verneigen. Gladys sagt, man muß sich so tief beugen.« Sie verbeugte sich bis zum Boden. »Und man darf niemals Blickkontakt mit ihnen aufnehmen!«

Mrs. Finch versuchte ruhig zu bleiben. »Vielleicht war es ein vereinzelter Vorfall«, meinte sie, obwohl sie sehr gut wußte, daß jeden Tag mehr fürchterliche Greueltaten vorkamen. »Gibt es nichts anderes, über das wir sprechen können?« Sie war bereit, das Thema zu wechseln.

Doch Mrs. Tate berichtete weiter. »Nicht nur, daß sie alles konfiszieren, das sie in ihre verdammten Hände bekommen können, sie vergewaltigen Krankenschwestern und erstechen Ärzte mit dem Bajonett.« Sie zog ein Taschentuch aus ihrem Ärmel und tupfte sich die Augenwinkel ab. »Was soll aus uns werden?«

Mrs. Finch versuchte, beruhigend zu lächeln, dachte aber mehr an Pei und Ji Shen und ihre Verletzlichkeit; ihr war übel bei dem Bewußtsein, was ihnen passieren konnte, wenn sie allein draußen unterwegs waren. »Was sollten sie mit ein paar alten Ladies anfangen, die mit einem Bein schon im Grab stehen! Wir sind ihnen eher eine Plage als sonst etwas.«

»Genau, was ich meine. Wir sind entbehrlich!« Ängstlich wandte Mrs. Tate sich an eine andere Frau, die ins Zimmer gekommen war, um auch bei ihr zu klagen.

Mrs. Finch schüttelte bekümmert den Kopf, während sich die schrecklichen Neuigkeiten japanischer Brutalitäten im Raum verbreiteten. »Sie haben die aufgedunsenen Leichen von Soldaten und unschuldigen Leuten einfach auf den Straßen liegengelassen, als Erinnerung an ihre japanische Überlegenheit«, sagte Mr. Spencer. »Und überall stinkt es nach Exkrementen, die man einfach in die Rinnsteine gekippt hat!« fuhr er fort.

Mrs. Finch dachte, wie einfacher alles sein würde, wenn Howard noch am Leben wäre.

Ein junger Mann namens Douglas – Rechtsanwalt, glaubte Mrs. Finch – lenkte plötzlich ihre Aufmerksamkeit auf sich. »Es gibt keinen Grund zur Panik. Man hat uns angewiesen, in unseren Wohnungen zu bleiben und auf die nächsten Befehle des japanischen Kommandanten zu warten.«

Mrs. Finch sah zu, wie Douglas durch den Raum schritt, und fand seine Stimme besänftigend, wunderbar geeignet für einen Gerichtssaal oder für Ankündigungen solcher Art. Ruhig und unvoreingenommen.

»Wie lange wird das Ihrer Meinung nach dauern?« fragte sie.

»Wir sind noch nicht sicher.« Douglas lächelte beruhigend.

»Ich vermute, es hängt davon ab, wann die Japaner jeden von uns aufrufen.«

»Genau«, erwiderte er, und sein Lächeln schwand.

Während der nächsten Tage veränderte sich Mrs. Finchs Leben stärker, als selbst sie es sich hätte vorstellen können.

Wege der Seidenfrauen

Alle englischen und kanadischen Zivilisten, die in Banken oder anderen Geschäften tätig waren, wurden methodisch zusammengetrieben und in überfüllte Hotels in Kowloon gebracht, wo sie darauf warteten, interniert zu werden. Jedes Anzeichen von Widerstand führte zum Tod, langsam oder schnell, je nach Laune des diensthabenden Offiziers.

Jeden Morgen nahm Mrs. Finch widerstrebend die *Hong Kong News*, die einzige japanisch-englische Zeitung zur Hand und sah die Liste aller Hongkonger und englischen Banken durch. Nach jedem Namen kamen säuberlich eng gedruckte Reihen von Safenummern. Ängstlich suchte Mrs. Finch die Zahlenreihe ihrer Bank nach ihrer eigenen Safenummer ab, 8949. Wie allen anderen Ausländern im Hill District hatte man es ihr erlaubt, erst einmal noch in ihrer Wohnung zu bleiben. Doch wenn ihre Safenummer erschien, mußte sie sich sofort bei der Bank melden und ihren Safe für die japanische Verwaltung leeren. Danach würde sie dann in ein Internierungslager bei Stanley Beach geschickt werden.

Tag für Tag fuhren japanische Schiffe, beladen mit gestohlenem Schmuck, gestohlenen Möbeln und sogar Badezimmerinstallationen zurück nach Japan. Mrs. Finch war froh, daß sie den größten Teil ihres Schmucks und ihrer persönlichen Wertgegenstände bei sich behalten hatte. Nur ein paar wichtige Papiere waren in dem Safe.

Mrs. Finch nippte an ihrem Tee und überflog nervös die Zahlenreihe vor ihr. Sie seufzte erleichtert auf, als sie ihre Nummer nicht sah, doch ihre Erleichterung verwandelte sich in Ärger, wenn sie daran dachte, wie vier einfache Zahlen ihr Leben und das Leben so vieler anderer Menschen unwiderruflich verändern konnten. Wäre sie jünger gewesen, hätte sie vielleicht mit Pei und Ji Shen zu fliehen versucht, sich in die Berge Chinas gerettet, bis der ganze Wahnsinn vorbei war. Doch als Einwohner Hongkongs waren die jungen Frauen sicherer, wenn sie sich mit den anderen Chinesen zusammentaten, und Mrs. Finchs Alter hatte alle anderen Gedanken in den Bereich von Träumen verwiesen.

Isabel Tates Safenummer war gestern in der Zeitung aufgelistet worden. Auf dem Weg zur Bank war sie bei Mrs. Finch vorbeigekommen, erstaunlich ruhig.

»Also, dann bin ich jetzt fort. Ich weiß nicht, was aus mir wird, aber ich nehme an, ich bin jetzt in Gottes Händen.« Sie versuchte zu lächeln und küßte Mrs. Finch auf die Wange. »Bete für mich.«

»Es wird alles gut werden, Isabel.« Mrs. Finch hielt sie noch ein wenig länger fest. »Ich werde bald bei dir sein«, flüsterte sie.

Isabel nickte.

Vom Fenster aus sah sie, wie Isabel die Treppe hinunter auf die Straße eilte und dann noch einmal rasch winkte, bevor sie um die Ecke verschwand.

Mrs. Finch lehnte sich in ihren Stuhl zurück und fragte sich, ob es nicht besser wäre, an Isabels Stelle zu sein und ihrem Los ins Gesicht zu sehen, anstatt endlos zu warten. Sie zerknüllte die Zeitung und eilte zurück in ihr Zimmer. Sie hatte etwas zu tun, und ihr Schmuck und das wenige Geld, das sie versteckt hatte, würden Pei und Ji Shen am meisten nutzen. Alles andere wollte sie verbrennen, immer noch besser, als wenn es die gräßlichen Japaner in die Hände bekamen. Gerade als sie zu diesem Entschluß gekommen war, erregte ein dumpfes Grollen von irgendwo draußen her ihre Aufmerksamkeit. Es wurde nach und nach lauter, und sie eilte ins Wohnzimmer, wo Pei und Ji Shen aus dem Fenster starrten.

»Was ist das für ein Lärm?« Mrs. Finch drängte sich zwischen die beiden.

»Es ist ein Klavier!« Pei deutete hinunter auf die Straße.

Wege der Seidenfrauen

»Was für ein Klavier?« Mrs. Finch reckte den Hals und sah ihre Nachbarn, die Wongs, die zusammen mit ihren beiden Kindern ihr großes Klavier die Conduit Road hinaufschoben. Die Räder hallten laut auf dem unebenen Pflaster. »Lieber Gott, was tun sie?«

»Sie führen ihr Klavier spazieren!« Ji Shen lachte. »Können wir hinuntergehen und zusehen?«

Mrs. Finch zögerte, dann nickte sie.

Sie liefen die Treppe hinunter auf die Straße und sahen zu, wie die Wongs, mit der Hilfe von ein paar anderen, die aus ihren Häusern aufgetaucht waren, um zu sehen, was hier vor sich ging, das Klavier zum Ende der Straße schoben.

Am Gipfel des Hügels, in der Nähe der Fierce Ghost Bridge, drehte sich Mr. Wong um, wischte sich über die Stirn und schrie: »Ihr wollt es, ihr Teufel, ihr könnt es haben!« Während seine Familie zurückwich, stellte sich Mr. Wong hinter das Klavier und stieß es mit all seiner Kraft den Hügel hinunter.

Einen Augenblick lang fühlte sich Mrs. Finch, als würde sie einen Chaplin-Film ansehen. Das Klavier holperte und hopste über das Pflaster, langsam an Schwung gewinnend. Die Tasten, die gegen die Saiten schlugen, klimperten eine traurige Melodie. Das Klavier donnerte an ihnen vorbei und blieb erst liegen, als es den ganzen Hang hinunter und um die Straßenbiegung gerollt war, wo es dann weiter unten auf den Felsen zerbarst. Die zusammengeströmte Menschenmenge rief Beifall, als Mr. Wong triumphierend die Hände über dem Kopf schwenkte.

Mrs. Finch schloß die Tür hinter ihnen. »Und jetzt also das große Freudenfeuer«, erklärte sie verärgert, weil Mr. Wong ihr etwas Wind aus den Segeln genommen hatte, und fragte sich, ob dem ganzen Viertel ebenso der Sinn nach Zerstörung stand.

128 天　　　　　　　　　　　　　　　　　　*Gail Tsukiyama*

Pei und Ji Shen starrten sie verblüfft an. »Ich verstehe nicht«, sagte Pei.

»Als ich ein junges Mädchen war«, erklärte Mrs. Finch, »sind wir im Garten zusammengekommen und haben all den Ramsch verbrannt, den wir nicht länger haben wollten. Ein feiner Hausputz, hat meine Mum immer gesagt!«

»Aber was wollen wir verbrennen?« fragte Ji Shen.

»Na, dann sieh dich mal um.«

Feuer und Asche

Mit Peis und Ji Shens widerstrebender Hilfe verbrannte Mrs. Finch alles, was sie nur tragen konnten. Sogar ihre Petit-point-Kissen und ihre Ölgemälde fanden den Weg in die Flammen. Zuerst dachte Pei, Mrs. Finch scherze, eine Reaktion auf das splitternde Zerbersten des Klaviers auf den Felsen. Doch als sie die stahlgraue Entschlossenheit in Mrs. Finchs Augen sah, widersprach sie, das Feuer anzuzünden – ohne Zweck.

»Aber wenn sie die Flammen sehen? Bekommen wir dann keine Schwierigkeiten?« fragte Pei.

Mrs. Finch lächelte. »Du und Ji Shen, ihr verschwindet von hier, sobald die ersten Anzeichen von Schwierigkeiten auftauchen. Ich nehme die ganze Verantwortung auf mich. Mit mir können sie machen, was sie wollen.«

Pei schüttelte den Kopf, die Arme über der Brust verschränkt. »Nein, ich lasse Sie nicht. Das hieße Ärger herauszufordern.« Ji Shen stand schweigend neben ihr.

»Ich bitte euch nicht um eure Erlaubnis«, erklärte Mrs. Finch mit strenger Lehrerinnenstimme. »Ich brauche nur eure Hilfe.«

»Es ist zu gefährlich. Die Flammen werden die japanischen Soldaten herbeilocken«, argumentierte Pei.

Wege der Seidenfrauen

Mrs. Finch packte einen Stuhl. »Was bedeutet ein Feuer mehr inmitten der ganzen Zerstörung und dem Tod um uns herum? Nach allem, was sie wissen, sind es ihre eigenen Soldaten, die alles in Brand setzen! Ich muß das tun. Es ist mir egal, wenn sie mich in die *Hölle* zerren, aber sie sollen nicht meine Teppiche auf ihren Böden oder meine Bilder an ihren Wänden haben. Wenn ihr mir nicht helfen wollt, tue ich es allein!«

Mrs. Finch schmetterte den Stuhl auf den Boden, wieder und wieder und wieder. Ihr Atem wurde mühsam, aber der Stuhl blieb unversehrt.

»Bitte hören Sie auf!« bat Pei. »Ich helfe Ihnen bei allem, was Sie wollen.« Ihre Stimme zitterte. »Aber wenn diese japanischen Teufel es wagen, ihre Gesichter zu zeigen, werden sie mich zusammen mit Ihnen fortzerren müssen!«

»Mich auch«, sekundierte Ji Shen, die wieder zum Leben erwachte.

Pei versuchte, das Feuer im Hof, ein schwarzer Rauchschleier, der zum Himmel aufstieg, unter Kontrolle zu halten. Einen Augenblick lang verschloß sie die Augen vor der knisternden Hitze und zwang sich, nicht an Lin zu denken. Als sie die Augen wieder öffnete, sah sie Dutzende von Nachbarn, die neugierig aus ihren Fenstern spähten. Als sie feststellten, was der Zweck des Feuers war, riefen sie Beifall, wertvolle Besitztümer regneten von ihren Fenstern auf das Feuer herab – eine Tischdecke aus französischer Spitze, Seidenhemden, Krawatten, eine lederne Handtasche.

Was sie nicht verbrennen konnten, ließ Mrs. Finch in der Wohnung – die Betten, das Sofa, die Eßzimmergarnitur, ihr Schrank, alles ausgeräumt und leer bis auf das Unentbehrlichste. All ihren Schmuck und alles andere Wertvolle hatte Mrs. Finch schon vor Wochen in einer Geheimschublade in ihrem Schrank versteckt.

»Howard hat sie extra anfertigen lassen«, hatte sie Pei gesagt. »Drück nur hier« – sie kniete sich langsam hin und griff unter dem Schrank nach einem kleinen Hebel – »und dann springt sie heraus.« Die Schublade, die hinter dem untersten Brett versteckt war, glitt heraus, leer. Mrs. Finch richtete sich wieder auf und lehnte sich an den Schrank. »Das nächste Mal wird sie voll sein, das verspreche ich.«

Die letzten Besitztümer Mrs. Finchs, von denen sie sich am schwersten trennte, waren ihre Bücher, ihre Schallplatten und ihr geliebter Victrola. Sie legte einen kleinen Bücherstapel zur Seite. »Diese hier sollst du bekommen, wenn du möchtest«, sagte sie zu Pei. Pei reckte den Hals und versuchte, die Titel auszusprechen: *Gr-eat Ex-pec-ta-tions … Romeo und Ju-lia … Hamlet.* Mrs. Finch betastete das Unterteil des Grammophons. »Und du sollst das bekommen«, sagte sie zu Ji Shen. »Ich kann mir niemanden vorstellen, der besseren Gebrauch davon machen würde.«

Der Himmel wurde dunkel, als sie langsam die letzten Bücher ins Feuer warfen. Die Flammen zischten und knisterten; die Gesichter der drei Frauen waren rot von der Hitze. Mrs. Finch seufzte. »Es ist, als würde man lieben alten Freunden adieu sagen«, flüsterte sie.

Am nächsten Morgen fühlte sich die Wohnung kalt und leer an, und der beißende Rauchgeruch drang immer noch vom Hof herauf. Pei rieb sich die Augen, wischte eine dünne Schicht Asche von der Arbeitstheke in der Küche und horchte auf jede Bewegung Mrs. Finchs im Eßzimmer. Ji Shen war in ihrem Schlafzimmer und hörte Schallplatten. Da alle Schulen geschlossen hatten, waren ihre Tage mit dem leisen Summen von Musik gefüllt. Doch das würde bald ein abruptes Ende nehmen, wenn Mrs. Finch sich bei den japanischen Behörden melden mußte.

Wege der Seidenfrauen

Jedesmal, wenn Pei daran dachte, daß Mrs. Finch sich selbst anzeigen mußte, hatte sie ein flaues Gefühl im Magen. Immer wieder schrubbte sie die Küchentheke. Von anderen Dienstboten hatte sie gehört, daß die meisten englischen Zivilisten ins Stanley Camp auf der anderen Seite der Insel gebracht wurden. Peis Gedanken paßten sich dem schnellen Rhythmus ihrer Bewegungen beim Schrubben an. Wenn Mrs. Finch interniert war, mußte Pei eine neue Stelle finden, wo sie und Ji Shen wohnen konnten, und dann mußte sie sich eine Möglichkeit ausdenken, wie sie Mrs. Finch im Stanley Camp besuchen konnten. Seit Beginn der Luftangriffe hatten sie immer noch keine Nachricht von Quan oder Song Lee erhalten. Pei betete jeden Tag, daß sie irgendwo in Sicherheit waren. Doch sie unterdrückte ihren Kummer. Die vergangenen eineinhalb Jahre bei Mrs. Finch waren ihr ein großer Trost gewesen.

Pei ging in der Küche auf und ab, während sie auf Mrs. Finch wartete, die im Eßzimmer die Zeitung las. Draußen sah es nach Regen aus. Sie hatte Mrs. Finch mit der *Hong Kong News* allein gelassen, so wie jeden Morgen seit der Besetzung. Jeden Tag schien eine Ewigkeit zu vergehen, bis ein kleines Zeichen aus dem Eßzimmer kam, daß Mrs. Finchs Safenummer nicht abgedruckt war. In der Regel wußte es Pei, weil Mrs. Finch erleichtert aufseufzte, manchmal war es auch ein leises Pfeifen. Bisher hatte Pei nichts gehört. Sie holte ihre Dosen mit Vorräten hervor, Mois Tontöpfe klapperten aneinander, als sie den sperrigen Karton auf den Küchenboden stellte. Pei verteilte alles in verschiedene Taschen, so daß Ji Shen und sie es besser tragen konnten, wenn es soweit war. Sie war gerade fertig, als Mrs. Finch in der Küchentür erschien, die Zeitung in der Hand.

»Hier steht sie«, erklärte Mrs. Finch nüchtern und lehnte sich gegen die Küchentheke.

Peis Herz begann zu rasen. »Sind Sie sicher?«

»Ganz sicher.« Mrs. Finch ließ die Zeitung auf den Boden fallen. Sie setzte den Teekessel auf. »Es wäre ganz hübsch, noch eine Tasse *po lai* Tee zu trinken, bevor ich gehen muß.«

Gegen Mrs. Finchs anfänglichen Wunsch begleiteten Pei und Ji Shen sie zur Bank. »Ich will nicht, daß ihr allein zurückgehen müßt«, hatte sie argumentiert.

»Sie brauchen uns, damit wir Ihnen den Koffer tragen helfen«, hatte Ji Shen geantwortet.

Pei blieb schweigend und entschlossen vor ihr stehen, bis Mrs. Finch schließlich nachgab. Sie durfte einen Koffer mitnehmen, den sie schon seit Tagen fertig hatte. »Viel brauche ich nicht«, hatte sie gesagt und sorgfältig ein paar Pullover und drei ihrer liebsten Baumwollkleider eingepackt.

Schweigend liefen sie die fast leeren Straßen entlang, die nach dem andauernden Beschuß durch die Japaner wie pokkennarbig durchlöchert waren. Der Himmel hing schwer und tief herab. Die einst belebten Straßen waren bis zur Unkenntlichkeit zerstört. Wo früher Bäume und Häuser gewesen waren, sah man jetzt nur noch leere Bombentrichter und ausgebrannte Autos.

Als sie sich durch herabhängende Stromleitungen schlängelten und sich durch den Schutt zusammengestürzter Häuser kämpften, sah Pei zum ersten Mal das Ausmaß der Zerstörung Hongkongs. Ihr wurde übel, als ein beißender, abstoßender Gestank durch die kalte Januarluft drang, so daß sie alle rasch die Hände über die Nasen preßten. »Was ist das?« fragte Ji Shen.

Pei zeigte nicht auf den Leichnam, der neben der Straße verweste, das Gesicht schon nicht mehr erkennbar. Sie steuerte auf einen Straßenabschnitt zu, der einigermaßen frei schien, dann verlangsamte sie den Schritt wieder und wich einer zertrümmerten Masse aus Stahl aus, die aussah, als wäre sie Teil eines Schiffs.

Wege der Seidenfrauen

Pei sah eine Dienerin, die die Robinson Road hinuntereilte, und war sofort voller Angst. War Song Lee zusammen mit der Familie auf dem Peak, für die sie arbeitete, in Sicherheit? Hatten Ah Woo und Leen den Bombenangriff überlebt? Und was war mit Quan? Lieber Quan, der auf der Straße lebte und arbeitete. Pei versuchte, ihren Kopf freizubekommen, und verschluckte die Bitterkeit, die ihr in der Kehle hochstieg.

Als sie unten in Central ankamen, waren sie sofort umringt von japanischen Soldaten in ihren graubraunen, schlechtsitzenden Uniformen, Gewehre mit Bajonetten über die Schulter geschlungen.

Als sie in die Nähe der Bank kamen, wandte Mrs. Finch sich an Pei. »Du weißt, wo alles versteckt ist«, sagte sie in einem raschen Atemzug. »Alles gehört dir und Ji Shen. Nimm es, und sorge für euch beide. Ich fürchte, unsere Wege müssen sich nun trennen, meine Lieben.«

»Wir werden es für Sie aufbewahren. Für die Zeit, wenn alles vorbei ist«, sagte Pei.

Beißende Kälte umgab sie.

Mrs. Finch lächelte. »Natürlich.« Sie küßte Ji Shen und Pei auf beide Wangen. »Wir hatten eine schöne Zeit zusammen. Ich hätte sie um nichts in der Welt eingetauscht.«

»Ich besuche Sie, sobald ich kann«, sagte Pei, ihr Herz raste. *Was möchte ich jetzt noch gerne sagen, bevor es zu spät ist?* fragte sie sich. Ji Shen stand wie versteinert neben Pei und preßte ihre Hand immer fester.

Mrs. Finch nickte.

Leute warteten in langen Schlangen vor der Bank, beladen mit Koffern und anderen Dingen, die wahrscheinlich konfisziert werden würden, wie Pei argwöhnte – Photoapparate, Hutschachteln, Kosmetikkoffer. Einen Augenblick lang wünschte sie, die Leute würden sich wehren – würden den mageren japanischen Soldaten, die sie mit ihren bajonettbesetzten Gewehren weiterstießen, ihre Sachen ins Gesicht werfen.

Mrs. Finch griff nach ihrem Koffer, löste ihn sanft aus Ji Shens Hand. »Bitte seid vorsichtig, wenn ihr heimgeht«, sagte sie, und ihre Stimme brach. »Gott möge mit euch sein, bis wir uns wiedersehen.« Sie winkte ihnen noch einmal. »Geht!« befahl sie mit einer schneidenden Handbewegung.

Pei und Ji Shen hatten kaum noch Zeit zurückzuwinken, bevor Mrs. Finch sich abwandte. Sie sahen noch, wie sie zum Ende der langen Schlange schritt, während leise wie Tränen Regen zu fallen begann.

KAPITEL SIEBEN

1942–1943

Die chinesische Bevölkerung Hongkongs, mehr als eine
Million Menschen, über hundert Jahre vom britischen
Imperialismus unterjocht, ist nun befreit. Mit ihrem
tapferen Vormarsch hat die japanische Armee in kürze-
ster Zeit die hundert Jahre Unterdrückung aufgehoben,
die das chinesische Volk erlitten hat.

Hong Kong News
31. Dezember 1941

Pei

Das leise Rauschen des Regens drang in die unheimliche Stille, die in der Wohnung herrschte. Die Feuchtigkeit des Tages
zuvor hatte sich zu schweren grauen Wolken zusammenge-
gebraut. Ohne Strom wirkte das Zimmer dunkel und verlassen. Pei hob die Zeitung auf, die Mrs. Finch an diesem Morgen auf den Boden hatte fallen lassen, riß sie mittendurch,
dann noch einmal. Da Mrs. Finch jetzt im Stanley Camp interniert wurde, mußten sie so bald wie möglich die Wohnung
verlassen. Keiner konnte sagen, wie bald nach Mrs. Finchs
Vorladung die Kempeitei – die japanische Militärpolizei –
und Soldaten kommen würden, um den Rest ihres Besitzes

zu konfiszieren. Pei wünschte fast, sie könnte bleiben und ihre Gesichter sehen, wenn sie die Tür eintraten und nichts Wertvolles mehr vorfanden. Zuletzt war eine alte Frau schlauer gewesen als sie.

Pei hatte Gerüchte gehört, daß die Männer der *Kempeitei* grausam und unerbittlich waren, wenn sie etwas wollten. Wie konnte jemand, der so gut und menschlich war wie Mrs. Finch, solchen Leuten die Stirn bieten?

Sie eilte in Mrs. Finchs Schlafzimmer, in dem noch der Maiglöckchenduft hing, tröstlich, aber auch zu Tränen rührend. Sie kniete nieder, suchte nach dem Hebel unter dem Schrank und ließ die Geheimschublade aufspringen, so wie Mrs. Finch es ihr gezeigt hatte. In der Schublade fand Pei eine Leinentasche, in der sich eine wie eine Blüte geformte Diamantbrosche, ein goldenes Armband, ein goldener Männerehering und eine Perlenkette befanden. Außerdem lag darin noch ein Umschlag mit Hongkong-Dollars, die seit der japanischen Besatzung sehr an Wert verloren hatten. Und ganz unten unter dem Umschlag war die Tafel, auf der Pei Englisch lesen und schreiben gelernt hatte. Pei nahm sie und drehte sie um. »Ihr werdet immer bei mir sein«, hatte Mrs. Finch in großen, deutlichen Buchstaben daraufgeschrieben.

Pei preßte die Tafel an sich und kämpfte gegen die Tränen an. Als sie die Augen wieder öffnete, waren die Worte verschmiert, die Kreide bildete einen staubigen Schleier über ihrer Brust.

Pei und Ji Shen waren noch keine Stunde in der Wohnung zurück, als ein leises Knarren Peis Aufmerksamkeit erregte. Sie sah von ihrem Hemd auf, in das sie gerade eine zusätzliche Tasche nähte. Wie konnten die japanischen Soldaten schon so bald kommen? Sie stand leise auf, legte mit zitternden Händen ihre Näharbeit beiseite und griff nach dem harten Stück Treibholz, das sie zu ihrem Schutz bei sich hatte. Sie

Wege der Seidenfrauen

horchte, dann hörte sie erneut, wie der Fußboden knarzte. Da die Teppiche bei Mrs. Finchs Abschiedsfeuer verbrannt waren, war auf dem Holzboden selbst der leiseste Schritt zu hören.

»Ji Shen«, flüsterte Pei. Ji Shen hatte vor Erschöpfung die Augen geschlossen, während Pei nähte. Lautlos näherte sie sich ganz langsam Ji Shens Bett, rüttelte sie sanft wach und hielt ihr dabei den Mund zu, damit sie nichts sagte.

»Da draußen ist jemand«, wisperte sie Ji Shen ins Ohr. Ji Shen nickte mit weit aufgerissenen Augen, bevor Pei die Hand vom Mund des Mädchens nahm.

»Soldaten?« Ji Shens Stimme zitterte.

»Ich weiß nicht«, flüsterte Pei.

Ji Shen hielt sich dicht hinter ihr, als sie vorsichtig zur geschlossenen Tür ihres Schlafzimmers schlichen. Wäre nur Pei nicht noch hiergeblieben, um mehr Taschen in ihre Kleider zu nähen. Sie hatten vorgehabt, ihre Habseligkeiten zusammenzupacken und dann hinunter nach Wan Chai zu gehen, wo sie Ma-ling noch in ihrer Pension oder den alten Kräuterhändler versteckt in seinem vollgestopften Laden zu finden hofften. Es war der einzige Ort, wo sie hingehen konnten.

Der Fußboden knarzte erneut, vorsichtige Schritte bewegten sich deutlich auf ihr Zimmer zu. Pei holte tief Luft, dann drehte sie sich um und bedeutete Ji Shen, sich hinter die Kommode zu ducken. Sie packte das Holzstück mit beiden Händen, bereit, auf jeden einzuschlagen, der hereinkam.

Die Schritte kamen näher. Pei hörte auf der anderen Seite der Tür ein rasches Atemeinziehen, dann drehte sich langsam der Türknauf. Pei wich einen Schritt zurück, damit sie Platz hatte, mit dem Treibholz auszuholen. Wenn die Japaner sie mitnehmen wollten, dann sollten sie das nicht ohne Kampf haben.

Die Tür öffnete sich langsam. Pei presste die Lippen zusammen und griff fester um das Holz, als ein dunkler Kopf erschien. Sie war bereit, ihre Waffe zu schwingen, doch dann flüsterte eine Stimme: »Pei? Ji Shen?«

Pei erstarrte.

»Ji Shen?« wiederholte die Stimme.

»Quan?« Ji Shen tauchte hinter der Kommode auf.

Pei ließ das Stück Treibholz fallen und riß die Tür auf, um Quan hereinzulassen. Noch nie in ihrem Leben war sie so glücklich gewesen, jemanden zu sehen. Sie und Ji Shen stürzten mit offenen Armen auf ihn zu. Er brachte einen salzigen Geruch nach Fisch und Schweiß mit sich.

»Wie bist du hereingekommen?« fragte Pei, und ihr Herz raste immer noch vor Überraschung, als sie das letzte gesammelte Wasser für Tee aufsetzte. Sie konnte kaum glauben, wie sehr Quan in dem vergangenen halben Jahr gewachsen war.

Quan rieb die Hände aneinander und blickte schüchtern auf Ji Shen. »Es war nicht einfach. Ich habe dieses Fenster da aufgestemmt.« Er deutete auf den Hintergrund der Küche. »Ich wünschte nur, ich hätte gewußt, daß ihr noch hier seid. Es wäre viel leichter gewesen, durch die Eingangstür zu kommen.«

»Mrs. Finch mußte sich heute morgen melden«, erklärte Ji Shen mit dünner Stimme.

»Ich dachte mir, daß sie das früher oder später tun müßte.« Quan nippte an dem heißen Tee. »Sie halten alle britischen und kanadischen Bürger im Hongkong-Hotel fest, dann fahren sie sie ins Stanley Gefängnis, nachdem sie alles konfisziert haben, was ihnen gehört.«

»Wird es ihr gutgehen?« fragte Pei, und ihre Stimme brach.

»Nach allem, was ich von Mrs. Finch gehört habe, bestimmt. Die Japaner haben größeres Vergnügen daran, ausländische Banker die Straßen auf und ab marschieren zu lassen oder Chinesen, die ihnen zu nahe kommen, anstatt

Wege der Seidenfrauen　　天　139

auf die andere Straßenseite zu wechseln, die Köpfe einzuschlagen. Sie haben Besseres zu tun, als einer alten Lady etwas anzutun«, erwiderte Quan ruhig.

»Wir haben gehofft, daß dir nichts passiert ist«, sagte Ji Shen.

Quan strich sich das Haar aus den Augen. »Es war schlimm. Die japanischen Bastarde haben so viele Bereiche in Wan Chai und Central mit ihrer Bombardierung zerstört. Fast eine Woche lang ging es praktisch pausenlos. Meine Familie und ich haben uns versteckt, wo es irgendwie sicher war – meistens in Luftschutzkellern. Wir haben Explosionen schon in unseren Träumen gehört.«

Ji Shen packte ein paar Kekse aus, dann setzte sie sich neben Quan. »Ist deine Familie in Sicherheit?« fragte sie.

Quan nickte; er nahm sich einen Keks und kaute ihn langsam. »Wir wohnen bei meiner Tante und meinem Onkel auf einem Sampan unten im Hafen. Im Augenblick hat man den Eindruck, daß es auf dem Wasser sicherer ist als auf der Insel. Diese widerlichen Soldaten sind überall!«

Pei schenkte noch Tee in ihre Tassen und setzte sich neben Ji Shen. »Hast du Ma-ling gesehen?«

Quan schüttelte den Kopf. »Überall war nur ein fürchterliches Durcheinander. Ich war wieder in Wan Chai, aber nicht bei Ma-lings Pension. Soweit ich sehen konnte, haben sich alle zerstreut oder sind in irgendwelchen Verstecken. Sobald ich dachte, es sei nicht mehr so gefährlich, bin ich hergekommen, um nachzusehen, ob mit euch alles in Ordnung ist.«

Pei nahm seine Hand. »Danke. Was sollen wir jetzt tun?« fragte sie und vergaß einen Moment lang, daß er erst siebzehn war.

Quan richtete sich auf seinem Stuhl auf und akzeptierte die volle Verantwortung. »Am besten, ihr bleibt noch ein paar Stunden hier. Gleich nach Sonnenuntergang können wir dann gehen.«

»Was ist mit den japanischen Soldaten?« fragte Ji Shen.

»Sie brauchen mindestens einen Tag, um alle ihre Gefangenen abzufertigen. Außerdem ist es ungefährlicher, erst durch die Straßen zu gehen, wenn es dunkel ist. Ich nehme euch zum Hafen mit. Ihr könnt bei meiner Familie auf dem Sampan bleiben, bis ihr euch entscheidet, was ihr tun wollt.«

»Meinst du wirklich?« fragte Pei. Sie hatten keine Gewißheit, daß sie Ma-ling finden würden, selbst wenn sie es schafften, nach Wan Chai zu kommen.

Quan nickte. »Es ist nicht viel, aber im Augenblick wärt ihr dort einigermaßen sicher untergebracht.«

»Danke.« Pei sah sich in der großen, leeren Küche um und spürte etwas Hartes, Kaltes, das ihr im Hals steckte.

Ji Shen reichte ihm noch einen Keks und strich ihm rasch über die Hand. »Danke, Quan«, sagte sie leise.

Pei hatte das Gefühl, gerade die Augen geschlossen zu haben, als sie Quans dumpfes Pochen an ihrer Tür hörte. »Wir müssen bald los«, hörte sie ihn flüstern.

In der grauen Stunde kurz vor Einbruch der Nacht packten Pei und Ji Shen ihre letzten Sachen in dieselben Leinentaschen, die sie den ganzen Weg von Yung Kee hierhergebracht hatten. Pei verteilte Mrs. Finchs Schmuck sorgfältig auf die Taschen, die sie in ihre Hemden genäht hatte, klebte den Umschlag mit Geld unter den Einband von *Great Expectations* und sah zu, wie Ji Shen mit sich kämpfte, welche Schallplatten sie mitnehmen sollte.

»Ich dachte nicht, daß die Auswahl so schwer sein würde«, meinte sie mehr zu sich selbst als zu Pei. »Ich hatte es schon mit mir ausgemacht, aber jetzt bin ich wieder so durcheinander.«

Pei dachte daran, wie oft sie sich, seit sie ohne Lin aus Yung Kee aufgebrochen war, hatte entscheiden müssen. »Es ist nie leicht.«

Wege der Seidenfrauen

Ji Shen blickte sehnsüchtig auf Mrs. Finchs Victrola. »Der wird wohl dableiben müssen, nehme ich an.«

Pei nickte.

»Ich hätte ihn mit allem anderen verbrennen sollen, so wie Mrs. Finch es getan hat!« stieß Ji Shen mit bebender Stimme hervor.

Zum ersten Mal, seit sie nach Hongkong gekommen waren, sah Pei wieder das verängstigte junge Mädchen vor sich, das vor mehr als drei Jahren in das Mädchenhaus gestolpert war. Sie würde nie vergessen, wie Moi Ji Shen durchnäßt und bewußtlos an der Hintertür gefunden hatte. Tagelang hatte sie fiebernd im Bett gelegen, die Füße nach ihrer schrecklichen Flucht aus Nanking zur doppelten Größe angeschwollen. Als Ji Shen endlich wieder die Augen öffnete, hatte sie Pei und Lin und ihre neue Heimat in der Seidenfabrik erblickt. Die Geschichte vom Tod ihrer Familie war erst Wochen später herausgekommen, und lange noch hatte sie Alpträume gehabt. Bevor sie Yung Kee verließen, hatte Pei Ji Shen versprochen, daß sie in Hongkong sicher sein würden. Bei dem Gedanken, daß sie immer noch vor eben den Japanern, die Ji Shen aus Nanking vertrieben hatten, flohen, biß sie sich auf die Lippen.

Pei berührte Ji Shens Wange, dann umarmte sie sie fest. »Manchmal muß man Dinge zurücklassen, damit man weitergehen kann«, flüsterte sie.

»Ich habe noch nie etwas so Schönes gehabt.« Ji Shen machte sich los und streichelte den blankpolierten Untersatz des Victrola.

»Du wirst wieder so etwas haben, ich verspreche es dir.«

Ji Shen räusperte sich und nickte traurig, dann begann sie, den Rest ihrer Sachen zusammenzupacken.

Pei sah noch rasch durch jedes Zimmer der Wohnung, blieb einen kurzen Moment vor Mrs. Finchs Schrank stehen und atmete den verwehenden Duft von Maiglöckchen ein.

Sie hoffte, daß Mrs. Finch im Hongkong-Hotel unversehrt und mit Freundinnen zusammen war. Vielleicht würden die Japaner erlauben, daß alle Frauen und Kinder während der Besatzung dort blieben. Pei wußte, das war Wunschdenken – aber bestimmt waren doch nicht alle japanischen Soldaten Barbaren? Sie hatten Familien – Frauen und Kinder in Japan –, so wie jeder andere Mensch. Was hätten sie davon, jemandem wie Mrs. Finch etwas anzutun? Pei schluckte die Furcht hinunter, die ihr in der Kehle aufstieg.

Quan und Ji Shen warteten an der Eingangstür auf Pei. Alle drei trugen so viel sie konnten. Quan schwang sich die beiden Taschen mit Lebensmitteln über die Schulter und sprang die Treppe hinunter; Ji Shen folgte ihm dicht auf den Fersen. Pei verschloß die Tür von Mrs. Finchs Wohnung sorgfältig. Sicher würden die Japaner die Tür aufbrechen, aber sie war entschlossen, es ihnen so schwer wie möglich zu machen. Sie seufzte, nahm ihre Tasche und folgte Quan und Ji Shen hinaus in die kalte Abendluft.

Unter einem dunkel werdenden Himmel gingen sie rasch die Conduit Road hinunter, um den Kontrollpunkt der Japaner in der Robinson Road zu umgehen. Die Straßen lagen in unheimlicher Stille, Soldaten waren nicht zu sehen. Im Halbdunkel schienen die Zerstörungen schattenhaft, unwirklich. Hintereinander gingen sie den Hügel hinunter, immer dem Schutt und den Bombentrichtern auf den Straßen und Gehsteigen ausweichend. Ein übler Gestank von Nachttöpfen, die man in die Rinnsteine geschüttet hatte, lag in der Luft. Ein Auto war am Rand einer Straße an eine Steinmauer geprallt und dort liegengeblieben, eine ausgebrannte Blechhülle. Nach dem zu urteilen, was Pei sehen konnte, war es dem großen schwarzen Packard ähnlich, in dem sie einmal mit Chen Tai gefahren war. Sie krümmte sich, als ihr plötzlich wieder die Erinnerung kam, wie Fong sie getäuscht hatte.

Wege der Seidenfrauen

Als sie den Central District erreichten, flutete gedämpftes Licht aus Straßenlaternen. Verstreute Gruppen japanischer Soldaten standen an Straßenecken. Peis Herz pochte, als sie den Kopf senkte und mit Quan und Ji Shen die Straße überquerte, um ihnen aus dem Weg zu gehen. »Wenn sie einen herauspicken, ist es besser, sich zu fügen«, hatte Quan sie angewiesen. »Sonst ist es besser, so unsichtbar wie möglich zu bleiben und so schnell wie möglich aus ihrer Sichtweite zu kommen.«

Sie eilten weiter und bogen zum Central Market ab. Plötzlich war die Straße gedrängt voll. Lange Reihen chinesischer Männer, Frauen und Kinder, sechs oder sieben nebeneinander, standen schon an, bis der Markt am nächsten Morgen öffnete. Es sah aus, als wären die Warteschlangen ganze Straßenzeilen lang.

»Worauf warten sie?« fragte Ji Shen.

»Auf Reis.« Quan lief weiter. »Die Japaner haben auf allen großen Märkten eine Reisverteilung eingerichtet. Der hier macht erst in zehn Stunden wieder auf, aber sie warten trotzdem, obwohl die meisten mit leeren Händen heimgehen werden müssen, weil so wenig verkauft wird. Wir leiden jeden Tag mehr Hunger, während unsere ›Befreier‹ sich unsere Hühner, Tauben, Schweine, unser Obst und unser Gemüse schmecken lassen.«

Es war erst ein paar Wochen her, seit die Japaner Hongkong besetzt hatten, aber Pei sah in den niedergeschlagenen Gesichtern der Menschen in den Warteschlangen, welchen Tribut das bereits gefordert hatte. Jeden Abend mußten sie stundenlang anstehen, nur mit der Hoffnung auf ein paar Reiskörner. Pei hielt ihren Leinenbeutel fester.

Sie bogen in die Lai On Lane ein, in der immer dicht gedrängt die Händler hinter ihren behelfsmäßigen Buden standen und alles von Champagner bis zu Parfüm spottbillig verkauften, während sie für gebrauchte Bettdecken oder Erdnüsse astronomische Preise verlangten. Die Atmosphäre ähnelte seltsam dem geschäftigen Treiben vor der Besatzung, doch Pei fühlte etwas Verzweifeltes, Ängstliches, das schwer in der Luft lag.

Hektische Stimmen schrien überall durcheinander, wetteifernd um einen raschen Verkauf.

»Missee! Missee!« rief ein Händler. »Nur ein Hongkong-Dollar für diese Flasche Champagner, bei der du die ganze Besatzung vergessen wirst!« Er hielt ihnen die Flasche entgegen.

»Was ist das?« fragte Ji Shen und hielt Schritt mit Pei, die schneller zu gehen begonnen hatte.

»Sekt«, antwortete Quan. »Die Tai tais und Seen-sans haben das in Mengen getrunken!«

An einem der behelfsmäßigen Stände sah Pei versengte, blutige Kleidungsstücke zum Verkauf angeboten, die man wohl Leichen auf den Straßen ausgezogen hatte. Sie schüttelte den Kopf und schritt weiter. Als Ji Shen zwischen den Buden herumzutrödeln begann, packte Pei sie am Arm und zog sie weiter.

Im Hafenviertel wimmelte es nicht weniger von Menschen. Es gab keine Möglichkeit, den Soldaten auszuweichen, die an jedem Straßeneck standen und willkürlich Leute anhielten, um ihnen, nur so zum Vergnügen, Angst einzujagen.

Quan drehte sich einmal um und ermahnte Pei und Ji Shen, die Köpfe gesenkt zu halten und einfach an den Soldaten, denen sie nicht ausweichen konnten, vorbeizugehen. »Folgt mir«, sagte er und steuerte sie durch die Menschenmenge.

»Ihr da!« schrie ein japanischer Soldat.

Pei spürte, wie ihr Herz wild zu schlagen begann. Sie packte sowohl die Leinentaschen als auch Ji Shens Arm fester und zwang ihre Beine weiterzugehen.

Wege der Seidenfrauen

»Geht weiter«, drängte Quan sie.

»Bleibt stehen!« dröhnte die Stimme.

Pei zögerte, ihr Hemd klebte ihr an der schweißnassen Haut, der Leinenbeutel schlug ihr gegen den Rücken. Sie spürte, wie Ji Shens Schritt langsamer wurde, obwohl sie es nicht wagte, sich zu ihr umzudrehen.

»Schneller!« Quans Stimme übertönte den Lärm.

»Auf die Knie!« befahl der Soldat.

Pei sah, wie Quan sich umdrehte und auf die Soldaten blickte. Sein Gesicht entspannte sich, er verlangsamte seinen Schritt. »Nicht wir waren gemeint.«

Auch Pei wandte sich um. Sie sah eine Gruppe Soldaten, die über einem jungen Chinesen standen, der auf den Knien lag und sich tief zum Boden verneigte. »*Tiefer*, habe ich gesagt!« schrie einer der Soldaten. Dann hob er den Stiefel, trat dem Mann in den Nacken und drückte ihm das Gesicht in den Staub.

Als sie schließlich bei dem Sampan ankamen, waren Pei und Ji Shen verschwitzt und erschöpft. Ein stickiger Geruch nach Fisch, vermischt mit dem Gestank von Exkrementen und altem Fett, erfüllte die Luft. Pei wurde es übel. Ji Shen rümpfte die Nase, sagte aber nichts. Stimmen hallten von Boot zu Boot, während die endlosen Reihen schwach erleuchteter Sampans nebeneinander auf dem Wasser schaukelten.

»Es ist nicht viel«, sagte Quan.

Er half ihnen beiden auf den knarzenden Sampan. Pei stützte sich ab, um dem Schwanken standzuhalten. Der Sampan war größer als viele der anderen Boote, mit einem Dach aus Bambus und Segeltuch, das gut zwei Drittel seiner Länge überspannte. Auf einer Seite standen Holzeimer übereinandergestapelt. In diesem Augenblick wurde die Segeltuchklappe aufgeschlagen und ein magerer Mann um die Fünfzig tauchte auf.

»Ach, du bist es, Quan«, meinte er erleichtert.

»Onkel Wei«, sagte Quan, »meine Freundinnen brauchen für ein paar Tage einen Ort, an dem sie bleiben können.«

Der kleine Mann betrachtete sie einen Augenblick, dann lächelte er zahnlos. »Willkommen, willkommen auf meinem bescheidenen Boot, solange ihr bleiben möchtet.«

»Danke«, erwiderte Pei.

»Kommt, ihr müßt meine Familie kennenlernen.« Quan winkte ihnen, ihm zu folgen.

Er schlug die Segeltuchklappen auf, und Pei und Ji Shen bückten sich und folgten ihm nach drinnen. Als ihre Augen sich nach einem Moment an das dämmrige Licht des beengten Raums gewöhnt hatten, sahen sie zwei Frauen und zwei Kinder auf Matten sitzen und zu ihnen aufstarren. Der ölige Geruch nach gebratenem Fisch hing schwer in der Luft.

»Ma Ma, Tante Wei, laßt mich euch Pei und Ji Shen vorstellen. Sie sind gute Freundinnen von mir und brauchen etwas, wo sie ein paar Tage lang bleiben können.«

Der Junge und das Mädchen, kaum älter als sechs oder acht Jahre, kicherten.

»Still«, schimpfte Quans Mutter. »Bitte setzt euch«, sagte sie dann. »Möchtet ihr Tee? Ich fürchte nur, er ist nicht mehr ganz frisch.«

»Setzt euch, setzt euch«, ließ sich Tante Wei hören.

»Ja, danke«, erwiderte Pei und öffnete den obersten Verschluß ihres Hemdes.

»Und eure Familie?« fragte Quans Mutter.

»Es sind nur wir«, sagte Ji Shen, bevor Pei eine Möglichkeit hatte zu antworten.

»Sie suchen nach Freunden, die in Wan Chai leben«, warf Quan ein.

Tante Wei nickte. »Wir haben nicht viel Platz hier, aber ihr seid beide willkommen, solange das dauert.«

Pei neigte den Kopf, erstaunt über die Großzügigkeit von

Quans Verwandten, die zwei Fremde aufnahmen, obwohl sie selbst so wenig hatten. »Danke für Ihre Freundlichkeit«, sagte Pei.

Sie setzten sich mit gekreuzten Beinen auf die groben Strohmatten, während Tante Wei Tee in zwei zerbeulte Blechtassen goß. Während Pei und Ji Shen den lauwarmen, schwachen Tee tranken, sahen sie zu, wie die beiden mageren, flinken Frauen eine Seite der Segeltuchplanen aufrollten, um die gebrauchten Teeblätter in den Hafen zu werfen. Eine kühlende Brise wehte herein, und als Pei sich vorbeugte, erhaschte sie einen raschen Blick auf weißes Mondlicht über dem dunklen Wasser.

Während der ersten Wochen der Besatzung wurden alle englischen Schilder – *Queen's Road*, *Kelly and Walsh*, *Thomas Cook* –, die Pei mit Mrs. Finch auszusprechen geübt hatte, abgenommen und durch japanische Namen ersetzt. Durch die Kolonie liefen Gerüchte, daß die Bronzeskulpturen der königlichen Familie auf dem Statue Square eingeschmolzen werden sollten, während es Pläne für ein japanisches Siegesdenkmal auf dem Gipfel des Mount Cameron über dem Central District gebe.

»Sie wollen ihn den *Tempel des Göttlichen Windes* nennen«, spottete Quan.

»Warte, bis der Wind seine Richtung ändert!« sagte Onkel Wei.

Pei horchte auf all die Gerüchte, obwohl sie selbst sehen konnte, wie die einst pulsierende Stadt mit jedem Tag trostloser und öder wurde. Autos und Busse wurden umgehend beschlagnahmt und als Metallschrott nach Japan verschifft, daher kam der Verkehr zum Stillstand. Und in den Gesichtern der Frauen und Männer, die Pei auf den Straßen sah, lag die benommene Panik von in die Enge getriebenen Tieren, die mit weit aufgerissenen Augen sahen, daß sie keine Fluchtmöglichkeit mehr hatten.

Auf dem überfüllten, erstickend riechenden Sampan wurde Ji Shen sehr still. Ohne zu fragen tat sie alles, was Pei sagte. Sie sprachen weniger miteinander, sahen sich oft rasch an und flüsterten sich leise etwas zu. Zusammen ertrugen sie still Anfälle von Seekrankheit und schlaflose Nächte; acht Menschen waren auf dem engen Raum zusammengepfercht. Trotz aller Unannehmlichkeiten wußte Pei, daß sie immer dankbar sein würde für die Freundlichkeit Quans und seiner Familie. Sie gab ihr die kostbare Zeit, einen neuen Ort zu finden, wo sie wohnen konnten.

Quans Mutter Tante Lu und Tante und Onkel Wei waren mehr als großzügig zu Pei und Ji Shen. Sie behandelten die Flüchtlinge wie Familienmitglieder. Im Gegenzug teilte Pei die Nahrungsmittel, die sie in der Conduit Road aufgespart hatte, mit ihnen und gab Quans Familie einige ihrer Hongkong-Dollars. Es war nicht sehr viel, aber sie konnten doch zwei Hongkong-Dollars für einen Hongkong-Yen tauschen. Pei beschloß, Mrs. Finchs Schmuck erst zu verkaufen, wenn es der letzte Ausweg war. Und niemals den Smaragdring. Sie wollte den Schmuck versteckt halten und Mrs. Finch jedes Stück zurückgeben, wenn die Besatzung zu Ende war.

Eines Morgens, nachdem Pei und Ji Shen bereits zwei Wochen auf dem Sampan gewohnt hatten, verließ Quan das Boot früher als gewöhnlich. Als er spät an diesem Nachmittag zurückkehrte, blinzelte Pei zweimal und konnte immer noch nicht ihren Augen trauen. Song Lee, rot im Gesicht und keuchend, kam den Pier heruntergeeilt, mühsam mit Quans langen Schritten mithaltend.

»Song Lee!« Pei sprang auf und warf den Eimer mit Kleidern um, die sie gewaschen hatte.

Song Lee lief schneller, als sie Pei sah. »Pei! Ji Shen!«

Pei sprang vom Boot auf den Kai, gefolgt von Ji Shen.

Wege der Seidenfrauen

»Ich freue mich so, dich zu sehen.« Pei schlang die Arme um ihre kleine, rundliche Freundin.

»Ja, ja«, wiederholte Song Lee mit feuchten Augen. »Ich habe darum gebetet, daß ihr beide in Sicherheit seid. Quan haben wir es zu verdanken, daß wir wieder vereint sind. Er hat letzte Woche nach mir gefragt. Erst als eine der Seidenschwestern ihn als den Rikscha-Jungen erkannt hat, bekam ich Bescheid.«

»Wir wohnen jetzt bei Quans Familie.« Ji Shen klopfte auf das rohe Holz des Bootsrands.

»Ja, das sehe ich. Und die Engländerin?«

Peis Miene wurde düster. »Sie hat sich bei den japanischen Behörden melden müssen.«

Song Lee nickte wissend, dann wechselte sie rasch das Thema. »Eine große Gruppe unserer Seidenschwestern wohnt wieder zusammen in Wan Chai. Mit all unseren Ersparnissen haben die meisten von uns dort Zimmer in einer Pension gemietet. Nach der japanischen Machtübernahme sind viele von uns, die für chinesische Familien gearbeitet haben, entlassen worden. Oder wir sind selbst gegangen.«

»Hast du Ma-ling gesehen?« fragte Pei.

Song Lee schüttelte den Kopf. »Was von der Pension übrig ist, ist verlassen.«

»Was ist übrig?« Ji Shen hielt sich an Peis Arm fest.

»Es war nicht die Bombe, sondern das Feuer danach.«

Pei schluckte, ihr Mund war trocken und bitter. *Das Feuer.* Wieder sah sie Lins verkohlten Körper regungslos auf dem Boden liegen. Hatte Ma-ling ein anderes Schicksal gehabt? Und was war aus dem alten Kräuterhändler geworden?

»Viele der Seidenschwestern sind zu Ma-lings Pension zurückgekehrt und haben die verkohlten Ruinen vorgefunden«, erzählte Song Lee.

»Sie sind zurückgekommen wie Bienen zum Honig und mußten dann sehen, daß es das Bienenhaus nicht mehr gab.«

Song Lee schüttelte den Kopf. »Ma-ling ist von niemandem gesehen worden, aber eine der Schwestern hat den alten Kräuterkundigen gesehen, der mit so vielen Gefäßen, wie er nur tragen konnte, fortgegangen ist.«

Ein Schauder lief über Peis Kreuz hinauf in ihren Nacken. Tagelang nach Lins Tod hatte sie immer noch gehofft, Lin würde wieder aufwachen, wie nach einem tiefen Schlaf.

Song Lee schüttelte den Kopf. »Arme Ma-ling. Ich bete nur, daß sie nicht gelitten hat.«

»Ja«, flüsterte Pei.

Song Lee wechselte das Thema. »Ich hoffe, ihr kommt beide zu uns. Jeden Tag kommen neue Schwestern. Nur ein paar sind in den Haushalten – oder was davon übrig ist – geblieben, in denen sie gearbeitet haben. Die Japaner haben alles genommen oder zerstört, was sie wollten. Ich habe gehört, daß mehrere reiche chinesische Familien nun alle zusammen in einem Haus wohnen. Noch mehr Mäuler füttern zu müssen ist das letzte, was sie wollen, daher sind wir Dienerinnen sofort entlassen worden.«

Pei dachte an Ah Woo und Leen und fragte sich, ob Chen Tai sie ebenso rasch fortgeschickt hatte. Und wo waren sie dann? So viele Namen und Gesichter waren durch Peis Leben gezogen, seit sie vor ein paar Jahren in Hongkong angekommen war, daß sie ihr vor den Augen verschwammen. Und wenn sie die Augen schloß und nach Trost suchte, sah sie immer noch Lin.

»Ja«, erwiderte Pei. »Wir kommen gerne zu euch.«

Mrs. Finch

Nach stundenlangem Schlangestehen vor der Bank an diesem Morgen war Mrs. Finch endlich an der Reihe gewesen. Es war ein kalter, nackter Raum, in den sie geführt wurde.

Wege der Seidenfrauen

Ein großer, guterzogener japanischer Offizier erwartete sie und grüßte sie in perfektem Englisch. »Willkommen, Mrs. Finch, setzen Sie sich bitte.«

Ein junger Soldat brachte ihren Banksafe herein und stellte ihn auf den Tisch vor sie. Der Offizier lächelte sie an, während er ihn öffnete und begann, den Inhalt durchzusehen. Doch als er nur persönliche Papiere und Versicherungsunterlagen fand, schwand sein Lächeln, und er hämmerte mit der Faust auf den Tisch.

»Wo ist der Rest?« bellte er.

Anstatt den Kopf gesenkt zu halten, blickte Mrs. Finch auf und sah ihm direkt in die Augen. »Es tut mir leid, das ist alles.«

»Meinen Sie, ich bin so dumm zu glauben, daß Sie keinen Schmuck haben? Geld? Halten Sie einen Offizier der kaiserlichen japanischen Armee nicht zum Narren, Mrs. Finch.«

Mrs. Finch nahm ihre Uhr ab und zog den goldenen Ehering vom Finger, beides schob sie ihm über den Tisch zu. »Hier, alles, was ich besitze. Mein verstorbener Ehemann war sehr praktisch veranlagt, er hielt nichts davon, Geld für unnützes Zeug auszugeben.«

Der japanische Offizier schritt auf und ab, blieb dann stehen und lächelte auf sie herab. »Ich hoffe um Ihretwillen, daß Sie mir die Wahrheit erzählen.«

»Warum sollte ich etwas anderes tun?« Mrs. Finch stand von ihrem Stuhl auf. »Es steht Ihnen frei, mich zu durchsuchen«, sagte sie und hob die Arme.

Der japanische Offizier zögerte, dann griff er nach ihrer Uhr und ihrem Ring und gab der Wache an der Tür einen Wink. »Bringen Sie sie fort!« befahl er und ließ Mrs. Finch vorbei.

Von der Bank aus wurde Mrs. Finch zum Hongkong-Hotel gebracht, wo sie und mehr als hundert andere britische

Bürger darauf warteten, ins Stanley Camp transportiert zu werden. In der Hotelhalle wimmelte es von indischen und japanischen Soldaten. *Sie könnten noch Schuljungen sein,* dachte Mrs. Finch, als sie zusammen mit den anderen Gefangenen in den Tanzsaal gescheucht wurde. Sie kauerten auf ihren Koffern oder saßen an die Wände gelehnt, das endlose Warten zeichnete sich auf ihren Gesichtern ab.

Mrs. Finch sah sich schweren Herzens um. Der einst prachtvolle Ballsaal war jetzt nur noch eine leere Hülse. Lampen, Beleuchtungen, Möbel – alles hatte man systematisch ausgeräumt. Sehr wahrscheinlich war die ganze Ausstattung nach Japan verschifft worden. Tiefe Risse und dunkle Löcher zernarbten Wände und Decken, wo immer sie hinblickte.

So kaputt, wie der Tanzsaal auch war, brachte er doch Erinnerungen zurück. Howard und sie waren oft hier gewesen, als sie Neuankömmlinge in Hongkong gewesen waren. Mrs. Finch erinnerte sich, wie das Orchester »A Little Bit of Heaven« gespielt hatte, während sie unter den Kristallüstern und der vergoldeten Decke getanzt hatten. Es tat ihr weh, nun zu sehen, wie so ein schöner Saal so schändlich zerstört sein konnte.

Mrs. Finch sah mehrere bekannte Gesichter, auch den jungen Rechtsanwalt namens Douglas, der ihre Zusammenkünfte in der Conduit Road geleitet hatte. Er fing ihren Blick auf und eilte zu ihr.

»Lassen Sie mich den für Sie tragen, Mrs. Finch«, sagte er und nahm ihr den schweren Koffer ab. »Ich hoffe, man hat Sie gut behandelt.«

Mrs. Finch fühlte sich plötzlich müde, ihre Hand war schwach, weil sie den Griff ihres Koffers so fest umklammert hatte. »So gut, wie man es bei einer Kriegsgefangenen erwarten kann!«

»Kommen Sie hierher.« Er führte sie von den offenen Türen in ein ruhiges Eck. »Wir haben Befehl, die Türen die

Wege der Seidenfrauen   天 153

ganze Zeit offenzuhalten. Die Soldaten platzen zu jeder Zeit herein, mit aufgestelltem Bajonett, damit es entsprechend bedrohlich wirkt. Einmal sollen wir alle aufstehen, in der nächsten Minute befiehlt man uns, daß wir uns setzen sollen. Es ist wie ein Zirkus, aber im Lauf der Zeit ist alles nicht mehr so schlimm.« Einen Augenblick erinnerte sein ein bißchen schiefes Lächeln Mrs. Finch an den jungen Howard.

»Haben Sie Mrs. Tate gesehen?« fragte sie.

Douglas nickte. »Sie ist augenscheinlich nach Stanley transportiert worden.« Er drehte sich um und sah scharf durch den Raum. »Ich sehe sonst niemanden aus der Conduit Road, aber ich bin sicher, daß wir bald wieder zusammenkommen werden. Sie sind bestimmt durstig. Ich versuche, ob ich etwas Wasser für Sie bekommen kann.«

Mrs. Finch sah dem jungen Mann nach. Sie lehnte sich gegen die Wand und ließ sich langsam auf den Fußboden sinken. Erst als es ihr schließlich gelang, sich zu entspannen, bemerkte sie, daß jeder Muskel in ihrem Körper schmerzte. Langsam drehte sich der Raum um sie. Mrs. Finch schloß die Augen, wollte nicht länger den Abscheu gegen diese Männer spüren, die sie nicht einmal kannte. Statt dessen versuchte sie sich auf das Glück zu konzentrieren, das sie mit Pei und Ji Shen erfahren hatte. Sie waren ihre einzigen Angehörigen geworden, und die Angst, sie zu verlieren, war weit größer als jedes andere Grauen, das die Japaner ihr antun konnten.

Mrs. Finch schrak auf und öffnete die Augen.

»Es tut mir leid, wenn ich Sie geweckt habe«, sagte Douglas, der sich über sie beugte, eine Tasse lauwarmen Wassers in der Hand. »Nicht gerade der Fünfuhrtee, aber mehr konnte ich nicht auftreiben.«

Sie lächelte. »Wie freundlich von Ihnen.«

Douglas setzte sich neben sie. »Dann komme ich auf keine dummen Gedanken.«

Mrs. Finch war dankbar, daß er ihr Gesellschaft leistete, auch wenn sie später nur wenige Worte wechselten. Allein die Wärme eines anderen Körpers neben ihr linderte ihre Angst und gab ihr das Gefühl, inmitten des dumpfen Stimmengewirrs weniger allein zu sein.

Am nächsten Morgen wurden sie auf die Ladeflächen von Militärlastwagen verfrachtet und in einer Tagesfahrt nach Stanley gebracht, einem ruhigen, verschlafenen Fischerdorf. 1937 hatte es eine gewisse Bekanntheit erlangt, weil dort ein neues Gefängnis gebaut worden war. Die Halbinsel selbst lag zwischen der Stanley Bay im Westen und Tai Tam Wan im Osten. Douglas hatte Mrs. Finch gesagt, er habe gehört, ihr Lager würde nicht in dem Gefängnis selbst liegen, sondern verstreut zwischen dem Gelände und den Nebengebäuden, in der Nähe des St. Stephen's College, einer anglikanischen Einrichtung. Sie hatte erleichtert aufgeseufzt. Die ganze Nacht hatte sie sich schon in einer gestreiften Uniform gesehen, mit einer Kugel, die mit einer Kette an ihrem Fußgelenk befestigt war. Zumindest war Stanley Village in der Nähe, das Fischerdorf am weißen Strand von Stanley Beach, das immer ein stilles Refugium von Hongkongs Lärm gewesen war.

Obwohl sie von den überfüllten Lastwägen aus keinerlei Sicht hatten, sah Mrs. Finch vor sich die hohen Berge und grünen Bäume und spürte die scharfen Kurven vorbei am Repulse Bay Hotel. Vor kaum drei Wochen, als die Japaner an Weihnachten Hongkong besetzt hatten, war die Einsamkeit dort zerstört worden, die Japaner hatten fast zweihundert Zivilisten in dem Hotel gefangengenommen. Es ging das Gerücht, daß mehr als fünfzig englische Soldaten und Zivilbürger festgenommen und an den Rand einer Klippe gebracht worden waren, wo man sie nacheinander erschossen hatte, so daß die Leichen über die Felsen ins Meer gestürzt waren.

Wege der Seidenfrauen　　天　155

In besseren Zeiten waren Howard und sie oft zum Tee in das Hotel gegangen. Sie hatten auf der langen Veranda mit Blick auf den Strand gesessen, auf weißen Korbstühlen. Elegante Frauen spielten mit Fächern, leise Streichorchester untermalten die diskrete Geräuschkulisse.

Mrs. Finch war immer gerne dort gewesen. Repulse Bay und Stanley, ohne das hektische Tempo des Central Districts, erinnerten sie an ein kleines englisches Dorf am Meer, ein anheimelnder, ruhigerer Ort der Vergangenheit. Es war die eine Seite des englischen Koloniallebens, die Mrs. Finch schätzte.

Während sie über die Straße holperten, beugte sich Douglas zu ihr herüber. »Glauben Sie, man würde uns erlauben, kurz einmal ins Meer zu springen?« fragte er.

Mrs. Finch lachte laut auf. »Wirklich, das wäre ein Genuß!« Sie lehnte sich zurück und holte tief Luft; sie war sicher, daß sie das Meer riechen konnte.

Als der Lastwagen seine Fahrt verlangsamte, hörte Mrs. Finch das lange Quietschen eines Tors, das geöffnet und dann wieder hinter ihnen geschlossen wurde. Schließlich hielt der Lastwagen ganz an. Rasche, barsch klingende japanische Worte waren zu hören, bevor die Segeltuchklappen aufgerissen wurden und blendendes Sonnenlicht über die Laderampe des Lkws flutete. Die Bajonette aufgepflanzt, befahlen japanische Soldaten ihnen, auszusteigen und sich dann unter der heißen Sonne in einer Reihe aufzustellen. Mrs. Finch hörte das heranbrandende Wasser des nahen Strandes und roch die salzige Luft; sie sehnte sich nach dem kühleren Wetter des Vortages. Die Sonne brannte ihr auf den Rücken; ihr Baumwollkleid war schweißverklebt. Ihre Beine fühlten sich schwer an, und vor Hunger knurrte ihr der Magen. Das einzige, was man ihnen morgens und abends zu essen gegeben hatte, waren zwei Schüsselchen wässrigen Reisbreis gewesen. Es war wie eine Ewigkeit, bis der stämmige japanische Offizier, der den Befehl über das Gefängnis hatte, herauskam, um seine neue Sendung von Gefangenen zu inspizieren.

»Die Köpfe senken. Augen auf den Boden gerichtet!« erinnerte eine Wache sie.

»Willkommen«, erklärte der Offizier. Ein jüngerer Soldat neben ihm übersetzte. Der Offizier verschränkte die Hände hinter dem Rücken, während er vor ihnen auf und ab schritt. »Sie haben das Glück, Gäste der kaiserlichen japanischen Armee zu sein. Wir wollen Ihnen keinen Schaden zufügen, aber Sie müssen verstehen, daß der Krieg seine Härten hat. Um während der schwierigen Übergangstage Ihre Sicherheit zu gewährleisten, werden wir Sie hier unterbringen.«

Mrs. Finch fühlte sich schwindelig, die Hitze flirrte um sie wie ein Fliegenschwarm. Sie blickte auf und sah hinter dem japanischen Offizier eine Handvoll chinesischer Jungen, die etwas verkauften, was wie Schokoladenriegel aussah. Sie spähten durch den Stacheldrahtzaun und riefen etwas, das sie nicht verstand, bis sie von einigen japanischen Wachen verscheucht wurden.

»Zu Ihrem Nutzen werden wir versuchen, Ihnen hier einen angenehmen Aufenthalt zu bereiten ...« fuhr der Offizier fort.

Mrs. Finch schirmte die Augen gegen das grelle Sonnenlicht ab, sie spürte ein leises Rauschen im Ohr.

»Sie werden gut ernährt ... man wird sich um Sie kümmern ...«

Seine Stimme wurde langsamer und schwächer. Der Boden begann unter Mrs. Finchs Füßen zu vibrieren, sie streckte die Arme aus und griff in die warme Luft. Dann verschwamm ihr alles vor den Augen und tauchte in Dunkelheit.

Als Mrs. Finch wieder zu sich kam, lag sie auf einem

Wege der Seidenfrauen　　　　　　　天　157

wackeligen Feldbett. Sie setzte sich auf und versuchte sich zu erinnern, was passiert war. Auf die Ellbogen gestützt, blickte sie sich in dem kleinen, engen Raum um. Er war schmutzig und roch muffig, möbliert mit ein paar Holzkisten und drei weiteren Feldbetten, die nebeneinander standen. Auf den rauhen, weißgetünchten Wänden sah man rotbraune Streifen von zerquetschten Wanzen.

»Nicht gerade das *Peninsula Hotel*, nicht wahr?« sagte eine vertraute Stimme.

Mrs. Finch drehte sich um und sah Isabel Tate, die auf sie zukam, eine Blechtasse in der Hand. »Isabel«, sagte sie. Ihr Kopf hämmerte, ihre Stimme klang belegt und schleppend.

»Ich bin froh, daß du wieder wach bist. Wir sind ziemlich erschrocken, als man dich hereingetragen hat. Hier, nimm einen Schluck.« Mrs. Tate reichte ihr die Tasse.

»Bin ich ohnmächtig geworden?«

Mrs. Tate nickte. »Nicht besonders schön, das alles.« Sie tätschelte Mrs. Finch die Hand. »Es wird schon werden.«

Mrs. Finch nahm einen Schluck von dem Getränk, das nicht Wasser war, wie sie erwartet hatte, sondern Brandy. Sie hustete.

»Schwarzmarkt«, flüsterte Mrs. Tate. »Wir verstecken ihn, für medizinische Zwecke.«

»Wo sind alle?« fragte Mrs. Finch.

»Draußen, sie wollen sich etwas Bewegung verschaffen oder warten in irgendeiner Schlange. Und Griffith hat alle in unserem Block zu einem Treffen zusammengerufen.«

»Wer ist Griffith?«

»Man könnte sagen, der geschäftsführende Gouverneur von Stanley Camp.« Mrs. Tate lachte. »Nicht viel, aber ein Stück Daheim.« Mit einem Handschwenken präsentierte sie das enge Zimmer.

»Wo sind wir?« fragte Mrs. Finch.

»In den Blocks, die man die *Old Indian Quarters* nennt.

Die meisten indischen Wärter, die im Gefängnis von Stanley gearbeitet haben, haben hier gewohnt. Man hat uns in zwei große Gruppen geteilt – die eine gehört zum Stanley Prison, die andere zum St. Stephen's College.« Isabel ließ sich schwer auf das Feldbett neben ihr sinken. »Es gibt auch die *Married Quarters* für Ehepaare, das *Master's House*, in dem die meisten alleinstehenden Männer untergebracht sind, die *Main Blocks*, die Hauptgebäude, wo die meisten Amerikaner sind, und so weiter. Ungefähr dreitausend von uns sind in diesen Gebäuden zusammengepfercht.«

»Lieber Himmel.«

Isabel beugte sich näher. »Du hast noch nichts gesehen. Manchmal teilen sich fünfunddreißig Leute zwei Zimmer und ein Bad. Du kannst dir vorstellen, was für Schlangen das jeden Morgen sind. Wir sind vier Frauen in diesem Raum. Ich habe es geschafft, daß man dich hierher eingeteilt hat. Zum Glück habe ich den Lastwagen ankommen sehen und einen Blick darauf erhascht. Ich habe sie dazu gebracht, dich hier hereinzutragen, nicht in unser kleines Krankenhaus.«

»Danke.«

»Es ist nicht so schlimm, wie es klingt.« Isabel lächelte. »Wäre es nicht so überfüllt, das Essen nicht so schlecht, und gäbe es nicht den Stacheldrahtzaun und die japanischen Wachen, könnte man meinen, das britische Kolonialreich würde noch herrschen.«

Mrs. Finch lächelte. Isabel sah so anders aus und benahm sich so anders als die verängstigte Frau, die kurz nach Beginn der Besatzung zu ihren Treffen gekommen war. »Du hast dich so verändert.«

»Ich hatte kaum eine Wahl«, antwortete Mrs. Tate. »Entweder ich fürchte mich weiter vor meinem eigenen Schatten, oder ich versuche, gute Miene beim bösen Spiel zu machen. Es ist seltsam, Caroline. Erst als ich einfach alles aufgegeben hatte, fühlte ich mich plötzlich frei.«

Wege der Seidenfrauen

»Ich weiß, was du meinst.« Mrs. Finch legte sich langsam auf das wackelige Feldbett zurück, gewärmt von dem Schluck Brandy.

Im Laufe der Tage paßte sich Mrs. Finch an den langsamen, schwierigen Rhythmus des Lagerlebens an. Wenn sie konnte, unternahm sie lange Spaziergänge und entdeckte voll Freude einen wunderbaren Fleck bei den *Indian Quarters*, von dem aus man durch die Bäume und den Stacheldraht einen unversperrten Blick auf Stanley Beach hatte. Sooft sie konnte, ging Mrs. Finch dorthin und hörte in ihrem Kopf immer wieder »A Little Bit of Heaven« spielen, während sie hinaus auf das blaue Meer sah und sich den warmen weißen Sand zwischen ihren nackten Zehen vorstellte.

Die japanischen Bombenangriffe hatten die meisten Gebäude auf dem Lagergelände beschädigt, der Großteil der Wohnräume war kaum möbliert, mit Ausnahme der Pritschen, die nebeneinander gepfercht standen. Häftlinge ohne Feldbetten schliefen auf den kalten Steinböden. Zwei Tassen Reis waren ihre tägliche Nahrungsration, manchmal ergänzt durch schlechtes Gemüse – muffiger Kürbis oder wässriger Spinat. Oft dachte Mrs. Finch an Pei und Ji Shen. Gott sei Dank hatte Pei Nahrungsmittel gehortet. Sie konnte nur hoffen, daß sie irgendwo sicher untergebracht waren und die Besatzung überstehen würden. Sehnsüchtig wünschte sie sich, sie würden sie besuchen kommen, ohne zu wissen, ob das überhaupt möglich war.

Wie Isabel Tate gesagt hatte, blieb das gesellschaftliche Leben der Internierten, trotz der Lebensumstände, ziemlich gleich wie früher in Hongkong. Selbst als Inhaftierte beklagten sie sich über die englische Regierung und den Mangel an Dienstboten. Sie bildeten Komitees, führten Theaterstücke auf und spielten Karten, gewissenhaft unterbrochen vom Fünfuhrtee, auch wenn der Tee nur aus lauwarmem Wasser und harten Keksen bestand, die man auf dem Schwarzmarkt gekauft hatte.

Die jungen chinesischen Händler, die sie am Tag ihrer Ankunft außerhalb des Stacheldrahtzauns gesehen hatte, waren ihre wichtigste Verbindung zur Außenwelt. Alle paar Tage verkauften sie verschiedene Waren am Ostzaun, der über Ṭai Tam Wan blickte. Manchmal verscheuchten die japanischen Wachen die Händler, doch normalerweise drückten sie ein Auge zu, um die Gefangenen ruhigzuhalten.

»Schokoladenriegel! Kekse!« riefen die Verkäufer und schoben die Hände mit den Waren durch den Stacheldraht.

»Ich bringe alle Sorten von Zigaretten, die Sie wollen!« verkündete eine andere Stimme.

Während Mrs. Finch all ihre irdischen Güter Pei und Ji Shen gegeben hatte, hatten andere Häftlinge die Geistesgegenwart gehabt, Geld und Schmuck ins Lager zu schmuggeln, irgendwo an den Körper geklebt, raffiniert in Kleider genäht oder in Stofftieren ihrer Kinder versteckt. Wenn sie kein Geld mehr hatten, nahmen die chinesischen Händler Schuldscheine an, darauf vertrauend, daß die Engländer Wort hielten, wenn die Besatzung vorbei war. Zeitungen und Seifenstücke, zum dreifachen Preis verkauft, fanden immer noch reißenden Absatz. Mrs. Finch schüttelte den Kopf und wunderte sich über die Loyalität der Chinesen gegenüber den englischen Kolonialisten. Seit sie in Hongkong lebte, war sie oft peinlich berührt gewesen, welche britische Arroganz und Grobheit ihre Landsleute den Chinesen gegenüber an den Tag legten. Dabei könnten die Engländer so viel von den Chinesen lernen, wenn sie nur ihre Augen öffneten.

Nach den ersten paar Monaten im Lager wußte Mrs. Finch gut, welche Unannehmlichkeiten man ertragen und welche Launen man erdulden mußte. Sogar bei den Frauen und Kindern wurden Babydecken und Seifenstücke gestoh-

Wege der Seidenfrauen

len, sobald die Besitzer einen Moment lang nicht aufpaßten. Grundlegende Bedürfnisse wie ein heißes Bad oder ruhiger Nachtschlaf, die man früher als selbstverständlich angesehen hatte, waren nun etwas, wonach man sich sehnte. Bei Tausenden von Männern, Frauen und Kindern, die in die Gebäude gepfercht waren, wurde ein Bad zu einer tagesfüllenden Angelegenheit, man wartete in langen Schlangen nur für ein paar Minuten unter einer rostigen Dusche, aus der kaum genügend Wasser kam, daß es das Warten wert gewesen wäre. Hinten in einem Lagerraum fand Mrs. Finch einen alten Holzeimer, in den genügend Wasser paßte, um sich mit dem Schwamm abzuseifen oder das Haar zu waschen. Dieser Eimer wurde normalerweise zwischen den Frauen in ihrem Block weitergegeben, so daß jede den Luxus genießen konnte, ihn zu benützen.

An einem heißen, feuchten Nachmittag im Juli – die Laune aller Gefangenen war besonders gereizt – war ein kalter Guß das einzige Mittel, sich ein wenig abzukühlen. Eine Frau, die sonst zumeist für sich blieb, stellte sich vor Mrs. Finch und verlangte, sofort den Eimer zu bekommen.

»Sie müssen warten, bis Sie an der Reihe sind, so wie wir alle«, erwiderte Mrs. Finch ruhig.

»Ich will ihn jetzt!« fuhr die andere Frau sie an und versperrte den Eingang zum Bad.

»Meine Liebe, es steht Ihnen nicht zu, etwas zu wollen«, erwiderte Mrs. Finch einfach.

»*Jetzt*, habe ich gesagt!« Die Frau schlug Mrs. Finch hart ins Gesicht und packte den Eimer.

Bevor Mrs. Finch Zeit zu reagieren hatte, kam Isabel Tate ihr zu Hilfe. »Was glauben Sie, wer Sie sind, Ihre Königliche Hoheit, die Queen? Ich denke nicht.« Sie gab der Frau eine Ohrfeige zurück, ergriff den Eimer und gab ihn wieder Mrs. Finch.

»Hier, Caroline«, erklärte sie und stellte sich wieder zurück auf ihren Platz in der Schlange, während die Gruppe ihr applaudierte.

Mrs. Finch spürte ein Brennen auf der Wange, und ihr drehte sich der Magen um, wenn sie daran dachte, wie oft sie gesehen hatte, wie ein japanischer Soldat einen Häftling ebenso geschlagen hatte.

An anderen Tagen wurden die Häftlinge von Erstarrung ergriffen, vom schrecklichen Bewußtsein, daß dies kein Spiel war. Elektrizität und Wasser wurden ohne Vorwarnung an- oder abgestellt, und während des Winters 1942–43 hielt der kalte Wind von der Bucht her sie die ganze Nacht wach, wenn sie mit eisigen Füßen und Frostbeulen auf ihren Pritschen lagen. Unter den Frauen zirkulierten Gerüchte, man flüsterte von Männern, die gefoltert und geschlagen worden waren, weil man sie beschuldigt hatte, Spione zu sein oder Fluchtversuche unternommen zu haben. Ruhr und Malaria begannen in den engen Unterkünften Todesopfer zu fordern. Anfang 1943 sah Mrs. Finch, wie die Reihen behelfsmäßiger Grabsteine auf dem Friedhof über der Stanley Bucht immer länger wurden.

Eines Oktobermorgens wurden sie abrupt von Geschrei geweckt. Mit klopfendem Herzen und tauben Füßen stand Mrs. Finch von ihrem Feldbett auf und spähte aus dem Fenster. Im fahlen Morgenlicht konnte sie nur mit Mühe eine Gruppe japanischer Soldaten erkennen, die mehrere Männer aus dem Lagertor in Richtung Strand zerrten.

»Was ist los?« flüsterte Mrs. Tate.

»Sie führen einige Männer zum Strand hinunter.« Mrs. Finch massierte sich die Füße, damit sie wieder durchblutet wurden, dann zog sie sich eilig an.

»Wo gehst du hin?«

»Ich will sehen, was passiert. Mach dir keine Sorgen, schlaf weiter. Ich bin bald zurück.«

Wege der Seidenfrauen

»Nur über meine Leiche. Ich gehe mit dir.« Mrs. Tate stand leise auf und kleidete sich ebenfalls an.

Ächzen war von den anderen Feldbetten zu hören, als sie die knarzende Tür öffneten und hinaus in die Morgenluft traten. Sie schlossen die Tür leise wieder, dann nahmen sie die zackigen Bewegungen eines Wachtpostens wahr, der seine Runde machte, und erstarrten. Als die Wache verschwunden und die Gefahr vorbei war, seufzte Mrs. Finch erleichtert auf.

»Hier entlang«, sagte sie, schlich sich hinter ihren Bau und weiter zum nächsten. Von ihrem bevorzugten Fleck aus hatten sie einen klaren Blick auf den Strand.

»Schau!« Mrs. Tate deutete auf die offene Bucht.

Die Soldaten stießen die sechs Internierten über den Sand. Alle Häftlinge hatten die Hände hinter dem Rücken gefesselt. Sie stolperten vorwärts und mußten sich dann mit gesenkten Köpfen auf den Sand knien. Jeweils ein Soldat stand neben jedem Häftling wie ein Todesengel, die Hand auf dem Schaft des Schwertes.

Mrs. Finch trat näher an den Stacheldraht und stellte fest, daß die Gefangenen gleichmäßig drei Fuß voneinander entfernt knieten. Kreischende Möwen kreisten über ihren Köpfen. »Was tun sie da?« flüsterte sie.

Die Antwort kam, bevor eine der Frauen noch ein Wort sagen konnte. Während das Licht des Morgens den Himmel erhellte, blitzte ein Schimmer der Sonne auf die Schwerter, als sie nach unten sausten und einen Gefangenen nach dem anderen köpften. »Wartet!« glaubte Mrs. Finch einen der Männer aufschreien zu hören, bevor die scharfe Klinge seine Stimme für immer verstummen ließ.

Mrs. Finch stand wie betäubt da, den Daumen gegen die scharfen Dornen des Stacheldrahts gepreßt, so daß er blutete. Sie spürte einen scharfen Stich, dann ein dumpfes Pochen. Monatelang sah Mrs. Finch, immer wenn sie die Augen

Gail Tsukiyama

schloß, wieder den vollkommenen Bogen vor sich, den die Schwerter beschrieben, als sie hochgeschwungen wurden und niedersausten, jeden Kopf mit einem glatten Schnitt vom Körper trennend. Die dumpfe Stille, die folgte, plötzlich gebrochen von den kreischenden Möwen und ihrer eigenen Stimme, die aufschrie: »Wartet!«

Ein neues Leben

Das Zimmer, das Pei und Ji Shen im Februar 1942 in der Pension in Wan Chai gemietet hatten, erinnerte Pei an das im Schwesternhaus in Yung Kee, in dem sie zusammen mit Lin gewohnt hatte. Es war ebenso einfach und schmucklos, zwei Betten, eine Kommode, sandfarbene Wände. Pei stellte sich vor, daß die Wände wohl einmal weiß gewesen und im Laufe der Jahre vergilbt waren. Die Lin, die sie in ihrer Erinnerung vor sich sah, war immer noch jung und schön; Pei war nun mit zweiunddreißig Jahren fast ebenso alt wie Lin bei ihrem Tod gewesen war.

Pei lächelte in sich hinein bei dem Gedanken, wie das Leben einen manchmal wieder an denselben Ort zurückbrachte. Hier wohnte sie nun wieder in einem Haus zusammen mit anderen Seidenschwestern. Seit es kaum mehr Seidenfabriken gab und die meisten ihrer Schwestern vor den Japanern nach Hongkong oder anderswohin geflohen waren, befand sich ihr Leben in einem ständigen Fluß. Und wieder einmal mußten sie versuchen, ihr Alltagsleben zu gestalten, trotz aller Schwierigkeiten während der japanischen Besatzung.

Doch statt Arbeit in der Seidenfabrik oder als Hausangestellte mußten Pei und Ji Shen nun jede Beschäftigung, die sie nur finden konnten, annehmen, um die Miete zu bezahlen. Pei versteckte Mrs. Finchs Schmuck hinter der Kommode, immer noch entschlossen, kein einziges Stück zu verkaufen.

Wege der Seidenfrauen

Während ihre anderen Seidenschwestern Kleider wuschen oder leichte Hausarbeit verrichteten, verdiente Pei ihr Geld hauptsächlich damit, daß sie für jeden, der zu ihr kam, nähte und flickte, eine Fertigkeit, die sie von ihrer Mutter gelernt hatte. Ihre Kindheit war so arm gewesen; ihre Mutter Yu-sung hatte abends lange Stunden damit verbracht, die beiden Kleidergarnituren ihrer Töchter zu flicken, in der Hoffnung, daß sie noch ein Jahr lang hielten, bevor sie zu klein geworden oder zu abgetragen waren. Es war nie Zeit gewesen für kostbare, farbige Stickereien, wie Pei sie bei den Chens gesehen hatte. Als kleine Mädchen hatten sie und ihre Schwester Li bei ihrer Mutter lesen, schreiben und nähen gelernt. »Lesen und schreiben wird euch helfen, das Leben zu verstehen«, hatte Yu-sung gesagt. »Nähen und flicken wird euch beim Überleben helfen.«

Pei erwarb sich rasch einen Ruf als sachkundige Ausbesserungsschneiderin, die nahezu unsichtbar flickte, indem sie kostbaren Seidenfaden aus einem Saum oder einer Naht auftrennte und damit einen Riß oder ein Loch stopfte. Manchmal schloß sie die Augen und sah wieder die langen Seidenfäden vor sich, die sich im heißen Wasser lösten und dann fest auf eine Spule aufgerollt wurden. So wie bei der Seidenarbeit nahm sie die verborgenen Fäden und ließ sie ihren Zauber vollbringen. Sie konnte ein Mottenloch oder einen Riß so gut flicken, daß das Kleidungsstück wieder wie neu aussah. Während andere über ihre Handarbeit staunten, fand Pei es ganz natürlich, mit dem Faden die Gewebestruktur aufzunehmen.

Dank zunehmender Mundpropaganda bekam sie mehr und mehr Aufträge. Seit die Besatzung jeglichen Überseehandel zum Erliegen gebracht hatte, brachten viele der Hongkonger Tai tais, für die Peis Seidenschwestern früher gearbeitet hatten, ihre wie Schätze gehüteten Cheongsams zu ihr, um sie von ihr ausbessern oder umarbeiten zu lassen.

Ji Shen verrichtete Botendienste oder nahm jede kleine Putzarbeit an, die man ihr anbot. Ein- oder zweimal in der Woche kam sie rätselhafterweise mit Fleischkonserven oder sogar ein wenig frischem Gemüse zurück. Pei wußte, daß Ji Shen, ebenso wie Quan, auf dem Schwarzmarkt handelte.

Erst neulich am Abend hatte Luling, eine der Schwestern, die in der Pension wohnten, gesagt: »Wenn nicht vor den Japanern, dann muß man sich auf den Straßen vor den *Triaden* fürchten. Ich habe gehört, es sind Banden, die den Schwarzmarkt kontrollieren. Wenn die *Triaden* glauben, daß jemand sie betrügt, hacken sie ihm einen Arm oder ein Bein ab, heißt es.«

Tag für Tag bekam Pei mehr Angst, die das Knurren ihres Magens übertönte. Doch jedesmal, wenn sie mit Ji Shen zu reden versuchte, zuckte das Mädchen nur die Achseln. »Du brauchst dir keine Sorgen zu machen. Ich weiß, was ich tue.«

Da die Japaner Reis streng rationiert hatten, war es für jeden ein Kampf, etwas in den Magen zu bekommen. Seit Beginn der Besatzung war Schlangestehen in Hongkong zu einem Bestandteil des Lebens geworden. Von Sonnenaufgang bis Sonnenuntergang stand jeder aus den verschiedensten Gründen irgendwo an – um eine kleine Ration Reis zu bekommen, um Hongkong-Dollars in Hongkong-Yen zu wechseln, um ein wenig welkes Gemüse zu erstehen. Doch am Ende des Tages gingen die meisten dennoch nach Hause, ohne genug zu haben, um ihre Familien satt zu bekommen.

Trotz ihrer Angst, weil Ji Shen darin verwickelt war, wußte Pei auch, daß der Schwarzmarkt für das Überleben der Menschen in Hongkong ein wesentliches Element war. Sogar das ausgefallenste Obst oder Gemüse war zu haben, wenn auch zu astronomischen Preisen. Männer, Frauen, selbst Kinder stellten Waren her, um sie zu verkaufen und zu tauschen, feilschten und handelten auf den Straßen oder gaben ihre

Wege der Seidenfrauen　　　　天　167

Produkte an Händler, die auf dem Marktplatz ihre wackligen Buden aufstellten.

Seit der Zeit, als sie auf dem Sampan gewohnt hatten, argwöhnte Pei, daß Quan auf dem Schwarzmarkt aktiv war. Während Onkel Wei mit dem Boot auf Fischzug ging, verschwand Quan an jedem Morgen stundenlang und kam mit Lebensmittelkonserven und Keksen zurück. Einmal brachte er sogar ein Huhn mit.

»Wo hast du das her?« hatte Tante Lu gefragt. Pei sah, wie sie sich niederhockte und den Vogel zu rupfen begann; braune Federn flatterten sanft durch die Luft.

»Warum soll das etwas ausmachen, solange wir heute abend etwas im Bauch haben?«

»Schuld liegt schwer im Magen«, hatte sie gesagt und dann eilig die letzten Federn ausgerupft. »Sei nur vorsichtig«, hatte sie sanfter hinzugefügt.

Schnell hatten sie das Huhn gekocht und gegessen, bevor ihre Nachbarn auf den anderen Booten bemerkten, daß sie etwas anderes als wässrigen Jook zum Abendessen hatten.

Seit sie wieder nach Wan Chai gezogen waren, hatte sich Ji Shen, jetzt achtzehn Jahre alt, noch weiter von Pei entfernt. Pei verstand, was für ein Grauen Ji Shen erlebt hatte, dann all ihre Höhen und Tiefen der Jahre in Yung Kee und später in Hongkong. Ihr war weh ums Herz, wenn sie an all die Verluste dachte, die Ji Shen in ihrem jungen Leben erlitten hatte – ihre Familie und ihre Kindheit hatte man ihr geraubt, von einem Ort zum anderen hatte sie fliehen müssen.

Doch selbst in ihren schwersten Zeiten erinnerte Pei sich an das dreizehnjährige Mädchen, das nach Lins Tod ihre Hand gehalten hatte. Wieder hörte sie die tröstenden Worte, die von Ji Shens Lippen gekommen waren, als Pei nur noch die Augen schließen und zusammen mit Lin hatte sterben wollen. »Du mußt weiterleben. Für mich«, hatte Ji Shen geflüstert, als hätte sie gewußt, was Pei dachte. Durch die rauchige Brise wehten die Worte erneut zu Pei.

Als nach den ersten Monaten der Besatzung der Unterricht wieder begann, hatte Ji Shen sich eisern geweigert, in die Schule zurückzuziehen. Pei versuchte, sie dazu zu ermuntern, wollte sie aber nicht zwingen. Jede Schule bedeutete einen neuen schwierigen Wechsel für sie – Spring Valley, St. Cecilia und nun eine andere in Wan Chai.

»Aber was willst du dann tun?« fragte Pei. »Deine Ausbildung ist das wichtigste.«

»Es ist wichtiger, daß wir überleben«, antwortete Ji Shen rasch. »Ich kann später wieder hingehen, nach dem Krieg. Im Augenblick kann ich waschen oder putzen oder auch Sachen verkaufen, so wie alle anderen, bis ich etwas Besseres finde.«

»Was hast du zu verkaufen?« widersprach Pei. »Die *Triaden* sind gefährlich. Und was ist mit den Japanern, die überall herumlungern? Es ist gefährlich für dich.«

»Die *Triaden* sind nur ein Teil des Schwarzmarkts. Quan handelt auch, und er hat nichts mit ihnen zu tun. Er zeigt mir, was ich tun muß. Seine Familie hat bisher immer genug zu essen. Die *Triaden* werden mich nicht einmal bemerken.«

»Quan ist ein junger Mann, und die Straßen sind gefährlich.« Pei schüttelte den Kopf. »Du bist eine junge Frau.«

Pei trat einen Schritt zurück und erkannte, wie sehr ihre Bemerkung zutraf. Ji Shen war eine hübsche junge Frau geworden. Sie war einen halben Kopf kleiner als Pei, zierlich und schmal, mit heller, weicher Haut und schalkhaften dunkelbraunen Augen.

»Ich verspreche dir, daß ich mich in Quans Nähe halten werde.« Ji Shen schlang die Arme um Pei und küßte sie auf die Wange. »Jeder versucht einfach zu überleben. Laß mich es auch versuchen, bis ich etwas anderes finde, was ich tun kann. Wenn es nicht funktioniert, gehe ich zurück in die Schule.«

Wege der Seidenfrauen

Zu dieser Zeit, als ihre alltäglichen Lebensumstände so schwierig waren, konnte Pei nicht weiter widersprechen. Als sie dann sicher in der Pension untergebracht waren, schien Ji Shen eigene Pläne zu haben.

Peis einziger Trost war es, daß Quan auch draußen auf den Straßen war.

»Mach dir keine Sorgen, ich passe auf sie auf«, versicherte er Pei. Sie musterte den jungen Mann, den sie aus den anderen Rikschafahrern ausgesucht hatte. Es war eine glückliche Wahl gewesen.

»Was tut sie den ganzen Tag?« fragte Pei.

Quan lächelte schüchtern. »Was wir alle machen, einfach versuchen, durch einen weiteren Tag zu kommen, indem wir kaufen und verkaufen, was wir können.«

»Aber was habt ihr zu verkaufen, du und Ji Shen?«

»Du würdest staunen, wie einfach es ist«, erklärte Quan. »Man steht Schlange für ein paar Tassen Reis, dann handelt man den Reis gegen ein paar Fleischkonserven, eine Fleischkonserve gegen Milchpulver, und so weiter. Dazu noch ein paar Mangos, die man von einem Baum geklaut hat, und man bekommt vielleicht sogar ein Huhn.« Er stand auf und streckte seine langen, muskulösen Beine und Arme, die während der Jahre, als er die Rikscha gezogen hatte, kräftig geworden waren.

Pei wußte, daß dies die einfache Erklärung eines weit komplizierteren Vorgangs war. Wie schnell konnte ein Baum Früchte tragen? Was war, wenn es keinen Reis mehr zu verteilen gab? Schon der Begriff »Schwarzmarkt« bedeutete etwas Dunkles, Gefährliches. Durch Luling hatte Pei mehr über die *Triaden* erfahren, eine große Organisation von Geheimgesellschaften, die fast den gesamten Schwarzmarkt in der Hand hatte und für riesige Profite Waren besorgte, während diejenigen, die für sie arbeiteten, nur einen kleinen Anteil erhielten. Alle, die nicht mit den *Triaden* zu tun hatten, waren dann tatsächlich eine Minderheit.

»Ist das alles?« fragte sie.

Quan zuckte die Achseln. »So ungefähr.«

Pei musterte ihn eingehend. »Ich verstehe.«

Am nächsten Morgen, nachdem Pei sicher war, daß Ji Shen mit Quan fortgegangen war, ging sie durch die Straßen Wan Chais und hoffte, selbst einen Blick auf den Schwarzmarkt werfen zu können, während er im Gange war. Die Morgenluft war relativ frisch, noch nicht schwer von den öligen Gerüchen eines Tages voller Sonnenhitze. Anstatt die Straße hinunterzueilen, immer darauf bedacht, japanischen Soldaten auszuweichen, beobachtete Pei genau alle Bewegungen um sie herum. Sie sah das Leben mit neuen Augen, als wäre sie blind gewesen. Harmlos erscheinende Männer und Frauen lungerten auf der Straße oder in Hauseingängen herum. Ein verstohlener Handel war im Gang – Waren und Geld wurden ausgetauscht, während der Fluß des Lebens weiterging. Manchmal wurden sogar Kinder eingesetzt, die Schmiere stehen mußten, ob nicht japanische Soldaten kamen. Pei sah dieser verwirrenden Art von Geschäftsleben zu und konnte sich nicht vorstellen, daß Quan und Ji Shen ein Teil davon sein sollten. Mit mehr Fragen als Antworten ging sie zurück in die Pension, allerdings erstaunt, wie effizient organisiert dieses Kaufen und Verkaufen von der Ferne aus wirkte.

Im Augenblick hatte Pei keine andere Wahl als zu schweigen und darauf zu achten, ob es irgendwelche Anzeichen für Schwierigkeiten gab. Obwohl allein der Gedanke an den Schwarzmarkt ihr einen bitteren Geschmack im Mund hinterließ, würde sie darauf vertrauen müssen, daß Quan auf Ji Shen aufpaßte.

Ihre Gedanken wurden durch laute Stimmen weiter unten

Wege der Seidenfrauen   天 171

auf der Straße und plötzlich auseinanderstiebende Jungen unterbrochen, denen japanische Soldaten auf den Fersen waren. Mit klopfendem Herzen wich Pei in eine schmale Gasse aus, um ihnen aus dem Weg zu sein. Sie lehnte sich gegen eine Mauer und sog scharf die Luft ein. Die Jungen würden sicher in den zahllosen Straßen und Gassen Wan Chais untertauchen, bevor die Soldaten wußten, wohin sie verschwunden waren. Mußte Ji Shen vielleicht ebenso die Gassen entlangrennen? Würde sie da wieder herausfinden?

»Vielleicht sind Sie gekommen, weil Sie wieder Traumtee brauchen?« fragte plötzlich jemand hinter ihr.

Pei drehte sich rasch nach der vertrauen Stimme um. Schon bevor sie ihn versteckt in einem dunklen Hauseingang sah, wußte sie, daß es der alte Kräuterkundige war.

KAPITEL ACHT

1943

Pei

Pei eilte eine schmale Gasse in Wan Chai entlang, so daß Ji Shen sich abhasten mußte, um mit ihr Schritt zu halten. Seit Pei ihr gesagt hatte, daß sie Mrs. Finch in Stanley Camp besuchen würden, hatte sich Ji Shens Stimmung wieder gehoben. Den ganzen Abend über stellte sie in ihrem kleinen Zimmer in der Pension Fragen. Ji Shen war so voller Freude und Unschuld, wie Pei es schon lange nicht mehr erlebt hatte. »Glaubst du, wir werden sie finden?« fragte Ji Shen. »Glaubst du, sie wird noch so aussehen wie früher?«

Pei hatte offenbar eine Glückssträhne: Zuerst traf sie den alten Kräuterkundigen, der noch am Leben war und jetzt ein paar Straßen von ihnen entfernt in Wan Chai bei seinem Neffen wohnte, und dann fand sie eine Möglichkeit, wie sie Mrs. Finch besuchen konnten. Während sie am Central Market in einer Schlange wartete, um Reis zu kaufen, hatte sie eine dikke, laute Frau sagen hören, daß ihr Mann den Lieferwagen mit Medikamenten des Roten Kreuzes nach Stanley Camp fuhr. Pei trat ein wenig näher. Ihre Gedanken überschlugen sich. Wie konnte sie mit ihm aushandeln, daß er sie und Ji Shen mit nach Stanley nahm, so daß sie Mrs. Finch besuchen konnten?

Wege der Seidenfrauen　　　　　　　　　天　173

»Wie oft fährt er denn?« fragte Pei.

Die Frau beäugte Pei von oben bis unten. »Er fährt einmal im Monat und bringt Versorgungsmaterial für die Häftlinge im Krankenhaus des St. Stephen's College. Warum?«

»Ich habe mich nur gefragt, ob er vielleicht einen oder zwei Mitfahrer nach Stanley mitnehmen würde.«

»Nach Stanley Village?«

Pei nickte, da sie diese Erklärung für ungefährlicher hielt.

Die Frau lächelte. »Nun ja, ich könnte mir schon vorstellen, daß er in seiner Gutmütigkeit jemandem hilft.« Sie klopfte leicht mit dem Fuß auf das Pflaster. »Natürlich geht er ein großes Risiko ein...«

»Er würde großzügig entschädigt werden«, setzte Pei rasch hinzu. »Wären fünfzig Hongkong-Yen genug für seine Mühe?« Sie verdiente ganz gut mit dem Ausbessern und Flikken und hatte ein wenig Geld zur Seite gelegt. Fünfzig Yen schienen ihr eine angemessene Summe; man konnte davon Obst, Gemüse oder andere notwendige Dinge kaufen.

Die Frau blickte nachdenklich zu Boden, dann wieder auf Pei. »Sagen wir hundert.«

Schließlich hatte Pei die Frau auf achtzig Hongkong-Yen heruntergehandelt und versprochen, dem Ehemann der Frau die Hälfte an dem vereinbarten Morgen und die andere Hälfte bei der Rückkehr nach Hongkong zu geben. Sie setzten Datum und Zeit ihrer Verabredung fest, und den ganzen Weg zurück zur Pension schwebte Pei wie auf Wolken.

Früh am Morgen, die Sommerluft war warm und feucht, eilten Pei und Ji Shen die Straße entlang. Es wimmelte in den Straßen Wan Chais von Menschen, die auf der Suche nach Lebensmitteln waren und in Hausfluren mit Schwarzmarktwaren handelten. Pei und Ji Shen kamen an einer Bierschenke nach der anderen vorbei; in den dunklen, schmuddeligen Eingängen standen japanische Soldaten in Begleitung von chinesischen, russischen und eurasischen Prostituierten. Philippinische Bands spielten in jeder Bar »I Can't Give You Anything but Love, Baby«. Pei war froh, daß die japanischen Soldaten beschäftigt waren, anstatt auf den Straßen herumzulungern und unschuldige Chinesen zu schikanieren.

Sie verlangsamte ihren Schritt, als sie einen flüchtigen Blick auf einige japanische Soldaten weiter unten auf der Straße erhaschte. »Sei vorsichtig«, sagte sie und zog Ji Shen in einen Hauseingang. Kontakt mit japanischen Patrouillen zu vermeiden war für sie und Ji Shen ein gefährliches Manöver geworden, seit sich die Besatzung in die Länge zog. Sie schlüpften in Hauseingänge und wieder heraus, damit sie nicht stehenbleiben und sich verbeugen mußten.

Als sie nach Central kamen, war es fast ein Uhr. Ein großes, glänzendes Auto bog mit quietschenden Reifen in eine schmale Straße ein. Die Leute stoben auseinander und verschwanden oder drehten sich um und verbeugten sich vor dem vorbeifahrenden Gefährt. Die Fahne der aufgehenden Sonne wehte auf dem Auto, wie auf allen Autos, die es in Hongkong noch gab. Andere Fahnen zeigten Rang und Titel des in ihm sitzenden Offiziers an.

Pei wandte sich ab, so daß sie sich nicht vor dem Auto verbeugen mußte. »Ich glaube, der Sanitätswagen soll dort drüben warten.« Sie deutete auf die Straßenecke.

Ji Shen nickte und schob den Leinenbeutel, den sie über der Schulter trug, zurecht. Sie hatten ein paar Sachen dabei, die Mrs. Finch vielleicht am dringendsten brauchte – Seife, Milchpulver, eine Schachtel Kekse und eine Büchse Sardinen, die Pei noch aus ihrem Vorrat in der Conduit Road hatte. »Ich kann es kaum erwarten, Mrs. Finch wiederzusehen.«

Pei lächelte. »Ich auch.«

Es war fast ein Jahr her, seit Pei Mrs. Finch nachgesehen hatte, wie sie ruhig und stark wie immer von ihnen fort-

Wege der Seidenfrauen   天 175

gegangen war und sich der japanischen Obrigkeit unterworfen hatte. Allerdings hatte Pei Ji Shen nicht zu sagen gewagt, welche Angst sie davor hatte, daß Mrs. Finch vielleicht nicht mehr so war wie die Frau, die sie liebgewonnen hatten. Seit Beginn der Besatzung war Pei Zeugin zahlloser Akte der Brutalität geworden. Männer und Frauen wurden geohrfeigt und geschlagen, mußten zu Kreuze kriechen und sich demütigen lassen, nur wegen eines falschen Blicks oder weil sie die falsche Farbe trugen. Die Japaner machten vor nichts halt, um einen Menschen zu brechen. Und gerade Mrs. Finch war es zuzutrauen, daß sie sich ihrer Autorität widersetzte.

Ein weißer Lieferwagen bog mit einem leuchtend roten Kreuz an der Seite um die Ecke und wurde langsamer. »Da ist er«, sagte Pei und lief schneller.

Mr. Ma, der Fahrer des Wagens, war klein und schlank, das Gegenteil seiner grobknochigen Frau. Er sprang aus dem Wagen, steckte das Geld ein, das Pei ihm gab, und öffnete die hintere Klappe für die beiden Frauen. »Es ist sicherer, wenn Sie hinten sitzen«, meinte er.

Pei beugte sich vor und strengte die Augen an, um durch die schmutzige vordere Fensterscheibe zu blicken. Sie saßen zwischen rumpelnden und klappernden Schachteln, während der Wagen über die zerbombten Straßen holperte. Ji Shen spähte in eine Schachtel und nahm eine kleine braune Flasche mit einer klaren Flüssigkeit heraus, auf deren Etikett in dunklen Buchstaben A-L-K-O-H-O-L stand. Pei winkte ihr rasch, sie zurückzustellen, gerade bevor Mr. Ma sich zu ihnen umdrehte und ihnen zulächelte.

Als der Lieferwagen langsamer wurde, überholte sie ein großes schwarzes Auto. Peis Herz setzte einen Schlag aus, als sie die Frau erkannte, die neben dem japanischen Offizier auf dem Rücksitz saß. Sie reckte den Hals, um besser sehen zu können. Sie sah genauer hin, einmal... zweimal... Die

Frau war nun älter und übertrieben geschminkt, aber es war Fong.

Das schwarze Auto gab lärmend Gas. Erst als der Lieferwagen schließlich die Stadt hinter sich ließ und die kurvige Bergstraße hinaufzufahren begann, löste Pei die Hand vom Türgriff, und in ihrem Kopf drehte sich seit dem Anblick Fongs immer noch alles.

In Stanley Village wimmelte es von Menschen. Ohne die japanischen Soldaten, die in der Gegend patrouillierten, hätte Pei gedacht, der Ort sei irgendwie vom Krieg unberührt geblieben. Song Lee hatte sie ermahnt, vorsichtig zu sein und keine Aufmerksamkeit auf sich zu ziehen, während sie auf dem Weg zum Häftlingslager waren. »Diese Teufel haben Augen im Hinterkopf«, hatte sie gewarnt.

Pei vereinbarte mit Mr. Ma, daß sie sich in ein paar Stunden wieder am Lieferwagen treffen würden. Dann folgten sie und Ji Shen dem Feldweg, der an den Klippen entlang zum Lager führte. Die Sonne brannte ihr warm auf den Kopf, und das Rauschen und Anbranden der Wellen unten war faszinierend.

Vor ihnen war eine Gruppe von Jungen; ein alter Mann im Dorf hatte ihnen geraten, sie sollten ihnen nachgehen. »Sie verkaufen Waren an die Häftlinge«, sagte er und zog an seiner Pfeife. »Sie führen euch direkt zum Lager.«

Pei und Ji Shen folgten den Jungen, gerade so weit hinter ihnen, daß sie noch ihr leises Geplapper hören konnten. Als der Pfad allmählich weiter nach unten führte, sahen sie das Lager vor sich liegen, auf der einen Seite von den hohen Betonmauern des Gefängnisses von Stanley überragt. Aus der Ferne sah es relativ harmlos aus. Der Stacheldrahtzaun umgab das große Lager, als wäre es ein ordentlich verschnürtes Päckchen. Mehrere dreistöckige Gebäude wurden von kleineren Bungalows flankiert. Peis Herz schlug schneller. In

Wege der Seidenfrauen　　　　　天　177

welchem Gebäude war Mrs. Finch? Konnten sie beide sie finden? Pei und Ji Shen beeilten sich, die Jungen einzuholen, da sie beobachten wollten, wie sie Kontakt zu den Gefangenen aufnahmen.

Am Ende der Pfades folgten die Jungen, die nun still waren, nicht der unbefestigten Straße, sondern gingen in die andere Richtung. Hinter einem der hohen Gebäude, die vor ihnen lagen, sah Pei eine Gruppe von Häftlingen, die am Zaun standen und warteten. Sie begrüßten die Jungen wie alte Freunde und streckten die Hände durch den Stacheldrahtzaun, um sie heranzuwinken.

»Habt ihr die Zigaretten bekommen?« hörte Pei einen Mann fragen, als die Jungen begannen, Waren aus ihren Leinentaschen zu holen.

»Guter Junge.«

»Oh, Seife!« rief eine Frau.

Pei besah sich Gesicht um Gesicht, um zu sehen, ob Mrs. Finch dabei war.

»Was hast du da, Kindchen?« fragte eine Frau Ji Shen, die sich an Pei um Hilfe wandte.

»Mrs. Finch?« fragte Pei.

»Wer?«

»Mrs. Finch«, sagte sie, lauter diesmal. »Caroline Finch.«

»Sie sucht nach Caroline«, ertönte eine andere Stimme. »Hat jemand Caroline gesehen?«

»Ich glaube, sie ist noch in den *Indian Quarters*. Einer von euch Jungs soll mal gehen und Caroline Finch holen«, befahl eine Frau einer Gruppe englischer Jungen, die gerade mitten in einem lebhaften Tauschgeschäft um Schokoladenriegel waren.

»Drei Schokoladenriegel für diesen Kugelschreiber!« Ein Junge schwenkte einen grünen Kugelschreiber in der Luft und schob ihn dann durch den Zaun, wo die chinesischen Jungen die Hände ausstreckten.

Einer von ihnen inspizierte den Kugelschreiber und drehte ihn langsam in den Händen hin und her. »Ich gebe dir zwei Schokoladenriegel dafür.«

»Abgemacht!« Der englische Junge griff durch den Zaun und schnappte sich die Schokolade. »Danke, Sportsfreund – bring am Ende der Woche noch mehr davon mit.«

Pei, die das Geschäft beobachtete, konnte nicht umhin, sich zu fragen, ob die Jungen jemals wieder so sprechen und lachen würden, wenn die Internierung zu Ende war. Sie wartete nervös, während einer der englischen Jungen schließlich losrannte und ihnen beim Zurückkommen erklärte, Mrs. Finch würde gleich kommen. Sie und Ji Shen standen etwas abseits von den feilschenden Stimmen und fuchtelnden Händen. Dann sah sie von weitem, wie Mrs. Finch auf sie zu humpelte.

»Da ist sie!« deutete Ji Shen.

Die Art, wie Mrs. Finchs geblümtes Baumwollkleid an ihr herunterhing, ließ deutlich erkennen, daß sie abgenommen hatte. Es dauerte nur einen Augenblick, bis sie erkannte, wer da am Zaun stand. Ein Lächeln breitete sich über ihr Gesicht, und sie blieb einen Augenblick stehen, um ihr Kleid glattzustreichen, dann kam sie zu ihnen geeilt.

»Lieber Gott, seid ihr das wirklich?«

Pei drängte sich näher an den Stacheldrahtzaun, streckte die Hände hindurch, ergriff Mrs. Finchs Hand und hielt sie fest.

»Es ist so wundervoll, Sie zu sehen. Wir wollten schon eher kommen, aber wir wußten nicht, wie. Es hat keinerlei Verkehrsmittel hierher gegeben.«

»Und dennoch *seid* ihr hergekommen?«

Ji Shen setzte den Leinenbeutel ab. »Pei hat erreicht, daß der Fahrer des Lieferwagens mit den Medikamenten uns mitgenommen hat.«

»Mein kluges Mädchen!« sagte Mrs. Finch. Sie strich sich das Haar zurück. »Ich sehe sicher furchtbar aus.«

Wege der Seidenfrauen

»Sie sehen wunderbar aus!« erwiderte Ji Shen schnell.

»Und du lügst sehr gut.« Mrs. Finch lachte. »Wie ist es euch beiden ergangen?«

»Uns geht es gut«, antwortete Pei. »Nachdem Sie fort waren, haben wir bei Quans Familie gewohnt, aber jetzt haben wir ein eigenes Zimmer in Wan Chai. Song Lee und andere Seidenschwestern wohnen auch dort.« Wie ein Wasserfall sprudelten ihr die Worte aus dem Mund.

»Gott sei Dank. Ich habe mir Sorgen um euch beide gemacht, obwohl ich hätte wissen sollen, daß du alles sehr gut bewältigst.« Sie drückte Peis Hand fest.

Pei ließ sie lange genug los, um die Leinentasche aufzuheben und durch den Stacheldraht zu schieben. »Ein paar Sachen, von denen wir dachten, Sie könnten sie vielleicht brauchen.«

»Wie lieb von euch.« Mrs. Finch spähte hinein. »Ich werde euch zu Ehren eine Party geben.«

»Sie haben abgenommen.« Pei konnte nicht anders, sie mußte es aussprechen.

»Ewig dieser weiße Reis, und nicht viel anderes, obwohl ich so meine mädchenhafte Figur wiederbekommen habe. Macht euch keine Sorgen, wir haben gerade einen Garten angelegt. In Zukunft müßte es mehr zu essen geben. Habt ihr beide denn genug zu essen?«

Pei nickte. »Wir hätten es nie geschafft ohne das Geld, das Sie uns gegeben haben. Zu horrenden Preisen kann man alles bekommen, was man will.«

»Aha, ich sehe, Hongkong hat auch ohne uns überlebt.«

»Nur mit knapper Not«, flüsterte Ji Shen.

»Nächsten Monat bringen wir Ihnen mehr«, sagte Pei. »Gibt es irgend etwas, das Sie brauchen? Ich finde einen Weg, es zu bekommen.«

»Wir müssen gehen, Caroline«, unterbrach sie eine andere Frau. »Die Soldaten werden jeden Augenblick hier vorbeipatrouillieren.«

Mrs. Finch ergriff Peis und Ji Shens Hände. »Ihr wißt gar nicht, was euer Besuch für mich bedeutet. Und du benimmst dich brav«, sagte sie an Ji Shen gewandt, »dann bringe ich dir vielleicht Walzer bei, wenn ich hier herauskomme!«

Pei hielt Mrs. Finchs magere Hand fest, tausend Dinge wollte sie ihr sagen. »Nächsten Monat kommen wir wieder zu Besuch«, war jedoch alles, was sie herausbrachte.

Mrs. Finch ging langsam zurück, die Leinentasche in der Hand, und ihre Augen füllten sich mit Tränen. »Ich liebe euch beide.«

Pei und Ji Shen blieben stehen und warteten, bis Mrs. Finch sich noch einmal umdrehte und ein letztes Mal winkte, bevor sie hinter dem Gebäude verschwand. In der Ferne konnte Pei barsche japanische Stimmen hören, die ihr einen Schauder durch den Körper jagten. Sie und Ji Shen warteten noch einen Augenblick in der glühenden Sonne, bevor sie den chinesischen Jungen den Feldweg hinauf und zurück nach Stanley Village folgten.

Ji Shen

Ji Shen saß im Türeingang der Pension und wartete auf Quan. Im letzten halben Jahr hatte er sie jeden Morgen abgeholt; zusammen gingen sie zum Central Market oder hinunter zum Hafen, den einträglichsten Gegenden, um zu kaufen und zu verkaufen. Nur wenn Quan Ji Shen begleitete, ließ Pei sie gehen. Ji Shen spürte eine Aufwallung von Wut. In der letzten Zeit kam es ihr vor, als würde Pei sie mit all ihren Vorschriften ersticken.

Ein Windhauch linderte ein wenig die erbarmungslose Hitze. Nach einem ungewöhnlich kalten Winter verlangsamte die drückende Sommerhitze nun jede Bewegung fast bis zum Stillstand. Während die Besatzung ins dritte Jahr ging,

Wege der Seidenfrauen

wirkten selbst die wenigen japanischen Soldaten, die immer noch auf den Straßen patrouillierten, matt und verblichen. Ji Shen konnte nur hoffen, daß es Mrs. Finch gutging und daß sie am Meer eher Linderung von der Hitze fand. Ji Shen wartete ungeduldig auf ihren nächsten Besuch bei ihr, der erst in zehn Tagen möglich sein würde.

»Du und dein junger Mann, ihr könntet viel mehr Geld machen, wenn ihr für Lock arbeiten würdet«, unterbrach eine Stimme ihre Gedanken.

Ji Shen hob die Hand und schirmte die Augen gegen die Sonne ab. Vor ihr stand eine Frau in den Vierzigern, die Ji Shen als regelmäßige Straßenhändlerin kannte.

»Wer ist Lock?« fragte Ji Shen.

»Ich heiße Ling.« Die Frau lächelte breit, so daß man ihre schiefen Zähne sehen konnte. »Und Lock ist ein Geschäftsmann, für den ich arbeite. Er besorgt alle Waren und gibt dir einen Anteil von allem, was du für ihn verkaufst. Die halbe Arbeit ist bereits erledigt!«

Ling hatte in der Regel einen ganzen Karton mit Fleischkonserven, nicht nur die paar lumpigen Dosen, mit denen Ji Shen und Quan ihren Tauschhandel betreiben konnten. Als Ji Shen Quan einmal fragte, woher die Frau ihre ganzen Vorräte bekam, hatte er nur kurz geantwortet: »Das ist kein Teil des Schwarzmarkts, auf den du dich einlassen solltest.«

»Lock ist bereit, jedem zu helfen, der ehrlich und arbeitsam ist«, fügte die Frau hinzu.

Ji Shen stand auf, die Baumwollhosen klebten ihr an den Beinen. Sie hatte es satt, sich immer nur gerade so durchzuschlagen. Sie sah sich rasch um, ob etwas von Quan zu sehen war, dann trat sie zur Seite, so daß die Frau ebenso in den Schatten des Eingangs kommen konnte.

»Erzähl mir mehr«, bat Ji Shen.

Ji Shen hielt Locks Adresse fest in der Hand. Er wohnte nur

vier Straßen von ihrer Pension entfernt, aber als sie dort einbog, vermittelte alles einen grimmigen, fremden Eindruck. Das ausgebombte Gerippe eines Wohnhauses erinnerte immer noch an die gewaltigen Schäden durch die japanischen Luftangriffe. Der Gehsteig verlief nicht gerade, sondern bildete einen kleinen Hügel; ein Haufen lachender Kinder rannte auf der einen Seite hinauf und auf der anderen hinunter. Während der zwei Besatzungsjahre hatte die japanische Regierung nicht viel getan, um Hongkong zu helfen, sich von der Verwüstung zu erholen, die ihre Armeen der Stadt zugefügt hatten. Jeden Tag erlebte Ji Shen, wie die Stadt trauriger und ärmer wurde, während alle immer härter ums Überleben kämpfen mußten.

Ji Shen eilte die Treppen eines alten Stuckgebäudes hinauf. Locks Wohnung war im dritten Stock am Ende des Korridors, hatte Ling gesagt. Ji Shens Herz raste, als sie an die Tür klopfte und wartete. Nervosität und Schuldgefühl lagen ihr schwer im Magen. Sie hatte Quan angelogen – hatte ihm gesagt, sie fühle sich nicht gut und würde heute zu Hause bleiben. Wenn er nur nicht so lieb reagiert hätte, würde sie sich vielleicht besser fühlen. Er hatte seine kühle Handfläche gegen ihre Stirn gelegt, und als er sie wieder fortnahm, hatte sie einen plötzlichen Verlust gespürt.

»Brauchst du irgend etwas?« Seine Stimme war ernst und besorgt gewesen.

Sie hatte den Kopf geschüttelt. Ihr Mund fühlte sich trocken und bitter an, weil sie gelogen hatte.

»Ich komme morgen wieder vorbei. Ruh dich ein wenig aus, dann geht es dir wieder besser.«

Ji Shen sah Quan nach und wollte ihn zurückrufen, wollte, daß er mit ihr zusammen zu Locks Wohnung ging. Doch eine innere Stimme sagte ihr: *Nein, tu es nicht. Er würde dich nie gehen lassen.*

Wege der Seidenfrauen

Mit einem Ruck wurde die Tür aufgerissen. Ein junger Mann mit kurzgeschnittenem Haar und schlechter Haut musterte sie von Kopf bis Fuß. »Was willst du?« fragte er barsch.

»Ich bin hergekommen, weil ich Lock sprechen wollte«, brachte sie mühsam heraus. »Ling hat mich geschickt.«

Sein Blick ruhte noch einen Moment länger auf ihr, dann trat er zur Seite und ließ sie ein. Die Rouleaus waren heruntergelassen, doch als ihre Augen sich an das Dämmerlicht im Raum angepaßt hatten, sah sie, daß er voller Kartons war.

»Wart hier«, sagte der Mann und ließ sie mitten in dem Kartonhaufen stehen.

Eine andere Tür ging auf und wieder zu. Ji Shen hörte Stimmen, bevor die Tür erneut aufging und ein anderer Mann auf sie zukam. Er ging direkt zum Fenster und zog ruckartig an dem Rouleau, so daß es mit einem Knall nach oben sauste.

»Ich bin Lock. Du wolltest mich sprechen?« fragte er.

Ji Shen hatte einen älteren Mann erwartet, doch im plötzlich hellen Licht sah sie, daß Lock erst in den Dreißigern war. Schmaler Schnurrbart, dunkles Haar, adrett seitlich gescheitelt, mittlere Größe, mittleres Gewicht. Er trug einen teuer aussehenden zweireihigen Anzug. Sein Eau de Cologne erfüllte das Zimmer mit Duft und machte Ji Shen schwindelig. Sie wollte sich umdrehen und aus der Wohnung rennen, zwang sich statt dessen aber zu sprechen: »Ling hat mich geschickt. Sie hat gesagt, Sie wären bereit, jedem zu helfen, der arbeiten will. Ich will arbeiten.«

Lock lächelte und musterte sie einen Augenblick lang eingehend. »Ja, das sehe ich. Du siehst aus wie eine junge Frau, der ich vertrauen kann.«

Ji Shen nahm ihren Mut zusammen. »Ling hat gesagt, sie würden mir die Waren besorgen, die ich verkaufen soll.«

Lock lächelte erneut. »Wie du siehst, kann ich dir soviel Ware beschaffen, wie du verkaufen kannst. Du bekommst von allem, was du verkaufst, einen Teil des Gewinns. Je mehr du verkaufst, desto mehr Geld machst du. Ganz einfach.«

»Ja«, stimmte Ji Shen zu. *Ja*, dachte sie, *ganz einfach*. Wenn sie für Lock arbeitete, konnten sie und Pei vielleicht aus der Pension ausziehen und mußten sich keine Gedanken mehr darum machen, jeden Cent zu sparen. Und sie könnte einen neuen Victrola kaufen – für den Tag, an dem Mrs. Finch aus dem Stanley Camp freigelassen werden würde. Das hier war das erste Positive seit langer Zeit.

»Dann sollst du deine Chance haben«, meinte Lock. Er kam näher und streckte die Hand aus. »Ein Geschäft sollte mit einem Handschlag abgeschlossen werden.«

Ji Shen blickte auf Locks helle, zarte Hand. Sie streckte die ihre aus, er nahm sie, und sie spürte seinen festen, weichen Händedruck.

Während der ersten Tage, an denen Ji Shen für Lock arbeitete, sah sie über ein Dutzend Leute, die in seiner Wohnung in Wan Chai aus und ein gingen, darunter eine Frau namens Lan Wai. Obwohl sie beide im selben Alter waren, wirkte Lan Wai um Jahre älter. Sie war mager, hatte einen roten Seidenschal um den Hals gebunden, und über ihre Stirn zogen sich bereits tiefe Falten. Ihre Augen blickten müde, als hätte sie während ihrer zwanzig Lebensjahre schon eine Menge gesehen. Die meisten Leute, die in die Wohnung kamen, waren Straßenhändler, die für Lock arbeiteten, doch es gab auch andere, seriös aussehende Männer, die gedämpft sprachen. Offensichtlich gab Lock sich große Mühe, diese Besucher zufriedenzustellen.

»Wer sind diese Leute?« fragte Ji Shen Lan Wai.

»Sie sind von den *Triaden*. Lock arbeitet für sie, und wir arbeiten für Lock.«

Ji Shen wurde es heiß, bei der Erwähnung der Triaden fühlte sie sich gar nicht wohl. Sie wollte mehr fragen, ließ es aber sein; die Erklärung war sicher ganz einfach. Lock war der Zwischenhändler, der sie vor allen Schwierigkeiten des Geschäfts schützte. Sie kaufte und verkaufte, brachte ihre Einnahmen zu Lock, der sie wiederum an die *Triaden* weiterleitete. Jeder erzielte dabei einen kleinen Profit. Am besten für sie war es, wenn sie so unsichtbar wie möglich blieb, den Mund zu und die Augen offen hielt.

Lock hatte Lan Wai mit ihr losgeschickt, damit sie Ji Shen »das Geschäft beibringt«, wie er sagte. Während sie einen Karton mit Fleischkonserven in die Nähe des Central Markets trugen, um sie dort zu verkaufen, erfuhr Ji Shen Lan Wais Lebensgeschichte. Sie hatte auf der Straße gelebt, seit sie zehn Jahre alt war, sagte Lan Wai.

»Eines Tages habe ich mich auf dem Markt nur einmal umgedreht, und meine Mutter war zusammen mit meinem jüngeren Bruder Nai verschwunden«, erzählte Lan Wai ganz sachlich. »Vermutlich konnte sie nur einen von uns satt bekommen, und das sollte er sein.«

Lan Wai sah sich auf der belebten Straße um, dann deutete sie auf ein Straßeneck direkt gegenüber von ihnen. »Du mußt darauf achten, daß immer genügend Zugänge zu anderen Straßen da sind, falls die japanischen Soldaten dir Ärger machen. Und nimm nie so viel mit, daß du nicht alles auf einmal packen und davonrennen kannst.«

Ji Shen nickte. »Was hast du gemacht, als deine Mutter dich verlassen hat?«

Lan Wai stellte den Karton ab und holte eine Fleischkonserve heraus. »Nimm nie mehr als eine Dose heraus«, sagte sie, dann kam sie auf ihre Geschichte zurück. »Ich habe angefangen zu weinen, aber niemand hat besonders auf mich geachtet, also bin ich einfach losgegangen und habe gehofft, daß ich meine Mutter und meinen Bruder schon irgendwie finden würde. Ich hab sie nie gefunden, aber eine alte Frau hat Mitleid mit mir gehabt. Sie hat mir eine Decke und jeden Abend ein paar Essensreste gegeben.«

Ein magerer Chinese mit rasiertem Kopf kam herüber. »Wieviel?« fragte er und deutete mit seinem knochigen Finger auf die Dose.

»Fünf Hongkong-Dollars oder drei Hongkong-Yen«, stieß Lan Wai hervor, ohne ihn direkt anzusehen.

»Zuviel«, antwortete der Mann.

Lan Wai hielt ihm die Dose vors Gesicht. »Da drin sind gute Zutaten. Sie bekommen damit viel mehr in den Bauch als mit dem Zeug, das andere Ihnen verkaufen. Fühlen Sie mal, wie schwer die Dose ist.« Sie drückte ihm die Konservenbüchse in die Hand.

Der Mann wog sie auf der Handfläche. »Ich habe nur zwei Hongkong-Yen.«

Lan Wai zögerte; sie sah zu Boden, dann wieder auf. »Okay, nur diesmal. Nur für Sie.« Sie lächelte.

Ji Shen sah dem Mann nach, wie er langsam davonging, die Dose fest in der Hand. Sie fragte sich, wie viele Mäuler wohl aus dieser einen Dose gefüttert werden würden.

»Hast du nie Mitleid mit…«

»Das kannst du nicht«, fauchte Lan Wai, bevor Ji Shen ihren Satz beenden konnte. Doch dann wurde sie wieder freundlich. »Wahrscheinlich macht er nur kehrt und verkauft sie weiter, mit Gewinn.«

Ji Shen zuckte die Achseln. »Ja, ich verstehe«, sagte sie, beugte sich über den Karton und holte eine neue Dose heraus.

Später, als sie den ganzen Karton voller Fleischkonserven verkauft hatten, lachte Ji Shen triumphierend. »Es war gar nicht so schwer!«

»Es wird sogar noch leichter«, sagte Lan Wai. »Du hast es gut gemacht.«

Ji Shen spürte eine warme Welle der Freundschaft zu der mageren jungen Frau neben ihr in sich aufsteigen. Lan Wai war das Gegenteil ihrer reichen, verwöhnten Klassen-

Wege der Seidenfrauen　　　天　187

kameradinnen im St. Cecilia, und Ji Shen empfand ihr gegenüber dasselbe unkomplizierte Vertrauen, das sie auch zu Quan hatte.

»Meine Eltern und meine Schwester sind von den Japanern umgebracht worden«, stieß sie plötzlich hervor.

Lan Wai schüttelte traurig den Kopf. »Das tut mir so leid. Meine Mutter hat mir diesen Schal gegeben. Ich hoffe immer noch, daß sie ihn eines Tages sieht und sich an mich erinnert«, sagte sie und berührte ihn. »Dann sind wir also beide Waisen. Du brauchst wenigstens nicht das Gesicht jeder Frau auf der Straße genau ansehen und dich fragen, ob sie deine Mutter sein könnte.«

»Wenigstens das«, wiederholte Ji Shen.

Ji Shen konnte es nicht länger vor Quan geheimhalten, daß sie nun für andere Leute arbeitete. Bis zum Ende der Woche war ihr das immer klarer geworden. Sie fand keine neuen Ausreden mehr, und sie wußte, daß Quan Verdacht geschöpft hatte. Die ganze Nacht wälzte sie sich herum, immer bemüht, Pei nicht aufzuwecken. Am nächsten Morgen wartete sie auf Quan und bat ihn, ein Stück mit ihr zu gehen.

»Ist alles in Ordnung?« fragte er.

Ji Shen nickte. »Ich wollte dir sagen, daß ich eine Zeitlang für jemand anderen arbeite«, sagte sie schließlich, ohne es zu wagen, ihn anzusehen. »Nur bis ich ein bißchen Geld auf die Seite gebracht habe.«

Quan blieb stehen. »Für wen?«

»Er heißt Lock.«

Ein kurzes, atemloses Schweigen war die Antwort. Ji Shen blickte auf und sah, wie wütend Quan war – sein Gesicht war rot angelaufen, und er starrte sie ungläubig an.

»Wie kannst du nur so strohdumm sein?« fragte er. »Weißt du nicht, daß du nie mehr herauskommst, sobald du dich einmal mit den *Triaden* eingelassen hast? Lock würde seine eigene Familie verkaufen, wenn es ihm einen guten Preis einbrächte!«

In Ji Shen stieg plötzlich kalte Wut auf, der Puls ihrer Schläfenader pochte. Wie konnte er es wagen, so mit ihr zu reden? Er würde nie etwas anderes sein als ein Rikschafahrer. Er erkannte eine gute Gelegenheit nicht, selbst wenn sie direkt vor seiner Nase lag. Sie hatte es satt, daß er immer auf sie aufpaßte, immer wußte, was das beste für sie war.

Erst eine Woche war es her, und schon hatte Lock ihr beigebracht, was man kaufen und verkaufen sollte; wie man sich durchschlug und überlebte, so wie er. Er ließ sie das sein, was sie sein wollte.

»Es geht dich nichts an, was ich mache!« Ji Shen spürte heiße Tränen in ihren Augen aufsteigen. »Es ist mein Leben.«

Sie hörte das leise Grollen seiner mißbilligenden Worte und krampfte fest die Hände hinter dem Rücken zusammen. Seine schwieligen Hände. Ji Shen starrte auf sie. Sie gehörten zu seinen Merkmalen, an denen sie ihn immer erkennen würde. Seine Hände zeigten seinen ganzen Charakter: daß er hart arbeitete, daß er aufrichtig war, jemand, auf den man sich verlassen konnte. Warum konnte er sich nicht einfach für sie freuen? Quan bedeutete für Ji Shen mehr, als er wußte; er würde für sie immer der erste Freund in Hongkong sein, der Bruder, den sie nie gehabt hatte.

»Du weißt nicht, was du willst«, argumentierte Quan. »Du läßt dich nur blenden von seinem protzigen Auftreten!«

Ji Shen holte tief Luft und versuchte sich zu sagen, daß aus Quan nur seine Wut oder seine Eifersucht sprachen. Quan verstand nicht, daß Lock auf der Straße skrupellos sein mußte, sonst wäre er »schon vor langer Zeit geschluckt worden«, wie er ihr neulich erklärt hatte. Lock hatte ein schweres Leben gehabt – er hatte auf der Straße gelebt, seit er zwölf Jahre alt war, und noch dazu einen kleineren Bruder und eine kleinere Schwester großgezogen.

Wege der Seidenfrauen

»Und was ist mit Pei?« Quans Stimme klang gepreßt, aber ruhiger. »Glaubst du, sie würde es wollen, daß du dich mit den *Triaden* einläßt?«

Ji Shen ließ sich Zeit mit der Antwort; ihre Kehle war so trocken, daß sie kaum schlucken konnte. Sie wußte, daß Pei es niemals gutheißen würde, daß sie mit jemandem so viel Älteren zusammen war, der noch dazu in Verbindung zu den *Triaden* stand, so gewandt und großzügig Lock auch sein mochte.

»Es ist mein Leben«, sagte Ji Shen schließlich, ohne Quan in die Augen sehen zu können.

Die Versammlung

Song Lee ging rasch noch einmal durch den Aufenthaltsraum, machte das Fenster auf und stellte die Stühle so, daß genügend Platz für alle Schwestern war, die sie zu der Zusammenkunft erwartete. Es war die erste große Versammlung seit Beginn der Besatzung. Die meisten ihrer Treffen waren auf die kleinen Gruppen von Schwestern beschränkt gewesen, die in verschiedenen Pensionen in Wan Chai wohnten. Vorrang hatten alltägliche Probleme des Überlebens. In jedem Haus wurden die Diskussionen davon bestimmt, wie man Geld verdienen und genügend zu essen beschaffen konnte, und rasch griffen die Frauen wieder auf das alte System gegenseitiger Unterstützung zurück, das sie im Schwesternhaus praktiziert hatten. Viele der Schwestern hatten während der Jahre, in denen sie als Amahs gearbeitet hatten, Geld gespart, doch die meisten wuschen, bügelten oder putzten, um sich über Wasser zu halten. Ein paar handelten auch hin und wieder auf dem Schwarzmarkt oder nahmen kleine Kredite bei der Schwesternschaft auf. Song Lee war immer stolz darauf, daß sie das Geld der Schwesternschaft in einem sicheren Versteck bewahrt und nie auf einer Bank angelegt hatte, wie andere es vorgeschlagen hatten. Dann wäre jetzt alles an die japanischen Teufel verloren gewesen, und viele ihre Schwestern wären ohne diese Hilfe nicht durchgekommen.

Zumindest einmal im Monat versuchte Song Lee, die Versammlungen in anderen Häusern zu besuchen, damit alle auf dem laufenden blieben. Gerade in der jetzigen Zeit verhielten sich die Schwestern so unauffällig wie möglich. Irgendwelche Aufmerksamkeit auf die Organisation ihrer Schwesternschaft zu lenken, das war das letzte, was sie oder die anderen wollten.

Song Lee zündete vor der Statue Kuan Yins die dünnen Räucherstäbchen an und betete, daß bei der Versammlung alles glatt verlaufen möge. Seit jeher waren ihre Schwestern ihre Familie gewesen, und nun mußte sie ihnen sagen, daß nicht mehr genug Geld da war, um während der Besatzungszeit weitere Kredite zu vergeben. Das Geld für die Altersversorgung wollte Song Lee erst antasten, wenn es wirklich keine andere Wahl mehr gab. Jetzt konnten sie immer noch kochen, putzen, bügeln oder Fäkalien zur Seite schaufeln, um sich durchzuschlagen. Manchmal konnte Song Lee kaum glauben, welche Macht ihre Worte ausübten. Ihre Schwestern hörten ihr immer zu wie gebannt und taten dann das, was sie vorschlug. Als Kind hatte Song Lee lieber für sich behalten, was sie hätte sagen wollen, aus Angst, die Wörter würden irgendwie das Leben um sie herum verändern. Als Erwachsene wünschte sie sich gerade das.

Sie atmete den beißenden Geruch der brennenden Räucherstäbchen ein, der ihr jedesmal die bittersüße Erinnerung an ihre einsame Kindheit und den einen Menschen zurückbrachte, den sie immer noch in ihren Träumen sah. Sie fragte sich, wie anders das Leben wohl verlaufen wäre, wenn sie damals nur etwas gesagt hätte.

Wege der Seidenfrauen

Ein Jahr nachdem man die siebenjährige Song Lee für die Arbeit in der Seidenfabrik bestimmt hatte, war ein achtjähriges Mädchen namens Ching Lui in das Mädchenhaus gekommen. Ching Lui war all das, was Song Lee nicht war – schön, tapfer, freimütig und dickköpfig. Während der nächsten sechs Jahre ihres Lebens war sie Song Lees beste Freundin gewesen; nie wieder hatte sie so jemanden gehabt, der fast wie eine richtige Schwester für sie war.

An warmen Sommerabenden überredete Ching Lui Song Lee oft, sich leise mit ihr aus dem Mädchenhaus zu stehlen und mit ihr hinunter zum Fluß zu gehen. Song Lee erinnerte sich immer noch an die erstickende Hitze und den satten Geruch der feuchten, roten Erde, an das erschrockene Schaudern, wenn das kühle Wasser gegen ihre warme Haut schwappte, während ihre Zehen im weichen, schlammigen Boden versanken.

»Traust du dich oder nicht?« flüsterte Ching Lui von ihrem Bett her, das neben dem von Song Lee stand.

»Wir können nicht«, flüsterte sie zurück. »Wir werden bestraft, wenn man uns erwischt.« Es war immer wieder dasselbe Hin und Her zwischen ihnen.

Sie sah, wie Ching Luis Schatten sich auf dem Bett aufrichtete. »Dann lassen wir uns halt nicht erwischen.«

Song Lee zögerte. »Ich weiß nicht.«

Ching Lui beugte sich dicht zu ihr hinüber. »Du hast anfangs immer Angst, aber später hast du riesigen Spaß. Komm.« Sie zog an Song Lees Hand.

Song Lee zog ihre Hand zurück. Sofort vermißte sie die Berührung ihrer Freundin, aber diesmal wollte Song Lee ihr nicht folgen. Die regelmäßigen Atemzüge der anderen Mädchen schwebten in dem langen Zimmer wie ein Windhauch über ihnen, als sie Ching Lui leise zur Tür gehen sah. Song Lee setzte sich im Bett auf, machte aber immer noch keine Anstalten, ihr zu folgen.

Ching Lui war an der Tür auf der anderen Seite des Zimmers und winkte Song Lee noch einmal, daß sie mitkommen sollte. In diesem Augenblick in der Dunkelheit wollte Song Lee ihrer Freundin sagen, sie solle nicht gehen, aber sie schwieg, weil sie Ching Luis ungestümen Charakter kannte. Statt dessen legte sich Song Lee zurück auf ihr Bett und blickte erst wieder auf, als sie hörte, wie die Tür leise zuklinkte.

Song Lee sah es im Geiste, wie Ching Lui sich die Stufen hinunterstahl und dann durch die Haustür schlüpfte, sah, wie sie dann über das Feld zum Fluß lief, wo sie ihr Nachthemd am Ufer fallen ließ und sich gleich ins kühle Wasser stürzte. Eine insgeheime Sehnsucht stieg in Song Lee auf.

Die ganze Nacht wartete sie darauf, daß Ching Lui zurückkam. Doch sie kam nicht zurück, und Song Lee war es, die sie tot am Flußufer in dem roten Schlamm fand.

Ching Lui war ausgerutscht, als sie ins Wasser steigen wollte, und war mit dem Kopf auf einem Stein aufgeschlagen. Als man sie in das Mädchenhaus brachte, ging Song Lee nicht in die Nähe des Leichnams. *Ich hätte etwas sagen sollen. Ich hätte mit ihr gehen sollen:* ein endloses Klagelied, das ihr wieder und wieder im Kopf herumging. Mit dreizehn Jahren waren Gedanken an den Tod so fremd und so weit weg. Sie wartete weiter darauf, daß Ching Lui zurückkommen und ihr sagen würde, alles sei nur ein Spaß gewesen.

Zwei Tage lang drang der Geruch von Räucherstäbchen durch das Mädchenhaus, Song Lee glaubte schon, sie würde daran ersticken. Am zweiten Abend, bevor Ching Luis Leichnam von ihrer Familie abgeholt wurde, war Song Lee fast eingeschlafen, obwohl der Geruch der Räucherkerzen überwältigend war. Sie spürte plötzlich einen warmen Körper neben sich. »Es war gut, daß du hiergeblieben bist«, flüsterte eine Stimme. Song Lee lag wie erstarrt in ihrem Bett. Als sie endlich den Kopf wieder bewegen konnte, lag sie allein in

Wege der Seidenfrauen

ihrem Bett. Nur ein leiser Duft von Räucherkerzen stieg noch von ihrem Kissen auf.

Song Lee hörte Stimmen im Treppenhaus und fragte sich, ob Pei und Ji Shen zu der Versammlung kommen würden. Sie spürte, daß die beiden im Augenblick eine schwierige Zeit durchlebten. Ji Shen war genauso eigenwillig, wie Ching Lui es gewesen war. Sie lebte für den Augenblick; was später daraus werden sollte, war für sie zweitrangig. Song Lee hatte versucht, die Wogen zwischen Pei und Ji Shen zu glätten, indem sie beide in die Treffen der Seidenschwestern einbezog.

»Kommt doch heute abend«, hatte sie Pei beim Frühstück noch einmal gebeten.

»Ich versuche es«, antwortete Pei unverbindlich und stocherte mit dem Löffel in ihrem wässrigen Jook.

»Für dich und Ji Shen wäre das doch einmal etwas Neues«, fügte Song Lee hinzu.

Pei zögerte. »Ich glaube nicht, daß Ji Shen rechtzeitig da sein wird.«

»Wir alle machen schwierige Zeiten durch, und gerade Ji Shen ist so sehr für Eindrücke empfänglich«, hatte Song Lee sanft geantwortet. »Es wird schon alles gut werden. Eins nach dem anderen.«

Pei sah auf. All die Sorgen und Schwierigkeiten zeigten sich plötzlich in den zarten Fältchen um ihre Augen. »Danke«, flüsterte sie.

Song Lee hätte gern noch mehr gesagt, hielt sich aber zurück. Im Laufe der Jahre hatte sie sich ihren inneren Frieden bewahrt, indem sie immer einen Schritt Distanz hielt und nie so nahe kam, daß sie nicht mehr sehen konnte, was direkt vor ihr lag.

Es klopfte an der Tür, und Luling kündigte aufgeregt an, daß die Seidenschwestern kamen. Song Lee hörte die Stimmen und das Lachen im Treppenhaus, wie ein Vogelschwarm, der zu ihr kam. Sie wandte sich noch einmal der Göttin Kuan Yin zu, schloß kurz die Augen und entspannte sich im Duft der Räucherkerzen.

KAPITEL NEUN

1945

Pei

Ein schräg einfallender Strahl der Morgensonne erwärmte das Zimmer, als Pei die letzten Wäschestücke zusammenfaltete und sie ordentlich in die abgenutzte Kommode räumte. Sie hatten nicht mehr viel Zeit, denn sie waren wieder mit Mr. Ma verabredet.

Völlig unbefangen war das Verhältnis zwischen Pei und Ji Shen nur noch bei ihren Besuchen in Stanley Camp. Am ersten Donnerstag jeden Monats trafen sie Mrs. Finch am hinteren Zaun des Lagers; während der vergangenen eineinhalb Jahre hatten sie regelmäßig eine Fahrt mit Mr. Ma vereinbart und bezahlt. Er kannte sie nun so gut, daß er ihnen Süßigkeiten aus Kokosnuß schenkte und Pei erlaubte, vorne bei ihm zu sitzen: »Hier können Sie viel mehr sehen.«

Die holprige Fahrt in dem engen Lieferwagen wurde Ji Shen anscheinend nie zuviel. Wenn sie so unterwegs waren, hatte Pei das Gefühl, daß Ji Shen wieder das junge Mädchen war, das sie so gut kannte, ungezwungen und natürlich, immer zum Lächeln bereit.

»Glaubst du, Mrs. Finch wird das mögen?« fragte Ji Shen und zog eine Dose mit Würstchen aus der Leinentasche, die schwer auf ihrem Bett lag.

196 天   *Gail Tsukiyama*

Pei hörte, wie andere Konserven in der Tasche dumpf gegeneinanderschlugen. »Ganz bestimmt.« Sie hätte Ji Shen gerne umarmt.

Ji Shen kicherte. »Diesmal habe ich sogar eine Dose Erbsen aufgetrieben!«

Pei beherrschte sich, um keine zu große Begeisterung über Ji Shens Geschäfte zu zeigen, obwohl sie wußte, daß der Schwarzmarkt in Hongkong lebensnotwendig geworden war, und obwohl sie sich freute, daß Ji Shens Überraschungen Mrs. Finch immer neuen Aufschwung gaben. Jeden Monat packte Ji Shen Lebensmittel und andere unentbehrliche Dinge für Mrs. Finch ein. Manchmal hatte sie nur Fleischkonserven und Cracker, doch in anderen Monaten stellte sie glücklich mehrere Büchsen mit Sardinen und Leberpastete, abgepacktes Brot und sogar eine kleine Schachtel Pfefferminzbonbons zusammen, als würde sie eine Feier vorbereiten.

»Hast du Song Lee gesagt, daß wir heute den ganzen Tag fort sind?« Pei schloß die Schublade.

»Mache ich gleich«, antwortete Ji Shen.

Pei nickte. »Beeil dich – Mr. Ma möchte sicher nicht zu lange auf uns warten.«

Sie sah Ji Shen nach, wie sie die Tür öffnete und die Treppe der Pension hinunterrannte. Pei stand im warmen Sonnenlicht und wünschte sich, daß jeder Tag so einfach sein sollte.

Jeden Monat, wenn sie durch die Stadt nach Stanley fuhren, wurde es deutlicher, wie Hongkong unter der japanischen Besatzung verfiel. Straßen, Hotels und Restaurants hatten in den vergangenen dreieinhalb Jahren japanische Namen bekommen, aber die Besatzer hatten wenig getan, um Hongkong wieder aufzubauen. Der Lieferwagen mußte sich immer noch vorsichtig durch die aufgerissenen Straßen schlängeln; Gebäude, die seit den ersten Kriegstagen zerbombt, zerschossen oder ausgebrannt waren, blieben baufällig. Lebens-

Wege der Seidenfrauen

mittel und Heizmaterial waren immer noch knapp, und während die Besatzung andauerte, wurde es klar, daß die Japaner Hongkong nicht aus seiner Not holen, sondern es noch weiter ins Elend hineinstoßen würden. Die Straßen waren immer noch verwüstet, doch zumindest hatte es im vergangenen Jahr weniger japanische Patrouillen gegeben. Während der ganzen Zeit hatten die Chinesen einfach Möglichkeiten gefunden zu überleben.

Die meisten Chinesen in Hongkong hatten gelernt, mit den japanischen Aggressoren zusammenzuleben, mit sowenig Blutvergießen wie möglich. Sie schlossen sich zusammen, feilschten untereinander, bestahlen sich gegenseitig und taten alles, was nötig war, um das Leben angesichts der schwächer werdenden japanischen Macht am Laufen zu halten.

Der Juni war erstickend heiß. Pei und Ji Shen waren schweißgebadet, als das ausgedörrte, farblose Lager in Sichtweite kam. Pei betete, daß es Mrs. Finch besser ging. Letzten Monat war sie so blaß und dünn gewesen, hatte nur abgehackt und mühsam gesprochen. Pei wünschte sich nur, die Besatzung würde zu Ende gehen, so daß Mrs. Finch wieder gesund werden könnte.

Eine Gruppe Internierter stand schon am Stacheldrahtzaun, schrieb den Händlern Schuldscheine aus, die ihre Geschäfte nun zumeist morgens machten, bevor es zu heiß wurde. Pei vermutete, daß die Verkäufe derzeit eher milde Gaben waren, da sie sich nicht vorstellen konnte, wie die Jungen jemals all die Schuldscheine einlösen sollten.

Pei machte sich Sorgen, wie Mrs. Finch die Hitze überstehen würde. Die überfüllten Gebäude, die sich den ganzen Tag über in der Backofenglut der Sonne aufheizten, waren in der Nacht sicher erstickend. Mrs. Finch hatte Pei bei jedem Besuch versichert, daß sie beim Lagerarzt gewesen war, aber jeden Monat sah sie schwächer aus.

Am Tag zuvor war Pei bei dem alten Kräuterkundigen gewesen und hatte ihm Mrs. Finchs Kurzatmigkeit und ihre geschwollenen Knöchel geschildert. Er hatte den Kopf geschüttelt. »Bei der Bombardierung ist so viel verbrannt. Ich kann ihr nur das hier geben.« Er schüttete gleiche Mengen dunkler Blätter und kleiner trockener Ästchen aus verschiedenen Tonkrügen auf weiße Papierbögen, die er dann einzeln zusammenfaltete. Pei bemerkte, daß es eine andere Zusammenstellung von Kräutern war als das letzte Mal. »Sagen Sie ihr, das ist Ginseng Tee. Dann wird er ihr weniger fremd vorkommen.«

Pei nickte dankbar.

»Sie soll alles trinken«, erklärte ihr der alte Kräuterhändler. »Zehn Tage lang eine Schale täglich, sonst nützt es nichts!«

Unter der heißen Sonne eilten sie den Weg hinunter.

»Ich sehe Mrs. Finch nicht«, sagte Ji Shen.

Pei blinzelte in dem grellen Licht. »Es ist besser, wenn sie nicht draußen in der Sonne wartet.«

»Da ist sie!« Ji Shen deutete auf das Ziegelgebäude.

Mrs. Finch kam langsam auf sie zu. Pei winkte, doch ihre Hand erstarrte in der Luft, als sie sah, daß ihre Freundin noch magerer und ihr Schritt noch zögernder geworden war. Pei tat es im Herzen weh, wenn sie sah, wie Mrs. Finch jeden Monat mehr dahinwelkte.

»Wie geht es Ihnen?« rief Pei und versuchte zu lächeln.

Mrs. Finch winkte. »Mir geht es gut.« Lächelnd kam sie näher heran. »Es ist nur die Hitze, die meine Knöchel ein wenig anschwellen läßt.«

Pei drängte sich näher an den Zaun. »Sie sehen blaß aus.«

Sogar die Blumen auf Mrs. Finchs Kleid waren durch häufiges Waschen verblaßt. »Nur das heiße Wetter. Nichts, worum man sich Sorgen machen müßte.« Mrs. Finch wischte sich mit einem Taschentuch die Stirn ab.

Wege der Seidenfrauen

Ji Shen ließ den Leinenbeutel von der Schulter gleiten. »Schauen Sie, was wir Ihnen mitgebracht haben!« Sie zog eine Dose heraus und schob sie durch den Stacheldrahtzaun.

»Mein Gott, Erbsen! Man stelle sich vor, daß ich mich als Kind immer geweigert habe, sie zu essen! Und jetzt sind sie Gold wert.« Sie lachte und nahm Ji Shens Hand. »Danke, meine Liebe.«

»Versuchen Sie, sich so wenig wie möglich in der Sonne aufzuhalten«, fuhr Pei fort. »Und trinken Sie diesen Ginseng Tee.« Sie reichte Mrs. Finch die Tasche mit den weißen Papierpäckchen, die der alte Kräuterhändler ihr gegeben hatte. »Sie müssen ihn nur ein bißchen in heißem Wasser ziehen lassen. Versprechen Sie mir, daß Sie jeden Tag eine Tasse trinken werden. Er wird Sie stärken.«

Mrs. Finch nahm die Kräuter und nickte. »Mach dir nicht solche Sorgen. Du benimmst dich, als wärst du so alt wie ich! Welche Neuigkeiten habt ihr nun für mich?«

»Die Japaner wissen nicht mehr, was sie mit uns anfangen sollen«, mischte Ji Shen sich ein. »Seit über drei Jahren sind sie nun in Hongkong und haben uns immer noch nicht in ihr kleines Tokio verwandelt. Nichts hat sich verändert, außer daß Hongkong immer noch ein Trümmerfeld ist und sie im ganzen Pazifikraum immer mehr an Macht verlieren.«

Mrs. Finch blickte erleichtert. »Das sind gute Nachrichten. Diese Besatzung wird ein Ende nehmen!«

»Und wir werden wieder zusammensein«, fügte Ji Shen hinzu.

»Ich fürchte, es ist nicht mehr viel übrig von dem, wo wir zusammensein können.« Mrs. Finch sah wehmütig drein.

»Meine Flickarbeiten sind recht gefragt. Wir fangen ganz von vorn an«, sagte Pei. »Sie werden im Nu hier draußen sein…« Der Rest des Satzes wurde von einer plötzlichen Leere verschluckt.

»Und bis dahin, was für ein Genuß!« Mrs. Finch preßte

sich den Tee und die Konserven an die Brust. »Warte nur, bis ich dich auf den Tanzboden bekomme«, neckte sie Ji Shen.

»Ich kann es nicht erwarten«, erwiderte Ji Shen. Keine von beiden erwähnte den Victrola.

»Bitte, bleiben Sie drinnen, wenn Sie können«, bat Pei.

Mrs. Finch nickte. Sie stellte ihre Sachen ab, dann langte sie durch den Stacheldraht und ergriff ihre Hände. »Versprecht mir, daß ihr euch immer umeinander kümmern werdet.«

»Machen Sie sich keine Sorgen um uns«, sagte Ji Shen.

Pei umklammerte Mrs. Finchs Hand, sie wollte sie nicht loslassen. »Nächsten Monat kommen wir wieder. Trinken Sie regelmäßig jeden Tag den Tee, und versuchen Sie, ein wenig Ruhe zu bekommen.«

»Ihr beide habt mir mehr bedeutet, als ich sagen kann.« Mrs. Finch drückte noch einmal Peis Hand.

Pei erschrak über die Endgültigkeit, die in Mrs. Finchs Worten und ihrem ganzen Verhalten mitschwang. »Sie haben uns aufgenommen, als niemand anderer es getan hätte.«

Mrs. Finch lachte. »Und ich habe es keinen Augenblick lang bereut.« Dann sah sie beiden noch einmal lange und fest in die Augen. »Denkt immer daran, daß das Leben aus Veränderungen besteht. Wir können nicht davor davonlaufen.«

»Sie können zusammen mit uns in die Pension ziehen«, meinte Ji Shen.

Pei schluckte. »Das werden wir später sehen«, sagte sie leise.

»Ja, später«, wiederholte Mrs. Finch.

Länger als gewöhnlich blieb Mrs. Finch stehen und sah ihnen nach, wie sie den Feldweg hinaufgingen. Als Pei sich umsah, stand sie immer noch am Zaun und blickte zu ihnen nach oben, als wären sie ein Himmel voller Sterne.

Wege der Seidenfrauen   天 201

Mrs. Finch

Seit Jahresbeginn wiederholte Mrs. Finch ihren Freundinnen eine Entschuldigung nach der anderen: »Es geht mir gut, ich habe nur etwas gegessen, das mir nicht bekommen ist«, oder: »Fangt schon einmal mit dem Spiel an, ich habe letzte Nacht nicht gut geschlafen.«

Isabel Tate bemerkte bald, daß Mrs. Finch ernstlich krank war, und überredete sie, sich im Krankenhaus untersuchen zu lassen.

Die Tabletten für ihr Herz, die man ihr gegeben hatte, halfen wenig. Die meisten guten Medikamente waren von den Japanern konfisziert oder zerstört worden. »Wir können etwas gegen Durchfall tun, eine Schnittwunde verbinden oder Ihnen Aspirin gegen Kopfschmerzen geben.« Der junge englische Lagerarzt schüttelte bekümmert den Kopf. »Aber Ihnen können wir wenig anbieten. Sogar unsere Monatsration an Zinksalbe, Alkohol und Verbandsmaterial reicht kaum für zwei Wochen.«

»Sie brauchen sich nicht zu entschuldigen.« Mrs. Finch versuchte zu lächeln und den Arzt zu beruhigen. »Ich werde jeden Tag als Geschenk annehmen.«

Wie schön war es gerade heute morgen gewesen, wie klar und scharf hatten sich die Farben des Meeres und der Berge vor ihr abgezeichnet, so nahe, als könnte man sie berühren. Wie konnte sie dem Sterben nahe sein, wenn alles sich so lebendig anfühlte, als könnte man es greifen?

»Wenn Sie sich genügend schonen, erleben Sie vielleicht noch das Ende dieses Krieges, wer weiß!« Der Arzt ergriff ihre zitternde Hand.

Jeden Tag aß Mrs. Finch weniger; sie hatte das Gefühl, daß ein enges Band ihre Brust einschnürte, so daß sie nur mühsam schlucken konnte. Nur nach einem Besuch von Pei und

Ji Shen gab sie sich wirklich Mühe, etwas zu sich zu nehmen.

In Peis dunklen Augen und an der Angst in ihrer Stimme, als sie bat, sie solle auf sich achtgeben, las Mrs. Finch ihren eigenen Verfall. Caroline hatte den beiden jungen Frauen sagen wollen, daß ihr Leben zu Ende ging, daß nicht einmal ihre Liebe zu ihnen ihr müdes Herz noch länger schlagen lassen würde. Oft hatten ihr die Worte schon auf der Zunge gelegen.

Mrs. Finch gab daher auf sich acht und betrachtete nichts als selbstverständlich. Sie fragte sich, warum man so spät im Leben weise wurde, wenn man nur noch so wenig Zeit hatte, die Gabe zu würdigen, daß man Lebenserfahrung hatte und die Dinge zu nehmen wußte. Sie hatte eine glückliche Ehe und ein erfülltes Leben gehabt. Nun wünschte sie sich nur, noch ein paar Jahre mit Pei und Ji Shen zu verbringen.

Mrs. Finch teilte ihre Erbsen und Würstchen mit Mrs. Tate und einigen anderen Frauen, mit denen sie an jedem Mittwochnachmittag Rommé spielte. Es war eine willkommene Ergänzung zu ihren täglichen drei Mahlzeiten aus Reis, Rüben, Schalotten und dünnem Tee. Es war ihnen so gut gelungen, einen regelmäßigen Plan aufzustellen, daß ihr gewohnter Trott im Lager sich nicht sehr von ihrem Leben im freien Hongkong unterschied. Nach dreieinhalb Jahren im Stanley Camp war das *British Empire* hinter dem Stacheldrahtzaun immer noch sehr lebendig. Während dieser Zeit waren etwa hundertdreißig der dreitausend Häftlinge gestorben, zumeist an Krankheiten, die nicht behandelt wurden. Die übrigen kranken und erschöpften Internierten zankten sich und träumten von weichen Betten und eigenen Badezimmern.

»Ich würde mein Leben für ein paar zarte Spargelspitzen geben!« seufzte Mrs. Tate und wischte sich mit einem Taschentuch über die Stirn.

Wege der Seidenfrauen

Sie hatten in der letzten Zeit festgestellt, daß es eine seltsame Befriedigung verschaffte, wenn sie von den Speisen, die ihnen fehlten, redeten, als wäre es ein Ersatz dafür, sie wirklich zu essen.

Louise Powell legte ihre Karten auf den Tisch, zupfte an ihrem Kleid und fächelte sich Luft zu. »Ein saftiges, nicht zu sehr durchgebratenes Steak, garniert mit Zwiebeln, das hätte ich jetzt gern.«

Mrs. Finch lachte. »Ein gut durchgebratenes Kotelett mit scharfem Senf und einer gebackenen Kartoffel mit Sauerrahm. Als Nachtisch Brotpudding.«

»Und ein eiskalter Gin-Tonic!« fügte Mrs. Tate hinzu.

»Warum nicht Champagner?« schlug Mrs. Powell vor.

Mrs. Tate warf ihre Karten auf den Tisch. »Ja, warum nicht? Ein bißchen Schampus liebe ich!«

Mrs. Finch lachte wieder, froh über einen netten Augenblick in diesen zunehmend schwierigen Tagen, in denen sie fühlte, wie sie die Kontrolle über ihren Körper verlor. Seit kurzem fiel ihr schon das Atmen schwerer, es war verbunden mit einem unbehaglich zähen Gefühl im Hals und in den Schultern. Jeden Tag brauchte Mrs. Finch länger, um sich auszuruhen. Die Sommerhitze machte ihr zu schaffen. Während sie auf dem unbequemen Feldbett lag, erinnerte sie sich daran, wie ihre Mutter sich bei einem bösen Anfall von Rheumatismus nur noch ganz langsam hatte bewegen können. »Meine Glieder richten sich gegen mich«, hatte sie immer wieder gesagt.

»Für mich ist das jetzt genug«, sagte Mrs. Finch und stützte sich beim Aufstehen an dem behelfsmäßigen Tisch auf, den sie sich aus weggeworfenen Holzbrettern gebastelt hatte.

»Ist alles in Ordnung mit dir, Caroline?« Isabel betrachtete sie prüfend. Sie kannte die ganze Geschichte, respektierte aber den Wunsch ihrer Freundin, mit der Sache auf ihre Weise umzugehen. Sie erhob sich von ihrem Stuhl. »Hast du das

Aspirin genommen, das sie dir im Krankenrevier gegeben haben?«

»Mir geht es ganz gut.« Mrs. Finch lächelte beruhigend, atmete die warme Luft ein und versuchte, den Atem anzuhalten. »Bitte, spielt weiter, ich ruhe mich nur ein wenig aus und komme dann gleich wieder.«

Sie hielt sich aufrecht und bewegte sich mit sicherem Schritt, nur einmal drehte sie sich um und sah, daß Isabel ihr besorgt nachsah, als sie den kurzen Flur entlang in ihre enge Schlafstube ging.

Mrs. Finch legte sich auf das weiche Feldbett und stieß sich dabei an dem Holzrahmen; ihre Knochen stachen hart von der durchhängenden Segeltuchauflage ab. Sie sehnte sich nach ihrem eigenen Bett in der Conduit Road und nach den weichen Kissen ihrer Kindheit in Cheltenham. Sie konnte sich nicht vorstellen, daß von dem Leben, das sie einst gekannt hatte, noch viel übrig war.

»Gin!« hörte sie noch einmal Mrs. Powells fröhliche Stimme.

»Nicht schon wieder, Louise!« Isabels dünne Stimme wehte von der anderen Seite des Zimmers herüber.

Mrs. Finch lächelte und schloß die Augen, weil ihr Herz so schnell schlug. Plötzlich aufleuchtende Erinnerungen schossen ihr durch den Kopf – die Glasfiguren, warmer Brotpudding, Howards weiße Hemden, der Victrola, der sich drehte und drehte, Pei, die den Leinenbeutel umklammert hielt. Es schien so seltsam, daß man im Lauf eines Lebens so viele verschiedene Arten von Leben erfahren konnte. Mrs. Finch öffnete die Augen wieder. In der Brust spürte sie einen beklemmenden Schmerz, der allmählich nachließ, während sie so still liegenblieb. Sie hörte plötzlich Howards herzhaftes Lachen. »Du grübelst zuviel, altes Mädchen«, sagte er.

Mit jedem klopfenden Herzschlag an den großen, freundlichen Howard denken... an die lächelnden Gesichter von

Wege der Seidenfrauen　　　天　205

Pei und Ji Shen auf der anderen Seite des Stacheldrahtzauns... daran denken, wie alles sich anfühlte, als würde es
immer langsamer, komprimierter, bis nur noch dunkle, kühle Leere da war – und dann einfach der Stillstand.

Meeresgöttin

Pei und Ji Shen eilten den Weg entlang nach Stanley Camp.
Der Julimorgen war schon sehr warm, und sie fühlten sich
heiß und verschwitzt, doch die Luft am Meer war weniger
stickig als die heißen, überfüllten Straßen von Central und
Wan Chai. Pei atmete ein und versuchte sich zu entspannen.
Die ganzen Wochen nach ihrem letzten Besuch hatte sie sich
unbehaglich gefühlt und darüber nachgegrübelt, daß sie vergessen hatte, Mrs. Finch noch etwas zu sagen, als sie sich im
letzten Monat verabschiedet hatten. Sie sah es immer noch
vor sich, wie Mrs. Finch am Zaun stand und ihnen nach-
blickte.

»Hier ist es kühler.« Ji Shens Stimme riß Pei aus ihren Gedanken.

Pei lächelte. »Ja, das Wetter müßte für Mrs. Finch jetzt
sehr viel erträglicher sein.«

Sie reckte den Hals, um besser zu sehen, als sie am Zaun
angekommen waren. Wie immer hatte sich schon eine Gruppe gebildet, die mit den Jungen, die ihre Waren verkauften,
handelte und feilschte.

Pei wich ein wenig beiseite und wartete.

»Wo ist sie?« fragte Ji Shen.

Peis Magen krampfte sich zusammen. »Ich weiß nicht. Sie
müßte mittlerweile eigentlich da sein.« Sie musterte die Gesichter der Häftlinge, die sie nun schon kannte. »Haben Sie
Mrs. Finch gesehen?« fragte sie.

Alle wichen ihrem Blick aus. Ein Mann murmelte, Mrs.

Tate würde kommen und mit ihnen reden. Peis Herz begann zu rasen, und sie spürte, wie Ji Shen sich dichter an sie lehnte.

»Glaubst du, es geht ihr gut?« fragte Ji Shen.

»Ich hoffe es. Vielleicht muß sie nur ruhen.«

Pei kniff die Augen zusammen, um zu sehen, ob jemand aus dem Backsteingebäude kam, in das man Mrs. Finch eingewiesen hatte. Von weitem sah sie Mrs. Tate, die um die Ecke kam und auf sie zu eilte. Als sie näherkam, lag auf ihrer Miene die schreckliche Antwort auf Ji Shens Frage.

»Es tut mir so leid, Mädchen.« Mrs. Tate schluckte und ihre Stimme brach. Abgehackt kamen ein paar chinesische Wörter heraus, vermischt mit ihrem Englisch. »Caroline ist gestorben. Vor fast einem Monat. Der Arzt hier konnte nichts für sie tun. Es war Herzversagen. Caroline war ein Fels in der Brandung. Sie hat ihr Los angenommen und ist friedlich verstorben. Es tut mir so leid. Ich weiß, wie nahe ihr einander gestanden habt.«

»Vor einem Monat«, wiederholte Ji Shen.

Pei nahm Ji Shens Arm, ihre eigenen Beine fühlten sich schwach an nach dieser Nachricht. »Wo ist sie jetzt?« hörte Pei sich selbst fragen, jedes englische Wort deutlich aussprechend.

Mrs. Tate deutete auf den Friedhof auf der anderen Seite des Geländes. »Ein paar von uns durften mitgehen, um ein paar Worte zu sagen, bevor man sie begraben hat.«

Pei biß sich auf die Lippen, um die Tränen zurückzuhalten. *Das ist ungerecht,* dachte sie. Mrs. Finch hatte so lange durchgehalten. Die Besatzung war fast vorbei.

Auf den Straßen ging das Gerücht, daß die Japaner den Krieg verloren, und überall sah man Anzeichen ihrer Niederlage. Keine japanischen Soldaten warteten mehr an Straßenecken, um Chinesen zu schikanieren. Die *Hong Kong News*, früher ein Sprachrohr der Japaner, die mit ihren Siegen prahlten, klang in ihren Artikeln nun hohl und jammernd. Die

Spalten waren voll von Nachrichten über deutsche Niederlagen, während die japanischen Truppen immer noch angeblich siegreich blieben. Während des vergangenen Monats hatten die Chinesen sich immer freier verhalten, nun bewegten sie sich unbefangen auf den Straßen, handelten und knüpften Kontakte untereinander.

Bestimmt dauerte es nur noch ein paar Monate, bevor alle Häftlinge freigelassen wurden. Alle Hoffnungen Peis verflogen in der Hitze. Mrs. Finch verdiente so viel mehr als ein hastiges Begräbnis im Lager.

»Meinen Sie, wir können dort hingehen?« fragte Pei. Ihr Hals war plötzlich so rauh und trocken, daß ihr das Schlukken weh tat.

Mrs. Tate lächelte müde. »Es wäre wohl nicht sehr klug. Überall sind Wachposten. Vielleicht könnt ihr das Grab vom Zaun aus sehen?«

Pei spürte, wie Ji Shen an ihrem Ärmel zog.

»Es fällt mir so schwer, daß ich euch das sagen muß. Caroline war ein großartiger Mensch.« Mrs. Tates Finger berührten den Zaun. »Ihr beide wart für sie ihr ein und alles.«

»Sie war unser ein und alles«, flüsterte Pei, dann wandte sie sich ab, unfähig, noch ein Wort zu sagen.

Sie und Ji Shen gingen wie betäubt über den hügeligen Weg zu dem Friedhof. Beide waren stumm. Pei wollte etwas sagen, damit Ji Shen sich besser fühlte, fand aber nicht die richtigen Worte. Daß Mrs. Finch plötzlich nicht mehr da war, hinterließ in ihr eine so jähe Leere, wie Pei sie seit Lins Tod nicht mehr empfunden hatte. Warum verließen alle Menschen, die sie liebte, sie ohne ein Abschiedswort? Als Kind hatte sie ihre Mutter und ihre Schwester Li verloren, dann die schöne Lin, und nun Mrs. Finch. Pei brannte es hinter den Augen, und langsam flossen ihr Tränen über die Wangen.

Als sie zu dem von einer niedrigen Mauer umgebenen

Friedhof kamen, führte Pei Ji Shen mutig weiter und riskierte
es, daß die japanischen Wachposten sie anhielten. Sie war es
überdrüssig, Angst zu haben, sich nicht sehen zu lassen, Soldaten in dunklen, feuchten Gassen ausweichen zu müssen.
Doch auch wenn die Soldaten sie am Rand des Friedhofs sahen, wie sie sich über den Stacheldraht lehnten, um Mrs.
Finchs Grab zu sehen, kam keiner und störte sie auf. Reihe
um Reihe anonymer Gräber waren da, und Pei fragte sich,
wie viele Familien niemals wissen würden, was aus ihren Angehörigen geworden war. In der dritten Reihe rechts sah sie
dann den Namen Caroline Finch, in schwarzen Buchstaben
auf ein abgebrochenes Holzstück gekritzelt. Pei vermutete,
daß Mrs. Tate noch rasch den Namen auf das Grab geschrieben hatte, bevor man sie und die anderen zurück ins Lager
getrieben hatte. »Danke«, hörte sie sich selbst ins Leere
sagen.

Das Grab war höher aufgehäufelt als die staubtrockene
Erde auf den anderen Gräbern. Pei drehte sich um und sah
das Meer, ein Blick, den Mrs. Finch sicher geschätzt hätte.
»Kein schlechter Ort, um meine müden Augen zu schließen«,
hörte sie Mrs. Finch sagen. Wenigstens würde Tin Hau, die
Meeresgöttin, sie hier beschützen. Ein kühlender Wind, der
nach Meersalz roch, blies, als Pei und Ji Shen sich hinter dem
Zaun dreimal verneigten. Schweigend blickten sie dann auf
das Grab. Ji Shen hielt sich vollkommen starr, doch Pei stieß
mit dem Fuß gegen den Boden, daß der Staub aufwirbelte,
und kämpfte gegen die aufsteigenden Tränen an.

Wege der Seidenfrauen

KAPITEL ZEHN

1945

Pei

Nach Mrs. Finchs Tod im Juli zog sich Ji Shen noch mehr
zurück, und Pei bemerkte in ihrem Verhalten etwas Neues,
das sie noch mehr beunruhigte, als wäre Ji Shen eine feind-
selige Fremde geworden. Wenn Ji Shen in der Pension war,
sagte sie sehr wenig, sondern starrte in die Ferne, als wäre sie
in Trance. Pei fühlte sich unbehaglich bei diesem drückenden
Schweigen, und obwohl sie es ungern zugab, war sie fast erleichtert, wenn Ji Shen fortging.

In der Regel verließ Ji Shen die Pension früh am Morgen und
kam erst abends zurück; meistens brachte sie mehrere Gemü-
se- oder Fleischkonserven mit, die sie mit den anderen Schwestern teilte. »Ich war mit Freunden unterwegs«, lauteten ihre
knappen Erklärungen. Wenn Pei nachfragte, wurde sie schnip-
pisch. »Warum kannst du nicht glauben, daß ich mit Quan und
meinen anderen Freunden unterwegs war? Du brauchst dir keine Gedanken zu machen. Ich bin kein Baby mehr!«

Mit fast zwanzig Jahren war Ji Shen wirklich kein kleines
Kind mehr, aber sie verhielt sich so, dachte Pei. Sie spürte,
wie ihr eigener Zorn unter der Oberfläche kochte, aber sie
hielt den Mund und tröstete sich mit dem Gedanken, daß
die Japaner in den letzten Monaten immer weniger zu sehen

210 天   *Gail Tsukiyama*

waren. Während immer mehr Gerüchte auf den Straßen um-
liefen, daß die Japaner kapitulieren würden, hatten die Chinesen neuen Mut gefaßt.

Anfang August brachte Ji Shen einmal einen Mann mit, den
Pei noch nie gesehen hatte. Als Ji Shen nach oben rannte, weil
sie ihren Geldbeutel vergessen hatte, wartete er unten auf der
Treppe.

»Wer ist das?« fragte Pei.

Ji Shen wich ihrem Blick aus. »Ach, ein Freund.«

»Willst du deinen Freund nicht nach oben bitten?«

Ji Shen packte ihre Tasche. »Wir haben es eilig«, antwortete sie und errötete. »Er hat sehr viel zu tun. Vielleicht ein
andermal. Ich verspreche es.« Ji Shen lächelte nervös, dann
eilte sie aus dem Wohnzimmer die Treppen hinunter.

Pei sah aus dem Fenster und erhaschte einen Blick auf Ji
Shens Freund. Er war älter und gut angezogen, sauber ge-
kämmt und hatte einen dunklen Schnurrbart. Einmal drehte
er sich um, so daß Pei seine Augen sah, die er gegen die Sonne
zusammenkniff. Dann ging er rasch die Straße entlang, während Ji Shen ihm nachrannte, um ihn einzuholen.

Einer plötzlichen Regung folgend lief Pei die Treppe hinunter und folgte Ji Shen und ihrem Freund nach Central. Die
Menschenmasse wurde immer dichter, durch die sie sich bei
ihrer Verfolgung schlängeln mußte.

Ji Shens Verhalten in letzter Zeit zeigte deutlich, daß irgend etwas ganz und gar nicht stimmte. Alles schien heim-
lichtuerisch oder launisch. Entweder war sie unterwegs
oder sie fühlte sich angeblich schlecht, zog sich in ihr Zimmer zurück und weigerte sich, etwas zu sagen. Wenn sie nach
Hause kam – immer spätabends –, klang ihr Schritt wie der
eines gefangenen, hoffnungslosen Tieres.

Obwohl Pei wußte, daß es nicht richtig war, Ji Shen und
dem Mann zu folgen, konnte sie jetzt nicht stehenbleiben. Sie

Wege der Seidenfrauen

mußte wissen, was los war, und sie hatte den starken Verdacht, daß Ji Shens Freund sehr viel mit ihrem seltsamen Benehmen und mit Quans Abwesenheit zu tun hatte.

Als Pei in die Queen's Road in Central kam, strömte gerade eine Menschenmenge aus dem King's Theatre. Pei fiel ein, daß sie gelesen hatte, die Japaner hätten bereits kurz nach Beginn der Besatzung die Lichtspielhäuser wieder geöffnet – meistens liefen japanische Propagandafilme. Viele reiche chinesische Familien hatten diesen kleinen Ausschnitt ihres früheren Lebensstils schnell wieder angenommen.

»Pei!«

Pei drehte sich nach der Männerstimme um, die unerwartet ihren Namen rief.

»Pei, bist du das?« Wieder die Stimme, näher, und nun spürte sie, wie jemand ihren Arm berührte. »Ich bin es, Ho Yung.«

Pei trat zurück, wich seiner Berührung aus, um sein Gesicht besser sehen zu können. In der hellen Sonne waren Ho Yungs dunkle Augen den Augen Lins so ähnlich. Neben ihm standen eine junge Frau und ein zweites Paar, offensichtlich ungeduldig zu gehen.

»Ho Yung?«

»Ja – Lins Bruder, weißt du noch?«

»Ja… natürlich«, stammelte Pei. Wie könnte sie jemals Ho Yung vergessen? Nach Lins Tod hatte er sie getröstet und ihre Überfahrt nach Hongkong geregelt. Pei sah ihn immer noch am Anlegeplatz stehen und winken, als sie und Ji Shen auf die Fähre stiegen. Er war älter geworden seit damals, als sie ihn im Warenhaus von Lane Crawford gesehen hatte. Doch immer noch hatte er unverwechselbare Ähnlichkeiten mit Lin – die schmalen Lippen und die dunklen, runden Augen. Pei schluckte und suchte nach den richtigen Worten, die sie zu ihm sagen konnte.

»Wie ist es dir und Ji Shen ergangen?«

»Es geht uns gut«, antwortete Pei.

Sie schirmte die Augen gegen das grelle Sonnenlicht ab und sah, wie Ho Yung verlegen auf seine Freunde blickte. Alle waren sehr gut angezogen, in dunklen Anzügen oder seidenen Cheongsams.

»Wie geht es deiner Familie?« Sie sprach lauter, um den Lärm zu übertönen.

Ho Yung löste sich etwas von der Frau, die neben ihm stand, und trat näher zu Pei. »Es geht ihnen ganz gut, angesichts der Besatzung. Mein Bruder Ho Chee und seine Frau haben zwei Töchter. Meine Mutter war während der letzten Jahre krank und ist bettlägerig.«

»Das tut mir leid«, sagte Pei, überwältigt von der jähen Erinnerung an das letzte Mal, als sie Wan Tai gesehen hatte. Ihr haßvoller Blick tat immer noch weh.

»Ich habe mich oft gefragt, wie es dir und Ji Shen geht.«

Pei blickte zur Seite. »Wir haben uns durchgeschlagen.«

Ho Yung suchte nach Worten. »Du siehst gut aus.« Die junge Frau im seidenen Cheongsam zupfte ihn am Ärmel.

»Ich gehe wohl besser«, sagte Pei rasch. »Ich bin mit Ji Shen verabredet.«

Ho Yung zog eine Karte aus seiner Tasche. »Bitte, nimm meine Karte, und wenn du je etwas brauchst, wende dich an mich. Vielleicht können wir uns zum Tee treffen?«

»Ja, danke.« Pei nahm die Karte und steckte sie in ihre Tasche. »Ich muß jetzt gehen.«

»Ja, natürlich.« Ho Yung löste sanft den Griff der Frau von seinem Arm. »Ich hoffe, wir sehen uns bald wieder.«

Pei nickte, dann entfernte sie sich eilig vom King's Theatre, zu verlegen, um noch länger zu bleiben. Ihr Herz klopfte wild. In ihrem alten Hemd und in ihren Hosen sah sie inmitten der Seidenkleider sicher furchtbar aus. Sie lief schnell die Straße hinunter und schob alles fort von sich –

Wege der Seidenfrauen

auch Ho Yungs ernste dunkle Augen, die zu sehr Lins Augen glichen.

Der Atombombenangriff auf Hiroshima und Nagasaki Anfang August ließ keinen Zweifel mehr, daß die Japaner bald kapitulieren würden. Pei spürte, wie die Straßen wieder in ihrem früheren Rhythmus lebendig wurden.

In der nächsten Woche verspätete sich Ji Shen eines Abends sehr. Es war schon lange nach der Essenszeit, und sie war immer noch nicht zurück. Pei sah aus dem Fenster und seufzte schwer. »Wo kann sie sein?« fragte sie, mehr sich selbst als die anderen Frauen im Zimmer. Das Bild von Ji Shens Freund hatte sich tief in ihr Gedächtnis eingegraben.

»Ji Shen kann auf sich selbst aufpassen. Außerdem gibt es Gerüchte, daß Hirohito noch vor Ende der Woche kapitulieren wird. Alle Leute sind schon draußen und feiern.« Song Lee versuchte zu trösten, doch ihre Stimme klang gedämpft und gemessen.

»Es ist fast dunkel«, sagte Pei. In der Ferne hörte man ein Knistern und Prasseln in der Nachtluft.

»Wahrscheinlich ist Ji Shen mit ihren Freunden zusammen«, meinte Luling. »Sie hat unsere Gesellschaft schon lange nicht mehr nötig.«

Song Lee zog Pei vom Fenster weg. »Hör nicht auf sie. Luling hat vergessen, wie es ist, jung zu sein.«

Luling kicherte.

Song Lee beugte sich näher zu Pei. »Quan wird auf sie aufpassen.«

»Es sind ihre anderen Freunde, über die ich mir Sorgen mache«, erklärte Pei.

»Ji Shen hat bestimmt eine Erklärung«, fügte Song Lee hinzu.

Pei setzte sich und nähte weiter, obwohl ihre Finger steif und ihre Stiche zu deutlich sichtbar waren. Wieder erinnerte sie sich daran, wie Ji Shen ihrem Freund nachgerannt war. Sie biß den Faden ab und trennte auf, was sie gerade genäht hatte. »Schluß damit!« sagte sie laut. Sie verzog das Gesicht, stand auf und legte den blauen Cheongsam, den sie ausbesserte, zur Seite, obwohl er am nächsten Morgen fertig sein sollte. »Ich gehe und suche nach ihr.«

Song Lee folgte ihr zur Tür. »Warte noch ein bißchen. Ich bin sicher, sie hat sich nur bei ihren Freunden verspätet. Die Besatzung ist bald vorbei! Dann wird alles einfacher.«

»Ich wünschte, es wäre so einfach«, seufzte Pei.

»Und wo willst du um diese Zeit zu suchen anfangen?« fuhr Song Lee fort.

»Quan hat mir gesagt, daß sie oft nach Central gehen, zu den Lichtspielhäusern, wo man die besten Geschäfte machen kann.«

»Aber es ist fast dunkel. Ich komme mit.«

Pei drehte sich um und streckte den Arm aus, um Song Lee davon abzuhalten, ihr auf die Straße zu folgen. Sie legte die Hand auf die Schulter der älteren Frau, um sie zu beruhigen. »Mach dir keine Sorgen, mir passiert nichts. Heute abend sind viele Leute unterwegs.« Sie deutete auf die Mengen von Menschen. »Wenn Ji Shen zurückkommt, dann sorg dafür, daß sie zu Hause bleibt. Ich bin nicht lange aus.«

Die Abendluft roch rauchig, als würde etwas brennen. In der Nähe hörte Pei es knallen, sie hoffte, es war Feuerwerk und kein Geschützfeuer. Sie spürte sofort, daß etwas anders war, es lag Aufregung in der Luft. Eine Schnur von Feuerwerkskörpern explodierte in Schlangenlinien vor ihr. Auf den Straßen Wan Chais herrschte geschäftiges Treiben, immer mehr Leute strömten auf den Straßen zusammen, doch japanische Soldaten waren nicht in Sicht.

Jemand hatte laut ein Radio aufgedreht, und inmitten des Knisterns brachte die ruhige Stimme Kaiser Hirohitos die

Wege der Seidenfrauen　　　　天　215

Menge zum Schweigen, als er die Kapitulation verkündete. Plötzlich erfüllte lautes Jubeln die Luft. Ein junger Mann packte Pei und wirbelte sie herum, bevor er mit dem nächstbesten anderen seine Freude teilte. Gruppen von Chinesen versammelten sich in Hauseingängen oder standen auf den Straßen, während andere alle Schilder mit japanischen Namen, an die sie irgendwie herankamen, herunterrissen. Unter Beifallsrufen der Menge wurde eine japanische Flagge verbrannt. Pei hob die Arme und rief mit ihnen zusammen Hurra.

Musik spielte in der rauchgeschwängerten Luft, Blas- und Schlaginstrumente hallten durch die Nacht. Gruppen junger Leute tanzten lachend auf den Straßen. Glück überflutete Pei, als sie weiter in Richtung Central lief. Die Besatzung war endgültig vorüber. Ji Shen mußte das erfahren haben und war ausgeblieben, um mit Quan und ihren anderen Freunden zu feiern. Pei holte tief Luft, immer noch verärgert, aber auch erleichtert.

Arm und reich waren auf den Straßen, nebeneinander sah man Baumwollhemden und Seidencheongsams, alles lachte und feierte das Ende der Besatzung. Pei fragte sich, wie lange sie brauchen würden, um die langen, bitteren Jahre der Erniedrigung und des Hungers und all die geliebten Menschen, die nicht mehr am Leben waren, zu vergessen. Wenn nur Mrs. Finch diesen Tag noch erlebt hätte. Pei vermißte sie mehr denn je. Sie blieb stehen und hörte wieder Mrs. Finchs Worte: »Das Leben besteht aus Veränderungen. Man kann nicht vor ihnen davonlaufen.«

Ji Shen

Ji Shen war tatsächlich auf der Straße gewesen, um das Ende der Besatzung zu feiern. Der Qualm von den Feuerwerkskörpern ihrer Freunde verflog nur so lange, bis die nächste

Zündschnur angezündet wurde. Sie war so sehr gefangen in ihrem Jubel mit Lan Wai, daß sie Locks Verschwinden nicht einmal bemerkt hatte.

»Mach dir keine Sorgen«, meinte Lan Wai. »Er taucht wieder auf, das tut er immer.«

»Wo ist er hin?« fragte Ji Shen.

Lan Wai zuckte die Achseln. »Komm, mach dir keine Gedanken um ihn.«

Ji Shen spürte einen stechenden Schmerz im Bauch. »Nein, ich gehe besser nach Hause. Pei ist sicher schon krank vor Sorge.«

Sie eilte zurück zur Pension, dann zögerte sie und bog in die Straße zu Locks Wohnung ein. Viele der Straßenhändler wohnten dort. »Wir sind alle wie eine große Familie«, sagte er manchmal. »Die meisten von uns haben ihre richtigen Familien schon vor langer Zeit verloren.«

Die Holztreppen knarzten, als sie hinaufstieg. Die düsteren Türschwellen sahen dunkel und bedrohlich aus. Ji Shen wollte nur noch bei Lock sein, ihm sagen, daß sie schwanger von ihm war. Er würde wieder eine richtige, eigene Familie haben. Er würde lächeln und sie glücklich in die Arme schließen, wenn er hörte, daß er bald einen Erben haben würde ... oder schlimmstenfalls würde er erschrocken sein, aber gerne die Verantwortung für sein Kind übernehmen.

Ji Shen fand den Reserveschlüssel, den sie Lock über den Türpfosten hatte legen sehen und schob ihn ins Schlüsselloch, dann drehte sie langsam den Türknauf. Leise trat sie ein und wartete, bis ihre Augen sich an das Dämmerlicht gewöhnt hatten, bevor sie sich durch das Labyrinth von Kartons schlängelte. Als sie zu seinem Zimmer kam, öffnete sie zentimeterweise die Tür. Das Zimmer war heiß und stickig, die Luft roch nach Schlaf und nach Schweiß. Allmählich erkannte sie einzelne Gegenstände in dem vollgestellten Raum – Kartons mit Fleischkonserven, Alkohol und Zigaretten,

Wege der Seidenfrauen   天 217

die auf einer Seite aufgestapelt waren, Kleider auf dem Boden, Locks regungsloser langer Körper unter einer stumpfgrünen Decke. Ji Shen lächelte, dann errötete sie, als sie auf den Gedanken kam, zu Lock unter die Decke zu schlüpfen. Est als sie näher ans Bett trat, bemerkte sie, daß er mit einem zweiten Körper verschlungen war. Über seinen Armen lag das lange, schwarze Haar einer Frau. Ji Shen wurde es am ganzen Körper heiß, und sie spürte plötzlich Übelkeit im Magen. Es war, als hätte sie plötzlich einen Schlag erhalten, der ihr die Luft nahm. Ji Shen taumelte nach vorn. Mit einem unerwarteten Würgen erbrach sie sich auf Locks Bett.

»Wer ist da?« ertönte seine benommene Stimme.

Ji Shens Herz raste; während sie zur Tür stolperte, rang sie nach Luft, um gegen ihr Schwindelgefühl anzukämpfen. Sie hörte die Frau erstickt aufschreien, doch Ji Shen war bereits aus der Wohnung und die Treppe hinunter, bevor Lock Zeit hatte, seine Hose anzuziehen.

Ji Shen ging zurück zur Pension, da sie wußte, daß Pei sicher außer sich vor Sorge war. Sie fühlte sich gegen alles wie abgestumpft und betete zu den Göttern, daß alles nur ein böser Traum war, daß sie Lock nicht mit einer anderen Frau im Bett gesehen hatte. Sie versuchte, ihre zitternden Hände ruhigzuhalten. Morgen würde er sie und das Kind mit sanft geflüsterten Worten willkommen heißen... Doch der Gedanke verschwand mitten in der Nacht, und Ji Shen begann zu weinen. Aus der Ferne hörte man noch das Knattern von ein paar Feuerwerkskörpern in der Luft, doch die Straßen voller Abfall waren wie ausgestorben; fast alle waren nach Hause gegangen, um zu schlafen. Morgen würden die Straßen wieder voller Menschen sein, und ganz Hongkong würde das Ende der japanischen Besatzung feiern. Wie hatte sie so dumm sein können? Alle hatten sie gewarnt. Ji Shen blickte auf zum Mond, der die Straßen in ein unheimliches, fahles

Licht tauchte. Es war, als schwebe die Zeit irgendwo zwischen Tag und Nacht, zwischen Wahrheit und Lügen.

Ein fremder Mann in zerlumpten Kleidern, der nach Urin und Alkohol stank, trat aus einem Hauseingang. »Trink ein bißchen!« stieß er hervor und hielt ihr die große grüne Flasche hin, die er fest mit einer Hand umklammerte. Ji Shen wich ihm aus. Ihr Herz hämmerte in der Brust; wie sollte sie die richtigen Worte finden, um Pei zu sagen, daß ihr alles leid tat? Ji Shen konnte nicht mehr viel länger verschweigen, daß ein Kind in ihr heranwuchs. Sie wünschte, Mrs. Finch wäre noch am Leben, um den Schlag abzumildern, ihre Ängste zu beschwichtigen und alles in Ordnung zu bringen.

»Bitte, Pei, kannst du nicht verstehen?« Sie sprach die Worte, die sie so oft geübt hatte, wenn sie nach Hause ging, stokkend und unsicher in die dunkle, leere Straße hinein. Ein eindringliches Murmeln. »Ich habe geglaubt, ich liebe ihn, und er liebt mich. Ich wußte, daß er jemand war, den du nicht billigen würdest, aber ich habe ihn trotzdem geliebt. Und jetzt trage ich sein Kind in mir. Ohne Lock hätten wir niemals genügend zu essen gehabt, um die Besatzungszeit zu überstehen.«

Lock hatte Ji Shen von Anfang an fasziniert. Er war alles, was Quan nicht war – älter, redegewandt, selbstsicher. Manche der Männer und Frauen, die für ihn arbeiteten, hingen ihm bei jedem Wort, das er sagte, an den Lippen und taten alles, was er sagte. Doch Lock nannte Ji Shen seinen verlorenen kleinen Schwan, und er hatte sie erwählt, sie unter seine Fittiche genommen und ihr geholfen, sich im komplizierten Schwarzmarktgeschäft zurechtzufinden.

»Ich würde dir nie weh tun«, hatte er geflüstert, als sie sich zum ersten Mal geliebt hatten. »Habe ich dir nicht immer gezeigt, wie alles geht? Entspann dich einfach und laß zu, daß ich mich um dich kümmere.«

Ji Shen hatte nie geglaubt, daß es mit einem Mann so sein könnte. Nur dann, wenn Lock in ihr war, sah sie, wie er die

Wege der Seidenfrauen　　　　天　219

Kontrolle über sich verlor. Obwohl das Gewicht seines Körpers sie nach unten drückte, hatte Ji Shen zum ersten Mal in ihrem Leben das Gefühl, daß sie diejenige war, die die Führung innehatte.

»Bitte, Pei, kannst du nicht verstehen?« fragte sie noch einmal.

Die Straße war dunkel und leer; in der Ferne hallte ein lauter Knall wider.

Lan Wai war die einzige gewesen, der sie sich hatte anvertrauen können. Zwischen Pei und Ji Shen war alles so schwierig gewesen, daß sie kein Wort herauszubringen schien. Bei Lan Wai fand sie für alles Verständnis.

»Wie fühlst du dich?« hatte Lan Wai neulich morgens gefragt, als sie sah, wie blaß sie war.

Ji Shen blickte überrascht auf. In den vergangenen Monaten, seit sie Lock nähergekommen war, hatte Lan Wai immer Distanz gehalten. »Heute fällt es mir schwer, irgend etwas im Magen zu behalten.«

Sie brachte den starken *Po-lai*-Tee, den Song Lee jeden Morgen gerne trank, kaum hinunter.

Lan Wai holte tief Luft. »Das war bei mir auch so.« Sie sah Ji Shen an. »Manchmal helfen trockene Kekse.«

»Danke«, sagte Ji Shen. Erstaunt begegnete sie Lan Wais Blick, dann sah sie rasch wieder fort.

Den ganzen Tag hielt Lan Wai sich in Ji Shens Nähe und gab ihr hin und wieder Ratschläge. »Es ist wichtig, viel Wasser zu trinken«, erklärte sie. Oder: »Später mußt du soviel wie möglich liegen.« Sie sah durch den Raum auf Lock. »Laß dir von ihm nichts anderes sagen.«

»Was ist mit deinem Baby passiert?« fand Ji Shen den Mut zu fragen.

Lan Wai zögerte. »Mein Mädchen ist krank geworden und gestorben«, sagte sie dann.

»Das tut mir so leid.« Ji Shen griff nach der Hand der jungen Frau.

Lan Wai zuckte die Achseln. »Vermutlich ist es so am besten. Das ist kein Leben, bei dem man ein Kind aufziehen kann«, meinte sie und zog ihre Hand langsam fort.

Ji Shen öffnete die Eingangstür der Pension und zuckte zusammen, als sie laut knarzte. Auf Zehenspitzen ging sie die Treppe hinauf und ins Wohnzimmer, anstatt direkt in das Zimmer, das sie mit Pei teilte. Noch ein paar gestohlene Augenblicke allein würden ihr vielleicht den Mut geben, Pei gegenüberzutreten.

Peis Stimme erschreckte sie. »Du kommst spät.«

Ji Shens Herz raste, als sie sich umdrehte und Peis Gestalt am Fenster sitzen sah. »Du bist noch auf?«

»Was hast du erwartet?« Peis Stimme war leise und müde. »Hast du dir nicht gedacht, daß ich mir Sorgen machen würde?«

Ji Shen trat näher. »Es tut mir so leid. Alle waren unterwegs, um das Ende der Besatzung zu feiern, und ich fürchte, da habe ich die Zeit vergessen.« Plötzlich hatte sie das Bedürfnis, Pei zu umarmen, um ihr zu zeigen, wie leid es ihr tat.

Pei beugte sich vor. »Du hast in der letzten Zeit anscheinend vieles vergessen.«

»Ja«, stimmte Ji Shen zu. Sie hatte Pei noch nie so gesehen, so fern und reserviert, wie eine Fremde. »Es tut mir leid«, sagte sie noch einmal.

»Es ist spät. Ich bin müde.« Pei erhob sich von ihrem Stuhl. »Ich wollte mich nur vergewissern, daß du wohlbehalten zurück bist. Morgen früh reden wir weiter.« Ohne Ji Shen anzusehen, ging Pei an ihr vorbei, ohne noch etwas zu sagen.

»Bitte«, flehte Ji Shen, ihre Stimme klang schwach und ängstlich. »Ich muß mit dir reden.«

Einfache Worte

Verzeihung zu erhalten war ein tröstlicher Balsam, eine kühle Brise der Erleichterung. Pei besserte den Cheongsam vom gestrigen Abend fertig aus, während Ji Shen an diesem Morgen oben lange schlief. Es war der ruhige, friedliche Schlaf eines Kindes, nicht einer werdenden Mutter. Am Abend zuvor waren die Worte aus Ji Shen nur so herausgesprudelt. Sie konnte gar nicht mehr aufhören zu reden, bis Pei zu ihr trat und das zitternde Mädchen in den Arm nahm. »Alles wird wieder gut«, flüsterte sie und roch Angst und Schweiß. »Ich werde nicht zulassen, daß euch beiden etwas passiert.«

Song Lee schenkte sich noch eine Tasse Tee ein und setzte sich Pei gegenüber. »Ich wußte, daß Ji Shen dir bald würde sagen müssen, daß sie schwanger ist«, gestand sie. »Ich konnte ihre Bewegungen lesen, als wären sie Schriftzeichen auf einer Seite.«

Pei blickte von ihrer Flickarbeit auf. »Und du hast nichts gesagt?«

Song Lee räusperte sich und fuhr mit ruhiger Stimme fort. »Ich wußte, daß du es früher oder später herausfinden würdest. Es war besser, mich da herauszuhalten.«

»War ich so blind?« Pei schüttelte den Kopf.

Song Lee lächelte freundlich. »Manchmal ist man jemandem zu nahe, um die Wahrheit zu sehen.«

»Ich hätte aufmerksamer sein sollen, aber bei Ji Shens Schwierigkeiten beim Erwachsenwerden, dann Mrs. Finchs Tod und die Flickarbeit…«

»Letztendlich ist es nicht wichtig, welche Worte gesagt werden oder nicht.« Song Lee nippte an ihrem Tee. »Fehler im Leben werden gemacht, ob man sie sieht oder nicht. Was zählt, ist, wie man lernt, damit umzugehen.«

Pei nickte.

»Was ist mit dem Vater?« fragte Song Lee.

Pei seufzte. »Er hat anscheinend keinerlei Absicht, Verantwortung zu übernehmen. Ji Shen hat ihn zusammen mit einer anderen Frau gefunden.«

»So ein dreckiger Hund!« sagte Song Lee leise.

Pei hielt in ihrer Arbeit inne und sah ihrer Freundin in die Augen. »Nach allem, was ich weiß, ist es vielleicht am besten, wenn sie ihn los ist.«

»Was auch immer von nun an passiert, wir hier sind alle Ji Shens Familie, und wir werden dieses Kind willkommen heißen«, erklärte Song Lee.

Pei arbeitete weiter. Mühelos glitten Nadel und Faden durch das Gewebe. Nach so vielen schweren Monaten hatte sie das Gefühl, als hätte man ihr eine Last von der Schulter genommen.

In den Tagen, nachdem wieder Frieden herrschte, sah Pei die meisten Seidenschwestern wieder zu ihrer Arbeit als Dienstboten zurückkehren. Song Lee und ihre Komitees hatten im letzten Monat erneut Sitzungen organisiert, um zu helfen, sie unterzubringen. Manche kehrten in ihre früheren Haushalte zurück, doch viele fanden auch neue Stellen, deren Zahl mit wachsendem Wohlstand der Kolonie jede Woche zunahm. Die Unterbrechung des normalen Lebens war vorüber, und Hongkong bot ihren Schwestern wieder die Möglichkeit, ihr Auskommen zu finden.

Bald wohnte fast keine von Peis Seidenschwestern mehr in der Pension. Pei fragte sich, ob sie sich nicht als Näherin selbständig machen sollte. Ihr Geschick als Näherin, die unsichtbar ausbessern konnte, war während der Besatzungszeit noch größer geworden. Die Tai tais in Hongkong legten Wert darauf, daß ihre alten und neuen Kleider jetzt, da die Zeit der Parties wieder begonnen hatte, für sie bereitlagen. Pei träumte davon, eine kleine Werkstatt in Wan Chai zu

Wege der Seidenfrauen

天 223

eröffnen, so daß sie nicht weit weg von Ji Shen und dem Baby war, wenn es kam. Sie hatte es Song Lee noch nicht gesagt, aber sie hatte nicht die Absicht, zu dem falschen Lächeln und den schwierigen Menschen zurückzukehren, was damit verbunden war, wenn man in einem großen Haus mit einer neuen Tai tai und einem neuen Seen-san arbeitete.

Es war eine bittersüße Zeit für Pei. Gleich nach der Kapitulation Japans im September 1945 zogen seine Soldaten ab, und die englischen Zivilisten, die in Stanley interniert waren, wurden offiziell freigelassen. Doch die meisten ehemaligen Häftlinge blieben noch einen Monat oder länger im Lager, da es zuwenig Transportmittel und Wohnungen gab.

Ji Shen durchlebte mittlerweile eine schwierige Schwangerschaft. Seit sie Pei von dem Baby erzählt hatte, war ihr jeden Morgen so übel, daß sie im Bett bleiben mußte, kaum fähig zu sprechen.

Während Song Lee sich um Ji Shen kümmerte, vereinbarte Pei für Mitte Oktober noch einmal mit Mr. Ma, daß er sie nach Stanley mitnahm. Sie hatte das brennende Bedürfnis, Mrs. Finchs Grab zu besuchen und das Lager in Stanley ein letztes Mal zu sehen.

Während sie durch Hongkongs Straßen fuhren, sah Pei, wie schnell die Stadt manches von ihrer früheren Pracht wiedergewonnen hatte. Als die englische Regierung wieder in den Besitz der Insel kam, wurde sofort damit begonnen, die Zerstörungen während der drei Jahre und acht Monate der japanischen Besatzung zu beseitigen. Einen Monat später war der Schutt fortgeräumt, und die pockennarbigen Straßen waren provisorisch mit Schotter und Teer ausgebessert. Die zugenagelten Schaufenster der Geschäfte waren durch Glas ersetzt worden, sah Pei. Sogar ein paar rasch reparierte elektrische Straßenbahnlinien fuhren bereits wieder.

Hin und wieder kam ein Auto die Straße entlanggerumpelt, und Mr. Ma wich rasch zur Seite aus, aber Autos waren immer noch selten. Auf den Straßen herrschte jedoch lebhaftes Treiben chinesischer Unternehmer, die eilig ihre während der Besatzung unterbrochenen Geschäfte wieder aufbauten.

Die ganze Fahrt über flitzte alles vorbei wie ein Traum, erfüllt vom Hauch des nahen Meeres und dem angenehmen Geruch der kühleren, frischeren Luft. Pei lehnte sich zurück und versuchte sich zu erinnern, wann sie sich zuletzt so leicht und glücklich gefühlt hatte.

Ein Lastwagen voll englischer Soldaten stand am Eingangstor von Stanley Camp. Die meisten der Häftlinge waren bereits nach Hongkong zurückgebracht worden; das Lager wirkte ausgestorben. Pei versuchte sich vorzustellen, was es für ein Gefühl gewesen sein mußte, so lange gefangengehalten zu werden. Wie viele andere waren ebenso wie Mrs. Finch während ihrer Internierung gestorben?

Pei stieg den Feldweg zum Friedhof hinauf. Erst vier Monate waren vergangen, seit Mrs. Finch gestorben war, und schon sah ihr Grab aus, als wäre es bereits jahrelang da. »Wenn Sie nur ein bißchen länger hätten bei uns bleiben können«, flüsterte Pei, als sie die Holztafel berührte und die verblassenden schwarzen Buchstaben mit dem Finger nachzog. Sie wünschte, Mrs. Finch wäre am Leben und könnte sie bei Ji Shens Schwangerschaft unterstützen. Wie würden sie je imstande sein, sich um ein Baby zu kümmern und zugleich ihren Lebensunterhalt zu verdienen? Plötzlich kam eine warme Brise auf. Pei blickte auf in das funkelnde Sonnenlicht, das sie plötzlich an Mrs. Finchs Schmuck, festgeklebt hinter der Kommode, erinnerte. Sie hatte angenommen, daß sie ihn Mrs. Finch zurückgeben würde, wenn die Besatzung vorbei war. Doch Mrs. Finch war nun gestorben, und Pei wußte genau, wie sie ihn gerne verwendet gesehen hätte. Vielleicht war es sogar genug, daß sie eine kleine Nähwerkstatt eröffnen konn-

Wege der Seidenfrauen   天 225

te, während sie auf die Geburt des Babys warteten. Eine weitere Windbö kam auf, und Pei hätte fast schwören können, daß sie Mrs. Finchs Stimme hörte: »Mein kluges Mädchen.«

Pei sah noch einmal auf Ho Yungs Karte, um sicher zu sein, daß sie mit der Adresse auf dem rostigen Tor übereinstimmte. Nun hatte sie zwar die Mittel, aber sie brauchte jemand Geschäftstüchtigen, der ihr half, einen Laden zu mieten. Das Haus war alt und groß, ein bißchen ähnlich wie das alte Haus von Lins Familie, in dem Pei vor so vielen Jahren zu Besuch gewesen war. Die quadratischen braunen Mauern brauchten einen neuen Anstrich; die Büsche wucherten vernachlässigt vor sich hin.

Pei stand an der Eingangstür. Sie hatte keine Ahnung, was sie zu Ho Yung sagen würde, wenn er zu Hause war. In all den Jahren hatte sie nur einmal mit ihm gesprochen, und vor Lins Tod hatte sie ihn kaum gekannt, aber er war der einzige, an den sie sich wenden konnte. Sie hob den Türklopfer an und ließ ihn ein paarmal fest gegen die Tür schlagen.

»Ja, ja«, rief eine Stimme hinter der Tür.

Pei wich einen Schritt zurück, als die Tür aufging und die älter und dünner gewordene Mui vor ihr stand. Einen Augenblick lang wußte Pei nicht, was sie zu der Dienerin aus Lins Kindheit sagen sollte.

»Wir brauchen heute niemanden!« fauchte Mui, die dachte, Pei gehöre zu den vielen Männern und Frauen, die von Haus zu Haus gingen und nach Arbeit für einen Tag Ausschau hielten.

»Ich suche nicht nach Arbeit«, sagte Pei rasch. »Ich wollte sehen, ob Wong Seen-san da ist.«

Beim Klang von Peis Stimme hielt Mui inne. Sie trat näher, um Pei mit zusammengekniffenen Augen zu mustern. Als würde sie es aus der Tiefe ihrer Erinnerung ziehen, sagte Mui dann: »Du bist zusammen mit Lin gekommen.«

Pei nickte.

»Ja, die Große, die sie so glücklich gemacht hat. Komm herein, nur herein.« Mui nahm Pei an der Hand und zog sie in die kühle, dunkle Eingangshalle.

»Ist Wong Seen-san zu Hause?« fragte Pei noch einmal.

»Hier entlang.« Mui führte Pei in ein großes Wohnzimmer, in dem außer ein paar Stühlen keine Möbel standen. »Die japanischen Teufel haben alles mitgenommen. Warte hier.« Bevor Pei noch etwas sagen konnte, verschwand Mui schnell.

Pei trat zum Kamin und den kleinen gerahmten Bildern, die auf dem Sims standen. Es waren die einzigen Gegenstände im Raum; alles bis auf den harten Holzfußboden war ausgeräumt. Erst aus der Nähe sah Pei, daß die körnigen Fotos Lin und ihre Brüder als Kinder zeigten – ihr Geist auf Schwarzweiß gebannt. Pei starrte auf eine Aufnahme von Lin allein, schon damals schön, in einem hellen Kleid westlichen Stils. Als das Foto gemacht worden war, konnte sie nicht älter gewesen sein als zehn oder elf, ein paar Jahre, bevor sie in die Seidenfabrik gegangen war. Pei spürte, wie beim Anblick der kleinen Lin, die so lebendig schien, Tränen in ihr aufstiegen.

»Pei?« Ho Yungs Stimme hallte durch das leere Zimmer.

Pei drehte sich rasch um und blickte zuerst auf Ho Yung, dann zu Boden, damit er sie nicht weinen sah.

»Ist alles in Ordnung mit dir?« fragte er und kam auf sie zu.

Pei nickte verlegen. »Ja«, antwortete sie. »Es sind nur…«

»Die Fotos«, beendete er den Satz für sie.

Pei sah auf zu Ho Yung und versuchte zu lächeln. »Ich habe noch nie ein Foto von ihr gesehen.« Sie räusperte sich. »Sie war so schön, bereits als Kind.«

»Lin sah vom Tag ihrer Geburt an unserer Mutter ähnlich«, – Ho Yung berührte das Foto – »aber sie hatte das

Herz und die Kraft meines Vaters. Sie hatte das Beste von beiden, und dann stirbt sie so jung. Es kommt mir immer noch so ungerecht vor.«

Pei wandte sich ab und wischte mit dem Ärmel ihre Tränen ab.

»Es tut mir leid«, fügte Ho Yung schnell hinzu. »Ich wollte dich nicht aufregen. Bitte setz dich.«

Pei setzte sich, als Mui mit einem Teetablett wiederkam. Die alte Frau murmelte etwas und lächelte, als sie Pei eine Tasse reichte, dann verließ sie das Zimmer.

»Ist alles in Ordnung?« fragte Ho Yung und betrachtete Pei prüfend.

»Ich bin gekommen, um dich um einen Gefallen zu bitten.« Sie wagte es nicht, ihm in die Augen zu sehen.

»Jederzeit.«

Pei nippte an ihrem Tee, dann sagte sie in einem Atemzug: »Ich brauche deine Hilfe, um ein Geschäft aufzumachen.«

Ho Yungs Gesicht wurde ernst. »An was für ein Geschäft hast du gedacht?«

»Eine kleine Nähstube. Ich habe etwas Schmuck, den ich verkaufen kann, und ich würde gerne etwas in Wan Chai mieten.«

»Was weißt du über das Führen eines Geschäftes?« fragte Ho Yung weiter.

Pei wurde klar, daß sie nichts wußte, abgesehen davon, was sie in den vergangenen zwei Jahren im Kleinen betrieben hatte. Sie wurde unschlüssig; vielleicht war dieser Plan doch komplizierter, als sie gehofft hatte.

»Ich habe schon einen festen Kundenkreis«, antwortete sie schließlich. »Viele Tai tais sind der Meinung, daß ich gute Arbeit leiste. Ich brauche nur etwas, wo ich einen Laden aufmachen und das Geschäft ausbauen kann, das ich schon habe.«

Ho Yung begann im Zimmer auf und ab zu gehen. »Ich verstehe nicht viel vom Nähgeschäft«, begann er.

Pei stand rasch auf und stellte ihre Tasse ab. Ho Yung hatte keinen Grund, sich die Zeit zu nehmen, um ihr zu helfen, nur weil sie ihn darum bat. Sicher war er mit den Geldanlagen und Verpflichtungen seiner eigenen Familie genug beschäftigt.

»Es tut mir leid, daß ich dich belästigt habe«, sagte sie. »Ich weiß, daß die Besatzungszeit für uns alle schwierig war. Bitte entschuldige, daß ich dich gestört habe. Es war ein dummer Gedanke.«

Ho Yung blieb abrupt stehen. »Nein, überhaupt nicht dumm. Bitte, laß mich ausreden. Ich wollte sagen, daß es vielleicht eine kleine Weile dauern wird, bis wir die richtigen Räumlichkeiten finden, aber ich helfe dir gerne dabei, und ich spreche mit meinem Bruder, ob wir in deinen Laden investieren sollen.«

Pei wußte nicht, was sie sagen sollte. Schlagartig hatten seine einfachen Worte ihr Leben verändert. Sie lächelte Ho Yung schüchtern an, und ihr Blick glitt an ihm vorbei zu Lins Foto auf dem Kaminsims.

KAPITEL ELF

1946–1947

Song Lee

Song Lee ging schnell zurück in die Pension, bepackt mit Taschen voller Kräuter, Sojabohnensprossen, bok choy und frischem chinesischen Senfgras. In einer anderen Tasche waren Orangen, Apfelbirnen und Karambolen. Nach so vielen Jahren der Not waren Lebensmittel wieder frisch und reichlich vorhanden. Die Straßen pulsierten vor Leben. Song Lee war froh, daß Ji Shen bald ein neues Leben in eine viel bessere Welt gebären würde. Plötzlich fielen ihr wieder die Schwarzmarktdelikatessen ein, die Ji Shen kurz vor dem Ende der Besatzung mitgebracht hatte. Sie hatte sie mit einer Menge exotischer Konserven überrascht, die seltsame ausländische Namen hatten – Dosen mit nach Knoblauch schmeckenden »Es-car-gots« oder modrig riechenden »Trüf-feln«.

»Die Schnecken sind aus Frankreich importiert«, hatte Ji Shen gesagt und schnell noch eine hinuntergeschluckt.

Zu schnell, um irgend etwas zu schmecken, hatte Song Lee gedacht.

»Es schmeckt interessant.« Pei kaute langsam.

Song Lee spuckte die zähe Schnecke zurück in ihre Schale. »Schmeckt wie Gummi«, hatte sie gesagt. »Morgen bringe *ich* das Abendessen nach Hause!«

Seit Ende der Besatzung hatte Song Lee sich darum gekümmert, daß sie etwas in den Magen bekamen. Sie hatte es sich zu ihrer persönlichen Aufgabe gemacht, jeden Tag so günstig einzukaufen wie nur möglich. »Bohnensprossen und Rettiche zum halben Preis wie gestern!« rief sie triumphierend, wenn sie mit etwas Gutem vom Markt zurückkam. »Und für morgen hat mir der alte Fu grüne Bohnen versprochen, wenn ich früh komme!«

Pei lachte. »Du bist bald so gut wie Ji Shen.«

»Besser«, konterte Song Lee. »Zumindest bringe ich Lebensmittel nach Hause, die wir essen können!«

Song Lee wußte, daß Pei mit Ji Shens Problemschwangerschaft und der Arbeit, ihre eigene Nähwerkstatt aufzumachen, alle Hände voll zu tun hatte. Die kleinen Dinge des Alltags wurden immer mehr und schienen ihr über den Kopf zu wachsen. Tränen waren Pei an dem Abend in die Augen gestiegen, als Song Lee sie beiseite nahm und ihr einfach sagte: »Ich bleibe, bis das Baby da ist.« Nach der Geburt war es immer noch Zeit, zu ihrer alten Arbeitgeberin zurückzukehren. In der Zwischenzeit war Kochen eine von Song Lees vielen Hausarbeiten geworden.

Song Lee stieß die Eingangstür der Pension auf und stieg langsam die Treppe hinauf; als sie auf dem Treppenabsatz ankam, atmete sie schwer. Leises Stimmengemurmel kam aus Peis und Ji Shens Zimmer. Song Lee lächelte. Während der Monate, als Ji Shens Bauch rund und hart wurde und sie nicht mehr auf dem Schwarzmarkt handelte, hatte Song Lee mitbekommen, wie die beiden unbefangener und leiser miteinander sprachen, so daß das schwere Schweigen, das eine Zeitlang zwischen ihnen gewesen war, immer mehr schwand. Sie sah die Erleichterung auf Peis Gesicht, ihr rasches Lächeln und einen neuen Schimmer in ihren Augen.

Im Alter von achtundvierzig Jahren hatte Song Lee zum

Wege der Seidenfrauen

ersten Mal seit Ching Lui und der Schwesternschaft eine Familie – in Pei und Ji Shen – gefunden. Ihr Leben innerhalb der Schwesternschaft hatte sie fast fünfundzwanzig Jahre lang ausgefüllt, bis sie eines Morgens aufwachte und wußte – so wie man weiß, daß ein Körper Nahrung und Wasser braucht, um zu überleben –, daß sie gehen mußte.

»Warum hast du die Schwesternschaft verlassen?« hatte Pei sie einmal gefragt.

»Weil ich einfach nicht länger bleiben konnte.« Song Lee suchte mühsam nach einer Antwort. »Ich hatte immer das Gefühl, daß ich anderswo hingehöre.« Sie wußte, daß das eigentlich keine Antwort war.

»Und hast du dieses ›anderswo‹ gefunden?«

Song Lee lächelte. »Ich glaube«, sagte sie, obwohl sie wußte, daß »anderswo« weniger Hongkong bedeutete als nun Pei und Ji Shen.

Sie hatte auf ihrem Lebensweg so viele Fähigkeiten erworben – Seide spulen, Hausarbeit, die Organisation ihrer Schwestern, das Lesen von Gesichtern und nun das Sorgen für Pei und Ji Shen. Aber Song Lee hatte nie geglaubt, daß sie so spät im Leben endlich Teil einer Familie sein würde; daß eine hochgewachsene, hart arbeitende Frau, eine manchmal schwierige junge Frau und ein bald erwartetes Baby ihr Leben mit solchem Glück erfüllen würden.

Song Lee brachte die Lebensmittel in die Küche und nahm schnell die weißen Päckchen mit Kräutern für *ti bo*-Tee Nummer zwölf heraus. Der alte Kräuterkundige hatte den Tee sorgfältig in einzelnen Portionen verpackt. Sie stellte Wasser zum Kochen auf, dann setzte sie sich und wartete. Song Lee wagte Pei nicht zu sagen, welche Sorgen sie sich um Ji Shen machte. Es war von Anfang an eine schwierige Schwangerschaft gewesen, und in der letzten Zeit sah Song Lee eine blasse Farbe in dem Bereich zwischen Ji Shens Augen; eine

Verminderung ihrer Energie. Der Tee würde ihr neue Kraft geben und ihren Blutkreislauf anregen. Song Lee würde ihr Zaubermittel so heimlich wie möglich anwenden; es hatte keinen Zweck, Pei Angst einzujagen. Als das Wasser kochte, streute sie die Kräuter in eine Kanne und ließ den Tee ziehen, bis er genau die richtige dunkelbraune Farbe hatte, wie der Kräuterkundige ihr erklärt hatte, dann trug sie die Kanne vorsichtig auf einem Tablett ins Zimmer der beiden Frauen.

Pei

Nach Monaten morgendlicher Übelkeit erholte sich Ji Shen nun und fühlte sich nach dem Aufwachen besser. Pei sah den rosigen Schimmer auf ihren Wangen und erinnerte sich daran, daß sie Song Lee und dem alten Kräuterhändler für ihren Wundertee danken mußte. Erst letzte Woche hatte Song Lee triumphierend verkündet, daß Ji Shen nun, da sie den sechsten Monat hinter sich hatte, von *ti bo*-Tee Nummer zwölf zu *ti bo*-Tee Nummer dreizehn aufstieg.

»Ich habe Hunger«, erklärte Ji Shen, und ihr Bauch hob sich, als sie den Rücken nach hinten beugte, um sich zu dehnen. »Ich hätte nie gedacht, daß ich jemals wieder Hunger haben würde.«

»Geh und hol dir etwas zu essen«, drängte Pei sie. »Ich komme gleich nach.« Sie sah zu, wie Ji Shen mit leichtem Schritt aus der Tür ging.

Pei zog die Stofftasche mit Mrs. Finchs Schmuck hervor und schüttete den Inhalt auf ihr Bett, wo er in der Sonne funkelte. Es fiel ihr schwer zu glauben, daß so einfache Gegenstände aus Metall, Edelstein und Perlen ihr neues Geschäft finanzieren konnten. Sie hielt jedes Stück hoch – die Diamantbrosche, das goldene Armband, den goldenen Ehering und den Smaragdring, den sie behalten wollte, wenn es irgendwie ging.

Wege der Seidenfrauen　　　　　　　　　天　233

Zuletzt nahm sie die Perlenkette und ließ die glänzenden Perlen durch ihre Finger gleiten wie Wasser. In jeder einzelnen spürte Pei Mrs. Finchs Liebe und Kraft.

Ho Yung sollte jeden Augenblick kommen. Sie hatten schließlich genau die richtigen Räume für ihre Nähwerkstatt gefunden, von der Pension aus zu Fuß zu erreichen. Vor der Besatzung war es ein Fischgeschäft gewesen, und der salzige, intensive Geruch erinnerte Pei an die Fischteiche ihres Vaters. Der kräftige Fischgeruch war längst in die stumpfe Farbe der Wände und den Holzboden eingedrungen. Pei fühlte sich zuerst schwindelig, stellte aber fest, daß es nicht aus Furcht oder Niedergeschlagenheit war, sondern aus einem seltsamen Gefühl von Trost heraus, weil sie an einen Ort zurückkehrte, den sie einmal gut gekannt hatte – ihre eigene Kindheit. Der untere Raum war nicht größer als das Wohnzimmer, aber es gab auch einen oberen Stock mit hohen Fenstern und viel Licht, wo sie ungestört arbeiten konnte. Nach all den dunklen, feuchten Ladenräumen, die Pei sich angesehen hatte, war sie sicher, daß dieser hier der richtige war. Sie konnten die Wände neu streichen und einen neuen Boden legen. Die ganze Nacht hatte sie sich im Bett hin und her geworfen, weil sie wußte, daß Ho Yung heute morgen mit dem Besitzer sprechen würde.

Es klopfte kurz an der Tür, und Song Lee sagte ihr, daß Ho Yung im Wohnzimmer wartete. Pei räumte den Schmuck in die Tasche zurück und hoffte, daß er gute Neuigkeiten mitgebracht hatte. Ein seltsamer Gedanke, daß zwei kurze Wörter wie »ja« oder »nein« ein Leben verändern konnten. Sie nahm ihren Mut zusammen, wie auch immer die Antwort lauten würde. Pei spürte das Gewicht des Schmucks in ihrer Hand, dann eilte sie in das Wohnzimmer.

Aus der Küche hörte sie Ji Shens Stimme, gefolgt von einem hellen Lachen. Ho Yung stand am Fenster und sah hinaus. Als er sie kommen hörte, drehte er sich um, und sie sah wieder einen Anflug von Ähnlichkeit mit Lin. Das ruhige Lächeln auf seinem Gesicht verriet Pei, daß sie den Laden hatte.

Innerhalb der ersten paar Monate, nachdem Pei 1946 ihre Ausbesserungsnäherei eröffnet hatte, verdoppelte sich ihr Geschäft. Kunden, die auf Mundpropaganda hin kamen, gingen ein und aus, obwohl das einzige Zeichen dafür, daß die Werkstatt da war, ein verblaßtes Schild mit einer eingefädelten Nadel und roten chinesischen Schriftzeichen darauf war: »Mottenlöcher, Risse, Schnitte, Löcher, aufgeschlitzte Stellen und Brandlöcher – fabrikneu ausgebessert.«

An den meisten Tagen war Ji Shen mit im Laden und half. Nach fast sechs Monaten morgendlicher Übelkeit ging es ihr wieder gut, und die letzten drei Monate ihrer Schwangerschaft ließen sich ruhig an. Sie saß hinter der Ladentheke auf einem hohen Stuhl, begrüßte die Kunden und sammelte und etikettierte Cheongsams, westliche Kleider, Hosen und sogar Seidenstrümpfe, die sich bald oben auf Peis Arbeitstisch anhäuften und darauf warteten, geflickt zu werden.

Die kleine Ladenglocke klingelte ständig. Während die Tür auf- und zuging, drang der unablässige Lärm von der Straße herein – hohe, nasale Stimmen und lautes Gehupe. Pei, die oben saß, konnte alles hören – ein Chor von Geräuschen, der in ihre Nähstube hinaufdrang.

Eines Morgens, als sie aufstand und sich streckte und dann hinunterging, um neuen Faden zu holen, bemerkte sie jedoch plötzlich, wie still es geworden war. Ihr Herz setzte einen Schlag aus. Wo war das leise Summen von Ji Shens Stimme, die mit einem Kunden sprach? »Zerrissen? Mottenlöcher? Machen Sie sich keine Sorgen, es wird wieder wie neu«, beruhigte Ji Shen die Kunden und strahlte sie an, während sie aufmerksam den Geschichten zuhörte, wie die einzelnen Kleidungsstücke erstanden worden waren. »Dieses Kleid hat früher meiner Mutter gehört«, erzählte eine Frau, die

Wege der Seidenfrauen

den Tränen nahe war. Oder ein Mann prahlte: »Diese Krawatte ist aus feinster italienischer Seide.« Pei lächelte vor sich hin, wenn sie solche Dinge hörte. Ji Shen erwarb rasch die nötige Geduld, um eine gute Mutter zu sein.

Als Pei halb die Treppe hinuntergestiegen war, sah sie, warum es so still geworden war: Ein Mann war im Laden, der leise mit Ji Shen sprach. Einen Augenblick befürchtete Pei, bei der hochgewachsenen, kräftigen Gestalt könne es sich um den Vater des Kindes handeln, der endlich zur Vernunft gekommen war und nun seine Rechte forderte. Pei trat schwer auf die nächste Stufe, und der junge Mann blickte auf. Erst jetzt erkannte sie, daß es Quan war.

»Quan!« Pei eilte die übrigen Stufen hinunter und begrüßte ihn mit einer Umarmung. Aus den Augenwinkeln sah sie, wie Ji Shen von ihrem Stuhl glitt und wie angewurzelt stehenblieb. Quan war im letzten Jahr sehr gewachsen und hatte an Gewicht zugelegt. Er war nicht länger der magere Rikschaboy, sondern sah in seinem sauberen weißen Hemd und einer dunklen Hose attraktiv und erwachsen aus.

»Wo warst du?« fragte Pei, trat einen Schritt zurück und betrachtete ihn.

Quan grinste. »Ich habe auf einem Fischerboot vor der Insel Lantau gearbeitet«, antwortete er. »Onkel Wei hat mir noch vor Ende der Besatzung zu dem Job verholfen. Hier war alles zu schwierig geworden.« Er trat von einem Fuß auf den anderen und sah hinüber zu Ji Shen.

»Wie geht es deiner Familie?« fragte Pei.

»Es geht allen gut. Mein Bruder ist jetzt der Rikschafahrer.«

»Wir haben uns Sorgen um dich gemacht«, meinte Pei leise. Auch wenn Ji Shen nicht darüber geredet hatte, wo Quan wohl sein mochte, hatte Pei immer den Verdacht gehabt, daß sein plötzliches Verschwinden damit zu tun hatte, daß Ji Shen sich mit dem Vater ihres Babys eingelassen hatte.

»Meine Mutter hat gehört, daß du einen Laden aufgemacht hast«, wechselte Quan das Thema. »Ich wollte euch besuchen.«

»Der Laden finanziert uns das Dach über dem Kopf.«

»Sieht so aus, als würde das Geschäft gut laufen.« Er deutete auf einen Stapel von Kleidungsstücken, die darauf warteten, von Pei repariert zu werden.

»Ja«, bestätigte Pei, und ihr fiel wieder der Faden ein, den sie hatte holen wollen. »Ich habe oben eine Arbeit, die ich fertigmachen muß. Bleib und unterhalte dich mit Ji Shen, und später kommst du mit uns in die Pension zum Essen. Dann kannst du mir alles über deine Fischerlaufbahn erzählen.«

Quan nickte schüchtern.

Wieder oben auf der Treppe, spähte Pei noch einmal nach unten und sah, wie Ji Shen wieder leise mit Quan sprach, die Hände leicht über der runden Wölbung ihres Bauches verschränkt.

In der Regel schloß Pei die Werkstatt jeden Abend gegen sechs und ging langsam zusammen mit Ji Shen in die Pension zurück, wo Song Lee mit dem Abendessen auf sie wartete. An diesem Abend stopfte sie noch rasch ein Paar Seidenstrümpfe, dann beschloß sie, eine halbe Stunde früher zu schließen.

Als hätte Song Lee gewußt, daß sie Quan mitbrachten, hatte sie Suppe, Reis, Schweinefleisch mit Lotoswurzeln und Huhn mit grünen Bohnen vorbereitet. Die normalerweise stille Pension wirkte plötzlich festlich. Quan griff immer noch kräftig zu, als die Frauen ihre Stäbchen schon hatten sinken lassen. »Ihr wißt gar nicht, wie satt ich es habe, Fisch zu essen«, erklärte er, als er schließlich seine Schale abstellte.

Ji Shen lachte. »Das sehe ich.«

Quan errötete.

»Unsinn, er ist ein heranwachsender junger Mann. Er muß essen!« Song Lee füllte seine Schüssel noch einmal mit Reis.

Wege der Seidenfrauen

Pei hatte Ji Shen schon lange nicht mehr so glücklich gesehen, lächelnd und in Necklaune. Als Quan sich vorbeugte und seine Reisschüssel nahm, bemerkte Pei auch, wie gering der Unterschied zwischen der Hand eines Rikschajungen und der eines Fischers war – dieselben kräftigen, breiten Knöchel. Quan hatte sich mit Würde von den Geheimnissen der Straßen zu den Geheimnissen des Meeres weiterbewegt.

Als sie mit dem Essen fertig waren, brach Quan auf, um ein wenig Zeit bei seiner Familie zu verbringen, versprach aber, bald wiederzukommen. Pei, immer noch in fröhlicher Stimmung, und Ji Shen blieben zusammen mit Song Lee im Wohnzimmer sitzen. Pei saß am Fenster und begann eine Flickarbeit, wie es ihre Gewohnheit war – heute abend war es ein Cheongsam, der am nächsten Morgen abgeholt werden sollte. Sie fädelte silbergrauen Faden in eine Nadel, eine weise, ruhige Farbe. Sie hatte jetzt so viel Arbeit, daß sie fast immer bis spät in den Abend beschäftigt war. Mehr als einmal hatte Song Lee ihr geraten, sie solle eine Gehilfin einstellen, aber Pei hatte den Vorschlag achselzuckend abgetan. Ihr Geschäft war gerade erst im Aufbau begriffen, und jeder Cent wurde gebraucht. Ganz zu schweigen davon, daß sie bald einen weiteren Mund zu füttern haben würden.

Ji Shen ging watschelnd auf und ab, ihre schmale Gestalt war immer noch schlank, abgesehen von ihrem Bauch, in dem hoch und rund das Baby lag. Immer wieder hatte Song Lee zu sich gesagt: »Das Baby liegt hoch, also wird es wohl ein Junge.«

Ji Shen drehte sich plötzlich vom Fenster zu ihnen um. »Ich habe mir Namen überlegt.«

»Für das Baby?« fragte Song Lee. Ji Shen lachte. »Für den Laden.«

Pei blickte von ihrer Flickarbeit auf. »Wir sind bisher gut ohne einen ausgekommen.«

»Ho Yung meint, es ist schlechte Geschäftspolitik, keinen Namen zu haben«, fuhr Ji Shen fort. »Wie sollen die Leute uns denn sonst erkennen?«

Pei lächelte und nähte weiter. Ho Yung kam mindestens ein- oder zweimal in der Woche in die Werkstatt und hatte eine neue Idee, wie man das Geschäft verbessern könnte: Stühle für die wartenden Kunden, Blumen, um die Ladentheke fröhlicher zu gestalten, Möglichkeiten, wie man jedem Kunden das Gefühl geben konnte, wichtig zu sein.

»Laß sie die Farbschattierung des Fadens aussuchen, den sie verwendet haben wollen«, schlug er eines Nachmittags vor und befühlte einen flachen Korb mit Nähseiden in allen Farben des Regenbogens.

Pei erinnerte sich, daß sie einen Augenblick vor Ho Yungs Idee zurückgeschreckt war. Sie hatte immer das Gefühl, daß jede Farbe eine ganz eigene Persönlichkeit, eine ganz eigene Sprache hatte. Nach so vielen Jahren, in denen sie die hellen, weißen Fäden von den Kokons aufgespult und während der Besatzung Seidenfäden aus verborgenen Säumen verwendet hatte, war es ein Vergnügen, eine solche Menge an Farben zur Verfügung zu haben. Aber vielleicht war es wichtig, daß sie ein wenig mit ihren Kunden ins Gespräch kam. Das, und ein Name.

»Der unsichtbare Nähfaden«, schlug Song Lee plötzlich vor.

»Nadel und Faden!« war Ji Shens Idee.

Pei brauchte nicht lange, um einen Namen zu wählen. *Der unsichtbare Nähfaden* sollte es sein. Ihr gefiel der Klang des Namens, einfach und klar.

»Und was ist mit einem Namen für das Baby?« fuhr Song Lee fort.

Am Lächeln auf Song Lees Gesicht erkannte Pei die Freude ihrer Freundin darüber, daß sie so rasch einen Namen für ihr Geschäft ausgesucht hatten. Sie betrachtete das als gutes Omen, wie so vieles in der letzten Zeit.

Wege der Seidenfrauen

»Ich dachte, wenn es ein Mädchen wird, sollten wir es Lin taufen«, erklärte Ji Shen.

Pei schrak zusammen, als sie Lins Namen so ruhig im Zimmer ausgesprochen hörte. »Sie würde sich geehrt fühlen«, sagte sie, vor allem zu sich selbst und ohne von ihrer Näharbeit aufzusehen. Sie würde sich daran gewöhnen müssen, den Namen wieder jeden Tag zu sagen. Aber mußte das Kind nicht einfach glücklich werden, wenn es den Namen ihrer geliebten Lin trug?

»Und wenn es ein Junge wird?« fragte Pei und blickte endlich auf.

»Ich möchte, daß er einen glückverheißenden Namen hat. Mein Vater hat Gong geheißen.«

»›Gong‹ bedeutet klug«, sagte Song Lee. »Ein guter Name für einen Jungen. Es ist wichtig, daß man einem Kind einen guten Anfang im Leben verschafft. Sein Name wird bestimmen, wer es in diesem Leben sein wird.«

»Es ist ein guter Name«, stimmte Pei zu. Beides waren gute Namen. Sie hielt das Kleid, das sie ausgebessert hatte, gegen das Licht und konnte kaum feststellen, wo der Riß gewesen war.

Zwei Tage später brach bei Ji Shen das Wasser. Pei hielt ihre Hand fest umklammert, obwohl Ji Shens Fingernägel sich mit jedem neuen Schmerzkrampf tief in ihre Haut gruben. Es würde eine lange Geburt werden; seit der ersten Wehe waren schon Stunden vergangen. Sie waren alle im Wohnzimmer, unterhielten sich und machten Pläne für die Ankunft des Babys. Ji Shen hatte gerade ihre Teetasse genommen, als sie sich plötzlich zusammenkrümmte und die Hand auf ihren Bauch preßte, als hätte man ihr einen Schlag versetzt. Sie schrie laut auf, als warmes Fruchtwasser zwischen ihren Beinen auf den Boden floß. Danach folgte eine Reihe langer Wehen.

Während Pei Ji Shen die Treppe hinauf ins Bett half, eilte Song Lee davon, um die Hebamme zu holen. Endlich kam die verhutzelte alte Frau ins Zimmer spaziert. »Entspannen, entspannen, das erste kommt nie so schnell!« sagte sie.

Fast elf Stunden später machte die Hebamme einen Dammschnitt, der ganz bis zu Ji Shens Rectum reichte. Erst jetzt kam das Baby endlich zur Welt. Ji Shen versuchte, den Kopf zu heben, und lächelte schwach, als sie ihren neugeborenen Sohn sah. »Ein Junge«, flüsterte sie und sah nach oben zu Pei.

»Ein Junge«, wiederholte Pei und legte das Baby neben die erschöpfte junge Frau.

Pei mußte an ihre eigene Mutter und an die Geburten denken, die Yu-sung durchlitten hatte. All diese Schmerzen, nur um fünf Töchter zu bekommen und keine Söhne, die den Namen ihres Mannes weitertrugen und bei den Maulbeerhainen und Fischweihern halfen. Am Ende waren Pei und Li die einzigen gewesen, die überlebt hatten. Peis Herz erfüllte sich mit Sehnsucht zu wissen, ob ihre Schwester Li noch lebte und ob es ihr gutging.

Ji Shens Stöhnen holte ihre Gedanken zurück in ihr enges, warmes Zimmer. Pei blickte nach unten und sah, wie die Hebamme verzweifelt versuchte, die Blutung nach dem Dammschnitt zu stillen. Song Lee war verschwunden, um noch mehr saubere Handtücher zu holen. Peis Herzschlag beschleunigte sich, als sie sah, wie bleich Ji Shen war und wie schwach ihr Griff wurde.

»Was ist los?« schrie Pei, die Augen angstvoll aufgerissen. »Tun Sie etwas! Tun Sie etwas!«

Die Hebamme ließ eine Art Husten hören, als würde ihr etwas im Hals stecken, antwortete aber nicht. Im nächsten Moment sah es so aus, als versuche sie hundert Dinge auf einmal zu tun, während sie vor sich hin murmelte. Schließlich sprach sie es laut aus: »Die Blutung hört nicht auf.« Sie

Wege der Seidenfrauen   天 241

zog ein blutiges Handtuch zwischen Ji Shens Beinen heraus und ersetzte es durch das letzte saubere.

Pei beugte sich an Ji Shens Ohr. »Du mußt das überleben«, flehte sie. »Es gibt noch so viel, was du tun mußt. Du mußt sehen, wie dein Sohn zu einem Mann heranwächst.« In dem Zimmer mit dem säuerlichen Geruch nach Schweiß und Blut war es erstickend heiß. »Ji Shen, kannst du mich hören?«

Der leise Hauch eines Stöhnens.

»Ji Shen! Ji Shen!« Peis verzweifelter Schrei erfüllte das Zimmer.

Ganz langsam öffnete Ji Shen die Augen und lächelte Pei ruhig an, den Kopf ein klein wenig erhoben. »Es tut mir leid«, formte sie fast unhörbar mit den Lippen.

Ein letzter Hauch von Worten, bevor ihre Lider plötzlich flatterten und ihre Augen sich nach hinten verdrehten; der letzte Atemzug ihrer geöffneten Lippen. Pei umklammerte Ji Shen fester, weigerte sich, sie dem Tod zu überlassen. »Lebe! Lebe! Lebe!« Der verzweifelte Singsang, mit dem sie Ji Shen zurück ins Leben zwingen wollte, während das Baby sich neben ihr rührte und leise, gurgelnde Geräusche von sich gab, die sich ein wenig wie Lachen anhörten.

Es war ein kleines, kärgliches Begräbnis, der Himmel war glasklar. Pei und das Baby, Song Lee, Quan und Ho Yung standen auf dem Friedhofshügel. Pei hatte sich von Ho Yung Geld geliehen, um auf einem chinesischen Friedhof für Ji Shen ein Grab und einen marmornen Grabstein zu kaufen. Er stand vor ihnen, weiche graue Schnörkel auf hartem weißen Stein. Ein Leben – eine liebende Mutter, der nicht die Chance gegeben wurde, ihren Sohn zu lieben –, und nun waren nur noch ein eingemeißelter Name und die Jahreszahlen von Geburt und Tod übrig. Song Lee weinte laut, während Ho Yung sanft ihren Arm hielt. Quan stand reglos wie ein Stein, Tränen strömten ihm über das Gesicht.

An diesem strahlend hellen Tag hielt Pei fest das Baby Gong im Arm und sagte Ji Shen ihr letztes Lebewohl, die in den letzten Jahren das einzige Mitglied ihrer Familie in Yung Kee gewesen war, das ihr noch geblieben war. Pei verneigte sich dreimal vor dem Grab und spürte das sich windende Bündel, das sie an sich gepreßt hielt. Heiße Tränen brannten in ihr, sie weinte aber nicht. Der Kummer hatte sie betäubt. Nun spürte sie, wie Lins und Ji Shens Schatten beide über ihr schwebten. Pei blickte rasch auf und glaubte, eine magere Frau mit einem roten Schal etwas weiter entfernt stehen zu sehen, aber als sie noch einmal hinsah, war die Frau im grellen Sonnenlicht verschwunden.

Die Sprache der Fäden

In den Nächten nach Ji Shens Tod schlief Pei kaum. Trauer lastete schwer auf ihr, raubte ihr jedesmal, wenn sie sich niederlegte, den Atem. Immer wenn sie aus dem warmen Bett stieg, um nach Gong zu sehen, lag auch er wach und wartend in der stillen Dunkelheit, als würde die Erinnerung an Ji Shen sie beide aus dem Schlaf reißen. Pei verstand ihre eigene tiefe Sehnsucht, aber konnte ein neugeborenes Kind schon wissen, daß es keine Mutter hatte, die es liebte, und keinen Vater, der ihm einen Namen gab, den es stolz weitertragen konnte?

Pei musterte das Baby eingehend nach jeder kleinen Ähnlichkeit mit Ji Shen. Der dichte schwarze Flaum auf seinem zarten Kopf. Seine blasse, weiche Haut und die winzigen Händchen, die es jedesmal nach Pei ausstreckte, wenn sie in seine Nähe kam. Seine kleinen, dunklen Augen, die sie schon seit langer Zeit zu kennen schienen.

Normalerweise blieb das Baby oben in seiner Korbwiege,

Wege der Seidenfrauen

während Pei leise neben ihm nähte und Song Lee vorläufig die Ladentheke übernahm. Pei war dankbar für Song Lees Treue, für all das Mitgefühl, das sie nicht geäußert, sondern einfach gezeigt hatte, indem sie bei ihnen blieb. Sie spürte Song Lees Traurigkeit in den Seufzern, die zu ihr nach oben stiegen, als wäre jeder Atemzug zu schwer. »Lassen Sie es da, lassen Sie es da«, hörte sie Song Lee gleichgültig zu einem Kunden sagen. Nicht länger war die Luft erfüllt von Ji Shens geduldigem, melodischem Geplauder. Pei schluckte und versuchte, die Leere hinunterzuschlucken, die sie zu überwältigen drohte. Sie warf einen Blick auf das Kind und beobachtete das leise Heben und Senken seiner Brust, ständig in Angst, daß auch er ihr entrissen werden könnte.

Ho Yung und Quan kamen jede Woche in das Geschäft und besuchten das Kind. Während die Zeit verstrich, sah Pei, wie jeder mit seiner ihm eigenen Stärke und seinem Charakter Gongs Leben wie mit einem Geschenk bereichern würde. Er fuchtelte mit seinen Ärmchen und streckte sie nach ihnen aus, weil er auf den Arm genommen werden wollte; beide Männer gaben vorsichtig acht auf das zerbrechliche Bündel, das sie hielten.

Eines Tages ließ Pei das Baby in seinem Korb bei Song Lee hinter der Ladentheke. »Er hat eine hohe Stirn«, bemerkte die erste Kundin, die an diesem Nachmittag kam. »Ein Zeichen großer Intelligenz!«

»Lassen Sie die Götter keine solchen Sachen hören«, fauchte Song Lee. »Mit einem so kleinen Kind kann noch alles passieren.« Dann fügte sie rasch mit lauter, deutlicher Stimme hinzu: »Der Junge hier ist ein mickriges kleines Ding. Nicht besonders hübsch!«

Zum ersten Mal seit Ji Shens Tod hatte Pei Lust zu lachen. Sie wußte, daß es eine Sache war, in einem Gesicht zu lesen und seine Glücksverheißung zu sehen, aber eine andere, dieses Glück laut auszusprechen und damit Unglück heraufzubeschwören. Es war erst fünf Minuten her, daß sie Gong nach unten gebracht hatte, und schon hatte dieser neue Familienzuwachs seine Anwesenheit im Laden bewiesen.

Manchmal war Pei erstaunt, daß der *Unsichtbare Nähfaden* weiterhin florierte, sogar dann, als so viele andere um sie herum zu kämpfen hatten. Sie griff in einen Stapel von Kleidungsstücken, die geflickt werden mußten, und zog ein Stück blaue Seide heraus, überrascht, plötzlich eine so lebhafte Farbe zu erblicken. Sie faltete den Stoff auseinander und entdeckte, daß es ein Banner mit aufgestickten Blumen war, die die vier Jahreszeiten darstellten.

Eine Pfingstrose, die im Frühjahr blüht
Der Lotos des Sommers
Die Chrysantheme im Herbst
Die Pflaume im Winter

Was einst eine wunderschöne Farbzusammenstellung gewesen sein mußte, war im Laufe der Jahre verblaßt und verschlissen. Pei hielt das helle Blumengebilde gegen den hellblauen Himmel. Es würde viel Arbeit erfordern, die kunstvolle Stickerei mit neuer Nähseide aufzufrischen. Pei stand auf und ging nach unten.

»Wer hat das gebracht?« fragte sie und legte das blaue Seidenbanner auf die Ladentheke.

»Eine ältere Frau, die es eilig hatte«, erinnerte sich Song Lee. »Sie wollte wissen, ob du jede Blume mit neuem Seidengarn nachsticken kannst.«

»Ich flicke nur Kleidungsstücke. Diese Arbeit wäre zu zeitaufwendig, ganz zu schweigen von den Kosten.«

Song Lee zuckte die Achseln. »Sie sagte, um die Kosten brauchst du dich nicht zu sorgen. Sie war bereit, dir alles zu bezahlen, was du verlangst, weil sie gehört hat, daß du gute Arbeit machst. Sie sagte auch, daß sie es nicht eilig hätte, so daß du dir Zeit lassen kannst.« Song Lee blickte auf zu Pei. »War es falsch, daß ich es angenommen habe?«

Pei befühlte die verblaßten Seidenfäden und konnte bereits die leuchtenden Farben sehen, die an ihre Stelle kommen würden. »Nein«, lächelte sie.

Einen Monat nach Ji Shens Tod kämpfte Pei immer noch gegen schlaflose Nächte und erstickende Trauer an. Untertags stürzte sie sich in die Arbeit. Nachts schlief sie manchmal lange genug, um von Ji Shen zu träumen, die wieder lebendig war – im *Unsichtbaren Nähfaden* hinter der Ladentheke, mit Kunden plaudernd und lachend –, doch dann schreckte sie wieder aus dem Schlaf hoch und wußte, daß sie tot war. »Ich lasse nicht zu, daß einem von euch etwas passiert«, hatte sie versprochen; immer wieder gingen ihr diese Worte im Kopf herum. Das Bett neben ihrem war leer, das dunkle Haus voll von nächtlichen Tränen.

Pei stand in der kühlen Nacht auf, um nach dem Baby zu sehen, das mittlerweile regelmäßige Schlafgewohnheiten hatte. Dann glitt ihre Hand von der weichen Babyhaut zu der glatten Seide des blauen Banners. Sie setzte sich neben die Tischlampe und begann, leise die verblaßten Fäden abzuschneiden; sie fielen ihr wie Grashalme auf den Schoß. Pei war entschlossen, jede Blume nachzusticken, immer einen Faden nach dem anderen, als könnte sie den Fluß der Jahreszeiten kontrollieren. Nach und nach erleuchteten all die Farben ihre dunklen Nächte – rot, der Sommer des Lebens, weiß als Farbe des Herbstes, schwarz für den Winter, blau für den Frühling; gelb, das aus der Mitte der Erde kam.

Allmählich hielt Ji Shens Tod Pei nicht mehr vom Schlafen ab, und noch langsamer begann die Sprache der Seidenfäden sich deutlich und klar vor dem leuchtend blauen Himmel abzuheben.

KAPITEL ZWÖLF

1949

Song Lee

Song Lee klopfte leise an Peis Tür. Abend für Abend sah sie
einen Spalt gedämpftes Licht unter dieser Tür. Sie wußte,
daß Gong seit Stunden fest schlief, wußte, daß Pei versuchte,
mit ihrer Flickarbeit nachzukommen, die mit jedem Tag
mehr wurde. Song Lee hielt mit ruhiger Hand die Tasse
heißen Tee und klopfte noch einmal. Als sie Peis Stimme
flüsternd antworten hörte, drehte sie den Türknauf und trat
leise ein.

»Du bist lange auf«, sagte Song Lee. »Schon wieder.« Obwohl geflüstert, klangen die letzten beiden Worte in dem
Zimmer wider.

»Es ist soviel...«, antwortete Pei, ohne aufzublicken oder
ihren Satz zu beenden.

»Ich habe dir eine Tasse Tee gebracht.«

Pei sah lächelnd auf. »Danke.«

Im flackernden Licht sah Song Lee die Müdigkeit, die ihre
Augen umschattete, den Kummer, der immer noch in den
Augenwinkeln lag.

»Weißt du...« Song Lee brach ab und spähte zu dem schlafenden Gong, der mit seinen zwei Jahren eine ständige Erinnerung an Ji Shen war. Er hatte dieselben vollen Lippen und

Wege der Seidenfrauen　　　　　天　247

eine leicht platte Nase, die Song Lee liebevoll zusammenkniff, damit sie höher wurde. Sie wußte, daß er noch klein
genug war, so daß man sein Schicksal noch verändern konnte. »Es ist Zeit, daß du jemanden suchst, der dir bei all den
Ausbesserungen hilft.«

»Ja«, stimmte Pei zu.

Song Lee sah sie erstaunt an. Seit nunmehr fast zwei Jahren
führten sie immer wieder diese Unterhaltung, und immer
kam eine zögernde Antwort von Peis Lippen. »Noch nicht…
vielleicht später einmal… Ich werde darüber nachdenken.«
In dem stillen Zimmer hörte Song Lee Gongs regelmäßige
Atemzüge. An der Wand über seinem Bett hing das blaue
Seidenbanner mit den Blumen der vier Jahreszeiten. Die alte
Frau war nie in den *Unsichtbaren Nähfaden* zurückgekommen, um es abzuholen. Noch ein verlassenes Kind. Song
Lee wußte, wie viele Stunden Pei daran gearbeitet, wie sorgfältig sie die Farben ausgewählt hatte, um jede Blume wieder
zum Leben zu bringen.

Nach einem Jahr, als Gong begonnen hatte, zu krabbeln
und zu laufen, hängte Pei das Seidenbanner an die Wand ihres Zimmers, damit er nicht nach dem hellen Material
grabschte. Es war ein Zeichen der Erneuerung, ein Zeugnis
dafür, daß sie durch eine äußerst schwere Lebensphase gegangen waren.

»Ich fange morgen an, nach jemandem zu suchen«, bot
Song Lee leise an.

Pei nickte, dann schloß sie einen Moment lang die Augen,
während ihre Hand immer noch die Nähseide durch die Sei-
denjacke auf ihrem Schoß zog.

Song Lee brauchte nicht lange, um die Nachricht in Umlauf
zu bringen, daß der *Unsichtbare Nähfaden* eine zweite Näherin suchte: »Tüchtig, eine schnelle Arbeiterin mit ruhigem,
angenehmem Charakter. Sie soll eine Arbeitsprobe mitb-

ringen.« Song Lee führte Gespräche mit jeder Frau, die hereinkam und sich um die Stelle bewarb. Sie war stolz darauf gewesen, die richtigen Posten als Hausangestellte für ihre Schwestern zu finden; nun würde sie für Pei nicht weniger tun. Wieder setzte sie ihre Fähigkeit zum Lesen von Gesichtern ein; sie ließ die Frauen mit fordernden, nach unten gezogenen Mundwinkeln wieder gehen, ebenso wie die offensichtlich Unehrlichen, die ihr nicht direkt in die Augen sahen. Kaum eine Woche später hatte Song Lee glücklich die perfekte Näherin gefunden, die mit Pei arbeiten sollte.

Pei

»Sie muß jede Minute hier sein!« Song Lees Stimme war hoch vor Aufregung. Sie legte die Kleider auf der Ladentheke zu einem ordentlichen Stapel zusammen.

»Bring sie herauf, wenn sie kommt«, sagte Pei. »Ich fange besser schon zu arbeiten an.« Sie war nur zu froh, daß Ho Yung Gong zu einem Spaziergang abgeholt hatte.

Pei hatte sich gerade gesetzt, als sie das Läuten der Ladenglocke hörte. Song Lee und eine andere Stimme wechselten leise, höfliche Worte. Ihre lauten, festen Schritte kamen die Treppe herauf. Song Lee und eine magere Frau Ende zwanzig tauchten oben auf der Treppe auf und blieben stehen.

»Kommt herein«, sagte Pei. Sie stand auf und vergaß, daß ihre Größe ihr sofort einen leichten Vorteil verlieh.

Song Lee trat beiseite. »Das ist Mai.«

Mai neigte schüchtern den Kopf.

»Bitte, setzen Sie sich«, bot Pei an.

Mit einem raschen Blick sah Pei eine bescheidene junge Frau mit großen, tiefliegenden Augen und einer leicht gewölbten Stirn, die durch das straff zu einem Knoten zurückgebundene Haar noch betont wurde. Sie hatte eine Arbeits-

Wege der Seidenfrauen   天 249

probe in der Hand, die sie Pei reichte – braune Baumwollhosen, die am Knie zerrissen gewesen waren, wie sie erklärte.
»Am linken Knie«, fügte sie rasch hinzu.

Während Song Lee sich entschuldigte und wieder nach
unten ging, plauderten Pei und Mai ein wenig, wechselten
vorsichtige, höfliche Worte, an die sie sich in den kommen-
den Jahren nicht mehr erinnern konnten. Während Pei erklärte, daß acht Stunden Arbeit täglich nötig seien und wieviel Lohn sie zahlen konnte, hörte Mai ruhig zu. In einem
leisen Strom von Worten erzählte sie dann ihre Geschichte.
Seit sie ein kleines Mädchen gewesen war, hatte sie für ihre
jüngeren Geschwister genäht und geflickt. Nähen war alles,
was sie konnte, und sie tat es sehr gerne. Nun hatte sie einen
kranken Ehemann, der nur sporadisch arbeiten konnte,
wenn er kräftig genug war. Sie wusch Kleider, schrubbte Fuß-
böden und leerte Nachttöpfe aus. Sie hatte nichts gegen die
Arbeit. Sie verdiente damit ehrliches Geld, um ihre Schulden
zu bezahlen. Ihr Gatte war ein guter Mann, aber das Schicksal hatte sie unfreundlich behandelt.

Pei hörte zu und schenkte ihr eine Tasse Tee ein. Mai
sprach ruhig und sachlich, nippte ein wenig an ihrer Tasse
und fuhr dann fort. Als ihre Geschichte zu Ende war, beobachtete Pei, wie die junge Frau die Hände um die halbleere
Teetasse legte, um sie zu wärmen, um sich sicher zu fühlen.
Zum ersten Mal in ihrem Leben hatte Pei das Gefühl, daß sie
imstande war, ein Leben, ein Schicksal zu verändern.

Als Mai innehielt und sich in dem vollen Zimmer umsah,
befühlte Pei den Riß im linken Knie der braunen Hosen, die
wohl ihrem kranken Ehemann gehörten. Sie konnte kaum
spüren, wo der Riß begann und wo er aufhörte.

Mai war ein wahres Geschenk, eine flinke, tüchtige Arbeiterin, die wenig sprach, während sie flickte, und so konzen-
triert bei der Arbeit war, daß sie stundenlang sitzen konnte,

ohne aufzublicken. In den ersten paar Wochen brachte Pei ihr alle Geheimnisse bei, wie man unsichtbar ausbessert. »Nehmen Sie denselben Faden von einer Naht oder einem Saum, wenn es möglich ist; wenn nicht, dann achten Sie darauf, daß Material und Nähfaden so gut wie möglich zusammenpassen«, instruierte sie Mai. »Der leiseste Farbunterschied kann sich so deutlich auswirken wie eine andere Sprache. Prüfen Sie immer genau die Struktur des Materials und folgen sie ihr so gut wie möglich.« Es dauerte nicht lange, bis Mais Arbeit fast so gut war wie die von Pei.

Während ihrer Pausen entspannte sich Mai, erzählte, lachte und beschäftigte sich viel mit dem kleinen Gong. Wenn sie spielten, hörte man sein Lachen und Quietschen durch den ganzen Laden.

»Ich habe geholfen, meine Geschwister großzuziehen«, erklärte Mai eines Nachmittags fast entschuldigend. »Mir war gar nicht klar, wie sehr mir fehlt, ein Kind um mich zu haben.«

»Sie würden eine gute Mutter abgeben.« Pei lächelte. »Sie haben noch viel Zeit, um bald Ihre eigenen großzuziehen.«

Mai schüttelte den Kopf. »Ich fürchte, das ist nicht möglich.« Pei zögerte. »Ihr Mann?« fragte sie dann.

»Nein, diesmal liegt es an mir«, antwortete Mai, nahm ihre Flickarbeit und beendete das Thema.

Der *Unsichtbare Nähfaden* hatte weiterhin Erfolg – so viel, daß Ho Yung davon zu reden begann, einen größeren Laden zu suchen.

»Es ist zu eng hier«, sagte er. »Die Kunden haben nicht einmal mehr Platz zu stehen.«

Pei sah von ihrer Flickarbeit auf und mußte ihm recht geben, daß es drunter und drüber ging, woran sie sich aber gewöhnt hatte: die Kleiderständer, das aufgestapelte Papier, das von leeren Holzkisten, in denen Fadenspulen gewesen

Wege der Seidenfrauen　　　天　251

waren, beschwert wurde; Gongs behelfsmäßiges Bett, wo er seinen Mittagsschlaf hielt.

»Es dauert nur ein paar Minuten, bis die Kunden ihre Kleider abgegeben oder abgeholt haben«, meinte Pei leise.

Unten klingelte die Ladenglocke.

Ho Yung breitete die Arme aus, als wolle er den engen Raum umfassen. Zum ersten Mal bemerkte Pei, daß er dicker geworden war und daß sein Haar einen grauen Schimmer hatte. Sie dachte an Lin, die nie mehr älter werden würde. Mit ihren jetzt achtunddreißig Jahren war Pei bereits fünf Jahre älter, als Lin zum Zeitpunkt ihres Todes gewesen war.

»Es ist zu eng hier«, wiederholte er. »Du hast jetzt eine Angestellte.«

Pei dachte über Ho Yungs Argumente nach; seine praktische Art hatte ihre Geschäftspartnerschaft und ihre Freundschaft während schwieriger Zeiten gefestigt. Manchmal erblickte Pei immer noch eine Spur von Lin in ihm; manchmal sah sie eine Freundlichkeit, die ganz seine eigene war.

»Gibt es nicht eine Möglichkeit, daß wir hierbleiben können?« fragte Pei. »Nur Mai und ich arbeiten hier.« Sie konnte ihm nicht erklären, welch großen Trost das ehemalige, nun zur Schneiderwerkstatt umgebaute Fischgeschäft ihr bedeutete.

Ho Yung ging auf und ab. »Wir werden sehen, was sich machen läßt«, meinte er. Statt dann fortzueilen und sich um das Immobiliengeschäft seiner Familie zu kümmern, setzte er sich auf Mais Stuhl. »Es gibt noch etwas anderes, worüber ich mit dir sprechen möchte.« Seine Stimme war ruhig und ernst.

Pei legte ihre Arbeit nieder. »Ist etwas nicht in Ordnung?«

Ho Yung räusperte sich. »Du weißt, daß meine Mutter letztes Jahr verschieden ist.«

Pei nickte. Wong Tai war lange Zeit krank gewesen. Ho Yung hatte Pei einmal erzählt, daß sie fast während der ganzen

Besatzungszeit bettlägerig gewesen war. Es war ihre eigene Entscheidung, hatte er gesagt, so wie alles, was sie je getan hatte, selbst als sie langsam und allmählich begann, ihr Leben zu beenden. Sie weigerte sich, jemand anderen als ihre Söhne in ihr Zimmer zu lassen. Nach und nach weigerte sie sich zu sprechen, zuzuhören, zu essen und schließlich zu leben.

»Hat sie Lin je verziehen, daß sie der Seidenschwesternschaft beigetreten ist?« platzte Pei heraus.

Ho Yung sah sie an, erstaunt zuerst. »Sie konnte es nicht«, sagte er schließlich.

Peis Hals fühlte sich trocken und kratzig an. Sie hatte immer noch ein schlechtes Gefühl, weil sie nicht bei Wong Tais Beerdigung gewesen war – wegen Ho Yung, nicht um ihretwillen. Aber sie konnte einfach nicht so tun, als würde sie eine Frau ehren, die ihr nur Verachtung gezeigt hatte. Sie fragte sich, ob das kalte, haßerfüllte Funkeln Wong Tais Augen ein letztes Mal verschleiert hatte, bevor sie sie für immer schloß. Alle hatten das Gesicht gewahrt, als Gong Fieber bekam, so daß Pei ihre Beileidsgrüße schicken konnte, ohne hinzugehen.

»Nun, ja...« Ho Yung räusperte sich erneut. »Mein Bruder und seine Frau haben ihre eigene Wohnung. Ich lebe jetzt allein in einem großen Haus, mit viel mehr Platz als ein einzelner Mann braucht, während du und Gong in einem kleinen Zimmer in der Pension zusammengepfercht seid...«

»So schlimm ist es nicht«, unterbrach Pei ihn rasch. »Wir leben sehr einfach. Song Lee hilft sehr viel.«

Lachen und Stimmen drangen von unten herauf; Mai war von ihrer Pause zurückgekommen.

»Aber ist das genug für dich? Für Gong? Er wächst heran und braucht mehr Aufmerksamkeit. Die Aufmerksamkeit eines Vaters.« Ho Yung schluckte. »Ich versuche zu sagen, daß es mich glücklich machen würde, dich als meine Frau zu haben und Gong als meinen Sohn aufzuziehen.«

Wege der Seidenfrauen

Pei spürte, wie ihr das Blut durch den Körper jagte und ihr heiß ins Gesicht schoß. Was sagte Ho Yung da? Sie war zusammen mit Lin der Schwesternschaft beigetreten, hatte ihr Leben der Seidenarbeit geweiht. Und obwohl die Schwesternschaft nur noch eine lebhafte Erinnerung war, hatte Pei ihr Gelübde nie widerrufen. Sie fühlte Ho Yungs Augen auf sich ruhen. Lins Augen. Es hatte keinen Moment gegeben, in dem sie ihm nicht vertraut oder ihn nicht gemocht hätte, aber sie spürte für ihn nicht die Liebe einer Frau zu ihrem Mann.

»Ich ...«, begann sie.

Von unten hörte sie Gongs fragende Stimme, die sich ins Gespräch der beiden Frauen mischte: »Warum? Wie?«

»Ich erwarte nicht, daß du mir gleich antwortest«, erklärte Ho Yung. »Du mußt darüber wohl nachdenken.« Er stand rasch auf und versuchte zu lächeln, obwohl seine Augen ihr sagten, daß er ihre Gedanken verstanden hatte. Er beugte sich zu ihr und berührte sie leicht an der Schulter. »Ich komme morgen wieder.«

Pei wollte Ho Yung sagen, er solle noch bleiben, aber die Worte blieben ihr in der Kehle stecken. Sie sah ihm nach, wie er durchs Zimmer ging und Schritt für Schritt die Treppe nach unten verschwand.

Der Brief

Ho Yung kam am nächsten Tag wieder in den Laden, blieb aber nur solange, um einen Brief für Pei abzugeben, der bei ihm zu Hause angekommen war. Am Abend zuvor hatten die warmen Septemberregen eingesetzt und trommelten nun rhythmisch aufs Dach, Regentropfen spritzten gegen die Fenster.

»Aber von wem kann er sein?« sagte Pei, dankbar, daß der

überraschende Brief sie von dem Unbehagen befreite, das sie nach seinem Antrag vielleicht erfüllt hätte.

Ho Yung besah sich den feuchten, schmutzigen Umschlag, auf dessen Vorderseite hastig Peis Name gekritzelt war, zu Händen von Ho Yungs Adresse. »Von jemandem, der wußte, daß ich ihn dir bringen würde.«

Mit rasendem Puls wog Pei den Umschlag in der Hand. Man konnte nicht sagen, wie lange der Brief unterwegs gewesen war, aber seinem schmuddeligen Aussehen nach zu urteilen war es ein Glück, daß er überhaupt angekommen war. Pei öffnete ihn sorgfältig und zog zwei dünne weiße Papierbögen heraus, bedeckt mit sauber geschriebenen Schriftzeichen, die sie sofort erkannte. All die Jahre mit den Hauptbüchern der Fabrik, mit Notizen, die an den Rand religiöser Broschüren gekritzelt waren, die ins Schwesternhaus kamen. Und die sorgfältig geschriebene Adresse von Ma-lings Pension.

»Er ist von Chen Ling«, sagte Pei und ihr Herz schlug schneller.

»Aus Yung Kee?« Ho Yung beugte sich näher, sie spürte seinen feuchten Regenmantel am Arm und seinen warmen Atem im Nacken.

»Ja«, antwortete sie und schloß für einen Moment die Augen. Die Nähe eines anderen Körpers war etwas, das sie so lange nicht gespürt hatte, daß sie staunte, wie plötzlich sie sich dadurch getröstet fühlte.

Er trat wieder zurück, und seine Wärme schwand mit ihm. »Nach so langer Zeit?«

Es waren fast elf Jahre her, seit sie und Ji Shen sich im Mädchenhaus von Chen Ling und Ming verabschiedet hatten. Lin war gerade gestorben, und die Zukunft in Hongkong war nicht mehr als ein Traum.

»Der Brief ist vor drei Monaten geschrieben worden«, stellte Pei fest, ihre Gedanken schweiften bereits zurück.

Wege der Seidenfrauen

Ho Yung räusperte sich. »Ich lasse dich allein, damit du ihn lesen kannst.«

»Ho Yung…« Pei konnte ihm nicht in die Augen sehen. »Wegen gestern… Ich kann nicht.«

»Ich weiß«, antwortete er ruhig.

»Danke.« Pei sah auf. »Für alles.«

Ho Yung lächelte. Er hob die Hand zu einem leichten Winken und verschwand rasch aus dem engen, vollen Raum, den sie so liebte. Pei hörte, wie die Eingangstür aufging und der Regen auf die Straßen prasselte; ein Geruch von nassem Beton stieg auf und drang herein.

Chen Ling, deren Name wie eine Glocke klang. Der stinkende, feuchte Schlamm unten bei Ba Bas Fischweihern, der heiße, süßliche Dampf der siedenden Kokons, das Klappern von Schüsseln im Mädchenhaus, alles tauchte plötzlich und deutlich vor ihr auf. Pei sah wieder das eckige Kinn und die durchdringenden dunklen Augen von Tante Yees Tochter vor sich, deren Kraft und Leidenschaft sie durch einen Streik für kürzere Arbeitszeiten und die dunklen Tage des Niedergangs der Fabrik geführt hatten.

Ohne daß sie ein Wort gelesen hatte, waren so viele Fragen gleich beantwortet. Chen Ling war am Leben. Sie *hatte* den Krieg in dem vegetarischen Buddhistenkloster auf dem Land überlebt. Pei konnte nur hoffen, daß Ming bei ihr war und sie auch die kommunistische Machtübernahme überlebt hatten. Der Gedanke erfüllte Pei mit Freude. Sie holte Luft, dann setzte sie sich, faltete die dünnen Blätter auseinander und begann zu lesen.

Liebe Pei,

wo sind die Jahre geblieben? Ich hoffe, dir und Ji Shen geht es in Hongkong gut. Ich habe den Brief zu Händen von Lins Bruder geschickt, da ich seine Karte zwischen alten Papieren aus der Seidenfabrik gefunden habe, und ich bete zu Kuan Yin, daß der Brief dich erreicht. Ich denke immer noch oft an dich und Ji Shen, wie ihr uns vor so vielen Jahren verlassen habt.

Ming und ich werden weiter alt auf dem Lande. Es war nicht immer ein ganz friedliches Leben, auch wir wurden berührt vom Wahnsinn der Welt um uns herum. Wie alle raubgierigen Soldaten haben die japanischen Teufel den Weg zu unserem Kloster gefunden, sich genommen, was sie wollten, und alles andere zerstört. Wir haben uns im Keller versteckt, gerade rechtzeitig gewarnt von einem freundlichen Bauern, dessen Frau uns oft ihr Brennholz verkauft hat. Als wir aus dem Versteck kamen, fanden wir sie an den Handgelenken an einem Maulbeerbaum hängen, die Kehlen von einem Ohr zum anderen ganz durchgeschnitten. Leben gerettet und Leben geraubt innerhalb weniger Momente.

Und so beginnen wir nun unter Mao und den Kommunisten ein neues Leben. Und du fragst dich sicher, warum nach all diesen Jahren nun ein Brief kommt. Es ist mir nie leichtgefallen, Worte zu finden, ich habe viel mehr in mir zurückgehalten, als ich gesagt habe. Ich weiß nicht mehr, wie viele unvollendete Briefe ich angefangen habe, um euch zu sagen, wo wir sind und wie es uns geht.

Und nach der Besatzung durch die Japaner wußte ich nicht mehr, wie ich euch erreichen sollte. Bis ich die Karte von Lins Bruder gefunden habe, das war wie die Erfüllung eines Wunsches.

Aber um fortzufahren, Ming und ich waren neulich in Yung Kee, um Moi zu besuchen. Ja, Moi lebt noch, eigensinnig wie eh und je im Mädchenhaus. Sie hat dauernd von einer Frau geredet, die sie ein paar Tage zuvor besucht hatte. Eine Frau, die sie zuerst im Verdacht hatte, sie wolle sie bestehlen. Sie hat alles zu lange angestarrt,

Wege der Seidenfrauen   257

sagte Moi. Eine Schwester? habe ich gefragt. Moi hat den
Kopf geschüttelt. Eine Schwester, ja, hat sie gesagt, aber
keine von euch. Wovon redest du? fragte Ming. Moi lä-
chelte über ihr Geheimnis, dann sagte sie: Peis Schwester.
Ihre richtige Schwester Li.

Pei hörte auf zu lesen, um Luft zu holen, das Blut stieg ihr zu
Kopf. Konnte es möglich sein, daß Li am Leben war und nach
so vielen Jahren nach ihr suchte?

»Wo ist sie jetzt?« fragte Pei laut und überflog rasch den
Rest des Briefes nach einer Antwort.

Sie lebt in dem kleinen Dorf Kum San etwa dreißig
Meilen von Yung Kee entfernt; sie ist verwitwet. Ihr
Mann ist vor vier Jahren gestorben, kurz nach der Ka-
pitulation Japans. Sie ist den ganzen Weg nach Yung
Kee gelaufen, in der Hoffnung, dich zu finden und dir
mitzuteilen, daß euer Vater gestorben ist. Es tut mir
leid, daß du es so erfahren mußt.
Moi hat ihr gesagt, daß du nach Hongkong gegangen
bist, um ein neues Leben zu beginnen. Li hat sich glück-
lich an diese Neuigkeit geklammert. Dann waren die
Götter schließlich doch freundlich zu ihr, hat sie gesagt
und froh gelächelt.
Erschreckt es dich, daß die Vergangenheit so nahe sein
kann? Ich fühle zu den seltsamsten Tageszeiten immer
noch Tante Yees Nähe. Und ich frage mich oft, ob un-
sere Wege sich in diesem Leben noch einmal kreuzen
werden; aber dann wird mir klar, daß wir uns alle an
einem besseren Ort wiedersehen werden.

Chen Ling

Pei ließ den Brief auf ihren Schoß sinken und saß wie betäubt
da. Chen Lings Worte gingen ihr durch den Kopf: Li lebte,

und Ba Ba war gestorben. Ein Leben und ein Tod auf zwei dünnen Papierbögen. Sie hoffte, daß Ba Ba nicht gelitten hatte, daß er nicht allein gestorben war. Nach Ma Mas Tod, stellte sie sich vor, hatte er wohl all seine Zeit in seinen Hainen verbracht und war nur zum Essen, zum Schlafen und schließlich zum Sterben ins Haus zurückgekehrt. Pei schloß die Augen bei dem Gedanken.

Und was war mit Li? Ihre Schwester *lebte* und suchte nach ihr. Seit dreißig Jahren hatten sie einander nicht mehr gesehen. Als Kind war Li die stille, gehorsame ältere Schwester gewesen, der Pei nachzueifern versucht hatte, was ihr aber nie gelang. Pei war immer diejenige, die Ärger bekam, diejenige, die Schläge bekam, weil sie zu viele Fragen stellte und ihre Kleider schmutzig machte, während Li schweigend auf dem Weg blieb. Später, wenn sie ins Bett mußten, rollte Li sich in der stickigen Dunkelheit zu ihr herum und trocknete Peis Tränen, indem sie ihr ein kostbares Bonbon in den Mund steckte.

KAPITEL DREIZEHN

1950

Li

Der erste Brief war wie ein unerwartetes Geschenk gekommen. Es war ein Tag zu Beginn des Frühlings, und Li erwachte mit einem seltsamen Gefühl, einem Aufflackern von Angst, das kam und verging. Seit der Bauer vor vier Jahren gestorben war, lebte sie in ihrer täglichen Routine, von Pflichten befreit, die sie früher zu einer faktischen Gefangenen auf dem Hof gemacht hatten. Ihre Söhne waren erwachsen und aus dem Haus, und der alte Bauer war langsam und schmerzvoll gestorben. Das Haus war für sie nicht mehr länger wie ein Gefängnis. Die Wände waren einfach eine rauhe, verblaßte Hülle, ein Relikt, das ebenso abgenutzt und alt war wie sie mit ihren einundvierzig Jahren. Lis Tage verstrichen friedlich, die Wunden ihres vergangenen Lebens heilten allmählich. Es hatte eine Weile gedauert, bis sie keine Angst mehr vor den drohenden Schatten hatte, die immer mit dem Zwielicht kamen – die Geister des alten Bauern und seines Sohnes Hun, die aus ihren Gräbern zurückkehrten.

Das Klopfen erschreckte sie, es war fest und hartnäckig. Li näherte sich zaghaft der zerbeulten Tür, da sie dachte, es könnten Parteimitglieder sein, die kamen, um sie umzu-

260 天

Gail Tsukiyama

siedeln. Der Dorfschreiber, der alte Sai, hatte vor diesen Besuchen gewarnt. Li seufzte und klinkte die Tür auf. Doch statt der Parteifunktionäre, die sie zu sehen erwartet hatte, waren es zwei Bauersfrauen in Baumwollhemden und mit Strohhüten.

Die Untersetzte sprach zuerst. »Wir suchen nach Mui Chung Li.«

»Sie ist nicht da«, antwortete Li vorsichtig.

»Wissen Sie, wann sie zurückkommt?«

Li schüttelte den Kopf.

Die Frau lächelte, nicht unfreundlich. »Werden Sie ihr diesen Brief geben? Er ist von ihrer Schwester Pei.«

Sie reichte ihr einen blauen Umschlag, und Lis Herz machte einen Satz, als sie ihren eigenen Namen sah, in schwungvollen schwarzen Schriftzeichen geschrieben.

»Pei?« hatte Li gefragt, und ihre Stimme wurde beim Klang des Namens ihrer Schwester lauter. Zuerst zögerte sie, den Brief zu nehmen, da sie fürchtete, es könnte eine Art Trick sein. Sie dachte an ihre Söhne Kaige und Yuan und fragte sich, ob die Partei irgendwie ihre Loyalität auf die Probe stellte.

»Ich heiße Chen Ling, und das ist Ming. Wir sind Seidenschwestern von Pei.« Die dünne, stille Frau neben der untersetzten lächelte schüchtern, als ihr Name genannt wurde. »Pei hat vom Besuch ihrer Schwester Li im Mädchenhaus erfahren und möchte sehr gerne, daß sie diesen Brief bekommt. Bitte, wir sind einen langen Weg gekommen, um ihn auszuhändigen.«

Es mußte wahr sein, dachte Li. Es *war* ein Brief von Pei. Warum sonst sollten diese beiden Frauen einen so weiten Weg machen, um ihn ihr zu bringen? Li machte die Tür weit auf, und Sonnenlicht flutete in das dämmrige Zimmer.

»Ich bin Li«, gestand sie nun.

Chen Ling lächelte breit. »Ich habe es nie auch nur einen Moment bezweifelt.«

Wege der Seidenfrauen　　　　　天　261

»Wie konnten Sie das wissen?« fragte Li und hob instinktiv die Hand, um die trockene Haut ihrer Wange und die dicke, runzlige Narbe zu berühren, die ihr bis zum Mundwinkel lief. Es war länger her, als sie sich erinnern konnte, seit irgend jemand zu Besuch gekommen war. Sie sah sicher schrecklich aus in ihrem Hemd und ihren Hosen aus grobem Baumwollstoff. Li trat einen Schritt zurück ins Haus.

Nun ergriff die stille Ming das Wort. »Weil Sie und Pei dieselben schönen Augen haben.«

Seit Chen Lings und Mings Besuch hatte Li durch den alten Sai, der zudem der Onkel eines hohen Parteifunktionärs war, noch zwei Briefe von Pei bekommen. Er hatte es bisher ermöglicht, daß Peis und Lis Briefe unbehindert hin- und hergehen konnten. Auf jedem Umschlag prangte ein roter Genehmigungsstempel. Sie staunte, wie ihr Leben nach so vielen Jahren der Stagnation sich plötzlich so verändern konnte.

Li legte die drei Umschläge auf den zerkratzten Tisch und sah sie ungläubig an. Sie staunte über ihre Leichtigkeit; wie konnten dreißig Jahre Fragen und Antworten so wenig Gewicht haben? Ihre zitternden Finger zogen noch einmal die Bögen heraus. Ma Ma hatte ihr und Pei, als sie klein waren, Lesen und Schreiben beigebracht, aber bei ihrer Arbeit auf dem Bauernhof hatte sie wenig Zeit gehabt, ihre Fertigkeiten zu nützen. Im verblassenden Tageslicht starrte Li auf die sorgfältig geschriebenen Zeilen und fühlte sich wieder wie ein Kind. Es dauerte lange, bis einige der Schriftzeichen ihr wieder eine vertraute Form und Bedeutung zeigten. Was sie nicht selbst lesen konnte, hatte Li sich von dem alten Sai so oft vorlesen lassen, daß sie jeden Satz in Peis Briefen auswendig konnte.

»Erzähl mir von deinem Leben. Ich habe gebetet, daß du glücklich bist.«

Der alte Bauer, den sie mit fünfzehn Jahren geheiratet

hatte, hatte ihre Jugend gestohlen und dann alles getan, um den Rest von Leben aus ihr herauszupressen. Lis Tage bestanden aus Kochen, Putzen und Arbeiten in den Maulbeerbaumhainen; in der Nacht lag sie unter ihm, während er seine Lust befriedigte. Während des ersten Jahres ihrer Ehe hatte Li jeden Tag daran gedacht, sich das Leben zu nehmen. Es wäre so leicht, sich in den Brunnen zu stürzen oder sich die Pulsadern mit dem Küchenmesser aufzuschneiden.

Sogar jetzt noch, da der alte Bauer tot und begraben war, zuckte Li immer noch zusammen, wenn sie an ihn und das Leben mit ihm dachte. Es hatte keinen Tag gegeben, an dem er freundlich zu ihr gewesen wäre. Wenn er sie nicht schlug oder sie mit Gewalt nahm, ignorierte er sie vollkommen. Die beiden Kinder von seiner ersten Frau hatten kaum Respekt vor ihr. Wie konnten sie sie als ihre Mutter ansehen, wenn sie etwa im selben Alter waren wie sie? Wenigstens hatte die Tochter des Bauern ihr bei der Hausarbeit geholfen, bis der Bauer sie zwei Jahre später verheiratete. Die Angst in den Augen des Mädchens an dem Tag, als sie zur Familie ihres neuen Ehemannes aufbrach, sah Li immer noch. Li hatte etwas sagen wollen, doch sie wußte, daß sie sich selbst wie ein Tier in der Falle fühlte, das sich selbst ein Körperglied abbeißen wollte, um freizukommen.

Aber die wahre Quelle von Lis Elend wurde Hun, der Sohn des Bauern. Selbst die übelsten Schläge des Bauern waren nicht so schlimm wie die ständigen körperlichen und seelischen Quälereien Huns. Es begann schon an ihrem Ankunftstag, als der Sechzehnjährige sie höhnisch angeschaut und gesagt hatte: »Du bist nichts als eine kleine Hure. Glaub nicht, daß du jemals meine Mutter ersetzen wirst!« Er haßte sie, bis er zwanzig Jahre später durch die Hand eines japanischen Soldaten starb. Li konnte sie nie wirklich japanische »Teufel« nennen; in ihren Augen hatten sie den wirklichen Teufel getötet.

Wege der Seidenfrauen　　　天　263

In den letzten Tagen seines Lebens hatte der alte Bauer schreiend vor Schmerzen dagelegen und gesabbert wie ein Baby. Selbst dann konnte er noch nicht von seiner Grausamkeit lassen; sie brannte in seinen Augen, als seine Blicke ihr durch das Zimmer folgten. Li tat, was sie konnte, um es ihm bequemer zu machen, und sah zu, wie er sich an sein jämmerliches Leben klammerte, wie er Angst hatte, loszulassen.

»Hast du Kinder? Bin ich Tante?«

Li hätte sich vielleicht das Leben genommen, wenn sie nicht mit ihrem ersten Sohn, Kaige, schwanger geworden wäre. Der Gedanke, daß ein neues Leben in ihr wachsen konnte, egal wie armselig und trostlos das äußere Leben war, gab ihr neuen Mut. Und zwei Jahre später gebar sie Yuan. Das Leben ihrer Söhne hatte Vorrang, während ihres nicht länger wichtig war. Kaige und Yuan waren die dünnen Fäden, die Li ans Leben banden.

Kaige war still und sensibel, arbeitete aber hart und war so lieb zu ihr, wie er konnte. Als Junge konnte er wenig tun, außer sich zu verstecken, wenn sein Vater wütend wurde und Li schlug. Als junger Mann mit achtzehn arbeitete er still bei den Maulbeerbäumen, doch eines Abends bat er sie und Yuan, mit ihm wegzugehen, fort von den Schlägen. Wohin? Wie? hatte Li gefragt. Sie hatten kein Geld und nichts, wo sie sich verstecken konnten. Am nächsten Morgen war Kaige fort. Sie sah im Eck sein leeres Bett stehen und spürte ein lautes Aufheulen, das ihr durch den Körper ging. Nach zwei Monaten jedoch erhielt sie von einem Freund Kaiges die Nachricht, daß es ihm gutging. Ein Jahr später hatte er sich der Kommunistischen Partei angeschlossen, in der Männer und Frauen gleich waren, und er hatte eine eigene Familie gegründet.

Ihr jüngerer Sohn Yuan war ein glückliches, extrovertiertes Kind. Li dachte oft, es sei ihre einzige Entschädigung, daß ein Kind, das unter so furchtbaren Umständen empfangen worden war, sich mit solcher Leichtigkeit im Leben zurechtfand. Sie schluckte und dachte an den schrecklichen Tag, als wäre es gestern gewesen. Sie war vom Feld hereingekommen, um das Abendessen zu kochen, und hatte sich gerade kaltes Wasser aus dem Brunnen über den Hals laufen lassen, als Hun aus dem Nichts plötzlich auftauchte, sie von hinten packte und in die Scheune zerrte. Er war noch vom gestrigen Abend her wütend auf sie. Der alte Bauer hatte ihn geschimpft, weil er die Kuh nicht gefüttert hatte, und Li, die versuchte, den schreienden kleinen Kaige zu beruhigen, hatte angefangen, ihm leise vorzusingen. Hun hatte gedacht, sie mache sich über ihn lustig, und war aus dem Haus gestürmt.

»Jetzt werde ich dir eine Lektion beibringen«, hatte er gezischt.

Bevor Li Zeit hatte zu schreien, war er über ihr, zerrte ihr die Baumwollhosen herunter, preßte ihr mit einer Hand die Beine auseinander, während die andere ihren Hals umklammert hielt, so daß sie kaum mehr Luft bekam. Er rammte ihr sein Glied mit solcher Wucht hinein, daß Li hoffte, sein Würgen würde sie umbringen. Sie spürte, wie sein Griff noch fester wurde und ihre Lungen dabei waren, den Kampf um Atem zu verlieren, doch als sie an den kleinen Kaige dachte, begann sie ihn wild zu kratzen. Sie lief rot, dann blau an und gab den Kampf auf, während ihre Arme bleischwer wurden. Die Welt wirbelte dunkel um sie herum, und wenn es nicht um Kaige gegangen wäre, konnte sie sich nicht vorstellen, daß sie im Jenseits nicht glücklicher wäre.

Dann ließ Hun sie plötzlich los. Li schnappte nach Luft und begann wieder Leben zu spüren, während sie husten mußte. Hun löste sich von ihr, dann stand er auf und fing an zu lachen. »Das wird es dich lehren, mich auszulachen, du Kuh!« Er zerrte seine Hosen hoch und funkelte auf sie herunter. Als sie das nächste Mal die Augen öffnete, war er aus der Scheune verschwunden.

Li lag da, keuchend nach Luft ringend und unfähig, sich zu bewegen; mit jedem Atemzug kehrte langsam ihr Lebenswille zurück. Als sie hörte, wie der alte Bauer aus dem Maulbeerbaumhain zurückkam, hatte sie ihren schmerzenden Körper zum Aufstehen gezwungen und war ins Haus gegangen, bevor er sie sah. Noch ein Atemzug. Wieder einmal Schläge. Er schenkte den roten Malen an ihrem Hals, die später schwarz und blau wurden, keinerlei Beachtung. Auch ihr kam ein Bluterguß wie der andere vor.

Yuan war das Kind, das sie neun Monate später gebar. Während der Schwangerschaft hatte Li gedacht, sie würde das Baby hassen. Wie könnte sie den Sohn eines Teufels lieben? Doch seine Geburt war so leicht gewesen wie später sein Temperament. Sobald Li seine lächelnden Augen sah, wußte sie, daß es ihr unmöglich war, ihn nicht zu lieben. Yuan war das Kind, das schließlich sogar der alte Bauer liebte; Hun wurde es nie klar, daß der Junge, den er so haßte, sein eigener Sohn war.

»Ich kann mir nicht vorstellen, wie du jetzt aussiehst. Du warst diejenige, die Ma Mas schönes Haar geerbt hat.«

Li berührte ihr kurzes graues Haar. Ma Mas schönes Haar war eine ferne Erinnerung. Li hatte das ihre seit vielen Jahren kurz getragen, bald nach Yuans Geburt hatte sie es abgeschnitten. Das lange Haar war heiß und schwer gewesen, als sie in jenem Sommer das Baby auf den Rücken gebunden trug und in den Maulbeerhainen arbeitete. Sie war in das dunkle Bauernhaus zurückgegangen und hatte sich rasch das Haar mit einem Küchenmesser abgeschnitten. »Was hast du mit dir angestellt?« hatte der alte Bauer gebrüllt und hatte sie so fest geschlagen, daß sie stürzte und gegen die Tischkante fiel. Ihre Wange blutete stundenlang, und noch Tage später hörte sie ein Sausen in den Ohren. »Wenn ich einen Jungen gewollt hätte, hätte ich einen geheiratet!« Doch seit diesem offenen Akt der Auflehnung war Lis Haar von diesem Tag an kurz geblieben.

»Ich hoffe, Ba Ba ist in Frieden gestorben. Ich habe Ma Ma noch einmal gesehen, bevor sie gestorben ist, als ich noch in der Seidenfabrik gearbeitet habe.«

Li sah ihre Eltern nach dem üblichen Besuch zu Hause nach drei Tagen Ehe nie wieder. Ma Ma hatte gewußt, daß der Bauer sie geschlagen hatte, und hatte ihr leise gesagt, sie solle dableiben. »Es ist nicht zu spät«, hatte sie gesagt. »Es bringt uns keine Schande.« Li hatte zu ihrer Mutter laufen und sie umarmen mögen, ihr sagen, welche Angst sie gehabt hatte und wie der Bauer ihr weh getan hatte, aber sie konnte sich nicht rühren, und sie brachte kein Wort heraus. Es brach ihr das Herz, wieder von zu Hause fort zu müssen, aber Li hatte sich geweigert, eine »zurückgekehrte Braut« zu sein und ihre Familie zu entehren.

Die Nachricht vom Tod ihres Vaters kam ein Leben später.

Eines Morgens nach dem Tod des Bauern war Li erwacht und hatte festgestellt, daß jeder in ihrem Leben gestorben oder weit fort war. Sogar Yuan war seinem Bruder gefolgt und nach der Kapitulation der Japaner der Kommunistischen Partei beigetreten; nun lebte er weit fort, in der Nähe von Chungking. Sie sah ihn oder Kaige nur noch selten, obwohl sie ihr Nachrichten und kleine Päckchen mit Lebensmitteln schickten, wenn sie konnten.

Mit einundvierzig Jahren hatte Li endlich die Freiheit zu tun, was sie wollte. Als würde eine eigenartige Stimme sie rufen, hatte sie das Gefühl, sie müsse noch einmal das Zuhause ihrer Kindheit aufsuchen. Am nächsten Morgen lieh sie sich einen Ochsenkarren, um sich auf die Tagesreise zu machen. Als sie dem Hof ihres Vaters näherkam, kehrte ein Strom von Erinnerungen zurück. Sie sah noch einmal die beiden kleinen Mädchen, die hinunter zu den Fischweihern rannten. Pei lag auf der roten Erde, lutschte Zuckerstangen und fragte Li, was die Fische dachten. Pei suchte immer nach Antworten auf das

Wege der Seidenfrauen   天 267

Unbekannte. Li hatte sie angefaucht, aber sich insgeheim gewünscht, das Leben so zu sehen wie sie.

An dem Morgen, als Li aufgewacht war und gesehen hatte, daß Ba Ba und Pei fort waren, hatte sie gewußt, daß ihre Schwester nicht zurückkommen würde. Die Seite des Bettes, wo ihre Schwester sonst lag, war schon kalt. Ihre Mutter saß allein da und konnte Li kaum ansehen, als sie fragte, wo Pei war. »Sie kommt nicht zurück«, hatte ihre Mutter gesagt. »Sie hat jetzt ein neues Leben als Seidenarbeiterin.« Li war wie betäubt gewesen. Sie hatte sich nicht einmal verabschieden oder ihrer verspielten Schwester noch ein letztes Stückchen von ihrer Zuckerstange geben dürfen. Li erinnerte sich deutlich daran, wie ihre stille Mutter eine Schüssel Jook für sie auf den Tisch gestellt hatte; sie hörte das prasselnde Feuer unter dem Eisentopf, und schmerzlich wurde ihr klar, wie still es ohne Pei sein würde. Nun fuhr Li weiter die unbefestigte Straße entlang und sah, daß Fremde sich auf dem Land ihres Vaters bewegten. Traurig erzählten sie ihr vom einsamen Tod ihres Vaters vor einem halben Jahr. Doch das Gute daran war – sie lächelten auf zu ihr –, daß der Hof ihres Vaters nun als kommunistisches Kollektiv genutzt wurde. In der nächsten Woche machte sich Li in Yung Kee auf die Suche nach Pei.

»Ich habe eine kleine Ausbesserungsschneiderei hier in Hongkong und einen vierjährigen Adoptivsohn namens Gong.«

Li lächelte. Sie hätte nie erwartet, daß Pei ein Geschäft oder ein Kind haben würde. Sie sah wieder das kleine Mädchen mit den Zöpfen vor sich, das sich im Schmutz rollte und von einer Beschäftigung zur anderen hüpfte, ohne jemals Ruhe zu geben, außer zum Schlafen. Li konnte nie mit ihr mithalten und hatte statt dessen einfach angefangen, Pei zu schelten: »Du bekommst Ärger, wenn du dich schmutzig machst! Ma Ma will, daß wir nach Hause kommen, zu unseren Unterrichtsstunden!« Pei hörte oder hörte nicht.

Jahrelang hatte Li sich gefragt, warum man nicht sie in die Seidenfabrik gegeben hatte. Sie war die ältere Tocher, die zuerst hätte gehen sollen, aber daheim gelassen wurde. Als sie an diesem Morgen allein in ihrem Bett aufgewacht war, hatte sie irgendwie gewußt, daß Pei sie wieder einmal überholt hatte. Li war zu langsam, zu vorsichtig, um sie je einzuholen.

Li holte tief Luft. Sie war glücklich, daß ihre jüngere Schwester in Hongkong ein so gutes Leben führen konnte. Pei hatte ihr eigenes Geschäft und ein Leben, von dem Li nur träumen konnte. Und nun, nach so vielen Jahren, hatte Pei lange genug innegehalten, um auf sie zu warten.

»Könnte das Leben so gütig sein, uns eine Möglichkeit zu geben, daß wir uns wiedersehen? Jetzt, da du allein bist, könntest du nach Hongkong kommen.«

Li war in den Jahren seit den Zuckerstangen, den Fischteichen und den Maulbeerhainen ihrer Kindheit so alt und so hart geworden. Wie sollte Pei sie wiedererkennen? Was würden sie einander zu sagen haben, wenn das Gefühl von etwas Neuem nicht mehr da war. Sie holte tief Luft. Außerdem hatten die Kommunisten, seit sie an der Macht waren, alle Grenzen geschlossen. Man würde sie mit einem Boot über das Meer nach Hongkong schmuggeln müssen.

In ihrem ganzen Erwachsenenleben war Li nie weiter gekommen als in das Dorf Kum San. Zuerst hatte der Gedanke, auf einem Boot außer Landes geschmuggelt und in eine Großstadt mit Hochhäusern und Menschen aus aller Welt zu kommen, ihr entsetzliche Angst eingejagt. Dann wurde ihr klar, daß dies die erste Zeit in ihrem Leben sein könnte, in der sie sich wirklich lebendig fühlte. Die Starre der letzten Jahre wurde mit jedem Brief geringer. Li schloß die Augen und fühlte beinahe, wie warmes Blut durch ihren Körper strömte. Es war nicht länger ein überspannter Wunsch, daran zu denken, Pei wiederzusehen.

Wege der Seidenfrauen

Ho Yung

Ho Yung sah zu, wie Pei in dem vollen Zimmer auf und ab ging, von den Schatten des späten Nachmittags zurück ins Licht. Er wußte, daß sie entschlossener war denn je, ihre Schwester Li aus China nach Hongkong zu holen. Sie hatte noch die hellrosa Bluse in der Hand, die sie geflickt hatte, als er die Treppe hinaufgesprungen kam, um mit ihr zu sprechen. Er sah die Müdigkeit um ihre Augen, die nachdenklich in Falten gezogene Stirn.

Ho Yung nippte an seinem Tee und sah sich in dem kleinen oberen Zimmer um, das immer noch als Peis Büro und Arbeitszimmer diente. Er mochte den Raum mittlerweile ebensosehr wie sie. Im Lauf der Jahre waren sowohl geschäftliche wie private Gespräche in dem kleinen, engen Zimmer geführt worden, in dem man umgeben war von Kleidungsstücken, Fadenspulen, Stecknadeln, Nähnadeln und Behältern mit Knöpfen, Ziermünzen und Perlen. Auf einem anderen Tisch lag eine Stickerei, die sie angefangen hatte und an der sie in jedem freien Augenblick andächtig arbeitete. Durch ein günstiges Zusammentreffen von Glück und guter Zeitplanung hatte Ho Yung das angrenzende Gebäude kaufen können. Sie hatten einfach die Zwischenwände eingerissen, um den *Unsichtbaren Nähfaden* zu vergrößern, ohne daß Pei umziehen mußte. In dem neuen, größeren Gebäude hatte Pei oben Wohnräume und unten eine größere Ladenfront. Seither hatte Pei außer Mai noch zwei Näherinnen eingestellt.

»Ich sollte Li selbst holen«, sagte Pei plötzlich.

Ho Yung sah auf. »Was brächte es ein, wenn ihr beide von den Kommunisten gefangen werdet?« fragte er verärgert. Wenn jemand nach China gehen würde, dann er.

»Sie wird sich zu sehr fürchten, allein herauszukommen«, antwortete Pei.

»Es ist zu gefährlich.« Seine Worte waren kategorisch und endgültig.

»Was sollen wir deiner Meinung nach dann tun?« fragte Pei.

Ho Yung trank noch einen Schluck Tee. »Wir zahlen dafür, daß man sie herausschmuggelt.«

»Ist das nicht genauso gefährlich?« fragte Pei.

Ho Yung hatte eine Antwort bereit. »Aber dann brauchen wir uns nur um Li Sorgen zu machen, nicht um euch beide. Je weniger Leute verwickelt sind, desto besser.«

Pei ging weiter, blieb dann stehen und wandte sich ihm zu. »Wie gefährlich wäre es?«

Ho Yung nahm kein Blatt vor den Mund, da er wußte, daß Pei alle Einzelheiten kennen mußte, um sich zu entscheiden.

»Jeden Tag werden Leute aus China geschmuggelt. Wer Glück hat, schafft es bis Hongkong und lebt dort auf der Straße oder in Squattersiedlungen. Wer kein Glück hat, wird von den Kommunisten erwischt oder ertrinkt im Meer. Wenn Li gefangen würde, käme sie wahrscheinlich in ein Umerziehungslager. Dann finden wir sie wahrscheinlich jahrelang nicht wieder, wenn überhaupt jemals.«

Pei setzte sich ihm gegenüber auf einen Stuhl. »Ich nehme an, wir haben keine Wahl, als sie herauszuschmuggeln«, sagte sie schließlich und akzeptierte ihre Entscheidung, während sie sie aussprach.

»Laß mich sehen, was ich tun kann«, sagte Ho Yung. Er hatte sich bereits mit Quan für den nächsten Morgen verabredet. Wenn irgend jemand Bescheid wußte, wie man einen Schmuggler mit einem Fischerboot anheuerte, dann Quan.

Ho Yung nahm sich ein Taxi nach Hause. Von Peis Büro aus hatten sie sich mit Song Lee und Gong zum Abendessen getroffen. Wenn er nicht andere geschäftliche Dinge für seine

Wege der Seidenfrauen　　　　　天　271

Familie zu erledigen hatte, aß er normalerweise mindestens zweimal in der Woche mit ihnen.

Der warme Septemberabend war still und ruhig, ohne ein Anzeichen für die Zeit der Taifune, die jetzt jeden Tag beginnen konnte.

Die heftigen Winde und schweren Regenfälle würden es dann praktisch unmöglich machen, auf der Straße zu gehen. Ho Yung kurbelte das Fenster herunter und atmete die stille Nachtluft ein, während das Taxi den Hügel zur Macdonnell Road hinauffuhr.

Als Ho Yung durch das Eisentor zu seinem alten Haus schritt, notierte er sich im Geiste, was er nach der Regenzeit alles reparieren lassen mußte – die verzogenen Fensterrahmen austauschen, die Risse in der Eingangstreppe auffüllen, den Garten herrichten. Er mußte anfangen, seinem eigenen Leben mehr Aufmerksamkeit zu schenken.

Im Haus nahm Mui ihm das Jackett ab, und Ho Yung ging ins Wohnzimmer und goß sich einen Kognak ein. Die hellbraune Flüssigkeit prickelte und brannte dann leicht im Hals, als er sie hinunterschluckte. Noch zwei Schlückchen, und er spürte, wie sein ganzer Körper warm wurde. Gestärkt trat er langsam zu den Familienfotos, die ordentlich aufgereiht auf dem Kaminsims standen. Er hatte im vergangenen Jahr nur ein Foto hinzugefügt, eines von Pei, Gong und ihm selbst, aufgenommen an Gongs viertem Geburtstag. An diesem Tag hatte Pei ihn gebeten, Patenonkel des Jungen zu sein.

»Ich wußte nicht, daß du an Gott glaubst«, hatte Ho Yung sie geneckt.

»Ich glaube, du wärst ein guter Vater – warum dann nicht auch Patenonkel, egal, ob Gott etwas damit zu tun hat oder nicht«, antwortete Pei.

Er lächelte bei der Erinnerung. Auf dem Foto hatte Pei nur ein leises, verlegenes Lächeln auf den Lippen, als hätte man sie überrumpelt. Er fand sie immer noch sehr schön; ihre einst markanten Gesichtszüge waren mit den Jahren weicher geworden, doch ihre neugierigen dunklen Augen waren sogar noch forschender geworden. Er hatte Pei vom ersten Augenblick an, als er sie vor über zwanzig Jahren in Kanton kennenlernte, eindrucksvoll gefunden. Groß und scheu war sie mit Lin zusammen zu ihnen nach Hause gekommen, als sein Bruder Ho Chee geheiratet hatte.

Ho Yung wandte sich dem Foto der jungen, lächelnden Lin zu. Was hatte sie gefühlt, als sie in ihr prächtiges Haus in Kanton zurückgekehrt war? Lin war in die Seidenfabrik gegangen, damit die Familie überleben konnte. Er erinnerte sich, wie aufgeregt sie gewesen und wie ein Wirbelwind durchs Haus gerannt war, während Pei verlegen zwischen all den Antiquitäten und dem dunklen Holz gestanden hatte. Ho Yung hatte sich Lin gegenüber schüchtern gefühlt, bis sie lachte, weil er so groß geworden war, und gefragt hatte: »Was ist aus meinem kleinen Bruder geworden?« Dann nahm sie seine Hand in die ihre, und in diesem Augenblick erkannte er, was für ein besonderer Mensch seine Schwester war.

Und schon damals konnte Ho Yung sehen, daß zwischen Lin und Pei ein außergewöhnliches Glück herrschte. Er hatte Jahre gebraucht, bis ihm klar geworden war, wie selten das war, eine solche Freude, als würde man eine Sternschnuppe fangen oder eine Blume genau im Augenblick des Aufblühens beobachten. Er nahm noch einen Schluck Kognak. Vielleicht konnte er selbst aus der Ferne verstehen, wie Pei einen Menschen ein Leben lang lieben konnte.

Am nächsten Morgen ging Ho Yung rasch zum Hafen, da er schon ein wenig spät dran war, um Quan zu treffen. Quan verdiente seinen Lebensunterhalt als Fischer, und auch nach Ji Shens Tod besuchte er Pei und Gong, wann immer er in Hongkong war.

Wege der Seidenfrauen

Das Leben auf den Fischerbooten erwachte, wenn der größte Teil Hongkongs noch schlief. Manchmal, wenn Ho Yung nicht schlafen konnte, stand er auf und sah aus seinem Schlafzimmerfenster zum Hafen auf die blinkenden Lichter der Fischerboote, die in der Hoffnung auf einen einträglichen Fang aufs Meer hinausfuhren. Normalerweise fischte Quan meist vor der Insel Lantau. Ho Yung hatte Glück, daß er gerade zurück war, um seine Familie zu besuchen, und auf dem Boot seines Onkels Wei wohnte.

Ho Yung sah, daß das Leben am Hafen bereits in vollem Gang war. Kochgeräusche und Eßgerüche durchdrangen die Luft. Männer, die vom Fischfang zurückgekehrt waren, wuschen sich in Holzeimern, während ihre Frauen ihnen dicken, weißen Jook, gewürzt mit Dörrfisch und Frühlingszwiebeln, in Schüsseln schöpften. Er kam an Kindern vorbei, die mit gepackten Büchern zur Schule liefen, kleine Blecheimer mit Reis und Fisch in der Hand.

»Quan!« rief Ho Yung, als er den jungen Mann unten am Dock warten sah.

Quan drehte sich um und winkte Ho Yung heran. Die letzten drei Jahre hatte er als Fischer gut verdient; er hatte eine Wohnung für seine Mutter, seine Schwester und seinen Bruder in Causeway Bay gemietet und sogar noch Geld gespart. Nun trug er ein gut gebügeltes weißes Hemd und Freizeithosen.

»Na, du siehst aber gut aus.« Ho Yung schüttelte Quan die Hand und klopfte ihm auf die Schulter.

»Du siehst auch nicht gerade arm aus.« Neckend deutete Quan auf Ho Yungs Bauch.

»Apropos – ich wollte dich zum Frühstück einladen.«

Quan nickte. »Ich wollte dir zuerst noch etwas zeigen.« Er ging ein paar Schritte den Anlegeplatz entlang, dann blieb er stehen und deutete auf ein Fischerboot. »Wie gefällt es dir? Es ist meins!«

Ho Yung betrachtete prüfend das recht große Boot. An ein

paar Stellen war es ein wenig rostig, ansonsten schien es aber in gutem Zustand zu sein. »Es ist sehr schön«, nickte er und schlug Quan auf den Rücken. »Deine Familie muß stolz auf dich sein. Ich bin stolz auf dich.«

Quan lächelte. »Ich kann nicht erwarten, es Pei und Gong zu zeigen. Der kleine Kerl wird begeistert sein!«

Ho Yung wußte, wie vernichtet Quan gewesen war, als Ji Shen starb. Der Verlust kam so unerwartet, als wäre plötzlich ein Licht ausgedreht worden. Jeder von ihnen brauchte Zeit, seinen Weg in der Dunkelheit zu finden. Quan war gleich nach der Beerdigung nach Lantau gegangen, erst ein halbes Jahr später war er zurück nach Hongkong gekommen, um Pei und Gong zu besuchen. Kaum jemand hatte seither härter gearbeitet als er. Ho Yung sah, wie der junge Mann vom einen Ende des Bootes zum anderen ging.

»Und schau hier.« Quan deutete auf das Heck.

Ho Yung ging zum Ende des Boots und sah den Namen »Ji Shen« in leuchtend roten Schriftzeichen aufgemalt.

»Glaubst du, das hätte ihr gefallen?« fragte Quan mit ein wenig bebender Stimme.

Ho Yung atmete die nach Fisch riechende Luft ein. »Ich glaube, das hätte sie sehr gerne gemocht«, antwortete er.

Sie frühstückten in einem kleinen Vogel-Teehaus nicht weit vom Hafen. Jeden Morgen nahmen Männer und Frauen ihre Vögel mit an die frische Luft und trugen sie in ihren Käfigen lange spazieren. Dann gingen sie in eines der vielen Vogel-Teehäuser zum Frühstück, bevor sie nach Hause zurückkehrten. Als Quan und Ho Yung ankamen, waren die meisten der frühmorgendlichen Vogelträger schon fort, nur ein paar Eisenkäfige hingen noch von den Haken an der Decke. Ho Yung bestellte Jook und lange, fritierte chinesische Doughnuts, von denen sie Stücke abzupften und zu ihrem Jook aßen.

Wege der Seidenfrauen

»Es wäre leichter, wenn Peis Schwester zuerst nach Macau kommen könnte«, erklärte Quan, sobald Ho Yung die Situation erklärt hatte. »Von dort aus wäre es einfacher, etwas mit einem Boot zu arrangieren, das sie dann nach Hongkong bringt.« Er aß einen großen Löffel Jook.

»Wie gefährlich ist es?« Ho Yung wollte die Frage beantworten können, wenn Pei ihn das nächste Mal fragte.

Quan zuckte die Achseln. »Es ist immer mit Gefahr verbunden, aber die Zahl derer, die es geschafft haben, ist viel größer als die Zahl derer, die gefangen worden sind.«

»Wie bald könnte man etwas arrangieren?« Ho Yung tupfte auf einen Wasserfleck auf dem Tisch.

»Für eine entsprechende Geldsumme: innerhalb von ein paar Wochen.« Quan kratzte die letzten Reste Jook aus seiner Schüssel. »Aber es wäre besser, wenn ihr bis zum Frühjahr wartet. Es ist schon September, und die Zeit der Taifune fängt demnächst an. Es wird starken Wind geben, und die rauhe See ist berüchtigt. Es besteht eher die Möglichkeit, daß das Boot kentert, als daß die Kommunisten es erwischen.«

Ho Yung nippte an seinem Tee und sah zu, wie Quan fertig aß. Er wußte, daß Pei zustimmen mußte, daß es keinen Zweck hatte, Li in allzu großer Hast nach Hongkong zu bringen, wenn das Meer die Reise so tückisch machte. Wenn sie bis zu Beginn des Frühlings warteten, hatten sie noch ein halbes Jahr Zeit, um alles vorzubereiten. Ho Yung lehnte sich zurück und horchte auf das leise Murmeln der Stimmen um ihn herum, auf das Klappern von Schüsseln und Tellern und das hohe Gezwitscher eines Vogels, der im einzigen Käfig saß, der noch von der Decke hing.

Eine Lebensgeschichte

Pei litt wieder unter Schlafstörungen, das helle Tageslicht wich den düsteren Ängsten, die immer nachts auftauchten. Sie wollte schlafen, tief und ruhig, ohne Bewußtsein, aber statt dessen lag sie auf dem Rücken und hörte auf Gongs regelmäßiges, aber fast mühsames Atmen, das vom Bett neben ihr kam. Pei machte sich Sorgen. Der alte Kräuterkundige sagte, es sei etwas Chronisches, das sich mit der Zeit höchstwahrscheinlich legen würde. »Halten Sie das Haus sauber und geben Sie ihm dreimal in der Woche diesen Tee zu trinken.« Er maß die dunklen Blätter, getrockneten Blüten, Zweige und Wurzeln in verschiedene Päckchen ab. Song Lee hielt ihre Wohnung im oberen Stock makellos rein, kochte den Tee und betete, daß der bittere Geruch keine Kunden verjagen würde.

Pei wälzte sich herum. Seit Ho Yung mit der Nachricht zurückgekommen war, daß es noch ein halbes Jahr dauern würde, bevor sie Li nach Hongkong bringen konnten, war sie rastlos vor Furcht und Vorfreude. War es möglich, daß sie einem Wiedersehen mit Li so nahe gekommen war, nur damit es dann doch mißlang? Pei spürte die alte Ungeduld ihrer Kindheit wieder in sich aufsteigen, die Überzeugung, wenn man etwas nicht gleich tat, würde es vielleicht nie geschehen. Sie wußte, daß solche Gedanken dumm waren, aber sie war dennoch von ihnen besessen.

Noch etwas hatte Pei an Lis erstem Brief beunruhigt, aber in all ihrem Glück hatte sie nicht darauf geachtet. Die zittrige, ungeschickte Handschrift war offensichtlich nicht die ihrer Schwester, sondern der Brief war wahrscheinlich einem Briefschreiber diktiert worden. Ma Ma hatte sie gelehrt, ihre Schriftzeichen in gleichmäßigen Abständen und geraden Zeilen zu schreiben. Li war immer die Gewissenhafte gewesen, die tat, was man ihr sagte. Schon als Mädchen waren ihre Zeichen gleichmäßig und exakt gewesen.

Wege der Seidenfrauen   天 277

Immer wieder drehte sie Lis Worte, die wie immer kurz und knapp waren, im Geist hin und her. Sie erinnerten Pei an die rasche, sparsame Schärfe ihres Vaters, wenn er geredet hatte.

Ja, es geht mir gut. Ich habe zwei Söhne, Kaige und Yuan. Sie sind erwachsen und führen ihr eigenes Leben. Ich lebe sehr einfach und brauche wenig. Ich freue mich, daß dein Leben sich so gut entwickelt hat. Ja, ich hoffe auch, daß wir uns wiedersehen werden.

Peis Sorgen vervielfachten sich. Lis Briefe erwähnten nie etwas davon, daß sie nach Hongkong kommen wollte. Konnte man dem Briefeschreiber trauen? Wie konnte Pei Li sagen, wo sie hingehen und was sie tun sollte, wenn sie einmal alle Pläne ausgeklügelt hatten, um sie nach Hongkong zu bringen?

Pei verscheuchte all die unbeantworteten Fragen aus ihrem Kopf. Sie mußte darauf vertrauen, daß Li sich ebenso dringend wünschte, sie wiederzusehen, wie sie es tat, daß sie denselben starken Impuls verspürte, der sie nicht aufgeben ließ.

Pei erhob sich, sah nach Gong, dann wurde ihr klar, was sie brauchte. Sie schlich sich die Treppe hinunter und zurück in ihren Arbeitsraum. Untertags war ihr Leben mit der Leitung des *Unsichtbaren Nähfadens* und Gongs endlosem Geschnatter ausgefüllt – »Wofür ist das?« oder: »Können wir jetzt rausgehen?« Er war bereits wagemutig und neugierig, eine ständige Erinnerung daran, daß Ji Shen immer noch in der Nähe war.

Jetzt, da Gong und Song Lee schliefen und das Haus still war, nahm Pei von ihrem überhäuften Arbeitstisch ein Stück roten Seidensatin und faltete es auseinander. Es maß etwa einen auf eineinhalb Meter und war in fünf Bahnen geteilt.

278 天   *Gail Tsukiyama*

Zuerst, vor ein paar Monaten, hatte sie geplant, einem traditionellen Muster zu folgen – gleichmäßig verteilte Lotosblüten oder ein Muster aus Iris und Schmetterlingen, das sie einmal im Haus der Chens gesehen hatte.

Aber etwas war geschehen, als sie sich an die Arbeit gemacht und das glatte rote Material als leere Leinwand betrachtet hatte. Als Pei die Nadel einfädelte und durch den Stoff stach, war ihr klargeworden, daß ein Wandbehang mit Lotosblüten oder Schmetterlingen ihr sehr wenig bedeuten würde. Er würde keine Geschichte erzählen oder irgendwelche Fragen beantworten. Sie erinnerte sich plötzlich an die Seidenmalerei ihrer Mutter mit den fünf weißen Vögeln, zwei davon im Flug. Als Kind hatte sie stundenlang darauf gestarrt, ohne je zu begreifen, daß sie und Li diese beiden Vögel sein würden.

Pei hatte die erste Bahn mit zwei Fischen begonnen, dem Symbol für Überfluß und Harmonie. Grüne und blaue Seidenfäden, mit einem Hauch von Gelb und Schwarz. Nacht für Nacht war die Stickerei ein wenig größer geworden, als wäre Pei in einer Art Trance. Die Stille hüllte sie ein. Und auch wenn es nicht üblich war, Leute und Orte zu sticken, wollte sie Gong und seinen späteren Kindern etwas hinterlassen, das sie an sie erinnerte. Schon lange hatte Pei die Fischweiher hinzugefügt, die Maulbeerbäume und das Bauernhaus, und damit die erste Bahn der Seide bestickt.

Nun schlug Pei die zweite Bahn auf, wo sie ihr Leben in Yung Kee dargestellt hatte. Das Mädchenhaus, die Seidenfabrik, das Schwesternhaus und zwei Mädchen, die alles betrachteten, eines etwas größer als das andere und jedes mit einem schwarzen Zopf, der ihnen den Rücken herunterhing. Jeder Arbeitsschritt hatte sich Pei ganz natürlich angeboten, als würde sie noch einmal durch ein Leben gehen, dessen Geschichte mit jedem sorgfältigen Stich vor ihr Gestalt annahm.

Pei befühlte die beiden gestickten schwarzen Zöpfe und

Wege der Seidenfrauen

lächelte bei dem Gedanken, wie Lin jetzt, mit fünfundvierzig Jahren, wohl ausgesehen hätte. Pei stellte sie sich schlank und anmutig vor, mit einem Schimmer von Grau im Haar, wie bei Ho Yung. Sie würde sich immer noch geschmeidig und rasch bewegen, als wolle sie niemanden stören. Ihre helle Haut mochte vielleicht die Falten haben, die mit der Zeit kamen, aber ihre Augen würden dieselben bleiben – freundlich und lebhaft, als sagte sie: »Ja, erzähl mir mehr.«

Pei seufzte und berührte ihr eigenes grau werdendes Haar. Im vergangenen Jahr hatte sie abgenommen und war alt geworden. Es war Lin, die *sie* nicht erkennen würde, wenn für sie die Zeit kam, sich wiederzusehen.

Pei blickte auf ihren Schoß und lächelte. Kurz nachdem Chen Lings Brief angekommen und Li plötzlich in ihr Leben zurückgekehrt war, hatte sie bei der Hälfte der dritten Bahn aufgehört, an der Stickerei zu arbeiten. Sie hatte so wenig Energie und Zeit gehabt weiterzumachen. Ma-lings Pension, Quans Rikscha, das Haus in der Conduit Road und Mrs. Finchs Victrola warteten auf ihre Fertigstellung. Pei betrachtete prüfend, was sie bereits gestickt hatte, zufrieden mit ihrer Handarbeit. Nun war es, als bräuchte sie es mehr denn je, die ganze Geschichte zu erzählen.

Sie mußte ein halbes Jahr warten, bis sie ihre Schwester Li wiedersehen würde. Das gab ihr die perfekte Gelegenheit, die Bahn zu beenden. Pei seufzte, faltete das restliche Material auseinander, fädelte eine Nadel ein und begann still zu sticken.

KAPITEL VIERZEHN

1951

Li

Li erwachte vor dem Morgengrauen; sie lag auf dem harten
Bett und starrte in die Dunkelheit. Seit sie den Brief von Pei
erhalten hatte, in dem sie ihr erklärte, wie sie nach Hongkong kommen sollte, hatte Li nicht mehr gut geschlafen. Pei
hatte alles arrangiert; Li mußte es nur schaffen, nach Macau
zu kommen, wo ein Boot auf sie warten würde, das sie übers
Meer mit nach Hongkong nahm. Sie schauderte bei dem Gedanken, nur von Wasser umgeben zu sein, gefangen und ohne
eine Möglichkeit, die Füße auf festen Boden zu setzen. Li
konnte sich kein schlimmeres Ausgesetztsein vorstellen, als
auf dem Wasser zu treiben und dem unvorhersagbaren Heben und Senken der willkürlichen Wellen preisgegeben zu
sein.

Als der Brief ankam, hatte Li zuerst vergebens versucht,
die flink geschriebenen, sauberen Reihen von Schriftzeichen
selbst zu entziffern. Die kurzen und langen Linien, Punkte
und Striche waren noch vertraut, aber es gab zu viele Schriftzeichen, die sie nicht ganz begriff. Sie wußte, daß es ein Risiko war, den Brief zu dem alten Sai zu bringen, aber seine
Augen sagten ihr, daß sie ihm vertrauen konnte. Schließlich
war sie mit Peis Brief zu ihm gegangen. Er hatte gelacht.

Wege der Seidenfrauen   天 281

»Schon wieder einer? Ihre jüngere Schwester hat mehr Worte als ich graue Haare auf dem Kopf!«

Aber sein Lächeln schwand, als er zu lesen begann. Seine Pfeife glitt zwischen seinen schiefen Zähnen auf und ab, als er zu ihr aufblickte, und er senkte die Stimme, aus Furcht, jemand im Dorf könnte sie hören. »Wissen Sie, mit welcher Gefahr es verbunden ist, das Land zu verlassen?«

Li nickte. »Lesen Sie es mir nur einmal vor, ich werde mir alles merken«, flüsterte sie. »Ich will Ihnen keine Schwierigkeiten machen.«

Der alte Sai schüttelte den Kopf und zog an seiner Pfeife. »Es ist zu spät, Sie haben mich schon in Ihre Pläne hineingezogen.«

Li stand auf und griff nach dem Brief. »Dann suche ich jemand anderen…«

»Was glauben Sie, wo Sie jemanden finden, der Ihnen diesen Brief vorliest und Sie nicht bei den Behörden anzeigt?« Er schwenkte seine Pfeife und bedeutete ihr, sich wieder zu setzen.

»Sie sind der letzte, dem ich Schwierigkeiten machen möchte«, sagte Li leise. »Sie haben mir mehr geholfen, als Sie ahnen können.«

Der alte Sai lächelte traurig. »Sie verdienen ein besseres Leben als das, was Ihnen bisher beschieden war.« Er hielt den Brief vorsichtig in seinen knorrigen Händen. »Jetzt müssen Sie aufmerksam horchen, was ich Ihnen vorlese, dann gehen Sie nach Hause und verbrennen den Brief. Von diesem Augenblick an habe ich nichts mehr mit der Sache zu tun.«

Li nickte. Dank Sai würde sie die Chance auf ein neues Leben in Hongkong mit Pei haben. Er war immer freundlich zu ihr gewesen, auch als sie noch verheiratet war und nur ein- oder zweimal im Monat mit ihrem Mann und ihren Söhnen ins Dorf zum Markt gekommen war. Jedesmal, wenn sie an seinem Schreibstand vorbeieilte, hatte der alte Sai gelächelt und gesagt: »Nur langsam, niemand jagt Sie.«

Sie lächelte dann immer scheu, wagte es aber nicht, etwas zu antworten, schob nur ihre beiden Jungen weiter. Der Bauer haßte es, wenn man ihn warten ließ. Er gab ihr gerade genug Geld, um jeden Monat dieselben Vorräte zu kaufen – Reis, Salz, eingelegte Rüben und manchmal eine kleine Tüte Litschis, wenn die Jahreszeit dafür war und er gute Laune hatte.

Nach einer Weile freute sich Li auf die einfachen Worte des alten Sai; sie achtete darauf, daß sie jedesmal, wenn sie im Dorf war, an seinem Stand vorbeikam. Sie sehnte sich nach dem Klang einer ruhigen, freundlichen Stimme, vor der sie keine Angst hatte.

Später, nachdem der Bauer gestorben war, bewirtschaftete Li den Hof und ging einmal in der Woche allein ins Dorf. Sie nahm sich Zeit dabei – berührte die glatten und rauhen Schalen von Früchten und Gemüsen und sah kleine Einzelheiten, die sie zuvor nie hatte beobachten können; das laute Geschrei der Käufer und Verkäufer, die bunte Vielfalt der angebotenen Süßigkeiten und Papierdrachen und den salzigsäuerlichen Geruch der Körper, die sich in der Menschenmenge an ihr vorbeidrängten.

Zum ersten Mal hatte sie es gewagt, den Ahnentempel am Ende des Dorfes zu betreten, und der süße Duft, der sich von den Räucherstäbchen nach oben kräuselte, hatte sie mit Freude erfüllt. Li hatte vor den brennenden Stäbchen gestanden und für Kaige und Yuan gebetet. Und bevor sie ging, hatte sie noch gebetet, daß sie eines Tages wieder mit Pei vereint sein würde.

Draußen in der hellen Sonne war sie dann direkt zum Stand des alten Sai gegangen und hatte zum ersten Mal mit ihm gesprochen. »Wie geht es Ihnen?« Die Worte hatten seltsam und fremd aus ihrem Mund geklungen.

Wege der Seidenfrauen

Li beobachtete, wie das Licht der Dämmerung langsam in den kargen Raum drang, und strengte die Augen an, um alles noch ein letztes Mal zu sehen. Sie mußte sich nun daran erinnern, um zu vergessen – um die kalte Bitterkeit ihrer Jahre hier in ihrem Gedächtnis verblassen zu lassen.

Alles sah schäbig und abgenutzt aus, von dem zerkratzten Küchentisch bis zu den fadenscheinigen Decken auf Lis Bett. Es wirkte, als hätte das Haus selbst eine schwere Krankheit durchgemacht, die noch peinigend in jedem Möbelstück hing, in den dünnen Baumwollvorhängen, in jeder Ritze zwischen den Brettern. Siebenundzwanzig Jahre hatte Li darin gelebt und sich gezwungen, nicht daran zu sterben.

Li war mit praktisch nichts zu dem alten Bauern gekommen, und auf diese Weise hatte sie auch vor, das Haus zu verlassen. Sie würde nur mitnehmen, was sie auf dem Rücken tragen konnte. Sie spürte eine plötzliche Beklommenheit im Magen. Wieder und wieder hörte sie die Stimme des alten Sai, der ihr Peis Brief vorlas und zu ihr aufblickte, um sich zu vergewissern, daß sie sich an das Datum und die Zeit erinnerte. Li hörte, wie ernst Peis Worte klangen, betont noch durch die Sorge des alten Sai selbst.

Du mußt den Weg über die chinesische Grenze nach Macau schaffen. Orientiere dich an der beigelegten Karte zu einer kleinen Bucht im Norden, nicht weit von der Grenze; um Mitternacht wird dort ein Fischerboot warten. Es wird noch zehn Minuten über die Zeit warten, aber nicht länger, wenn du nicht da bist. Bitte, Li, sei da.

Als er sicher war, daß sie sich den Inhalt eingeprägt hatte, schrieb er eine rasche Antwort von Li an Pei. Dann lehnte der alte Sai sich zurück und inhalierte lange den Rauch seiner Pfeife.

»Und wenn Sie einmal in Hongkong angekommen sind, wird niemand Sie je wieder hetzen.«

Li beugte sich näher und roch den süßlichen Tabak. »Danke für alles.« Sie schluckte. »Wenn Sie einen Brief von mir bekommen, wissen Sie, daß ich wieder mit meiner Schwester zusammen bin.«

»Ich freue mich auf diesen wundervollen Tag.« Er faltete Peis Brief und Karte zusammen, schob beides wieder in den Umschlag und gab ihn Li. Er legte seine Hand auf ihre und drückte sie einen Augenblick. »Vergessen Sie nicht, den Brief zu verbrennen.«

An diesem Tag verließ Li das Dorf schweren Herzens. Sie verließ den einzigen Freund, den sie hatte, um fortzugehen in eine Welt, von der sie nichts wußte. Schon konnte sie riechen, wie der Brief verbrannte, zuerst ein tröstliches Gefühl, dann beängstigend. Die versengten dünnen Ränder brannten nach innen, die Schriftzeichen, die sie sich eingeprägt hatte, verschwanden und wurden zu Asche.

Li zündete wie jeden Morgen ein Feuer unter dem Eisentopf mit Jook an. Als sie sich satt gegessen hatte und das Feuer heiß und niedrig brannte, faltete sie Peis Briefe noch einmal auseinander, bevor sie sie in die Flammen steckte. Li wandte sich lieber ab als zuzusehen, obwohl sie das Knistern und Prasseln hören konnte, als die Flammen sie verzehrten.

Sie sah auf die Karte, die Pei ihr geschickt hatte. Laut Sai brauchte man zu Fuß eineinhalb Tage bis zur Grenze. Es hatte Gerüchte und Dorfklatsch gegeben, was mit denen passierte, die über die Grenze zu kommen versuchten und scheiterten. »Sie werden stundenlang von den Rotgardisten verhört, geschlagen und gefoltert, bis sie Dinge zugeben, die sie nie getan haben.« Li faltete die Karte zusammen und steckte sie in die Tasche. »Dann werden sie mit einem Schild um den Hals, auf dem ihr schamloses Verbrechen steht,

Wege der Seidenfrauen
天 285

durch das Dorf geführt.« Was Li anbelangte, so konnten schlimmere Dinge geschehen.

Auf dem Küchentisch standen ihr Essen und Wasser. Rasch packte sie es in einen Leinenbeutel. Genug für zwei Tage und noch etwas länger, falls etwas schiefging. Li versuchte, nicht daran zu denken. Sie nahm Kaiges und Yuans Briefe, die zu einem kleinen Bündel zusammengeschnürt waren. Einen Augenblick hielt sie inne bei dem Gedanken, ihre Söhne zurückzulassen, die beiden kleinen Jungen, die sie immer vor sich her geschoben hatte. »Schneller, schneller«, hatte sie geflüstert. »Ba Ba wird so böse, wenn wir zu spät kommen.« Sie hatte sie vor den Mißhandlungen bewahrt, so daß die groben Schläge und Hiebe, die es häufig gab, ihren Körper trafen und nicht den ihrer Kinder.

Li lächelte vor sich hin. Sie waren nun beide erwachsene Männer und brauchten nicht länger ihren Schutz. Sie hatte gebetet, daß sie auffliegen und die bleiche, leblose Welt, die sie ihr ganzes Erwachsenenleben gekannt hatte, hinter sich lassen würden. Und sie hatten es getan, mit Flügeln, die sie ihnen unversehrt und kräftig erhalten hatte. Das war alles Glück, das sie in diesem Leben zu finden geglaubt hatte.

Langsam und sorgfältig begann Li sich anzuziehen, eine Schicht nach der anderen, drei Hemden insgesamt, ihre gesamte Sommer- und Winterkleidung. Sie hatte daran gedacht, sich etwas Neues zu kaufen für den Zeitpunkt, wenn sie endlich Pei wiedersehen würde, weil sie irgendwie meinte, ein neues Hemd könnte von den Jahren und Narben ablenken. Doch an jenem Tag, als sie im Dorf ihr Spiegelbild in einem Stück Glas gesehen hatte, hatte das eine andere Geschichte erzählt. Es würde mehr nötig sein als ein neues Hemd, um die Jahre des Kummers zu verbergen. Li steckte ihre Ersparnisse zurück in die Tasche ihrer abgetragenen Hosen.

Sobald sie die Grenze erreicht hatte, würde sie bis Einbruch der Dunkelheit warten müssen, bevor sie versuchte,

nach Macau zu gelangen. Li holte tief Atem und zitterte bei
dem Gedanken an ihr Vorhaben. Zum ersten Mal seit Ewig-
keiten spürte sie, wie das Blut ihr durch die Adern pulsierte.
Li zog die wattierte Jacke über ihre drei Kleidungsschichten,
dann vergewisserte sie sich, daß Peis Briefe im Feuer völlig
verbrannt waren. Nur Asche war übrig. Sie öffnete die Tür
und spürte einen kühlen Februarwind, während die Sonne
sich durch die dünne Wolkenschicht zu kämpfen versuchte.
Li schwang sich den Leinenbeutel über die Schulter, begann
den Weg hinunterzugehen und sah sich nicht mehr um.

Der Morgen blieb grau und wolkenschwer, es drohte zu reg-
nen, und die Wolken hingen so tief, daß Li das Gefühl hatte,
sie hätte direkt über dem Kopf eine dicke Decke. Jeder Schritt
brachte eine neue Entdeckung, wo immer sie hinsah. Das
Land, das sie so gut kannte, begann seine Umrisse und Be-
schaffenheit zu ändern. Zuerst hügelig, mit Maulbeerbaumhainen und Fischweihern, dann flach und naß, geeignet, um
Reis zu pflanzen. Sie kam an zahlreichen Bauernhäusern vorbei, die genau wie jene waren, die sie hinter sich ließ; Gene-
rationen von Familien, die in einem offenen Raum lebten. In
der Ferne waren Stimmen zu hören. Sie sah Frauen und Kinder auf den Reisfeldern, gebückt bei der mühseligen Pflanz-
arbeit und vorzeitig gealtert. Noch weiter entfernt zog ein
einzelner Ochse langsam über ein Feld.
    Später stellte Li fest, daß sie einen Fluß überqueren mußte.
Sie ging am Ufer entlang, bis sie die seichteste Stelle fand,
und als sie schließlich ihren Mut zusammennahm, hielt sie
die Stofftasche hoch über dem Kopf. Bei jedem vorsichtigen
Schritt hatte sie Angst, das Wasser könnte steigen und über
ihr zusammenschlagen. Sie dachte daran zurück, wie ihr Vater in ertragreichen Jahren in seine Fischweiher watete, das
Drahtnetz voller Fische neben sich. Wenn ihre Eltern nicht
zusahen, sprang Pei ebenfalls hinein und ahmte ihn nach. Li

Wege der Seidenfrauen

hatte immer vom Rand aus zugesehen, hineingewagt hatte sie sich nie.

Sie entspannte sich erst, als sie das andere Ufer erreicht hatte, ohne daß ihr das Wasser höher als bis zur Brust gegangen wäre.

Li verbrachte eine feuchte, kühle Nacht zwischen einigen Bäumen am Straßenrand. Sie wagte nicht zu schlafen, da sie Angst hatte, jemand könnte sie finden und bei den Behörden anzeigen. Sie streckte den Körper auf dem harten, mit Gras und Blättern bedeckten Boden aus und bedauerte es, daß sie keine der fadenscheinigen Decken mitgenommen hatte. Reale und eingebildete Sinneswahrnehmungen verfolgten sie im Dämmer ihres Halbschlafs – das Knacken von Zweigen, das Huschen von Tieren in der Nacht, die bittere feuchte Kälte, die sie bis auf die Knochen frieren ließ, schon bevor der Regen begann.

Am Spätnachmittag des nächsten Tages fühlte Li sich erhitzt und erschöpft. Zwei Garnituren ihrer feuchten Kleidung, die sie ausgezogen hatte, als der Tag wärmer wurde, trug sie nun in ihrem Leinenbeutel. Von einem steilen, felsigen Hang sah sie hinunter und erblickte ein einzelnes Wachhaus und Rotgardisten, die entlang des Stacheldrahtzauns, der die Grenze zwischen China und Macau markierte, patrouillierten. Es war schwierig, einen Unterschied zwischen dem Land auf der einen Seite des Zauns und dem auf der anderen Seite zu sehen. Sie starrte durch den Schlagbaum auf die sich im Wind wiegenden Bäume, das trockene, felsige Gelände und die unbefestigte Straße, die sie in die Freiheit führen sollte.

Li mußte die Dunkelheit abwarten, bevor sie die Grenze zu überqueren versuchte. Laut Karte hatte sie dann noch mehr als genug Zeit, um die Bucht zu erreichen, obwohl es in der pechschwarzen Nacht, in der man nicht einmal Schatten sah, schwieriger zu gehen war. Den kleinsten Gefahren würde sie blind ausgeliefert sein. Bei jedem Schritt konnte sie straucheln und sich einen Knöchel verrenken oder mit dem Kopf aufschlagen und bewußtlos oder tot liegenbleiben. Li sagte sich, es sei auch nicht anders als die vielen Male, die man sie nachts hinausgeschickt hatte, um Nachttöpfe zu leeren oder Wasser zu holen.

Sie sah sich um und entdeckte zwischen ein paar Felsen eine schattige Stelle. Li war noch nie in ihrem Leben so müde und hungrig gewesen. Sie versteckte sich zwischen den Felsen und holte den restlichen Reis und die eingelegten Rüben aus der Tasche, die sie mit dem lauwarmen Wasser, das sie dabeihatte, hinunterspülte. Li spürte die Zeit auf seltsame Art verstreichen, als wäre ein Leben zu Ende und ein anderes im Begriff anzufangen, während sie noch irgendwo dazwischen gefangen war.

Li schloß die Augen und wartete auf die Dunkelheit.

Pei

Pei eilte von einem Raum in den nächsten und sah noch einmal nach, ob alles für Lis Ankunft bereit war. Seit Tagen war sie nicht mehr die alte, nervös und zerstreut, unfähig, sich lange genug hinzusetzen, um irgendeine Flickarbeit fertigzustellen. Mai und die anderen Mädchen lächelten und nahmen die ganze Arbeit, die Pei ihnen brachte. Sogar ihre eigene Stickerei hatte sie zur Seite geräumt, die vierte Bahn war fertig, die letzte war noch offen und wartete darauf, bestickt zu werden. Song Lee schnalzte mit der Zunge, schüttelte den Kopf und kümmerte sich um Gong. Pei stellte fest, daß der *Unsichtbare Nähfaden* ohne sie genauso reibungslos funktionieren würde.

Ho Yung hatte sie an diesem Morgen besucht, ein kleines Päckchen in der Hand. Er und Quan hatten Lis Flucht

Wege der Seidenfrauen   天 289

akribisch geplant. Das Fischerboot würde Li am geschützten Strand von Shek O an der Westspitze der Insel absetzen, weit entfernt von neugierigen Behörden. Quan und Ho Yung brauchten nur darauf zu warten, daß Li kam, und den Männern auf dem Fischerboot die zweite Hälfte des Geldes bezahlen.

Von Li war sogar eine Antwort gekommen, die Peis Ängste beschwichtigte, ihre Schwester wäre womöglich verhaftet worden, wenn Peis Brief in die falschen Hände gefallen wäre:

Der Briefschreiber hat sich überzeugt, daß ich all deine Instruktionen im Gedächtnis habe. Du brauchst dir keine Sorgen zu machen. Deine Worte sind sicher in meiner Brust verschlossen. Bis jetzt habe ich nie zu glauben gewagt, daß Träume wahr werden könnten.

»Siehst du, alles wird gut«, versicherte Ho Yung ihr, nachdem er den Brief gesehen hatte. »Was glaubst du, wie Li all die Jahre ohne dich überlebt hat?«

»Und wenn etwas schiefgeht? Das Boot...«

»Nichts wird schiefgehen. Du machst dich nur verrückt, gar nicht zu reden von uns anderen!«

»Du hast wohl recht.«

»Quan und ich holen dich gleich morgen früh ab. Die Fahrt nach Shek O dauert ein bißchen über eine Stunde. Und da das nun abgemacht ist, wollte ich dir etwas geben.« Er reichte Pei das Päckchen in seiner Hand, flach und viereckig und ziemlich schwer.

Pei spürte, wie ihr das Blut ins Gesicht stieg. Sie hatte in ihrem Leben so wenig Geschenke bekommen, daß es sie immer noch verlegen machte. »Was kann das sein?«

»Mach es auf und sieh nach«, antwortete Ho Yung.

Pei zögerte, dann machte sie das Päckchen vorsichtig auf und fand die silbergerahmte Fotografie von Lin als Kind. Sie starrte sie einen Augenblick lang an, dann sah sie auf zu Ho Yung.

»Ich dachte, du würdest es vielleicht gerne haben.« Er fuhr sich mit den Fingern durch das ergrauende Haar.

Pei fehlten die Worte. Sie sah auf Lins Augen; schon in der Kindheit waren sie sanft gewesen. »Du kannst dir nicht vorstellen, wie sehr«, sagte sie schließlich. Sie beugte sich zu Ho Yung und küßte ihn auf die Wange.

Heimlicher Grenzübertritt

Li hörte Stimmen im Dunkel der Nacht. Geführt von einer schmalen Mondsichel und einem riesigen runden Scheinwerfer neben dem Wachhaus, der nach jeder Richtung über den Stacheldrahtzaun und dahinter glitt wie ein großes weißes Auge, das alles sehen konnte, machte sie sich vorsichtig auf den Weg den felsigen Pfad hinunter. Dann bewegte sie sich von den Stimmen fort; Erde und Steinbrocken rutschten unter ihrem Gewicht. Sie hoffte, weiter unten auf dem Pfad entfernt von den Wachposten auf die andere Seite nach Macau hinüber zu gelangen. Laut Karte verlief eine gezackte Linie von Wachhäusern und Stacheldrahtzaun die ganze Grenze entlang, so weit das Auge sehen konnte. Diese Linie endete erst, wenn das Land auf der einen Seite ans Wasser und auf der anderen Seite an Berge stieß.

Li hatte die Bewegungen der Wachen und des Scheinwerfers beobachtet. Die Männer brauchten hundertachtundsechzig Schritte vom einen bis zum anderen Ende des Geländes, das sie patrouillierten. Sie mußte die Monotonie ihres Dienstes ausnützen und eine Lücke zum Durchkrabbeln finden, wenn sie ihr den Rücken kehrten. Sie konnte leicht bis hundert zählen, bevor die Wache wieder umkehrte.

Eins, zwei, drei, vier, fünf... Li bewegte sich so leise wie

Wege der Seidenfrauen

möglich, wartete, bis der Wachposten sich von ihr weg und zurück zum Wachhaus bewegte, bevor sie die letzten paar Schritte zum Zaun machte. *Acht, neun, zehn, elf...* Sie gelangte an den Zaun, wo sie die Hände ausstreckte und die scharfen Drahtstacheln berührte. *Fünfzehn, sechzehn, siebzehn...* Sie schob den Leinenbeutel durch den Zaun auf die andere Seite, dann spürte sie die Stacheln in ihren Handflächen, als sie die einzelnen Stränge weit genug auseinanderdrückte, um sich durchzuzwängen. *Zwanzig, einundzwanzig, zweiundzwanzig...* Sie kauerte sich zusammen, damit das Lichtauge, das in ihre Richtung kam, sie nicht traf. *Dreiunddreißig, vierunddreißig, fünfunddreißig...* Ihr Hosenbein verfing sich und zerriß, als sie das linke Bein durchschob, und ein Dorn bohrte sich in ihre Wade. Sie biß sich auf die Lippen, um nicht zu schreien. *Einundvierzig, zweiundvierzig, dreiundvierzig...* Das Licht fiel auf sie, gerade als sie aus seiner Reichweite rollte, und jagte sie wie ein Kaninchen, das um sein Leben rannte. *Neunundvierzig, fünfzig, einundfünfzig...* Ihr Herz hämmerte so laut, daß sie sicher war, jemand würde sie hören. *Dreiundsechzig, vierundsechzig, fünfundsechzig...* Sie lag vollkommen reglos, bis sie sicher war, daß niemand sie gesehen hatte. *Sechsundsiebzig, siebenundsiebzig, achtundsiebzig...* Ihr Bein pochte. In der Ferne hörte sie schwache Stimmengeräusche. Das Scheinwerferlicht sauste wieder in ihre Richtung. *Vierundachtzig, fünfundachtzig, sechsundachtzig...* Den Leinenbeutel in der Hand rannte sie, so schnell sie konnte, um eine so große Entfernung wie möglich zwischen sich und der Grenze zu schaffen, bevor die Soldaten den Stoff ihrer Hose am Stacheldraht fanden, bevor sie wußten, daß sie direkt vor ihren Augen durch eine Lücke geschlüpft war. *Achtundneunzig, neunundneunzig, hundert...*

Li rannte weiter, bis sie nicht mehr konnte und das Scheinwerferauge blinkte und hinter den dunklen Bäumen verschwand. Sie fiel zu Boden, als sie stehenblieb. Ihre Handflächen stachen, als hielte sie eine Biene darin. Sie war froh, daß es zu dunkel war, um die Wunde an ihrer Wade zu sehen. Sie hatte ohnehin keine Zeit, stehenzubleiben und sich um ihre Verletzung zu kümmern. Irgendwie mußte sie den Weg zu der Bucht finden. Li nahm Peis Karte heraus und hielt sie in den schmalen Mondstrahl, unsicher, wo sie nun war und in welche Richtung sie gehen sollte. Sie stolperte in der Dunkelheit herum, dann blieb sie stehen und schloß die Augen. Absolute Dunkelheit. Als sie die Augen wieder öffnete, erkannte sie die Schatten von Bäumen, die Kanten von Felsen. In der Nacht sehen war eine andere Art von Sehen. Schließlich fand sie den Weg zurück zu der unbefestigten Straße. Laut Karte führte sie direkt zu der Bucht, und wenn nicht, war sie zumindest sicher, daß sie irgendwohin führte

Die Dunkelheit bot einen merkwürdigen Trost, da sie sie vor allen möglichen Schrecken schützte, anstatt sie zu enthüllen. Li wagte es nicht stehenzubleiben, obwohl sie erschöpft war und ihre Beine und ihr Rücken schmerzten. Sie hatte jegliches Zeitgefühl verloren. Als wäre sie dorthin geführt worden, erreichte sie schließlich eine Lichtung an der linken Seite der Straße. Sie blieb stehen, als sie unten das Anbranden von Wasser hörte und salzige Gischt in ihre Richtung sprühte. Li hielt die Karte hoch: Sie hatte die Stelle gefunden. Ein schmaler, steiler Pfad führte hinunter zur Bucht. Sie sah sich nach irgendeinem Anzeichen für ein Boot dort unten um, doch sie konnte nur die Schatten von Felsen und weiße Schaumkronen erkennen.

Als Li am Ende des Pfades angekommen war, wehte die Brise kühl und sauber um ihren verschwitzten Körper. Zum ersten Mal war sie dem Meer so nahe. Sie stieg gerade hinunter in den weichen Sand, als jemand sie von hinten packte und ihr eine nach Fisch riechende Hand auf den Mund preßte. Li versuchte zu schreien, dann stieß sie mit dem Fuß und rammte den Ellbogen in den Körper, der sie festhielt.

Wege der Seidenfrauen

»Ich bin hier, um Sie nach Hongkong zu bringen«, flüsterte der Mann rauh.

Li hörte auf, sich zu wehren, und er ließ sie los. Als sie sich umdrehte, sah sie einen derb aussehenden Mann mit einem struppigen Bart; seine kleinen, schmalen Augen betrachteten sie eingehend.

»Schnell«, befahl er und marschierte den Sand hinunter zum Wasser. Hin und wieder drehte er den Kopf zur Seite und spuckte aus.

Li folgte ihm und fragte sich, ob es klug war, ihr Leben in die Hände eines so gräßlichen Kerls zu legen, aber sie hatte kaum eine Wahl. Hinter einem großen Felsen sah Li endlich das Fischerboot, das sie nach Hongkong bringen sollte. Es war nicht mehr als ein großer Sampan, der auf der bewegten See schaukelte wie ein Spielzeug. Der Mann blieb nicht stehen, um auf sie zu warten, sondern watete ins Meer und schwamm die letzten paar Züge, um das Boot zu erreichen, wo ihm ein anderer Mann an Bord half.

Li zögerte. Sie hatte nie schwimmen gelernt, und das war kein flacher Fluß, sondern der Ozean. Sie würde sicher ertrinken, bevor sie das Boot erreichte. Den Bruchteil einer Sekunde überlegte Li, ob sie umdrehen sollte. Sie konnte den Rotgardisten erzählen, daß alles ein Irrtum war, und sie bitten, sie nach Hause gehen zu lassen.

Der Mann schrie ihr etwas zu. Li sah auf und sah ihn mit den Armen winken, sie solle kommen. Sie machte ein paar Schritte vorwärts, das kalte Wasser floß ihr über die Schuhe. Li ging weiter, bis das Salzwasser ihr bis zu den Knien reichte und in dem Schnitt an ihrem Bein brannte. Sie umklammerte ihren Leinenbeutel fest, während die Wellen um sie herumschwappten und mit jedem ihrer Schritte höher wurden. Als ihr das Wasser bis zum Hals reichte, spülte eine große Welle ihren Beutel fort und spritzte ihr in die Augen und den Mund. Li erstarrte und konnte sich nicht mehr bewegen.

»Los, schnell!« schrie der Mann ihr über die Gischt zu. Lis Füße waren zu Stein geworden und sanken in die Tiefe. Als nächstes bekam sie mit, daß der Mann neben ihr ihr fest den Arm um die Taille schlang und ihren schlaffen Körper zum Boot zog. Sie schluckte Salzwasser und hustete es wieder hervor, als der jüngere Mann auf dem Boot sie an Bord zog. Li stand an Deck und schwankte mit dem beständigen Schaukeln von einer Seite zur anderen.

»Sie bleiben da unten«, befahl der jüngere Mann. Er entfernte den schweren Holzdeckel zum Fischloch und bedeutete Li, daß sie schnell hinunterklettern sollte. Sie stand zitternd auf dem windigen Deck, während die beiden Männer offenkundig verärgert über ihre Langsamkeit waren.

»Los!« schrie der ältere Mann.

Er hielt eine Laterne über die Luke, so daß sie die Holzleiter sehen und Tritt fassen konnte. Erst als Li die glitschige Leiter in das dunkle, stinkende Loch hinunterkletterte, erkannte sie, daß dort unten schon andere Leute warteten, deren gespensterhafte Gesichter in den Lichtschimmer blinzelten. Bevor der Holzdeckel mit einem letzten Poltern geschlossen wurde und sie wieder in die Dunkelheit zurück glitten, sah Li eine Handvoll Erwachsener und ein Kind. Ihr Fuß stieg von der letzten Sprosse und berührte Wasser, das knietief war, als sie schließlich mit beiden Beinen unten stand. Li konnte nicht aufrecht stehen, ihr gebeugter Rücken stieß gegen den Deckel. Obwohl sie mindestens fünf andere Leute gesehen hatte, die in das kleine Loch gepfercht waren, sagte niemand ein Wort. Es herrschte pechschwarze Finsternis, und wenn sie versuchte, einen Schritt in irgendeine Richtung zu machen, stieß sie gegen einen Arm oder ein Bein.

»Tut mir leid«, flüsterte sie.

Ein Kind wimmerte.

»Hier herüber.« Eine Frauenstimme. »Nach links.«

Li bewegte sich zentimeterweise nach links und spürte,

Wege der Seidenfrauen 天 295

wie ein Körper sich mit einem leisen Plätschern von Wasser bewegte, so daß sie niederkauern und sich dann setzen konnte. Die frische Luft, die hereingekommen war, als der Holzdeckel geöffnet wurde, war nun verflogen, es war heiß, feucht und stank nach Fisch, Schweiß und sie stellte sich lieber nicht vor, wonach sonst noch. Die Wunde an ihrem Bein brannte, als sie sich in das lauwarme Wasser setzte, das ihr bis zur Taille reichte. Sie hatte solchen Durst, daß ihre Kehle sich wie Sand anfühlte.

»Wie lange habt ihr hier gewartet?« fragte Li langsam.

»Stunden«, sagte die Frauenstimme.

»Sollen noch mehr kommen?«

Ein Mann lachte sarkastisch. »Wo wollen sie die hinstecken? Sechs Erwachsene und ein Kind in eine Kiste gesperrt. Wir sind kurz vor dem Ersticken!«

»Dann spar dir, was du noch an Atem hast!« fauchte die Frau neben Li.

»Sie nehmen unser gutes Geld und pferchen uns in ein Loch für tote Fische«, beharrte der Mann.

»Psst!« Eine andere Stimme.

»Ich fühle mich nicht gut«, stöhnte das Kind.

»Bald, bald«, tröstete die Stimme der Mutter.

Das Boot knarzte und erwachte plötzlich ächzend zum Leben. Es ruckte ein- oder zweimal, dann begann es sich langsam zu bewegen.

»Wir fahren, wir fahren«, wiederholte die Mutter.

Li konnte kaum den Umriß der bleichen Hand sehen, die sich hinauf und hinunter bewegte, als wolle die Mutter ein Lied singen. Doch das dunkle Loch war still und das Boot schaukelte immer stärker, je weiter sie hinaus aufs Meer kamen; mit jeder Welle hob und senkte es sich. Li spürte, wie sich ihr der Magen hob, und sie bemühte sich, nicht gegen die Frau neben ihr zu purzeln. Sie lehnte sich zurück gegen die feuchte, schmierige Wand. Ihre Kleider waren naß, jeder

Muskel in ihrem Körper schmerzte. Die Luft war so dick, daß sie das Gefühl hatte, sie würden alle denselben Atem teilen. Sie atmete ihren Anteil ein und kämpfte darum, nicht bewußtlos zu werden.

»Mir ist schlecht«, flüsterte das Kind und brach das dunkle Schweigen.

»Nein, es ist alles gut«, flüsterte die Mutter zurück. »Denk an glückliche Zeiten«, fügte sie ermunternd hinzu.

Li schloß die Augen und versuchte, an glücklichere Zeiten zu denken. Ihr Bein brannte und fühlte sich taub an. Glück war immer ein Wort gewesen, das außerhalb ihrer Reichweite war. Sie dachte an wenige Momente mit Kaige und Yuan, als sie klein waren, dann mußte sie den ganzen Weg zurück in ihre Kindheit gehen, zu den Nachmittagen, wenn Pei und sie ihre Hausarbeiten erledigt hatten und nach draußen rennen konnten, um zu spielen.

»Hier entlang! Hier entlang!« rief Pei. »Komm, schau dir die Jungen an.«

Li folgte, ohne zu fragen. Sie spazierten hinunter in die Maulbeerhaine, weiter, als ihre Eltern ihnen jemals zu gehen erlaubt hatten.

»Es ist zu weit«, sagte Li.

Pei achtete nicht auf sie. »Wenn du die Vögel siehst, weißt du, daß es die Sache wert ist.«

Li war nicht so sicher, ob es sich lohnen würde, Ba Bas Riemen zu riskieren, aber sie ging weiter mit. Am Rand des kleinen Wäldchens schob Pei ein paar Sträucher beiseite, um ein Nest aus Zweigen und Gras zu zeigen, aus dem zwei piepsende Vogeljunge herauslugten.

Li ließ sich auf die Knie sinken. »Woher weißt du, daß sie hier sind?«

»Ich habe gehört, wie sie nach ihrer Mutter gerufen haben. Um diese Zeit fliegt sie immer fort und sucht Futter für sie.«

Wege der Seidenfrauen

Li wollte sie anfassen, aber Pei hielt sie davon ab. »Die Mutter weiß dann, daß wir hier waren, und hat sie dann vielleicht nicht mehr lieb.«

Lis Hand hielt mitten in der Luft inne. Sie konnte sich nicht vorstellen, daß eine Mutter so winzige, hilflose Geschöpfe nicht lieb hatte. Sie sahen zu, wie die Jungvögel die Schnäbel herausstreckten und auf und zu machten, auf und zu.

Li wachte aus ihren Gedanken auf, als sie hörte, wie das Kind sich erbrach. Ein säuerlicher Geruch erfüllte die Luft. Li spürte wieder, wie ihr eigener Magen sich umdrehte und ein bitterer Geschmack in ihrem Mund aufstieg, während sie noch vergebens versuchte, ihn wieder nach unten zu schlucken.

Sechs oder sieben Stunden später, nachdem schließlich barmherzig betäubender Halbschlaf über Li gekommen war, erwachte sie abrupt. Der Holzdeckel öffnete sich knarzend, und ein plötzlicher Strom von frischer Luft und Tageslicht drang in das Loch. Es dauerte ein paar Minuten, bis die frische Luft die Menschen im Loch wieder etwas belebte. Ihre langsamen, lethargischen Bewegungen machten Li klar, wie nahe sie tatsächlich dem Tod gewesen waren.

»Alles raus!« schrie der Mann zu ihnen hinunter.

Li blinzelte ins Licht. Zum ersten Mal konnte sie die Leute sehen, mit denen sie unterwegs gewesen war. Es waren zwei Männer, eine ältere Frau, zwei jüngere Frauen und das kleine Mädchen, das nur noch halb bei Bewußtsein schien. Ihre Mutter klopfte sie auf die Wangen. »Auf, auf, wir sind da«, wiederholte sie. Einer nach dem anderen stiegen sie die Leiter hinauf ins Tageslicht.

An Deck sah Li, daß sie nicht *da* waren – keine Hochhäuser, keine Pei, die auf sie wartete. Das Boot lag nahe an der Küste, wo ein anderes Boot wartete. Li sah so verwirrt aus,

298 天   *Gail Tsukiyama*

daß der bärtige Mann, der ihr letzte Nacht das Leben gerettet hatte, mit dem Finger darauf deutete und erklärte: »Dieses Boot wird euch nach Hongkong bringen. Noch gut zwei Stunden.« Er goß ein wenig Wasser in eine Blechtasse und ließ sie trinken.

Li sah auf und versuchte zu lächeln, um ihm ein kleines Zeichen der Dankbarkeit zu geben, aber er hatte sich schon abgewandt.

Die letzte Etappe der Reise war luxuriös im Vergleich zu dem, was sie vorher erduldet hatten. Sie sogen tiefe Atemzüge frischer Luft ein, als wollten sie einen Vorrat für später anlegen, bevor sie wieder in ein kleines, dunkles Loch mußten. Doch diesmal war es trocken, und sie bekamen eine Lampe, so daß sie das Ausmaß ihrer Erschöpfung inspizieren konnten, als sie dicht nebeneinander saßen. Das Kind schlief auf dem Schoß der Mutter. Die alte Frau deutete auf Lis Bein. »Das sollten Sie aber behandeln lassen«, meinte sie.

Li lächelte über ihre Sorge, dann wagte sie es endlich selbst, in dem flackernden Licht die Wunde zu betrachten. Eine gezackte Linie, nicht wie der gerunzelte Bogen, der über ihre Wange lief. Nur ein leichtes Pochen erinnerte sie nun noch daran. Li war zu müde, um an etwas anderes zu denken als an Schlaf.

Das dumpfe Hallen von Schritten an Deck und gedämpftes Rufen von oben teilte ihnen mit, daß Hongkong in Sicht war. Man sagte ihnen, daß sie in der Nähe des Badeortes Shek O auf der anderen Seite der Insel von Bord gelassen würden. Lis Herz begann zu rasen. Sie wünschte, sie hätte noch ihren Leinenbeutel mit ein paar sauberen Kleidern, um sich umzuziehen. Ihr weißes Hemd war verdreckt, ihre Hose zerrissen. Pei würde sie nicht erkennen – oder schlimmer, würde sie nicht erkennen wollen.

Wege der Seidenfrauen

Wieder wurden sie eilig an Deck geholt. Die Berge Hongkongs ragten vor ihnen auf, grüner, als Li es erwartet hatte. In der Ferne sah sie eine Gruppe von Leuten, die wartend am Rand der Klippen standen. Sie blieb einen Augenblick stehen, lehnte sich gegen die Bootswand und fragte sich noch einmal, ob Pei unter diesen Menschen war und wie Pei sie nach so vielen Jahren wiedererkennen sollte. Die Unfreundlichkeit des Lebens war so tief in ihr Gesicht eingegraben.

Das Fischerboot ankerte etwas vom Strand entfernt, doch diesmal zögerte Li nicht, ins kalte Wasser zu steigen. Sie sprang hinein und schob sich durch das Wasser, ihre Arme und Beine arbeiteten mit aller Kraft, die sie noch hatten. Die Wellen stießen sie vorwärts, bis ihre Füße schließlich auf felsigem und sandigem Boden standen. Sie wischte sich das Wasser aus den Augen, in denen die grelle Sonne brannte. Li hörte das Plätschern der anderen hinter ihr und vor ihr, die ebenfalls mit den letzten schweren Schritten zum Strand kämpften. Jeder Muskel ihres Körpers schmerzte, als sie stolperte und auf die Knie fiel. Aus den Augenwinkeln sah Li eine Frau, die ins Wasser rannte und auf sie zulief, ein großer Schatten zog sie an den Armen hoch und drückte sie gegen die Wärme des eigenen Körpers. Li sah auf in die Augen der Frau und wußte sofort, daß es Pei war.

KAPITEL FÜNFZEHN

1951–1952

Pei

»Sie wird krank, aber sie wird überleben«, hatte ein Wahrsager ihr als Kind vorhergesagt. Dies wurde für Li erst wahr, als sie in Hongkong ankam. Die Jahre, in denen sie blau geschlagen und geschunden worden war, hatten ihren Körper und ihren Geist abgehärtet, für jeden Tag des Überlebens zu kämpfen. In dem Augenblick, als sie sich in der tröstlichen Wärme eines Familienlebens entspannte, wurde sie krank. Und nach so vielen Stunden auf dem vollgepferchten Fischerboot, naß und erschöpft, bildete sich, von dem Schnitt in ihrem Bein ausgehend, eine furchtbare Infektion.

Li brauchte drei Monate, bis sie sich wieder gänzlich erholt hatte, während der Pei Tag und Nacht an ihrer Seite war. Song Lee wachte über sie wie ein Habicht und eilte jede Woche zu dem alten Kräuterkundigen, um blutreinigende Tees zu holen. Jeden Tag achtete sie darauf, daß Li die dunkle, trübe aussehende Flüssigkeit trank. Als sie sah, wie ihre Wangen langsam wieder Farbe bekamen, klatschte Song Lee triumphierend in die Hände. »Du siehst, daß ihre Energie allmählich wiederkehrt, ein gutes Zeichen, daß sie bleiben wird. Wenn es zu schnell geht, kann es täuschen.«

Wege der Seidenfrauen

Und langsam lernten Pei und Li einander wieder kennen, lernten jeden Seufzer, jede Geste zu verstehen, versuchten sich zu erinnern, wie sie als Mädchen gewesen waren, und zu erfahren, was als Frauen aus ihnen geworden war. Zuerst kamen die Worte zögernd, dann sprudelten sie ungehemmt hervor, wie Wasser für zwei durstige Kehlen.

Einen Monat nachdem Li gekommen war, setzte sie sich im Bett auf und lächelte. »Du warst immer schon groß.«

»Und du hast immer noch Ma Mas feines Haar.«

Li berührte schüchtern ihr kurzes graues Haar und schüttelte den Kopf. »Ich fühle mich zu alt. Wie etwas, das zerbrochen ist.«

Pei setzte sich auf den Bettrand. »Dann ist es Zeit für dich, daß alles wieder in Ordnung gebracht wird«, sagte sie und legte ihre Hand auf die ihrer Schwester.

Li lehnte sich gegen die Mauer, ihre Narbe leuchtete fast im hellen Sonnenlicht. »Als ich an diesem Morgen aufgewacht bin und du warst schon mit Ba Ba in das Seidendorf gegangen, fühlte ich mich, als hätte ich einen Teil von mir selbst verloren.«

»Ich dachte, du wärst glücklich, mich los zu sein!« neckte Pei.

»Ja«, lächelte Li, »du warst eine Nervensäge. Aber du warst die einzige, die mir dabei geholfen hat, meinen Wert zu beurteilen. Wenn du ungezogen warst, war ich gehorsam, wenn du zu schnell gerannt bist, bin ich langsamer geworden. Als du fort warst, war ich allein. Ma Ma war überlastet mit dem Alltagsleben, Ba Ba hatte seine Weiher und seine Maulbeerhaine. Die Stille in unserem Haus war unerträglich.«

Pei schluckte. Das hatte sie nicht gewußt. Sie hatte immer gedacht, ohne sie würde das Leben ihrer Familie leichter sein.

»Das wußte ich nicht«, flüsterte sie. »Zuerst habe ich gedacht, daß ich bestraft werde. Daß man mich fortgibt, weil ich nie gehorcht habe.«

»Und ich habe geglaubt, daß ich zurückgelassen werde«, sagte Li traurig.

»Hast du deswegen den Bauern geheiratet?« fragte Pei. Unbewußt berührte sie ihren Haarknoten.

Li schwieg einen Augenblick und schloß die Augen. »Ich hatte nicht viel Wahlmöglichkeiten.« Sie öffnete die Augen wieder und wandte den Kopf, so daß man die glatte Seite ihrer Narbe sah.

Pei stand auf und öffnete ein Fenster. Sie wollte Li nicht sehen lassen, daß ihr Tränen in den Augen standen. »Es ist milder draußen heute.« Sie räusperte sich.

»Ich habe mich immer gefragt, Pei…«, begann Li, beugte sich vor und und wartete, daß ihre Schwester wieder näherkam. »Wie war dein Leben in der Seidenfabrik?«

»Am Anfang war es einsam und sehr schwer«, antwortete Pei nachdenklich. »Dann wurden das Mädchenhaus und die Schwesternschaft mein neues Zuhause und die Familie, in der ich die Ungerechtigkeiten des Lebens und die Zärtlichkeit der Liebe kennengelernt habe.«

Pei griff nach Lis Hand und sah in die vertrauten Augen ihrer Schwester, dunkelbraun und wissend, daß ein Leben voll vieler Geschichten war – unzählig viele Teile, die das Ganze bildeten. Sie würde Li all ihre Geschichten eine nach der anderen erzählen, und von nun an würden sie zusammen jeden Tag neue schaffen.

Li

Endlich in Hongkong bei Pei zu sein war, als erwache sie aus einem endlos langen Alptraum. Nachdem Li sich von ihrer Krankheit erholt hatte, wuchs sie langsam, mit vorsichtigen, zögernden Schritten, in ihr neues Leben hinein. Pei brauchte eine gute Woche, bis sie sie überredet hatte, nach unten zu

Wege der Seidenfrauen   天 303

kommen und sich in den *Unsichtbaren Nähfaden* zu wagen. Sie saß still neben Song Lee hinter der Theke und sah an einem Tag mehr Menschen, als sie auf dem Bauernhof in Monaten gesehen hatte. Li war verblüfft, wie tüchtig ihre Schwester das Geschäft führte. Einschließlich Song Lee waren es vier Frauen, die für sie arbeiteten. Die Näherinnen arbeiteten oben und lachten und schwatzten, während sie flickten. Wenn Li ihre Hilfe anbot, beharrte Pei darauf, sie solle noch eine Weile nichts tun.

Jeder Tag war ein neues Abenteuer, und Li war wieder wie ein Kind und lernte die einfachsten Aufgaben mit all dem modernen Komfort, der sie anfangs nur verwirrte. Wasser floß direkt im Haus, man konnte es erhitzen, ohne Feuer machen zu müssen. Von einer kleinen Birne in der Mitte der Decke flutete Licht in das Zimmer. Und als sie das erste Mal mit Pei und Song Lee auf den Markt ging, ängstigten sie die Automobile und Menschenmassen schier zu Tode. Anders als ihr kleiner Dorfmarkt, wo ein paar Händler Hühner und Gemüse verkauften, war dieser Markt so groß wie ihr ganzes Dorf. Alles, was Li sich vorstellen konnte, wurde verkauft, von frischem Rind- und Schweinefleisch bis zu Gemüse und Obst und sogar ein glitschiger, schlangenähnlicher Fisch, der Aal genannt wurde.

Doch nichts verwirrte und faszinierte Li so sehr wie das *din wa*, das Telefon. Die Stimme, die ohne einen Körper herauskam, ließ sie glauben, ein Geist sei darin gefangen. Das erste Mal, als Pei am Telefon mit Li sprach, mußte Song Lee ihr versichern, daß Pei nichts fehlte und sie nur aus Central anrief, um zu fragen, ob sie etwas brauchte. »Sprich mit ihr, nur zu!« Song drückte Li den schwarzen Hörer in die Hand und zeigte ihr, welches Ende sie ans Ohr legen und in welches sie hineinsprechen mußte.

Obwohl Li allmählich den schnellen Lebensrhythmus Hongkongs zu verstehen begann, war sie wie ein scheuendes

Pferd, das nie stillstehen konnte – immer nervös und auf der Hut. Sie entfernte sich nicht weit vom *Unsichtbaren Nähfaden*, außer wenn sie den siebenjährigen Gong drei Straßen weiter von der Schule abholte. Eines Nachmittags, als Song Lee im Laden zu beschäftigt war, hatte sie sich eifrig dazu anerboten. Gong abzuholen gab Li eine Möglichkeit, sich nützlich zu machen und außerdem den Jungen kennenzulernen. Von dem Tag an wurde das ihre nachmittägliche Aufgabe. Sie stand immer mehrere Meter entfernt vom Haupteingang, wo eine Menge von Amahs und gutgekleideten Hongkonger Müttern stand, um ihre Kinder abzuholen. Mit ihrem vernarbten Gesicht und ihren einfachen Kleidern fühlte sich Li zwischen ihnen unbehaglich und verlegen; sie paßte in keine der beiden Gruppen.

»Tante Li, warum wartest du immer hier draußen?« fragte Gong eines Tages ernst und mit großen Augen.

»Ich hatte Angst, du würdest mich in der Menge nicht sehen«, antwortete Li.

Gong sah auf zu ihr. Sie wußte, daß er seit dem Tag, an dem sie sich zum ersten Mal gesehen hatten, nicht imstande gewesen war, die Augen von der runzligen Narbe abzuwenden.

»Tut das weh?« fragte er.

Li lächelte. »Nicht mehr. Willst du sie anfassen?« Sie beugte sich hinunter zu ihm.

Gong hob den Zeigefinger und fuhr die gekrümmte Linie auf ihrer Wange nach. »Stehst du deswegen so weit weg?«

Li zögerte und dachte, es sei aus so vielen Gründen, einer davon war die Narbe. Sie war unsicher, wie sie einem kleinen Jungen, der ihrem Yuan nicht unähnlich war, so komplizierte Gefühle erklären sollte. Doch bevor Li etwas sagte, hatte Gong seine eigene Antwort.

»Daran könnte ich nämlich immer erkennen, wo du in einer Menschenmenge bist.«

Wege der Seidenfrauen

Der Briefschreiber

An diesem Abend, nachdem Gong im Bett war, arbeitete Pei still an der letzten Bahn ihrer Stickerei, die von ihrem Wiedersehen erzählte. Li setzte sich mit einem Blatt Papier ihr gegenüber an den Tisch. Pei sah auf und bemerkte, daß irgend etwas ihre Schwester plagte.

»Ist irgend etwas?« fragte sie.

Li räusperte sich. »Ich muß dich um einen Gefallen bitten.«

»Natürlich, jederzeit.« Pei hörte mit dem Sticken auf.

»Willst du mir das Schreiben beibringen, so wie Lin und Mrs. Finch es dir früher beigebracht haben? Wie Ma Ma es uns beigebracht hat? Auf dem Bauernhof hatte ich nie Zeit…«

Pei lächelte. »Ja, ich möchte es dir sehr gerne beibringen«, antwortete sie und dachte, wie erstaunt Ma Ma gewesen sein würde, wenn sie sähe, daß sie Li unterrichtete. Pei griff nach dem Blatt Papier.

»Danke«, sagte Li leise.

»Fangen wir mit deinem Namen an.« Pei schrieb rasch die Linien und Striche, es wirkte wie ein Tanz des Stiftes auf dem weißen Papier, und numerierte dann alles, so daß Li es in der richtigen Reihenfolge nachmachen konnte. »Jetzt versuch du es«, sagte sie und schob das Blatt wieder zu Li zurück.

Sie sah zu, wie Li mit konzentriertem Gesicht aufmerksam das Zeichen nachmalte. In ordentlichen, sorgfältigen Reihen füllte ihr Namen Seite um Seite, bis spät in den Abend.

Pei brachte Li zu Beginn jeder Woche fünf bis zehn Schriftzeichen bei. Jeden Tag setzte sie sich zusammen mit Gong hin und beide übten, alte Schülerin und junger Schüler nebeneinander. Am Ende jeder Woche hatte Li jedes Schriftzeichen mehrere hundert Mal geübt. Pei hatte noch nie jemanden gesehen, der so eifrig lernte.

Nach drei Monaten begann Li einige einfache Zeichen auf Straßen und Ladenschildern zu erkennen – »Stop«, »Gehen«, »Bitte treten Sie ein«, »Gold Mountain«, »Silver Palace«. Manchmal, wenn Pei sich umdrehte, sah sie Li, die plötzlich auf der Straße stehengeblieben war, um eine Speisekarte oder ein Türschild zu lesen. Pei wußte, daß Li jedesmal, wenn sie ein Wort erkannte, die Welt auf eine neue Weise sah.

Nach einem halben Jahr konnte Li einfache Sätze schreiben. Eines Morgens kam sie mit einem ordentlich gefalteten Papierbogen in der Hand zu Pei.

»Möchtest du es dir ansehen?« fragte Li. »Nur um nachzuprüfen, ob es einen Sinn ergibt.«

Pei war auf dem Weg nach unten in den *Unsichtbaren Nähfaden*, nachdem sie Gong zur Schule gebracht hatte. Sie war schon spät dran, obwohl sie wußte, daß Mai und Song Lee alles im Griff hatten.

»Was ist das?« fragte sie.

»Ein schon lange überfälliger Brief«, antwortete Li.

Als Pei die wenigen Zeilen las, die ihre Schwester mit akribischer Sorgfalt geschrieben hatte, stiegen ihr Tränen in die Augen.

Lieber Alter Mann Sai
Ich habe sicher nach Hause gefunden.
Danke,
    Li

KAPITEL SECHZEHN

1973

Pei

Pei starrte aus dem Zugfenster und beobachtete, wie vereinzelte Passagiere, die in letzter Minute kamen, heranhasteten und nach ihren Waggons suchten. Wenige Augenblicke später fuhr der Zug mit einem Ruck an und schaukelte und ratterte dann in einem gleichmäßigen Rhythmus die fast drei Stunden bis Sumzhun, wo Pei eine kurze Brücke überqueren würde, die die Grenze zwischen Hongkong und China bildet. Von dort aus wollte Pei dann einen Zug nach Kanton nehmen, dort übernachten und am nächsten Tag mit dem Bus weiter nach Yung Kee fahren.

Seit der amerikanische Präsident Nixon vor einem Jahr China besucht hatte und mit Mao Tse-tung zusammengetroffen war, hatte China seine Grenzen ein wenig geöffnet, gerade weit genug, daß Pei ein letztes Mal nach Yung Kee zurückkehren konnte. Pei konnte sich nicht vorstellen, wie das Dorf nach fünfunddreißig Jahren aussehen mochte oder welche Überreste aus der Vergangenheit sie zu finden hoffte, aber der Wunsch, noch einmal hinzufahren, war immer stärker geworden. Soweit Pei zurückdenken konnte, war ihre Vergangenheit immer untrennbar mit ihrer Gegenwart verbunden gewesen, und darauf baute dann die Zukunft auf. So viele Fäden, die sie eigentlich nie voneinander lösen konnte, auch wenn Lin nun schon lange tot war und Li ihr in Hongkong half, den *Unsichtbaren Nähfaden* zu leiten.

Sie hatte gehofft, Chen Ling zu sehen und ihr mehrmals geschrieben, seit Mings Tod aber nichts mehr von ihr gehört. Li hatte auch fahren wollen, da sie sich danach sehnte, ihre Söhne und Enkel zu sehen, aber Kaige und Yuan konnten ihr wegen ihrer Arbeit nicht von Chungking her entgegenreisen, und dann wurde Lis Rheumatismus wieder schlimmer, so daß sie nur schwer gehen konnte. Dann hatte Song Lee angeboten, Pei zu begleiten – aber sie hatte bald festgestellt, daß sie mit Mitte Siebzig für diese lange Reise zu alt war. Immer wieder murmelte sie zu Pei, als wäre sie ärgerlich auf sich selbst: »Der Geist ist willig, aber der Körper nicht.«

So unternahm Pei die Reise also allein.

Ein paar Tage vor ihrer Abfahrt war Ho Yung vorbeigekommen; sie erkannte ihn schon an seinem schweren Schritt auf der Treppe. Er hatte nie geheiratet und war ein unschätzbarer Freund. Wenn Pei die Glückstreffer in ihrem Leben zählte, so ragte Ho Yung heraus: Er war mit ihr durchs Leben gegangen, ohne sie je hinter sich zu lassen oder hinter sie zurückzufallen, sondern immer in vollkommenem Gleichschritt.

»Bist du sicher, daß du die Reise allein unternehmen willst?« fragte Ho Yung, stets ihr Beschützer.

»Ich komme schon zurecht«, beruhigte sie ihn.

»Wenn du bis nächsten Monat wartest, ändere ich meinen Terminplan und fahre mit dir.«

Pei legte ihre Hand auf die seine und drückte sie warm. »Ich muß das jetzt tun, und allein.«

Ho Yung nickte. »Genau wie immer.« Er lächelte.

Am Zugfenster sausten die Außenbezirke vorbei. Als sie in das flache, offene Gelände der New Territories kamen, lehnte

Wege der Seidenfrauen

sich Pei zurück, schloß die Augen und wand sich unbehaglich in dem neuen Anzug, den sie sich für die Reise gekauft hatte. Mit zweiundsechzig war sie immer noch eine schöne Frau, groß und gerade gewachsen, die versuchte, ebenso würdevoll alt zu werden wie Mrs. Finch. Pei ging die letzten Jahre ihres Lebens in relativer Zufriedenheit an. Die freundlichen Seiten ihres Lebens wogen die Schicksalsschläge auf, die sie getroffen hatten. Gong war zu einem anständigen jungen Mann herangewachsen, der Architektur studiert hatte und bald heiraten würde.

Pei schrak hoch und öffnete die Augen, als aus einem knisternden Lautsprecher eine Stimme ankündigte, daß sie in Sumzhun angekommen waren. Sie hatte nur eine kleine Segeltuchtasche dabei. Es war nur ein kurzer Weg über die Betonbrücke, die sich über die trockene Klamm zwischen den beiden Grenzposten spannte, die trennende Kluft zwischen Vergangenheit und Gegenwart. Gruppen von Menschen mit Päckchen und Geschenken trotteten hinüber und hofften, man würde sie nicht aufhalten, weil sie etwas Verdächtiges dabeihatten – einen Radiowecker, eine Kamera, Rasierklingen. Pei ging rasch an den vielen Menschen vorbei, stellte sich in der Schlange an und blickte dem Wachposten fest in die Augen, als wolle sie sagen: »Ich habe nichts zu verbergen« – und hörte den dumpfen Knall des Stempels, der sie durchließ.

Der Zug nach Kanton war eine weitere Etappe bei der Zeitreise in die Vergangenheit. Pei sah selbst, wie in China Stillstand herrschte, während andere es überholt hatten. Selbst der Zug fuhr im Schneckentempo, und Pei hatte das Gefühl, sie könnte aussteigen und schneller rennen. Sie starrte auf die weißen Zierdeckchen an den Rücklehnen der Sitze. Die hellgrünen Wände und die Spitzenvorhänge wirkten auf sie, als säße sie bei jemandem im Wohnzimmer. Von den Sitzen stieg ein schwacher Geruch nach Mottenkugeln auf. Eine vollkommen weiß gekleidete Frau schob einen scheppernden Karren durch den Gang und servierte heißen Tee aus silbrigen Thermoskannen.

Während sich der Zug langsam seinen Weg durch die Landschaft bahnte, sah Pei die mahagonifarbene Erde ihrer Kindheit. Es war genau so, wie sie es in Erinnerung hatte. Sie sah wieder ihre Mutter und ihren Vater vor sich, das Land, das sie mit so viel Mühe bearbeitet hatten, nur um sich mehr schlecht als recht durchzuschlagen. Als Kind hatte sie nichts davon geahnt, was Dürre oder Überschwemmung für ihre Existenz bedeuteten. Sie wußte nur, daß jeder Riß in der trockenen Erde weniger Essen und mehr Sorgen bedeutete, während diese gezackten Linien vor allem ein neues Puzzle im Boden für sie bedeuteten, und die regendurchweichte Erde sagte ihr, daß es neue Pfützen gab, in denen man spielen konnte. Konnte sie wirklich einmal so klein und naiv gewesen sein?

Als der Zug in Kanton einfuhr, war es spätnachmittags. Ho Yung hatte für sie ein Zimmer in einem guten, komfortablen Hotel besorgt, und obwohl sie sich unbehaglich dabei fühlte, so viel Geld nur dafür auszugeben, daß sie ein Bett zum Schlafen hatte, versicherte er ihr, daß sie es sich leicht leisten konnte, drei Tage dort zu bleiben. Pei lächelte bei dem Gedanken.

Der Bahnhof war voll und laut. Leute drängelten und schubsten aus allen Richtungen. Lautsprecherstimmen sagten Ankunft und Abfahrt von Zügen durch. Händler boten den ganzen Bahnsteig entlang gedämpfte Fleischbällchen, Krimskrams aus Papier und Süßigkeiten an. Pei konnte sich keine zwei Schritte in irgendeine Richtung bewegen, ohne daß sie aufgefordert wurde, etwas zu kaufen. Sie beschleunigte ihren Schritt und eilte zu der Reihe der bunt gemischten Fahrradrikschas, die am Rand des Gehsteigs warteten.

Wege der Seidenfrauen

Am nächsten Morgen nahm sie einen frühen Bus und war schon auf dem Weg nach Yung Kee, bevor die Sonne ganz aufgegangen war. Während sie auf der harten Holzbank saß, beobachtete sie, wie im heller werdenden Morgenlicht eine Welt, die ihr innerlich immer nahegestanden hatte, zunehmend klarer und schärfer sichtbar wurde. Die Fischweiher glänzten in der Sonne wie Spiegel, umgeben von Maulbeerbäumen.

Auf der anderen Seite des Mittelgangs saß Pei eine Frau gegenüber, die jedesmal lächelte, wenn sie in ihre Richtung blickte. Sie war offenkundig zu einem frühmorgendlichen Schwätzchen bereit, während Pei lieber schweigend ihren eigenen Gedanken nachhängen wollte. Außer ihnen beiden und einem Mann, der weiter vorn schlief, war der alte Bus leer.

»Tso sun.« Die Frau neigte sich ihr zu.

Pei mußte den Gutenmorgengruß erwidern. »Tso sun.«

»Sie fahren nach Yung Kee?«

Pei nickte.

»Jetzt kommen mehr Leute zurück«, fügte die Frau hinzu, laut genug, um den schlafenden Mann zu wecken.

»Wohnen Sie dort?« fragte Pei.

Die Frau redete mit den Händen und drehte kleine Kreise in der Luft. »Unter der Woche kümmere ich mich um meinen Enkel. Meine Tochter arbeitet dort in einer Seidenfabrik.«

»Seidenfabrik?« wiederholte Pei erstaunt.

»Früher war es eine Arbeit nur für unverheiratete Mädchen«, vertraute die Frau ihr an. »Seidespulen war eine nasse Arbeit, und die Leute glaubten, die Frauen könnten deswegen keine Babys bekommen. Aber jetzt dürfen verheiratete Frauen dort arbeiten. Man kann schwer auf alten Aberglauben achten, wenn Produktion für die Massen das ist, was zählt.«

Pei versuchte, interessiert zu erscheinen, während die Frau weiterplapperte, immer mit den Händen gestikulierend. Wie hatten sich die Zeiten verändert seit den Tagen, als alter Aberglauben dazu geführt hatte, daß sich eine Schwesternschaft von Seidenarbeiterinnen zusammengeschweißt hatte, die gemeinsam lebten, arbeiteten und sogar starben. Pei schluckte und blickte an der Frau vorbei aus dem Fenster.

Pei war zuletzt im Jahr 1938 in Yung Kee, und damals war ihr Kummer so schwer gewesen, daß sie sonst nichts mehr wahrgenommen hatte. Lin war gestorben, und sie und Ji Shen schafften es gerade noch, vor den Japanern zu fliehen. Seit dieser Zeit war Yung Kee eine große und immer weiter wachsende Stadt geworden, die nichts mehr mit dem kleinen, staubigen Dorf zu tun hatte, in dem sie aufgewachsen war. Die Seidenindustrie hatte den Ort weiter florieren lassen, und Pei war verblüfft über seine Größe.

Durch das Busfenster sah sie nun seine staubigen Ränder und verblaßten Farben. Yung Kee war offensichtlich dabei, sich tiefgreifend zu verändern, neue Gebäude wurden hier und da zwischen den alten hochgezogen. Es war wie andere chinesische Städte, die es irgendwie geschafft hatten, ständige Veränderungen zu überleben, über Wasser gehalten von einer Seidenindustrie, die hartnäckig weiterbestand. Peis Mund fühlte sich trocken und bitter an. Fünfunddreißig Jahre hatte es gedauert, bis sie zurückgekommen war, um Abschied zu nehmen.

Sie beugte sich in dem Bus nach vorn und versuchte zu erkennen, wo sie waren. Neue Geschäfte und offene Stände reihten sich an Straßen entlang, wo es vorher nichts gegeben hatte. Sie würde sich auf ihr Gedächtnis verlassen müssen, um durch das Gewirr der Straßen und Fahrräder zum Mädchenhaus zu kommen. Als Pei aus dem Bus stieg, wurde sie fast von einem jungen Mann auf dem Fahrrad umgefahren; er drehte sich um und drohte ihr mit der Faust, dann fuhr er weiter.

Sie stand am Rand der staubigen Straße, versuchte, einen

Wege der Seidenfrauen

klaren Kopf zu bekommen, und fand die Richtung, als sie die gerade Linie hoher Bäume erkannte, die immer noch an einer der Straßen standen, die vom Markt wegführten. In der Vergangenheit hatte sie dieser Straße, die sie so oft entlanggegangen war, nie Beachtung geschenkt. Jetzt sah sie, wie viele der Häuser, die noch standen, renovierungsbedürftig waren. Jasmin und Litschi wuchsen immer noch wild und wuchernd. Pei ging schneller, der feine Staub legte sich auf ihre Schuhspitzen. Als sie um die Ecke bog, erwartete sie immer noch, Tante Yee, Chen Ling und Ming, die junge, erwartungsvolle Ji Shen und ihre ruhige, wissende Lin zu sehen. Statt dessen sah sie nur das zweistöckige Backsteingebäude, das einst das Mädchenhaus gewesen war.

Das Mädchenhaus

Der Holzzaun, der das Mädchenhaus einst umgeben hatte, war fort. Pei konnte sich vorstellen, daß er während der Besatzungszeit kostbares Brennholz gewesen war. Laubwerk und Unkraut überwucherten den vorderen Hof, in dem sie einst mit ihrem Vater und Tante Yee gesessen hatte. Das Haus selbst war völlig heruntergekommen, die Eingangstreppe war verschwunden. Statt dessen führten mehrere Baumstümpfe unterschiedlicher Höhe jetzt hinauf zur Eingangstür. Während Peis Kindheit hatte Tante Yee das Haus blitzsauber gehalten, der Geruch von Ammoniak war ihr selbst im Traum immer gegenwärtig gewesen, und die Holzböden waren sogar während der Regenzeit blitzblank. Pei tat das Herz weh, das Haus in einem so verfallenen Zustand zu sehen. Pei schloß die Augen und wünschte, Lin wäre bei ihr.

Plötzlich ertönten laute Stimmen im Haus. Pei wollte auf die Eingangstür zugehen, schrak aber zusammen, als sie jemand von hinten ansprach.

»Was wollen Sie hier?« Die Stimme klang scharf und vertraut.

Pei drehte sich schnell um. Es dauerte nur einen Augenblick, bis sie in der verhutzelten alten Frau, die vor ihr stand, Moi erkannte. Wieder fühlte sich Pei wie das kleine Mädchen, das zur Seite trat, als Moi ihr kaputtes Bein durch die Tür der Küche im Mädchenhaus zog, in die niemand hineindurfte. Jahr um Jahr hatte sie für all die Mädchen wunderbare Mahlzeiten gekocht, glücklich darüber, daß sie bei Tante Yee sein konnte.

Einen Augenblick lang konnte Pei es nicht glauben. Moi mußte über neunzig sein; Pei hätte nie erwartet, daß sie noch lebte. Ihr Herz setzte einen Schlag aus, wenn sie daran dachte, daß Moi so schwierige Jahre überlebt hatte.

»Moi.« Leise kam ihr der Name über die Lippen.

»Wer will das wissen?« fauchte Moi und trat näher, damit sie besser sah.

»Ich bin Pei«, sagte sie und hoffte, ihr Name würde eine kleine Erinnerung in Moi auslösen, obwohl das Mädchen, das sie einst gewesen war, sich seither in eine große, grauhaarige Frau verwandelt hatte. »Ich war hier im Mädchenhaus mit Chen Ling und Lin.«

Moi starrte sie mißtrauisch an, dann wandte sie sich ab, als spräche sie mit der Luft um sie herum. »Yee sagt mir, du bist eines von unseren Mädchen. Die große.«

Pei sah sich um. »Tante Yee?«

»Sie kommt oft zu mir«, erklärte Moi und winkte Pei, ihr zu folgen. Sie drehte sich um, zog ihr kaputtes Bein nach und ging den Weg entlang, der zum hinteren Teil des Hauses führte. Pei folgte ihr rasch. Wo früher ein blühender Garten gewesen war, wucherte nun ein Dschungel aus Gestrüpp und Unkraut. Darin versteckt stand eine kleine Hütte, die Moi aus flachgeklopften Blechdosen, Pappkartons und Holzstücken gebaut hatte. Rote und schwarze Schrift-

Wege der Seidenfrauen   天 315

zeichen verrieten, was früher in den Verpackungen gewesen war: Orangen, Bananen, eine Thermoskanne. Außerhalb der Tür standen zwei Holzkisten.

»Setz dich, setz dich«, murmelte Moi und deutete auf die Kisten.

Pei tat, was sie sagte. Moi ging in ihre Hütte und schöpfte Wasser aus einer Metalltrommel in einen Topf, den sie scheppernd auf einen kleinen Campingkocher setzte.

»Wer wohnt im großen Haus?« wagte Pei zu fragen.

Moi schnalzte mit der Zunge. »Familien, die vom Arbeiterrat des Dorfes zugewiesen worden sind«, antwortete sie klar und präzise.

Pei sah in Mois wache Augen und erkannte, daß sie nicht die verwirrte alte Frau war, die sie zu sein vorgab. Sie verstand alles, was um sie herum vor sich ging. Ob sie zuhören wollte, war eine andere Frage.

»Hast du Chen Ling gesehen?«

»Draußen auf dem Land. Manchmal kommt sie zu Besuch. Es ist nicht mehr so leicht. Wir sind alle alt geworden.« Moi streute Teeblätter in zwei Tassen und goß mit heißem Wasser auf. Aus einem alten Schemelkästchen holte sie eine Tüte Erdnüsse und füllte sie in eine angeschlagene Reisschale.

»Geht es dir gut hier?« Pei tat es in der Seele weh, Moi in so erbärmlichen Verhältnissen leben zu sehen. Hätte sie nur etwas davon geahnt, dann hätte sie Geschenke aus Hongkong mitgebracht, um Mois Leben leichter zu machen.

Moi zog noch eine Kiste aus der Hütte und setzte sich Pei gegenüber. Sie war auf die Größe eines Kindes zusammengeschrumpft. »Yee und ich haben alles überlebt«, sagte sie schließlich. »Niemand bekommt mich von hier weg. Sie lassen mich in Ruhe. Warten nur darauf, daß ich sterbe, so daß sie sich das wenige nehmen können, was ich habe.«

Pei lächelte. »Du warst immer eigensinnig.«

»Yee war immer die Eigensinnige, nicht ich«, widersprach Moi mit auflebender Energie.

Pei nippte an dem geschmacklosen Tee.

»Warum bist du zurückgekommen?« fragte Moi plötzlich.

»Um das Mädchenhaus zu sehen«, antwortete Pei. »Um zu sehen, was von Yung Kee und der Schwesternschaft übrig ist.«

»Alle sind fort«, sagte Moi ruhig. »Die Seidenarbeit ist jetzt etwas anderes.«

Pei sah durch den Tränenschleier, der plötzlich über ihren Augen lag, auf Moi. »Du bist noch da.«

Moi lachte. »Von mir ist auch nicht mehr viel übrig. Ist aber auch nicht wichtig.« Sie bot Pei eine Erdnuß an, nahm sich selbst eine und schälte sie. »Ich hab nicht mehr lang zu leben, Yee hat es mir gesagt. Nur noch kurze Zeit, bis ich zu ihr und all den anderen gehe.«

»Sag das nicht.« Pei beugte sich näher zu Moi und erinnerte sich an die Töpfe mit haltbaren Lebensmitteln, die Moi ihr für den Weg nach Hongkong mitgegeben hatte.

»Kein Grund, Angst zu haben. Es ist in Ordnung, wenn man aus einer Welt in eine andere geht.« Moi lächelte. »Ich hatte keine Angst, nicht einmal als die japanischen Soldaten wie die Heuschrecken über das Haus hergefallen sind. Sie haben gedacht, sie könnten mir alles wegnehmen, aber das konnten sie nicht. Sie haben mich ausgelacht und haben alle Lebensmittel, die ich gesammelt hatte, entweder genommen oder kaputt gemacht, aber es hat nichts bedeutet. Weil jeder und alles, was mir immer wichtig war, hier drinnen war!« Moi legte sich die Hand aufs Herz. »Und das haben sie mir nie wegnehmen können.«

Pei schluckte, Tränen standen ihr in den Augen. »Du brauchst hier nicht länger zu bleiben, du könntest mit mir nach Hongkong gehen. Ich könnte einen Antrag stellen...«

Moi lachte. »Aiya, was sollte ich dort? Mein Zuhause ist

hier. War immer hier.« Sie kaute nachdenklich an einer Erdnuß. »Ich brauche nicht viel.«

»Nein, das stimmt.« Pei lächelte.

Sie saßen schweigend da und fühlten sich jeweils wohl in der Gesellschaft der anderen.

Pei blieb bis zum späten Nachmittag bei Moi, dann mußte sie den letzten Bus nach Kanton erreichen. Sie konnte es kaum ertragen, Moi zurückzulassen. Die alte Frau war Peis letzte Verbindung zum Mädchenhaus. Moi, die eine fadenscheinige wattierte Jacke angezogen hatte, begleitete sie auf die Straße. Pei nahm sich vor, sie ihr zu ersetzen, sobald sie zurück war, und einen neuen Teekessel, Tassen und Schalen mitzuschicken.

»Du mußt mir versprechen, gut auf dich aufzupassen«, sagte sie und ergriff Mois Hand.

Moi nickte. »Du und Lin werdet immer hier sein«, sagte sie. Sie legte sich die Hand aufs Herz.

Es war das erste Mal, daß Moi Lin erwähnte. Pei blickte hinunter auf Mois ernstes, nachdenkliches Gesicht. Sie hatte im Laufe der Jahre so viel gesehen und so wenig gesagt.

»Geh, bevor es dunkel wird«, mahnte Moi und winkte besorgt.

Pei sah Moi nach, wie sie langsam zum Haus humpelte, nach all diesen Jahren immer noch voller Verantwortung. »Ich besuche dich wieder!« rief Pei ihr nach.

Moi drehte sich einmal um und lächelte, bevor sie hinter dem Mädchenhaus verschwand.

Pei blieb einen Augenblick unsicher stehen – langsam trat die Vergangenheit wieder zurück, die Spätnachmittagssonne schien ihr warm auf den Rücken. Sie drehte Mrs. Finchs Smaragdring um ihren Finger. Geplant war, daß sie erst in zwei Tagen wieder nach Hongkong zurückkehrte, aber es gab in

Yung Kee sonst nichts, was sie zu sehen brauchte. Lins Grab in Kanton konnte sie morgen vormittag besuchen, wenn es möglich war, durch die Tore ihres alten Hauses zu kommen; und dann würde sie einen Zug nach Hause nehmen. Alle, die sie liebte, waren in Hongkong und warteten dort auf sie.

Als Pei die Straße hinunterging, hüllte intensiver Geruch nach wildem Jasmin sie ein. Sie blieb stehen und atmete die duftende Erinnerung an die Schwesternschaft und Lin tief ein, eine Erinnerung, die sich irgendwo in ihrem Inneren regte und dann zur Ruhe fand.